ラルーナ文庫

JN132143

仁義なき嫁　花氷編

高月紅葉

三交社

CONTENTS

Illustration

高峰 顕

仁義なき嫁　花氷編

本作品はフィクションです。
実際の人物・団体・事件などにはいっさい関係ありません。

1

火をつけた煙草《たばこ》の先が赤く燃える。

チリチリと葉を焼く音が聞こえるような気がして、佐和紀《さわき》はくわえたショートピースを吸い込んだ。

舌に苦みが乗り、鼻には心地のいい香りが抜ける。

残暑厳しい晩夏の日差しも届かない国際線ターミナルの、さらに小さく仕切られた喫煙ルームの中だ。高性能な空気清浄機はフル稼働だったが、濃い煙草の煙は尾を引いた。

ガラス張りの壁の外には、佐和紀の世話係の三井敬志《みついたかし》がひとりで立っている。ハーフアップで結んだ髪と、明るい色のシャツ。腰の後ろで組んだ手がライターを弄《もてあそ》んでいる。

そこへ、男が近づいた。薄手のジャケットと綿のパンツが軽やかな好青年だ。ふたりは短い会話を交わして別れる。青年が喫煙ルームに入るのを見もせず、三井は佐和紀を中に残して、その場を離れた。

「ここにいたんですね、佐和紀さん」

喫煙ルームへ入ってきた青年が佐和紀に話しかける。他に人はいない。

黒髪の毛先が少し巻いているのは天然だと、つい最近知った。金髪を短く刈り揃《そろ》え、いかにもチンピラなゴールドチェーンネックレスがトレードマークだった石垣保《いしがきたもつ》はもういない。

佐和紀の前に立っているのは、海外留学へと華々しく旅立つ将来有望な青年だ。

「もう中に入るのか」

トランクはもうすでに預け、チェックインも済んでいる。あとは保安検査場を通り、出国審査へ向かうだけだ。

「忙しいアニキの……岩下《いわした》さんの、時間を無駄にするわけには……」

石垣が胸ポケットから取り出したのは電子煙草だ。口にくわえるのを見て、佐和紀は無言のままで手を伸ばした。もぎり取ってポケットへ戻し、自分の吸っていたピースを石垣のくちびるへ差し込んだ。

「佐和紀さん、俺、ショートピース《ショッピ》は」

「……知るか。なにが禁煙だ」

舌打ちついでにつんと顔を背ける。慣れない両切り煙草を用心深く吸った石垣は、ゆっくりと薄い煙を吐き出す。指でつまんだ煙草はチリチリと燃え、確実に短くなっていく。

「機嫌、悪いんですね。シンさんが、朝からずっとだって言ってました」

「別に。いつも通りだし」

ハイチェア代わりに置かれた鉄のレールに腰を預け、紺のレース地で作った羽織の下の、抜き染めの阿波《あわ》しじらを指でしごく。博多織の角帯を手で押さえ、雪駄《せった》を足の指先にひっかけて揺らした。

煙草を手にした石垣の人差し指には銀色の太いリングがはまっている。周平と佐和紀が餞別《せんべつ》代わりに送ったメモリアルリングだ。

「本当は、秋の京都にご一緒したかったです。いつか、そんな話をしたじゃないですか」

「はぁ？　したっけ、そんなの……」

「忘れたならいいんです。去年はいろいろ忙しくてそれどころじゃなかったですよね。佐和紀さんのロングヘア、よかったですよ」

姉御分の京子《きょうこ》に頼まれ、銀座《ぎんざ》のキャバレーを救った一件だ。女装のために長い髪のエクステンションをつける羽目になったのだ。

「それ、いま言うことか？　もっと他になにか、あるだろ。おまえ」

「そうですね。あると思うんですけど」

指を焼きそうなほど短くなった煙草を灰皿へ捨てる。

「なにを言っても未練になりそうです」

「……弱いこと、言ってんなよ。いまさら。組に籍もないし、日本にいたって意味ないだろ」

「それでも、って思ったら、ダメなんですか」

「ダメ。……決まってんだろ。おまえさ、もうどこから見てもヤクザじゃないし、チンピラでもないし。びっくりするぐらい、いいトコのお坊ちゃんだよ。もうなにも言うことないよ。元気でやってくれ」

ふっと息をついて、佐和紀はレールから腰を離した。帯を据え直す瞬間に、石垣が動く。肩が軽く押され、右手が阻まれる。覗《のぞ》き込むように近づいた顔はいつものようには止まらなかった。

「……っ」

「『油断大敵』。タブレットで調べてくださいね。行ってきます」

「おまえ……っ」

殴るタイミングを完全に逸した佐和紀は、ふらふらと壁にもたれかかる。三歩引いた石垣は、金髪のときには想像もさせなかった育ちの良さで不敵に笑う。

「愛してます。忘れないで」

満足げな顔でくるっと踵《きびす》を返し、足取りも軽く喫煙ルームを出ていく。その向こうに、ふたりを呼びに戻ってきた三井がいる。

くちびるを拭《ぬぐ》っていた佐和紀は、ぎりっと眉《まゆ》を吊《つ》りあげた。

「なに、その顔……」

たじろいだ三井を押しのけて外へ出ると、キスを奪った石垣の姿はすでになかった。

「なにがっ……あい……っ、ふっざけんなっ」

口にするだけでめらめらと怒りが燃える。

昨日の夜から重かった胃の奥にマグマがたぎり、佐和紀は着物の裾《すそ》を激しく乱して歩き出す。三井が慌てて追ってくる。

行き交う旅客たちが、そんなふたりを物珍しげに振り返った。

「佐和紀っ……。待てって、佐和紀……」

追いついた三井に肩を摑《つか》まれ、足を止めずに振り払う。

「いまさら、言い争いするなよ。やめろってば……っ」

「黙ってろ。殺すぞ」

佐和紀の勢いに目を丸くした三井が、なにもないところでつまずく。放っておいて、前を見た。

列ができている保安検査場を行き過ぎ、ステータス優遇者専用の出入り口を目指す。石垣はそこにいた。手荷物を肩からかけ、自分のしでかしたことを微塵《みじん》も悟らせず、周平《しゅうへい》と岡村《おかむら》を前に最後の挨拶《あいさつ》をしている。

「シンっ！　そいつ、止めろ！」

佐和紀が叫ぶと、石垣は身をひるがえした。やはり、そのまま検査場を抜けるつもりだ。

動きは石垣が早かったが、岡村も場慣れしている。しかも佐和紀の命令とあれば、言葉を理解するよりも早く身体《からだ》が動いた。伸ばした手が荷物に払われたが、とっさに足を伸ばして引っかける。声をあげてけつまずいた瞬間に、石垣は首根っこを摑まれた。

「ほら、挨拶しないからだ」

なにも知らない岡村が笑って言うのを聞きながら、速度を落とさずに佐和紀は駆け寄った。伸ばした片手の袖が揺れ、指先が石垣の首筋に触れる。

三井が「あっ」と叫んだ。

ふたりの顔が近づいた瞬間、周平と岡村がどんな表情をしたのかは知らない。しかし、次の瞬間、ゴンッと鈍い音が鳴った。かぶせるようにして、石垣の呻《うめ》き声がむなしく響く。

「かっ、は……っ」

膝《ひざ》から崩れ落ちた石垣がのたうち回るのを、岡村と三井が呆然《ぼうぜん》と見下ろした。駆け寄った勢いで、頭突きとみぞおちへのパンチをダブルで食らったのだ。

「たもっちゃ〜ん。みっともないよ〜」

三井が同情を滲《にじ》ませたのは声だけだ。転がる石垣の腰あたりを踏みにじる。

「姐《あね》さん？」

なにごとかと驚いている岡村が佐和紀の無表情に気づく。

「タモツ。さっさと行け」

斜に構えた佐和紀は言った。

さもなくば事情を暴露すると、冷たい声に隠して脅す。腹を押さえた石垣はのろのろと立ちあがった。涙目になった顔は痛みと驚きでくしゃくしゃに歪《ゆが》んでいる。

「いや、ちょっと待て」

声を挟んだのは、黙って見ていた周平だ。最後のお辞儀を済ませようとしていた石垣の肩が大きく震えた。

「なにの騒ぎか、説明して行け。まだ時間はあるだろう」

周平の声は、いつになく美しく、そしていつになく冷たく冴《さ》えていた。佐和紀も思わず振り返る。

そこには想像通りの、冷徹な男がいた。佐和紀だけはめったに見ることができない氷点下の周平だ。ライトグレーのジャケットパンツに深みのある緑のカットソーを合わせ、黒縁の眼鏡《めがね》も凛々《りり》しく、凄味《すごみ》を感じさせる色気がある。

事実、三井はぶるっと震えた。

「佐和紀さん、あとはお願いします！」

見た目だけはチンピラから脱した石垣が一息に叫んだ。腹と額の痛みもぶっ飛んだ勢いで、今度こそ脇目《わきめ》も振らずに逃げ出す。あっけに取られていた三井が荷物で殴られたのは、もらい事故のようなものだ。

保安場へ駆け込んだ石垣は、一瞬だけ振り向き、あたふたとしたまま消えた。最後の表情は、泣いても笑ってもいない、痛みをこらえて焦った顔だ。

それが、残された面々の脳裏に残る。

「なにをお願いされたんですか」

まず切り出したのは岡村だった。冷静なそぶりをしているが、必要以上に感情のない声は動揺の裏返しに違いない。自分に下心がある分、同じように横恋慕を続けてきた石垣の行動が読めてしまうのだ。

「知らないよ。そんなの」

佐和紀はしらばっくれて顔を背ける。そのまま周平の腕に摑まった。

岡村の視線が三井へ向く。

「タカシ、おまえは知ってるんだろう」

「え？　知らないって……。だって、喫煙ルームにふたりで入っただけだよ？　俺はトイレ行ってたし。煙草吸う以外に、なにがあるんだよ」

舎弟ふたりのやりとりを聞きながら、ポケットに手を入れた周平が歩き出す。促された佐和紀は、着物の袖に隠れてさりげなく腕を絡め、ポケットの中へと指を追った。温かな肌に触れると、石垣に対する怒りと喪失感がいっそう複雑に絡まり合う。

その混沌《こんとん》とした感情を、周平は問わなかった。

Priority
Fast Track

お互いの指の間をなぞりながら寄り添うだけだ。

「ちょっ……。キスしないでよ。国際線っていったって、ここ、日本ですから！」

三井が声をひそめながら追いかけてくる。一方、

「まさか。あいつ……」

ひとりで憎悪を燃やし始めた岡村の声が遠ざかった。

「シンさんっ。無理だからぁッ！　追えないから！　ちょっ、さわ、姐さんっ！　止めて、止めて！」

慌てて戻った三井のヘルプが飛んできても、佐和紀は相手にしなかった。無視して歩くと、代わりに周平が足を止めた。

振り向くと、それだけで舎弟ふたりは静かになる。

周平の腕に摑まっていた佐和紀は、もう後ろを見る気もない。その首筋に息がかかり、

「帰りは俺の車に乗るんだろう？」

周平に耳打ちされる。

空港まではコンバーチブルの助手席を断り、舎弟たちと一緒に岡村のセダンで来た。それが楽しかっただけに、送り出したあとは寂しくなる。

帰りはふたりきりでいたい気分になるはずだと、十歳近く年上の旦那《だんな》は、嫁の性分を完全に読み切っていた。

「いっそ、膝に乗りたい」

ぼそりとつぶやいた一言に周平が笑い、かすかな息遣いで耳元をくすぐられる。

冷静さを取り戻した岡村が、石垣の乗った機体が飛び立つのを見に行こうと提案した。

三井はさっそく、搭乗口へ向かっている石垣へ最後の電話をかけ始める。

佐和紀はなにも言わず、返答を周平に任せて後ろに続いた。

「締まらない別れだったなぁ」

ぼんやりと繰り返しながら、差し出されたタオルを掴んだ。これで何度目かは数えていない。さっきも言ったと思いながら、バスタブの端に上げた足を拭《ふ》く。

「そんなぐらいがいいんだ」

佐和紀がぼやくたびに笑っている周平は、今度もまた同じ返事を繰り返した。

「そんなものかな」

「そんなものだ」

「もうちょっとしんみりすると思ってたのに」

自分のタオルを首にかけ、周平の手からタオルを取って背中を拭く。『背《せ》で泣《な》いてる唐《から》獅子牡丹《じしぼたん》』は、今夜もどぎつい色合いで鮮やかだ。手のひらを押し当てると、じんわりと温かい。

「佐和紀。風呂《ふろ》の中でさせなかったのは誰《だれ》だ」

咎《とが》めるような口調の周平に抱き寄せられる。

お互いにまだ全裸だ。今夜の攻防戦は佐和紀の勝ちで、キス以上には発展しなかった。石垣が渡米したさびしさを気づかってのこととわかっていて、佐和紀は甘えている。

「触っただけだよ」

「おまえが触るといやらしい」

「たまには背中のおチビにもチューしようと思って」

咲き乱れる牡丹の花に囲まれた二匹の唐獅子のことだ。ごまかしついでに胸元の青い地紋をなぞる。そっと花びらをなぞり、おとなしく待ち構えている周平の頰《ほお》にくちびるを押し当てる。すると、背中を抱いた手がくだっていき、スリットの入り口にある窪《くぼ》みをくすぐられた。

「どっちからしたんだ」

周平に言われ、佐和紀は首を傾《かし》げた。

「なにが？」

素直に聞き返すと、眼鏡をかけていない周平の目が細くなる。

「喫煙ルームで、タモツにさせたんだろう」

半乾きの前髪が額にかかり、いつもより若く見えた。うっとりしながら、やはり聞かれるのだと半ばうんざりもする。

あれは事故だ。許可したつもりはない。しかし、そんな言い訳が通用するとも思えなかった。

「させた、させたって、人聞き悪いこと言うなよ。俺があいつにしゃぶらせてやったとでも思ってんの？　さすがに、入れさせてやったとは思ってないよな？」

わざとおおげさに言って混ぜ返し、脇をすり抜けて逃げる。浴室のドアを閉め、湯冷ましの浴衣《ゆかた》を羽織りながら廊下へ出た。長居は禁物だと歩きながら帯を締めたが、身体に巻きつけている途中で引っかかる。それ以上は引けず、佐和紀はため息交じりに振り向いた。

「引っ張らないで」

帯の端を摑んだ周平は無表情のままだ。怒っているわけではないが、からかっているのでもない。

一番、難しい状態だ。要するに、拗《す》ねている。

「……あのさぁ。犬にくちびる舐《な》められても、なんとも思わないだろ。それと同じで……」

「キス、したんだな」

全裸の周平に帯を引かれ、つんのめりながら帯結びをあきらめた。

「してないよ。そんなこと。いい加減にしろ。おまえも、シンも、めんどくさいんだよ」

「そこと一緒にするな」

帯を床に落とした周平の手が伸びて、あっという間に廊下の壁へ追い込まれる。遠くに虫の音が聞こえ、夏の終わりは確かだ。

「佐和紀……」

優しいような冷たいような口調だった。心の底から求めてくるときの周平の声はわびしさを伴って哀れを誘う。それが男の手管と知っていて、佐和紀はいつも通りにほだされた。開いた浴衣の合わせの間に両手が忍んで、腰骨のあたりを摑まれる。ひっそりと身を寄せてくる周平の膝が足の間にねじ込まれた。

「……周平」

ダメ、と言う前に、くちびるが押し当たる。柔らかな弾力を残して離れた顔が、至近距離にとどまった。

「盗ませるなよ……。安いものじゃないんだ」

「わかってるけど」

「同情したんだろう」

「そうじゃなくて。すごく、自然すぎて……」

言い訳を口にするのは、心に隙《すき》があったと自覚しているからだ。キスさせるつもりはなかった。けれど、覚悟を決めたはずの別れはやはり寂しくて、胸の中にぽっかりと穴が開いてしまっていたのだ。油断した。

「舌は入れさせてないから……」

「当たり前だ。で、どうだった？」

「そういうことは聞かないものだろ。っていうか、そんな感想を聞かれるほどのキスじゃない。押し当たっただけだ」

「俺のとは、違ったか？」

周平が近づくと、香水と同じ銘柄の石鹸《せっけん》香がふわりと漂う。

それだけで佐和紀の身体はぞくりと震えた。それに気づいた周平の足に内太ももを撫《な》でられ、佐和紀は自分からくちびるをついばんだ。

「比べものになるわけないだろ……んっ……ん」

くちびるが深く重なり、引き寄せられた腰が触れ合う。

「はっ……ぁ、んっ……んっ」

チュクチュクと濡《ぬ》れた音がするキスを繰り返され、周平の腕の下から背中へと腕を回す。

そのまま肩に摑まって身を任せた。

「あっ、ぁ……んっ……しゅう、へ……っ」

ぞくっと痺《しび》れが走り、舌先が欲望を求めて周平のくちびるを舐めた。柔らかな舌に迎えられ、きゅっと吸われて腰が震える。

「んっ、はぁ……ぁ、あっ……」

片手が背中をたどり、もう片方の手が尻《しり》を揉《も》む。すると、腰まわりがせつなくなる。佐和紀はたまらず胸を寄せた。

しっとりと汗ばんだ互いの肌がこすれ合い、押し当てた下半身が跳ね回る。それは周平も同じだ。

「触、って……」

小声でねだったが、聞こえないそぶりと濃厚なキスで黙殺される。代わりに、周平の腰が卑猥《ひわい》な動きで揺れ出し、互いの腹に性器を挟まれた佐和紀は身をよじった。

絡み合う唾液《だえき》の水音の合間で、激しく息を弾ませる。頭の芯《しん》がぼうっとして、いっそう強くしがみついた。

心に吹き込んでいた隙間風が甘だるい南風に押し返され、喪失感でぽっかりと開いた穴へ、淫蕩《いんとう》な感覚がぎゅうぎゅうとねじ込まれる。

「周平……ッ、きもちよく、なっちゃう……っ」

キスされて、腰をすりつけられているだけなのに、佐和紀のそこは周平の昂《たか》ぶり以上に硬くなり、先端からタラタラと滴が溢《あふ》れていく。

「んっ、んっ……はっ。あ……っ、や、だっ……」

「キス、好きだろ？」

大きく開いたくちびるの間に、いつのまにか這《は》い込んだ周平の舌は、遠慮のない獰猛《どうもう》さで佐和紀の柔らかな粘膜を撫で回す。卑猥に絡んだ舌のふちを器用にたどって舐めていく。

「ふぁっ……ぁ。……ふ、ぅ……っ」

乱暴なようでいて繊細な愛撫《あいぶ》に負け、佐和紀の身体はわなわなと震えた。甘い誘惑にずっぽりとはまり、喘《あえ》いでしがみつきながら、まるで盛りのついた犬のように小刻みに腰を振る。

「あ……ぅ……ぅ。やっ……だッ……い、く……いく……」

「触ってもいないのにな」

からかうように笑った周平が、舌を引っ込める。

「やめ……な、ぃで……。も……っ」

息も絶え絶えに訴える最中も、佐和紀の前身は、びく、びく、と波打った。

「んーっ、ん」

じわじわと押し寄せる快感が行き場を失い、佐和紀は艶《なま》めかしくくちびるを差し出した。

「キス、して……。いきたい……。いきたい、から」

尻をぎゅっと摑まれ、腰ごと強く抱かれる。同時にくちびるが重なり、佐和紀はたまらずに目を閉じた。

周平の淫靡《いんび》な腰使いにこすりあげられ、佐和紀よりも数段に逞《たくま》しい陰茎と腹筋に揉みくちゃにされていく。その上、しがみついた胸はぴったりと寄り添い、触られもせずに尖《とが》った乳首が汗ばんだ肌とこすれ合う。目眩《めまい》が起こるほどの悦に押し流され、佐和紀の声は喉《のど》の奥で引きつった。

「いく、いくっ……う、うぅっ……」

壁に追い込まれ、蹂躙《じゅうりん》を繰り返す周平の舌先にくちびるを開き切ったまま、ただひたすらにしがみつく。頭の中が真っ白になって、腰が律動を繰り返す。

佐和紀は小さく呻いた。周平の腰で圧迫された先端から精液が飛び出し、床にもぽたぽたと落ちる。

「あぁ……ぁ……っ、ふぅ……ぅ」

佐和紀は荒い息を繰り返し、余韻に震える身体を周平の腕へ預けた。

「今夜はもう、なにも考えるな」

刺青《いれずみ》の彫られた肌に抱かれ、こくこくとうなずく。

そのあご先に指が添う。触れたくちびるが食《は》まれ、隙間なくぴったりと重なった。

2

赤いベルベットのソファ席に座った佐和紀の前に、茶托《ちゃたく》付きで湯のみが出される。髪を大きく結いあげた中年の女は、黒いワンピース姿で膝をついたままだ。

向かいの席には若いホステスが六人、ずらりと並んでいる。

「んー、三十点。五十点、三十点、四十点、六十点、三十五点」

ソファにもたれかかった佐和紀が右から順番に指さしていくと、女の子たちは顔を見合わせた。声をひそめて、キャッキャッと騒ぎ出す。

顔の良し悪しの点数ではない。化粧が与えるイメージと胸の大きさのバランスだ。そこがちぐはぐだと、胸ばかり見る客からのセクハラが多くなり、悪い常連客を掴みやすい。というのが、佐和紀の持論だ。

「まぁ！　六十点なんて、初めてじゃない？」

床にしゃがんだママの一声に、六十点をつけられたホステスは意気揚々と手をあげた。

「私、前回は十点だったんです〜」

「大躍進じゃないの。その調子ね。どうぞ、お茶を飲んでください。それとも、おビール、出しましょうか？」

「いらないってば。もういいだろ。こっちも忙しいんだからさぁ」

いそいそ立ちあがろうとするママに向かって声をかけたのは、佐和紀の隣に座る三井だ。伸ばした髪は肩につくほど長い。

くわえていた煙草を灰皿で揉み消し、デニム地のジャケットを引っ張った。

「今月分、さっさと払って」

「なによ、その言い方」

「ママがどうしてもって言うから、こうして連れてきてやっただろ」

「タダ酒飲んだくせに」

「あ、それ！」

慌てた三井が立ちあがる。驚いた女の子たちはひゅっと黙り込んだ。

「タカシ……、金ならもらってるだろ。なにやってんだ」

絣《かすり》の着物の衿《えり》をしごいた佐和紀が見上げると、三井は軽い動作で逃げた。

「払うよ、払うに決まってんだろ。えっとー、おいくらでしたっけぇ？」

大滝《おおたき》組へのみかじめ料を取りに下がったママを追いかけていく。

大滝組直系本家では、商店に対する構成員たちの後払い《ツケ》を禁止している。飲食店や風俗店も同じで、よっぽどの理由がない限り、現金払いで立ち去るのが掟《おきて》だ。自分たちの管理する地域《シマ》で、みかじめ料の支払いを拒まない店は特に大切に扱うよう、指導されている。まれに見る任侠道《にんきょうどう》だが、関東随一の巨大組織大滝組の屋台骨として、住民感情に配慮しているだけのことだ。みかじめ料の徴収が大事なわけでもない。飲食店の払っているみかじめ料は、直系本家のシノギからすれば雀《すずめ》の涙ほどだ。

資金集めの手段は別にあり、そのほとんどを佐和紀の旦那である大滝組若頭補佐・岩下周平が賄っている。

「それじゃあ、また今度な」

ツケを払って戻ってきた三井を視界にとらえ、佐和紀は腰を上げた。着物の衿を正し、帯を腰に据え直す。そこへホステスたちが我先にとまとわりついてきた。

「遊んでいってくださいよ～」

肩に触れられ、腕を摑まれ、袖を揺らされる。

「まだ、店を開けてもないだろ」

進路を阻まれた佐和紀が笑って身をかわすと、女たちとの間に影が走った。三井ではない第三の男だ。

「申し訳ありませんが、お姉さん方……。こちら、まだ仕事がありますので」

涼やかな声で断りを入れたのは、石垣に代わって新しい世話係になった壱羽知世《いちばともよ》だった。まだ二十歳《はたち》を過ぎたばかりの現役大学生だが、首筋のほっそりとした外見からは想像できない胆力がある。有無を言わせぬ雰囲気に押され、さほど年齢の変わらないホステスたちが押し黙った。

「姐さん、参りましょう」

芝居がかったセリフが、茶髪に縁どられた白い肌によく似合う。にこりともしない顔は人形のように整っていて、はたで見ている佐和紀もうすら寒いものを覚えるほどだ。

知世は、北関東にある壱羽組の次男坊だ。黒目がちな瞳《ひとみ》はガラス玉のような無機質さで、『壱羽の白蛇』の異名も伊達《だて》ではないと思わせる。

佐和紀が歩き出すと、知世はママとホステスたちに丁寧な一礼をして追ってきた。

「大人気ですね」

店の扉を静かに閉め、にこりと笑った顔は年相応だ。ヌメッとした爬虫類《はちゅうるい》の雰囲気が一掃される。

「いつか、取って食われるよな」

「そんなわけないだろ」

くわえ煙草に火をつけた三井が笑う。

「あんたに食らいつける女がいたら、見てみたい」

「そんなおまえは、どの女に手をつけたんだ」

「アニキみたいなこと言うな。そんなことするわけないだろ。俺は品行方正な構成員だ

よ。オヤジの教えに従って、シマの中ではおとなしく、おとなしく、それはもうお利口に
……」

「知世」

佐和紀が声をかけると、この二ヶ月ですっかり仕事慣れした新入りは小首を傾げてはにかんだ。

「六十点の彼女ですね。胸が大きいのと、口元のだらしない感じが三井さんの好みだと思います」

「……はぁ？」

三井の手からぽとりと煙草が落ちた。

「ツケはそのときの払い忘れじゃないですか。酔うと、とにかく出したい、ってときがあるみたいだから……」

「知世……。おまえはなぁ、ペラペラ、ペラペラと、余計なことを」

「当たりだろ？」

落ちた煙草を草履の裏で揉み消し、佐和紀が聞く。

「ハズレに決まってんだろ。はいはい、次行こう。次！」

三井はしきりとふたりを急《せ》かす。

「タカシ。彼女にまでツケてないだろうな」

「バカだろ。つけるに決まって……え、なにを？」

「……えらい、えらい。ちゃんとつけてえらいよ」

佐和紀はわざと猫撫で声を出し、三井の肩を繰り返し叩《たた》く。

「俺のプライベートだ、っつーの！」

いまいましげに舌を打つ三井から睨《にら》まれるのは知世だ。しつこく絡まれる前に、ポケットの携帯電話が震え出す。

「姐さん宛てです。失礼します」

携帯電話を取り出し、素早く一礼してあとずさった。知世の携帯電話だが、佐和紀専用の電話番号への着信も受けられるようになっている。

デートクラブの管理で岡村が忙しくなり、石垣が組を抜け、三井は周平に付くことが増えた。結果、いままでのような伝言形式が難しくなったので、佐和紀への要件はすべて知世が受けつけている。

「真柴《ましば》さんだな」

知世の電話対応を見た三井が言う。佐和紀の番号を知っている人間は限られている。

佐和紀は黙り、人差し指と中指を立てた。三井の煙草が一本差し込まれ、ライターの火が向けられる。

「にしたって、チンピラのチの字もないな。知世には。あぁいうのに惚《ほ》れられるのがなー、シンさ～んって感じだよな」

三井が言う通りだ。長めの前髪がさらりと流れる知世の爽《さわ》やかさからは、ヤクザの剣呑《けんのん》さもチンピラの乱暴さもない。裏風俗で男相手にウリをしていた後ろ暗い過去も想像できないほどだ。

こうして暴力団の使いをしながらも週に三日は大学へ通い、キャンパスでは友人たちとわいわい楽しくやっている。佐和紀がこっそり覗きに行ったときも、あちこちから声がかかり、どこからどう見てもカタギで健全な、しかも人気者の大学生だった。

「シンも、いい男になったんだろ」

煙を吐き出した佐和紀は片頬を引きあげた。三井も煙草をくわえて火をつける。

「自分が育てたみたいに言うなよ。あの人は昔からモテてる」

「周平譲りのえげつなさで食い散らかしてきたんだよな」

「……持ちあげといて、落とすな」

「知世の前では言ってないじゃん」

「……言ってますよー。自覚がないだけですよー」

軽口を叩いている間に、知世が電話を終えて戻ってきた。

「真柴さんでした。聞いて欲しい話があるそうで、今夜、夕食を、というお誘いでした。返事は保留にしてあります。どうしますか？　補佐の予定はいまのところは外出で、変更の連絡はありません」

「俺は？」

誘われていないのかと、三井が自分の鼻先に指を当てる。

「すみれさんについてのことだと思うので、遠慮されたら、いいんじゃないですか」

「あー、あれじゃねぇの？　うっかり、コレもんの……」

おどけた三井が、両手で腹のせり出すジェスチャーをする。

「だとしたら、三井さんも呼ばれますから」

「じゃあ、なんだよ」

「三井さんがいたら話せないことは、いっぱいあると思いますよ」

「知世ちゃん。俺ね、おまえよりもお兄さんなんだよ？」

「そうだっけ。同い年だろ？」

佐和紀がからかうと、三井は不満げにスパスパと煙草をふかした。

「嘘《うそ》ですよ」

クックツと笑った知世が肩を揺らす。

「三井さんも、とおっしゃってました。でも、三井さん、今夜は予定が入ってるじゃないですか」

「ないよ、そんなの」

二十代後半も半ばに差しかかった男は、誰に憚《はばか》るでもなくくちびるを尖らせる。

「こちらを優先されるのはかまいませんが……。定例会の連絡係の会合、すっぽかして大丈夫ですか？」

「あれ？　今日だっけ？」

ジャケットから携帯電話を取り出す。

「あ、ホントだ。無理だ。っていうか、次の店行ったら事務所に戻んないと」

「会合はネクタイ必須《ひっす》です。時間がないようなら、事務所に何本か置いてありますから」

「サンキュ。一応、スーツに着替えに帰る。残りは次の機会だな」

残りの一軒をあきらめた三井は煙草を道路に投げて揉み消した。知世が拾って携帯灰皿へ入れる。

「出世すんの？」

佐和紀はにやにや笑って聞いた。三井もまたにやりと笑う。

「しちゃおっかなー。チンピラにヤキ入れてんのにも、飽きたしなぁ」

ふざけた口調だが、その手の仕事はすでに三井の手を離れている。若手構成員や組に出入りするチンピラに対して仕置きを与える『飴《あめ》と鞭《むち》作戦』は、飴役だった岡村がいなければ機能しない。

だから、三井の仕事もまた、事務所内の肉体労働ではなく組運営の実務へと切り替わったのだ。そういう年齢でもある。

「真柴さんにＯＫの連絡を入れます。場所と時間も決めてしまいますが、済ましておく用事は……」

確認を向けられ、佐和紀は首を振って「ない」と答える。三井が知世に向かって言った。

「俺はタクシーつかまえるから、車使っていいよ。組屋敷に戻して」

「はい、そうします。……すぐに済ませますので」

佐和紀を三井に任せ、知世は電話をかけ直すためにまた離れる。

「……使える新人すぎて、どうかと思うレベルだな」

三井がぼそりと言い、佐和紀は細いべっ甲縁の眼鏡を指で押しあげた。

「シンの仕込みだから……」

「それって、愛され自慢だろ？　あんたのためならなんでもしちゃうもんなぁ。シンさんもさー、ちょっと考えたらいいよ、本当にさ」

「俺に言うなよ。……おまえだって、俺が好きだろ？　命、懸けちゃうだろ？　んん？」

着物の袖を揺らして、三井の肩に腕を投げ出す。今日はなにげない絣の着物だが、驚くほど値の張る逸品だ。

姉嫁の京子が贔屓《ひいき》にしている呉服屋から頼まれ、周平が買い受けた反物だった。そここそ名のある織り手の品は、だからこそ値が張りすぎて買い手がつきにくいことがある。手に入れたあと、どうするかはこちらの裁量だが、この絣は佐和紀が気に入ったので単衣《ひとえ》に仕立ててもらった。

袖がずれ、肘先《ひじさき》の柔肌がさらされる。

「あんたが、こんなことばっかりするから、タモッちゃんにキスされるんだよ。あのあとしばらく、シンさんが荒れに荒れて、大変だったんだからな。わかってんの？」

「はぁ？　されてないし。なにがキスだ。ふざけんな。見てもねぇだろ」

「……じゃあ、なんで殴ったんだよ」

「とっぽい兄ちゃんになったのが、ムカついた」

「はー、否定できない……」

がっくりとうなだれた三井が肩を揺らす。

「タモッちゃん、さっそく金髪とヤったらしいよ。禁欲してたら、悠護《ゆうご》さんが連れてきたって」

「あいつは……」

佐和紀はうんざりとため息をつく。

悠護は大滝組長のひとり息子で京子の弟だが、実家とは縁を切って海外で暮らしている。というのが建前で、実際は友人の資産運用で作った余剰金を大滝組へ流し、京子の息子たち三人の面倒も見ているのだ。

事実を並べると凄腕《すごうで》のトレーダーに聞こえるが、佐和紀にとっては古い知人のままの印象だ。静岡で性別を偽ってホステスをしていた頃、結婚詐欺をしてけっこうな大金を巻きあげた。悠護は、いまでも軽薄なチンピラでしかない。

「だからってさぁ、シンさんには気安くキスとかするなよ」

「するわけねぇだろ。……なんで？」

「舞いあがりすぎて昇天しそうだから。死亡フラグだよ、死亡フラグ」

「折れないよなぁ……、それ」

もう何本も折ってきたつもりだが、次から次へと新しい『死亡フラグ』が立つのだ。本当にキリがない。横恋慕をあきらめさせれば済む話だが、それをするつもりが当の佐和紀になかった。

周平ひとりの愛では物足りないわけではなく、ただなんとなく、岡村が他の誰かに尽くしている姿は見たくない。性的欲求はよそで晴らしてかまわないし、いっそ愛とか恋とかも面倒に思う。黙ってそばに控えていて欲しい、それだけのことだ。

「折った先からぶっ刺してんのは、あんただよ」

佐和紀の複雑な感情を百も承知の三井は、投げ出された腕を乱暴に肩からおろす。岡村への同情を見せてはいるが、おおむねおもしろがっているのだ。それを証拠に、束縛するなとも言わなかった。

甘辛いソースの焦げる匂《にお》いが食欲をそそる。鉄板の隅で焼かれたゲソをつまむ佐和紀のビールも進んだ。

隣に座る知世がおかわりのビールを頼み、すみれとの近況を話していた真柴は大きなヘラを使ってお好み焼きを切り分ける。

「できました。どうぞ」

ようやく許しが出て、佐和紀も手元のコテで一切れすくった。皿に置いて、新しい生ビールを待つ。

事情があって関西から逃げてきた真柴は、大滝組預かりの身の上だ。日本最大の暴力団・高山《たかやま》組の中核である阪奈《はんな》会生駒《いこま》組組長の息子であると同時に、京都を本拠地とする桜《おう》河《が》会会長・桜川《さくらがわ》の甥《おい》でもある。

温和な雰囲気で周りを和ませる才があり、育った環境のシビアさは時折見せる視線の中にしかない。

「そういえば、すみれを孕《はら》ませたんじゃないかって、タカシがな……。言い出しにくいだけなら、さっさと言えよ。先延ばしにするとろくなことにならねぇから」

佐和紀がお好み焼きをかじりながら言うと、届いた生ビールと空になったジョッキを取り換えた知世が笑った。

「そんなおめでたい話なら、すぐにでも報告されてますよ」

「めでたくないだろ。結婚もしてねぇのに。腹が出る前にドレス着せてやらなきゃ、かわいそうなんだよ」

「結婚はまだ……」

鉄板の向こう側にひとりで座っている真柴の肩が、小さくすぼまる。

半袖のカットソーから出た腕は太く、胸板も厚いスポーツマン体型だ。男としてはそろそろ身を固める覚悟を決めるべき三十代半ばで、去年のキャバレー事件で恋に落ちたすみれとの年齢差は一回り以上ある。

二十歳にもなっていないすみれは、横浜でホステスを続けていて、真柴とは同棲《どうせい》もしていなかった。それがケジメだと胸を張った男は、真剣な表情で言う。

「その前に、成人式の振袖を着せてやらんと……」

「親か、おまえは」

ビールをぐびぐび飲んだ佐和紀が笑い飛ばす。

「いっそ、引き振袖を着せて、結婚式もしてしまったらどうですか」

知世も笑いながら、お好み焼きをコテで引き寄せる。佐和紀は賛同した。

「おー、それな。いいじゃん。……籍入れるつもりはないの？」

「そんなんしたら、冗談になりませんやん。あいつが三十で俺が二十歳ならまだしも、反対ですよ。年齢だけやない。俺は……」

黙った真柴はコテを離し、ジョッキに残ったビールを一息に飲み干した。おかわりを注文すると、狭い店内に陽気なおばちゃんの声が響く。ビールはすぐに届いた。

「相談って、それ？」

佐和紀が聞くと、真柴はぐっとくちびるを引き結んだ。真面目《まじめ》な顔をすると、いっそう正直そうに見える男だ。佐和紀は続けて言う。

「極道とかいってるやつと結婚しても、普通に生活してる女は山ほどいるだろ。俺とか京子さんは例外に近い。……あっちに帰るつもりか」

「こっちに骨をうずめる気はありません。『生駒』は幹部もしっかりしてるし、俺がおらんでも問題ないけど、伯父貴《おじき》んとこが心配で」

「桜川会長か……」

桜河会の会長は、真柴の母親の実兄だ。横浜に逃げてくるまで、真柴は桜河会に身を寄せていた。そのあたりの事情を佐和紀はよく知らない。

「盃、どうなってんの？」

「『生駒』の幹部と兄弟の盃を交わしただけで」

「それで一応、生駒の組長さんがオヤジってわけか。……すみれも連れていってやれよ。

待ってるぐらいなら、一緒に行った方が幸せだろう」

「そんなもんですか」

「俺は女じゃないから知らねぇけど」

「そう言わんと。嫁の立場で言うてください」

「だからさ、俺はとっくにトウの立った男嫁だっつーの」

たとえ女だったとしても、二十歳にもならない女の子の気持ちはわからない。

「伯父貴のとこの若頭が、万が一のことがある前に盃をもらっておけって、話を持ってきたんですよ。伯父貴の子どもはみんな、使いもんにならん言うて」

「その人が担いでくれるって話？」

「俺は下でいいんですけど、いろいろ事情がありまして。……死んだ俺の母親と昔にアレで」

「はー、アレね。どうせなら若いのを上にって話……違うな。『生駒』との、なんだっけ」

「姻戚《いんせき》関係です」

黙って聞いていた知世がすかさず答える。

「うん、それな。……若頭って人が信用できるなら。……いや、あれか」

「そうです。問題は、アレなんです」

佐和紀と真柴が揃って唸《うな》ると、知世は不思議そうに首を傾げた。

「なんですか、アレって」

「俺がここに逃げてきた理由なんや」

真柴はため息をついて言った。

「伯父貴の嫁は『由紀子《ゆきこ》』っていうんやけど、これがもう、とんでもない女でな」

「去年のキャバレーの話は聞いてるだろう？　その黒幕だよ。周平の昔のコレで、人を騙《だま》して泥団子を食わせるのが趣味のキツネみたいな性悪女」

小指を立てた佐和紀に、知世が目を丸くする。

「……補佐の……」

それだけでとてつもなく恐ろしい想像しているのだろう。どうにも知世は、周平を怖がりすぎる。

「とにかく幹部連中を食いまくってるって話だ。穴兄弟をどんどん増やして、大阪じゃあ血の雨が降ったって。な？」

同意を求めると、情報提供者である真柴はうんざりとうなずいた。

「そもそも人妻なんやけどなぁ。トチ狂うんよなぁ」

「そんなにいい女なんですか」

知世の質問に対する答えは真柴に譲る。

「顔も身体もきれいだよ」

「ん？　……真柴。ヤッてないよな？」

佐和紀の質問に、真柴はうーんと唸って顔を伏せる。迫られたのが恐ろしくて逃げたと聞いたが、肉体関係があったとは考えもしなかった。

「したんだ……」

「わわっ！」

佐和紀が肩を引くと、真柴はさらに身を屈《かが》めた。額が鉄板につきそうになり、知世が慌てて手を伸ばす。佐和紀は静かに目を細めた。

「おいしかったわけだ。……癖になりそうなほど」

「岩下さんには言わんといて」

「どうして？　あいつは関係ないよ。……顔上げて答えて。何回？」

「……三回」

指を三本立てた真柴が、両手で顔を覆った。

「普通、三回もするか。なぁ、知世」

「……よかったんですね」

「そんな軽蔑《けいべつ》したようなこと言うけど……」

言葉を濁す真柴を、佐和紀は鼻で笑った。

「だってさぁ。俺は勃《た》たないもん、あの女相手じゃ」

「それは迫られてないからや。あの女の恐《こわ》さは、口説かれてみんとわからへんから！」

真柴は拳《こぶし》を握りしめる。

「周平が聞いたら笑い転げるよ……。まったく、男ってのはしかたないなぁ」

「そっくりそのまんま、財前《ざいぜん》にも言われました。正気に戻るまで殴られて、そんで、とりあえず逃げようって話になって」

財前は真柴の友人だ。由紀子の支配下にいた男で、着物の絵付けをやめて横浜へ来てからは、元の彫り師へ戻った。

「財前に感謝しろよ。骨までしゃぶられるところだろう。まぁ、肉をしゃぶられてるうちは天国だろうけど」

「姐さん」

知世にたしなめられ、佐和紀はお好み焼きに手を伸ばす。代わりに知世が質問を投げた。

「その、由紀子さん、でしたっけ。その人がいるから戻れないんですか」

「俺ひとりなら、なんとかなる。けど、すみれを連れていくんは無理や。……あのときのきっかけは財前やった。今度は、すみれを盾に脅してくるやろ」

「会長から真柴に乗り換えたいってことか」

佐和紀の問いに真柴がうなずく。

「いまは、若頭補佐がターゲットや」

「『補佐』が好きなのか」

目をすがめた佐和紀に気づき、知世がすかさず答える。

「違うでしょう。年齢的な話ですよ。……真柴さん。確か、西は揉めてるんですよね」

話の途中で、注文していない生ビールの中ジョッキがふたつとウーロン茶が届く。

「真柴さん、店、閉めたから。ゆっくり話してや」

店のおばちゃんの言葉は、関西弁のイントネーションだ。

先ほどまで入っていた三組の客はすでにおらず、擦りガラスの戸の向こうに揺れていたのれんもすでにおろされていた。

席を離れたおばちゃんはすぐに戻ってきて、できあがった豚の生姜《しょうが》焼きを鉄板に移し、枝豆と冷ややっこをテーブルの端に乗せた。

「おおきに。ごめんやで」

真柴が会釈すると、おばちゃんはくしゃくしゃっとした笑顔で応《こた》えた。

「ええんよ。真柴さん、ようけ来てくれるし。奥に入ってるから、帰るときは声かけて」

そう言って店の奥へと消えていく。笑顔で見送った真柴は、残りのお好み焼きに手を伸ばし、改めて知世の質問に答えた。

「高山組の分裂は確実かもしれんな。抗争を避けようとして、石橋《いしばし》組の組長があちこち働きかけてるけど、生駒組はとりあえず様子見や」

「石橋組というと、美園《みその》組長ですね。美園さんが関東事務所に詰めていたときに、うちへ来たことがあります。それなら、阪奈会は高山組に残るということですか」

「元々、高山組の幹部連中で作ったんが阪奈会やからな。ここは元祖高山組の立場を崩さんやろう。問題は、高山組の三代目の子分が作った真正《しんせい》会ってところや。ここが抜けると、東海地方から東が総崩れになって、まぁ、天下分け目の関ケ原ってとこやな」

「真正会というと、名古屋の千成《せんなり》組と大阪の満亀《みつき》組ですね。確か大阪出身の兄弟が作った組だと聞いてますが」

「詳しいな。兄貴の方は大阪で育ったけど、弟は愛知のはずれの方や。俺らは『マンガメ』って呼んでるけど、ここはやることがとにかくエグい」

「……由紀子の『飛び道具』だな」

ビールジョッキをごとりと置く。真柴は驚いたように振り向いた。

「知ってはったんですか」

「エグいと言われたら、それ以外にないだろ」

「普通は結びつきませんよ。傷害、窃盗、放火に強姦《ごうかん》。殺しをやる人間もゴロゴロいるって話です。表向きは規模の小さい組ですよ。そのへんのやつらはたいてい、千成組の金魚のふんやと思てるぐらいの」

「要するに、由紀子の機嫌を損ねると、傷害、窃盗、放火に強姦、運が悪ければ、殺されるって話なわけだ……」

「単なる『極妻』じゃないんですか」

今度は知世が驚き、佐和紀は枝豆に手を伸ばした。

「趣味らしいよ。人をいたぶるのが……」

「最低な趣味ですね」

「そんな女に突っ込めちゃう、真柴さんがこわいよ、俺は」

「ほんま、それ言わんといて……。若かったんやって」

「若さだけが理由じゃないだろ。それで、いまわかってるだけで、由紀子の手がついてんのは誰？」

「俺が知ってるんは、桜河会の若頭補佐の道元《どうげん》、マンガメの満谷《みつたに》組長、真正会幹部の井田《いだ》と安本《やすもと》。最近飛んだのが、坂井《さかい》と中川《なかがわ》ですね。由紀子を利用したつもりになって桜河会にちょっかいかけたんがバレて、周りをじわじわやられた挙げ句、自滅や。タンス預金から床下の金庫まで、すっかり取られたって話で。中川の方は別れた嫁まで狙《ねら》われて、財産分与で渡したビルの権利がやられたらしい。まぁ、たいそうなもんやで。口にするのも嫌になるようなことを、マンガメの飼ってる連中がしでかしてたんやろな。食いついた記者がひとり、線路に落とされてる」

「ふぅん……」

気のないふりで答えた佐和紀は、知世にジョッキを押しつけた。おかわりをもらってくるように頼み、席を離れる後ろ姿を眺めながらつぶやいた。

「で、そんな話があるんですよ、で終わり？」

「……伯父貴が、御新造《ごしんぞう》さんに会いたいと……。口利きを頼まれました」

「俺に？」

店の奥から、おばちゃんを呼ぶ知世の声が聞こえてくる。

「会ってもらえませんか。もう、長くはないんです」

佐和紀が振り向くと、真柴は悲痛な表情でうつむいた。

「心臓が悪くて……、外には漏れへんようにしてますけど、引退するんは時間の問題や。そのまえに、あかんようになるかもしれへん」

「ダメになるって……」

「死ぬってことです。いまのままでは、桜河会は真正会に乗っ取られる」

「俺を通して、周平に頼むっていうのは、できない。わかってるだろう」

「伯父貴がなにを考えてるかは知らんのです。会うだけでいい。それだけで、俺は……」

真柴には真柴の、桜川への恩があるのだろう。深く頭を下げられ、佐和紀はため息をついた。

「おまえには貸してる方が多いと思うんだけど……」

「ぐっ……」

「なーんてね。まぁ、理由があれば会うぐらい、いいけど」

そこへ生ビールを持った知世が帰ってくる。

「会うぐらいで済みますか」

いきなり言われ、年上のふたりは小さく飛びあがった。

「聞いて、たんか……」

「聞いてません。そんなしつけはされてませんので。でも、話の流れでわかりますよ。真柴さん、普段はすみれさんとのノロケしか口にしないんですから」

「してへん……。そんなん」

「そうですか。薄味の肉じゃがの話、十回は聞きました」

「あー、聞いたなぁ。そのくせ、まだ一回も食べてない」

「ほんとうですよ。一度は食べて欲しいって言うのに」

知世は席に戻り、

「岡村さんが言ってましたが、秋の定例会に合わせて、姐さんの京都行きはすでに整ってます。京子さんがご一緒ですよ。横浜を離れてもらいたいということで」

持ち回りで開かれる定例会は神奈川近辺で行われる。噂《うわさ》の男嫁を連れてこいと言い出す古参が少なからずいるのだ。飲み会の酌でもさせられたら不愉快だと、旦那である周平以上に、若頭の岡崎《おかざき》がピリピリしている。

古巣のこおろぎ組にいた頃は、佐和紀も、兄貴分と慕っていた相手だ。そのあと、岡崎はこおろぎ組を見限り、裏切りだと憤った佐和紀との仲は険悪になった。しかし、付き合いは続き、しばらくして周平との結婚話を持ってきた。

「いっつも俺に相談ないんだけど」

春は春で山梨の温泉へ連れ出されたことを、ぼんやりと思い出す。知世が隣で眉をひそめた。

「姐さんは、補佐からの話以外は、聞き流してますから」

「……そんなことない。それなら、それで、周平から話してくれたらいいじゃん」

「どこに行きたいか、聞かれませんでしたか？　そのとき、一緒ならどこでもいいって答えませんでしたか……」

冷静な声に諭され、佐和紀はふるふると肩を震わせた。両手で顔を覆う。頬が熱い。確かに、記憶がある。

定例会の話になり、どこへ行きたいかと問われ、一緒に行けないのならどこでも変わらないと答えたのだ。考えておくと周平に言われ、そのあとはおそらくキスをした。

「はー、これはほんと、石垣も安心して日本を離れるわ。俺の話、岩下さんには言わんといてや」

「それは俺の仕事じゃないのでしません。でも、岡村さんには報告します」

正直な知世が真柴に対して答える。その横顔をひとしきり眺め、佐和紀は真柴へ向き直った。

「会長の話を聞く代わりに、そろそろ、すみれの手料理を食わしてもらいたいな。久しぶりに会って腹でも出てたら、ぶっ殺すからな」

「ないって言ってるやん！　そんなん、ありえません」

「ヤッてんだろ」

「……してますけど。やめてくださいよ、俺のプライベート……」

「俺を前にして、プライベートなんかあるか？　シンもタカシも、そんなものは持ってない」

「俺もです」

知世がにっこりと微笑《ほほえ》み、佐和紀はぼやくように言った。

「三十半ばの男が、二十歳前の女の子をコマすってなぁ……。知世、どう思う？」

テーブルの端を叩くと、知世は煙草を取り出す。ショートピースではなく、岡村の好んでいる銘柄だ。佐和紀はリラックスしているときしかショートピースを吸わない。だから、ここでフィルター付きの煙草を差し出す選択は正しい。

しかし、それが岡村愛用の銘柄というのが佐和紀には気にかかる。

いつなんどき岡村に会ってもいいように所持しているのか。それとも、惚れた男を喜ばせるために、同じ煙草の匂いを佐和紀につけさせようしているのか。そのあたりは聞けないままできている。問いただすのが怖い。

口にくわえると、ライターの火が向く。灰皿を置いた知世は、煙を吐き出すのを待って答えた。

「恋愛に年齢差は関係ないと思います。すみれさんはもう立派な大人ですよ」

「なー！　そうやんなぁ！」

真柴が拳を握って勢いづき、佐和紀は白い煙を吐きながら笑う。

「それはおまえ、自分のことと重ねてるからだろ？」

知世は二十歳で、岡村は佐和紀と同じ三十一歳だ。年齢差を恋の障害だと思いたくないのだろう。

そして、佐和紀と周平も同じぐらいに歳《とし》が離れている。

「コマされてる方が幸せなら、いっか……」

あれこれと優しくしてくれる旦那の包容力を思い出し、佐和紀ははにかむように思い出し笑いを浮かべる。すると、濡れたような艶《つや》っぽさが瞳の奥にきらめいて、清楚《せいそ》な容姿の内側から独特の色気が滲み出す。途端に、路地裏の小さなお好み焼き屋が色めいた。

「どうせ結婚するなら、御新造さんぐらい幸せにしてやらんとなぁ」

言った真柴はゆっくりと自分の煙草を取り出し、知世が差し出したライターで火をつけた。

のれんを再びかけさせ、お好み焼き屋の営業を再開させたあとは、真柴の行きつけのスナックに移動する。日が変わるまで騒ぎ、仕事を終えたすみれから連絡が入ったのを潮に引きあげることになった。

かわいい恋人に呼び出され、すっかり酔いの回ったヤクザはだらしなく鼻の下を伸ばす。佐和紀が無意識に振りまく色気にあてられているからなおさらだ。

その佐和紀には周平からの連絡がない。デレデレしている真柴が癪《しゃく》に障り、帰すまいとしつこく引き止めたが、酒を一滴も飲んでいない知世から諭されてあきらめた。

これが三井なら、余計にイラついて殴りつけているところだ。

「おまえ、ずるい……」

よろける足で店を出た佐和紀は、もたれかかる勢いで知世の肩に腕を回す。ぐいっと顔を覗き込んだ。

「かーわいい顔して……。殴れないもんなぁー」

へらへら笑ってくちびるを近づけると、頬にぶつかる手前で知世の手のひらに阻まれる。

指の関節にくちびるがくっついた。

「殴っていいって言ってるじゃないですか。車まで歩けますか？　真柴さーん！　タクシーは向こうで待ってるんですよ！」

佐和紀の着物の衿をちょいっと直し、別方向へよろけていく真柴をむんずと掴んで引き止める。

「姐さん、まだ寝ないでくださいね」

車を停《と》めた駐車場までは五百メートルほどだ。その途中で、呼び出したタクシーに真柴を押し込まなければならない。

どう見ても泥酔した兄を迎えに来た弟の雰囲気で、知世は佐和紀を抱え、真柴の腕を引く。

秋風が頬をかすめるように吹き抜け、その心地よさに酔っぱらいの佐和紀は足を止めた。深夜の路地はシンと静まり返っている。駅前でもなく、幹線道路からもいくつか筋を入った場所だ。商店のシャッターも閉じていて、古いマンションの部屋明かりも消えている。

眼鏡を指で押しあげ、火照《ほて》ったうなじに指を添わせた佐和紀は、脳裏をかすめた昔に想いを馳《は》せる。静岡にいた頃か、本牧《ほんもく》のあたりにいた頃か。それとも違う街だったかもしれない。

ものさびしい夜の静けさは、いつも佐和紀の生活について回った。そのときの気持ちを

思い出そうとした瞬間、

「姐さん！」

知世の鋭い声がして、ハッと息を呑《の》む。身体は条件反射で動き、路地から飛び出してきた黒い塊を受け流した。

人だ。細い身体が猛烈な勢いで転がり、ビルの壁にぶつかって沈み込む。佐和紀はとっさに襟首を摑んで引きあげ、人がひとり、ようやく通れるぐらいの幅しかない路地の闇《やみ》へ押し込んだ。自分も隠れるようにして壁際に身をひそめる。

声をかけるまでもなく、知世は心得ていた。佐和紀の耳に届いていた足音が、その場を離れようとした知世と真柴をバタバタと追いかけていく。

「ちょっと、待ってくれ！　いま、ここに、男が来ただろう。ケガをした男だ」

呼び止めたのは中年の声で、ガラの悪さはなく、ごく一般的な話し方だ。ぜいぜいと息を切らしていた。

「あぁ、その人なら、俺たちが呼んだタクシーに乗って行っちゃいましたよ。……そこの道を左に」

知世はすらすらと嘘をつく。

「……どうかしたんですか。警察を呼びましょうか」

「いや、いいよ。ツレがケンカを吹っかけられてね。こっちもやっちゃったから……、悪かったね」

それじゃあ、と声を残し、数人の男たちは去っていく。足音を聞きながら、佐和紀は闇の中へ目を凝らした。突き飛ばされた勢いのまま、男は汚れたアスファルトの上に突っ伏している。

自分を追う男たちの足音が去るのを聞き、肩で激しく息をした。

「行きましょう」

知世に声をかけられ、佐和紀はあとずさるようにして路地から出た。男に事情を聞くつもりはない。助けるようなことをしたのは、ケガをしていることに気づき、とっさに身体が動いただけだ。

「あの……っ」

通りへ出ると、声がかかった。

壁に肩を預けても膝が笑っている男は、痛みをこらえるように呻きを漏らし、一歩を踏み出してくる。佐和紀は思わず眉をひそめた。

街灯の明かりが淡く差し込む場所まで出た男の顔は、左目の上が青紫色に腫《は》れあがり、いまケンカしてきた傷ではないと一目でわかる。だらりと下がった右腕の先からポタポタと流れるのは血だろう。よく見れば、服はどこもかしこもひどく汚れていた。

視線が合った瞬間、男が呆《ほう》ける。くちびるをぽかんと開き、瞳だけがキョトキョトと動いた。

「まさか……」

瘦《や》せ細った男の喉がひゅっと音を立てる。

「姐さん、行きましょう」

男の異常さに気づいた知世が腕を引いてくる。確かに、尋常な反応ではなかった。

「金を」

背を向けた佐和紀に、男が言う。

「姐さん！」

立ち止まるなと言いたげに知世の声が鋭くなる。佐和紀の思惑を察した真柴が金を出した。

佐和紀の胸を押して下がらせながら、千円札三枚を男の足元に投げる。

「早く……っ」

知世にぐいぐいと腕を引っ張られ、佐和紀はよろける。その背中を真柴に押された。

「ついてくる様子はないですね」

佐和紀の腕にしがみついた知世が声を強張《こわば》らせる。角を曲がり、乗るはずだったタクシーに声をかけた真柴は、佐和紀たちを見送るために駐車場までついてきた。タクシーもあとをゆっくりと追ってくる。

コインパーキングの中に停めた車の後部座席に佐和紀が乗り込むのを待ち、頭をぶつけないように車体に手を添えていた知世がドアを閉める。

「組屋敷まで、タクシーで追いかけるから。最短距離で帰ってくれ」

知世の乗った運転席のドアを押さえて、真柴が言う。

運転席と助手席の間から顔を出した佐和紀がおおげさだと答えると、ふたりは厳しい表情で振り向いた
「来てもらいます」

知世ははっきりと宣言する。

「あの男、姐さんを見て驚いてましたよ。もしかしたら、どこかで」

「会ってたとしても、あの顔じゃ、俺にはわからないな」

「なにを、のんきな……」

真柴が黒々とした眉をひそめた。

「あれだけ殴られて逃げてるなんて、事件やで。あかんな。岡村さんに連絡入れて、話を通しといた方がいい。岩下さんにも伝えてもらおう」

「わかりました。俺から連絡を入れます」

「すみれを待たせてるんだろう。おまえは帰れよ、真柴」

「あほなこと、言わんといてください。すみれには待っておくよう連絡すればいいだけで

す」

「よろしくお願いします」

運転席のドアが閉まり、ロックがかかる。真柴はタクシーへと向かい、知世の運転する車が静かに動き出した。

「どっかのチンピラだろう」

「このあたりでいざこざが起こっていないかも、調べてもらいます」

「それは無理だな」

運転席のシートに摑まり、佐和紀は息をついた。

「あの男の顔の半分、ひどい擦り傷だった。見たか？　たぶん、車から飛び降りたんだ。腕も片方は折れてるか、抜けてるか。……中華街関係の可能性もある」

車が駐車場を出て、通りを進む。佐和紀は後部座席にもたれて窓の外を見た。

呆けていた男の目を思い出す。はたから見れば、精神異常に見えたかもしれないが、あれは驚きを通り越した人間の反応だ。いるはずのないものを目の当たりにして、それでも存在を確かめているようだった。

このあたりのチンピラやヤクザに暴行された男が、佐和紀に向ける反応ではない。

引っかかりを覚えたが、それがなにを意味しているかまではたどり着けない。

「報告だけして、あとは岡村さんに任せますから」

「真柴はさっさと帰してやれよ。おまえ……、明日、学校だっけ」

「授業は明後日《あさって》なので、だいじょうぶです」

「……やっぱり、俺も、シンに会う」

先ほどの男は、逃げることに慣れているようだった。あの状況で見知らぬ人間に平然と金を要求できたばかりか、出さなければいけないような気持ちにさせた。

まったくのカタギなら財布ごと差し出しかねない。

携帯電話にマイク付きのイヤホンを差した知世の声がふっと柔らかくなる。岡村はすでに寝ついていたらしい。

それでもすぐに組屋敷へ駆けつけることで話はまとまった。

＊＊＊

手短い報告を受け、セダンの後部座席に座った周平は、携帯電話をスーツの内ポケットに滑り込ませた。そこに入れておいてもラインに偏りが出ないようにデザインされたフルオーダーの三つ揃えだ。オータムシーズン用の深い色味だが、生地の織りは薄くて軽い。

「支倉《はせくら》。おまえなら、どこの筋を当たる」

会話は聞いていたはずだ。ハンドルを握る支倉千穂《ちほ》の涼しい目元が、ルームミラーに映っている。

真柴と遊んでいた佐和紀が遭遇した男の正体を巡り、この一週間は騒がしかった。よほど異常に見える相手だったのだろう。

現場のあたりを仕切っている暴力団やチンピラには、岡村が手を回した。めぼしい情報の出てこないところを見ると、闇金融の債権者である可能性は低い。

「すでに、中華街の人探しには声をかけているんでしょう。それでも出てこないのなら、カフェの情夫を脅せばいい」

中華街にあるカフェの主人も、裏の稼業は情報屋だ。その情夫はときどき公安の仕事を請け負っている。正式に所属している人間に依頼するよりは気楽だが、話はどんどん大仰になる一方だ。

「もう少し様子を見るか」

「色ボケていないなら、岡村から働きかけるでしょう」

支倉は表情ひとつ変えずに言った。

人探しを専門としている情報屋の星花《シンファ》は、周平から仕事を引き継いだ岡村が管理下に置いている。ふたりの協力体制の状況と岡村自身の冷静さを確認するには、渡りに舟と呼べる案件だ。

佐和紀に横恋慕している岡村が真剣なら、星花から報告されている内容を鑑《かんが》みてカフェの情夫を使うように指示を出すはずだ。そこまで頭が回らないとしたら、岡村に佐和紀を守る資格はない。

「岡村を信用しているんですか」

組屋敷へと車を走らせる支倉の声に感情はなかった。

「気に食わないか？」

「まず問題なく職務を果たすと思いますが、信用に足るかどうかは疑問です」

要するに、岡村はもう周平の舎弟ではないからだ。

本人が望み、佐和紀が欲しいと言うので内々に譲渡した。石垣と同じように、カタギへ戻る道も残して育ててきた弟分だ。こうなるとは想像もしなかった。

「信頼してるんだよ、俺は」

話を混ぜ返すと、支倉は黙り込む。

今回の件は、単なる変質者に対して、真柴と知世の危険察知能力が強く反応した結果だ。いい意味でも悪い意味でも、親から優秀なヤクザの血を受け継いだふたりだ。チンピラヤクザの血を引く岡村に比べれば、段違いのサラブレッドということになる。

「立場を食われかねないよな」

周平はひとりごちて、バイパスを流れる車を目で追った。

知世はまだ若い分だけ御しやすい。しかし、それもいつかは終わりが来る。元が利口な分だけ、成長は著しく早いだろう。

若者の伸びやかな欲望がいつまで岡村へと向かうのか。それはそれで見物だ。

佐和紀のことを想うなら、岡村はなんとしてでも知世を支配しておくべきだが、性的な行為は禁じられている。嘘の恋愛で騙すことも許されていない。

周平と出会うまで、誰とも最後の一線を越えずにきた佐和紀は、恋愛ごとに厳しい。特に身内に対して顕著で、遊びを見逃しても、本気にさせてからかうようなことを嫌う。

そのくせ、自分は平気で男を釣りあげてしまうのだ。そこに恋や愛が絡むとは思っておらず、男同士の間に生まれる色事はすべて『主導権争い』だと認識している節がある。

自分に向けられる感情に無頓着《むとんちゃく》で、このごろになってようやく自覚が芽生えてきたように見える。

その最たる被害者が岡村だから、知世も佐和紀に絡めとられる運命だ。身内だと認識した相手に対する佐和紀の情の細やかさは、知世のように愛情に欠乏した男には抗《あらが》いがたいだろう。

周平は静かに笑みをこぼした。

生涯の伴侶《はんりょ》として選ばれたからいいものの、出会ったのがいまの佐和紀だったなら、手に入れる苦労は想像を絶する。

わが身の幸福を実感しながら、今回の不審者がもしかしたら佐和紀の過去を探る手がかりになりはしないかと想いを巡らせる。

佐和紀の出生の秘密は、いまだ闇の中だ。

戸籍上は女性として記載されている謎《なぞ》を解こうと、生まれ育ちを調べただけで謎は深まり、パーツが揃うごとに霧は濃くなっていく。

下手に動けば大物フィクサーに勘づかれると、悠護から直々にストップがかけられているぐらいだ。

問題は生まれよりも、育ちにあるかもしれず、母親の戸籍も借りものなら、佐和紀自身も幼い頃の記憶が欠けているありさまだ。

誰でも子どもの頃の記憶は不確かなものだが、佐和紀の場合、覚えている記憶が正しいかどうかもわからない。母親だと記憶している女の顔が、一緒に暮らしていた女であるかどうかさえ確かめようがない。

「支倉、俺はおまえを信用してるからな」

バイパスを降りてすぐの信号待ちで声をかけると、ミラー越しに視線が返る。わかりきったことだと言いたげな目は、どこか満足げに見えた。

もう少しすれば、関西の暴力団の間で一悶着《ひともんちゃく》が起こる。

その余波を受けた形で東もざわつく。騒動に紛れて地均《じなら》しが済めば、大滝組は代替わりを迎える心づもりだ。

そのとき、周平は軸足を別の社会へ移すつもりでいる。大物フィクサーが牛耳る『政治と外交と金の世界』だ。

イスはすでに用意されているが、納得のできるものではないから座るつもりはない。そのあたりは悠護の思惑もあり、このまま駆け引きを続ける予定だ。

佐和紀と添わなければ、与えられるイスなんてどれでもよかった。しかし、佐和紀をこちらの社会に残す以上、生半可な立場では足元が危うい。

車は大滝組の屋敷の門を抜け、石畳の敷かれたアプローチを進む。武家屋敷のような母屋の玄関前に着き、静かに停まった。

「若頭の車が後方に続いていましたので、私はこのまま車を乗り換えて帰ります」

運転席の支倉に言われ、周平は労をねぎらって車を降りた。泊まり込みの構成員がドアを閉めると、すぐに動き出す。

待つほどもなくヘッドライトが玄関先を照らし、黒塗りの高級外国車が滑り込んでくる。

構成員を制した周平は、後部座席のドアを開いた。

「おつかれさまでした」

声をかけると、中から陽気な笑い声が返ってくる。

「どうした。小遣いでも欲しいのか?」

少し酔っているのだろう岡崎がからかいながら降りてきた。

恰幅《かっぷく》のいい身体で着こなしたダブルのスーツに、いかにも極道者な渋みがあり、佐和紀が好きそうだと思うたびに嫌な気分になる。

ニヒルなインテリヤクザの周平には、逆立ちしても真似《まね》できない。

「おまえ、また良いスーツ着てるな。見せつけられると嫌になる」

岡崎は岡崎で、周平とは正反対のコンプレックスがある。

表と裏、右手と左手、光と影。ふたりはそういう切っても切れない関係で進んできた仲だ。盃の関係だけではなく、血の繋《つな》がった兄弟のように、もしかするとそれ以上に気心が知れている。

「佐和紀も、うっとりするんだろうな」

嫉妬《しっと》が鈍く光る瞳に見つめられ、周平はキザな仕草で肩をすくめた。

「さぁ、どうでしょうね。今夜は三井たちと食事に行くと言ったきりで連絡もありません」

「かわいそうにな……。おまえほどの男ぶりでも、この扱いか。よしよし、ちょっと飲もう。うちも遅くなるって話だから」

「若い男と遊んでいるんでしょう」

ふざけながら母屋の中に入ると、

「やめろ。洒落《しゃれ》になってねぇよ」

岡崎は喉を震わせるようにして笑う。常時複数の愛人を持つ岡崎と同じように、京子にも遊ぶ相手が存在している。ときどき、その愛人同士がくっつくのも不思議な話だ。

佐和紀には言うなと、夫婦揃って口止めしてくるのもおもしろい。

迎えに出てきた部屋住みに酒の肴《さかな》を頼み、ふたりで母屋を抜け、裏口からは草履履きで離れへ向かう。岡崎夫婦が暮らすのは二階建ての離れで、周平たちが暮らす離れとは母屋を隔てた反対側だ。敷地内では一番、築年数が浅い。

リビングに落ち着くと、短く刈り込んだヘアスタイルにジャージの上下を着た部屋住みたちが動き回って、水割りの準備をしたり、酒の肴を運んだりする。

岡崎が着替えに立ち、周平は煙草に火をつけた。

「せっかく早く帰っても、これだからな」

ウエストが紐《ひも》のパンツとVネックのカットソーを着た岡崎が戻ってきてぼやく。部屋住みが作っていったウィスキーの水割りに口をつけるなり顔をしかめた。

「飲まないから、ちっともうまくならないんだよな。あいつら」

子どもの不出来さを笑うような仕草だ。舌打《つ》ちしながら酒を注ぎ足す。

「京都の見舞いの件、佐和紀には話したか」

「京子さんと一緒なので喜んでますよ」

「嘘つけよ。おまえがいないなら、誰がいたってつまらないだろう」

「それなら京子さんだって」

「若い男と居られたら楽しい年頃だよ、あいつは」

「……やきもちなんですか。珍しい」

「あいつの新しいコレ、県庁職員だぞ。県庁。公務員を食ってどうすんだ」

水割りを流し込み、額を押さえて首を振る。

「弘一《こういち》さんの女教師よりはマシですね。どうなりましたか、そのあと」

「公立辞めさせて、私立にねじ込んだ。そろそろ、適当なのを見繕ってやらないとな」

「京子さんの県庁職員でいいでしょう」

「教師には教師だろ。校長あたりとややこしくなる前になぁ……」

佐和紀が離れに暮らすようになってから、岡崎夫婦の性生活は以前に比べてぐっとマトモになった。『マトモ』にもいろいろあるが、とりあえず、岡崎の愛人が頻繁に妊娠しなくなっただけでもありがたい話だ。ヤクザに惚れるような女の中には、腹の子を盾に金をせびる手合いもいて、周平が金を包んで話をつけたことも一度や二度じゃない。出産を許すのは、京子の眼鏡にかなった女だけだ。

しかし、妊娠騒ぎが減ったからといって、岡崎が避妊具を使用するという革命的な進歩を覚えたわけではない。佐和紀に騒ぎを悟られ、ようやく修復した岡崎との仲に亀裂を入れないため、京子が愛人側を諭してピルを服用させているだけのことだ。相変わらず岡崎は佐和紀が好きで、京子はそんな岡崎を認めている。

周平はなにも言わずに黙認していた。岡崎がその気になっていれば、佐和紀がきれいな身体で嫁に来ることはなかったのだ。ひそやかな恋心ぐらいは見て見ぬふりできる。

佐和紀のささやかな潔癖さは、清廉な容姿とあいまって最大の魅力だが、すねに傷を持つ人間にとっては最強のプレッシャーになる。どうしたわけか、軽蔑されたくないと思わせ、必要以上の品行方正さを自己規制させるのだ。

「京都に行けば、またあの女が絡んでくるだろうな」

由紀子のことだとすぐに悟ったが、周平はなに食わぬ顔をする。ひとくち大に切られた竹輪に荒切りのわさびをつけ、口の中に放り込んで、酒を飲む。

「一度、おまえに聞いておきたいんだけどな。あの女を佐和紀にぶつけて、京子はどうするつもりだと思う」

「殺《や》る理由を探してるんじゃないかってことですか？」

「もう少し、遠回しに言えよ」

「言い方なんて……」

由紀子によって弄ばれ、人生を変えられたのは、周平だけではない。京子もまた犠牲者だ。

「理由を探すぐらいなら、忘れた方が早いでしょう」

由紀子に佐和紀をぶつけることが、京子にとって、心の傷を慰める程度の行為だと岡崎は思いたいのだろう。けれど、いつか限度を超えるのではないかと危ぶんでもいる。

八つ裂きにしても足りないと、京子の立場になれば誰だって思うはずだ。周平の立場になっても、復讐を忘れることは難しい。しかし、狡猾《こうかつ》な女狐《めぎつね》は、いつでも安全圏に身をひそめているのだ。桜河会会長の嫁を傷つけることは簡単じゃなかった。

「あの女の自尊心を傷つけるのは、楽なことじゃないんですよ」

「相手をからかって、それでおまえたちの気が済むなら、好きにすればいい。佐和紀だって楽しんで参加するだろう。でも……」

岡崎が言い淀《よど》み、周平は顔をしかめた。

「京子さんのしていることが気に食わないなら、早いうちに止めた方がいいですよ」

「おまえはいいのか。どうしたって、あいつは傷つくだろう。巻き込まれるんだぞ」

「いいとは言えません。でも、やめろと言っても無駄でしょう。俺も京子さんも、佐和紀に決着をつけて欲しいと思ってます。もしも途中で佐和紀がつぶれるなら、俺が責任を持ちますから」

「……簡単に言うなよ。佐和紀自身が犠牲になるかもしれないんだぞ。京子と同じ目に遭うかもしれない。それとも、おまえか……。いまさらなにを言い出したかと思うか？」

「いえ、……気づかれたなと、思って」

「おまえらは、そういうところがあるよな。いまの佐和紀なら、そんな目に遭わせて鍛える必要もないだろう」

「本気で言ってますか」

問い返す周平の胸の奥が冷える。見つめ返してきた岡崎の目は、その鬱屈《うっくつ》を読む。重苦しいため息を吐いた。

「いっそ、俺があの女を」

「弘一さん」

声を低くしてたしなめると、岡崎は苛立《いらだ》ちを隠そうともせずにグラスの中の氷を噛《か》み砕いた。

「わかってるよ。俺が手出しをしたら、京子がこわい。……約束だからな。それに……、マシになったとはいえ、いまのままの佐和紀じゃ、おまえの代わりにはまだならない」

贔屓目に見ても、佐和紀はまだ無名のチンピラだ。『周平の嫁』という看板がついているうちはいいが、周平が組を抜けたあとの立場は難しい。

「あの女を踏み台にしてハクがつけば、こおろぎ組を率いて直系本家の盃を受けても批判は出ないだろうな。真柴が桜河会か生駒組の幹部に収まれば、西とのコネを盾に役職にも推せる。そういう算段だろう」

すべて京子から聞いているはずだ。それでも納得のいかない顔で、岡崎はイライラと足の裏で床を叩いた。

「桜川会長の見舞いへは行かせたくありませんか」

「おまえの懐の広さが薄情に思えて、ときどき無性にむかつくんだよ」

それは岡崎が、佐和紀を大事にしてきた裏返しだ。自分と同じような方法で愛している
のを見ることは、喪失感の慰めになるだろう。

しかし、それは周平の愛し方ではなかった。

「……俺は、あんたじゃないから」

「知ってる。俺と同じなら、あいつだって俺の方を選んだだろう」

岡崎は周平よりもずっと早くに佐和紀を愛していたし、その優しさを佐和紀もまた、憎
からず思っていたのだ。しかし、岡崎は佐和紀の持つ『清廉さの呪《のろ》い』から逃れられず、
手を出せないままで身を引いたひとりだった。

「佐和紀はだいじょうぶですよ」

「……根拠のない慰めだ」

「弘一さん。俺だって、佐和紀を愛してます。それはもう、あなた以上に。由紀子に傷つ
けさせたりはしません」

「信じない」

岡崎はつんとそっぽを向き、鼻を鳴らす。

「おまえと京子のためなら、佐和紀はなんだってするだろう。他の男に抱かれても、平気な顔をするに決まってる。大義があれば、やるんだよ、あいつは」

「させませんよ、そんなことは」

飲み切ったグラスをテーブルに戻し、周平は眼鏡の真ん中を押しあげた。胃の奥がぐらっと煮え立つ。

傷のひとつもつけずに登り切れる山なら、たいしたことはないだろう。息を切らし、傷だらけになって登るから、征服した喜びは何倍にもなるのだ。そして、その実体験でしか、人は自分の殻を壊せない。

「もう、昔の佐和紀には戻れませんよ。……酔いに任せて、難癖をつけないでください」

「いいだろ……。京子には言えないんだから」

「知りませんよ、そんなこと。とにかく、由紀子の執着が佐和紀に向けば、なおさら佐和紀自身に『身の危険』はありません」

「あの女もねじ曲がってるけど、おまえと京子も相当なものがあるよ。本郷《ほんごう》とあの女の仲はどうなってるんだ。聞いてるんだろう」

こおろぎ組の若頭だった男だが、裏切りがバレて組を追い出され、いまは大阪に流れ着いている。その手伝いをしたのは、由紀子の息がかかった男たちだ。

「本郷はもう浮いてこないでしょう。もっと若くて男前なら愛人関係もありえますが」

「でも、繋がってることは確かなんだろう。厄介だよ。……とにかく、俺は、嫌なんだよ。あんな女に、佐和紀がこれ以上絡んでいくのは……」

岡崎が唸り、身を屈めて髪を掻《か》きむしる。

「なぁ、いっそ、一晩抱かせてくれよ。あきらめがつくから」

「はぁ？」

思わず声が出る。突拍子もない話だ。

「抱いてないから、いつまでも処女みたいにきれいに思えるんだよ、わかるだろ」

「わかるけど、わかりたくない。もうどこも処女じゃないですよ、あいつは。昨日も泣くまで抱いて、俺の腕の中でよがり狂ってましたよ？」

「いや、俺とヤってないから、まだ処女だ」

「バカだろ」

思わず敬語も忘れて、本音が出る。

「だいたい、あんたにとって処女じゃなくなったら、傷がついてもいいって、そういう考えは間違ってる」

「おまえだってそうだろう。自分がさんざんに抱いたから、他の男とヤッてもいいって思ってんだろ」

「そんなこと、一言も言ってません。絶対に嫌です。泥酔してようが、薬を仕込まれていようが、佐和紀の肌は外側も内側も俺のものだ」

「内側って言うな。じゃあ、離れに置いて、カギをかけていてくれよ。いいだろ、それで」

「いいわけがない。あんたが組長に就いて、俺がここを出たら、どうなるんですか」

「連れていけ……」

「その話は済んだはずだ」

「気が変わったんだよ！　オヤジも気が変わるんだぞ、俺だって変わるに決まってんだろ！」

「松浦《まつうら》さんですか」

岡崎には盃を交わした親がふたりいるのだ。古巣であるこおろぎ組の松浦組長と交わした盃を返上し、京子と結婚するときに大滝組長と新たに盃を交わしているが、心の中ではいまでも、松浦をオヤジと決めている。

「松浦さんは、納得されたんですか」

「説得なんてしてないからな。向こうが勝手にその気になったんだよ。結局、佐和紀が愛想よく出入りするから、かわいさが勝ったんだろう。おまえとの籍はそのままでいいから、跡を任せたいって言い出した。役職なんてなくても、オヤジの跡を継いで、あいつが幸せにやってくれれば、いいじゃないか」

「そんなこと、俺は言いませんよ。京子さんを説得もしません」

「してくれ」

「嫌です。あんた、京子さんに対して過去を忘れたら幸せになれるなんて言えますか」

「だから、おまえが言うんだよ」

「しない。したくない。絶対にイヤ」

「……それは佐和紀の言い方だ。真似するなよ、むかつくから」

「夫婦は似るんですよ」

「ぶっ殺したい」

「佐和紀に一生口を利いてもらえなくなりますよ。今度こそ」

「じゃあ、どうしろって言うんだよ！」

「広い心を持てばいいんじゃないの？」

答えたのは、女の声だ。周平だけが振り向くと、タイトなニットのセットアップを着た京子がドアにもたれていた。扉が開いたことにも気がつかないほど、周平と岡崎は不毛な言い争いを続けていたのだ。

「いっそ、一回ぐらい目をつぶってあげたら？　私が佐和紀の筆をおろしても……」

「却下！」

岡崎だけではなく、周平も叫ぶ。ふたりの声はぴったりと重なり合う。

「なによ……」

怯《ひる》んだ京子は、クラッチバッグを持ったまま、腰へ手を当てた。肩に流れた髪はまだ湿り気を帯びてみえる。洗い髪の艶めかしさに、岡崎が深いため息をつく。

「周平。おまえもな、かわいい嫁がこうなったときに、俺の気持ちがわかる」

「……もう知ってます。京子さん、弘一さんは県庁職員に嫉妬してるみたいですよ」

「えー、そうなの？　バカみたい」

笑いながら近づいて、岡崎の隣に腰をおろす。

「あの人が出所するかもしれないって話を聞いたんでしょう。『県庁くん』は関係ないわよ。ただ、柄にもなくナーバスなだけ」

ふふっと笑い、岡崎の太い首筋を撫でる。

「出てきても、一緒に逃げたりしないわよ？」

出所するのは、京子の元恋人だ。周平の代わりに服役したが、模範囚として仮出所するたびに軽犯罪を犯し、刑務所へ逆戻りする生活を続けている。京子が金を送って生活を支えてきた彼の母親は、今年に入ってからは病気がちで、春には京子に代わって周平が様子を見に新潟まで足を運んだ。長年の心労が積み重なり、特に病名はついていないが、高齢だけに回復の見込みもない。

「心配なんかしてないからな」

京子の腰に手を回し、岡崎はいつになくおおげさに甘えてかかる。鼻先を首筋にすりつけ、嫌がる京子を抱きすくめた。

だからこそ、周平に対する発言が本気だとわかる。

佐和紀のためを思えば、岡崎が正しいのかもしれない。いっぱしの極道になって、なにになるのか。身体や心に傷を負うぐらいなら、周平に付き従い、嫁としての幸福に浸り続けている方がいくらも生きやすい。普通ならそう考える。

しかし、それは理想論だ。

イチャつき始めた岡崎と京子を残し、周平は立ちあがった。リビングを出て、扉をきちんと閉める。

岡崎と京子は、夫婦というより肉体関係のある悪友同士のようだ。お互いが叶《かな》わない恋をしながら、普段はそれを忘れたふりで寄り添っている。

母屋を抜けて、離れに渡る廊下へ差しかかった周平は振り向いた。玄関先から佐和紀の声が聞こえた気がして進み、薄暗がりの中で足を止める。

母屋の広い玄関先に、和服の佐和紀が立っていた。羽織をつけていない着流しの後ろ姿は、背中のラインが流れるように美しく、帯の直下にあるヒップがきゅっと丸みを帯びて色っぽい。

揉みしだくときの弾力を思い出し、周平は息を殺した。

玄関に座っている岡村は、革靴の紐を結んでいるらしい。佐和紀はその隣に腰かけた。会話が聞こえてこないのは、ふたりが声をひそめているからだ。秘密の話をしている雰囲気はなく、ただ、夜の気配がそうさせている。

佐和紀が笑って顔を伏せ、見つめる岡村の目元が見えた。

壁にもたれた周平は、静かに腕を組む。自分の肘をぎゅっと摑み、岡村の真摯《しんし》なまなざしの中に燃えている恋慕を眺めた。

顔をあげた佐和紀も岡村の視線に気がつき、怒った仕草で肩を押す。その手を岡村が摑み、振り払われる。立ちあがろうとするのを、岡村はなおも引き止めた。

佐和紀はその場に戻り、自分の両膝を抱える。垣間見《かいまみ》えた横顔はいつも通りに整っていて、周平の胸はかき乱された。

出会って四年。佐和紀を大人に変えた自負はある。大切に扱い、大事に抱いて、ふたりでしか作れない愛情を育んできた。

それでも、周平は佐和紀を矢面に立たせ、岡村に守らせることで納得しようとしているのだ。

もっと早くに由紀子を始末しておけばよかったと京子に話したことがある。そうすれば、佐和紀をそばに置いておけると思ったわけではなかったが、京子にはあっさりと笑い飛ばされた。

人が傷つかないで生きていくことは無理だと言われ、佐和紀の成長を許さないのは傲慢《ごうまん》でしかないと糾弾されたのだ。

愛しているとささやいても、言葉は声でしかない。口にした瞬間に拡散していき、陳腐になってしまう。愛を証明するには愛し続けるほかなく、変わっていくことを享受することでしか、経過していく時間が与える試練を乗り越えることはできない。

そうでなければ、愛は『永遠』でなくなり、古びてしまうからだ。

佐和紀を愛することで、岡村は変わっていった。石垣も変わる覚悟を固めて旅立った。そして、佐和紀もまた、周平のそばにいるために、変わり続けている。

なのに周平は、ふたりの立場が変化することに希望を見い出せない。十年も年上で、愛を失うことの悲しみも苦しみも知っているからだ。岡村に佐和紀を守らせると決めても、いまみたいに触れるのかと思うと、はらわたが煮えくり返る。

横恋慕を許しているが、その先の進展は微塵も認めない。

佐和紀が求めたとしても、報復は壮絶なものになるだろう。どんなに物わかりのいい大人を演じていても、ふたを開ければ、嫉妬の炎が渦を巻いている。

焦がれるような痛みに目を細め、周平はそっと身を引く。静かに背中を向けた。声をかけたら、佐和紀は飛びつくように駆け寄ってくるだろう。

想像できてしまうから、それだけでいい。

胸の奥で燃える炎はいっそう激しくなり、嫉妬と恋慕はもういっしょくたになって、どちらがどちらともわからなくなった。

今夜も抱きたいと、汗ばんでくねる腰を思い出す。淫欲が感情へと流れ込むのを感じながら、周平は渡り廊下を進んだ。

耳元に吹きかかる佐和紀のしどけない息遣いがよみがえり、背筋がぶるっと震えた。

3

十月末の京都市街地は、紅葉の季節に少し早い。三方を囲む山の上がまばらに色づいているばかりだ。

京子とともに、大滝組の使いとして桜川会長の見舞いを済ませた佐和紀は、連れられるまま古びた喫茶店へ入った。間口が狭く、木目調の壁際に添って、両際に四人掛けのテーブル席が四つずつ並んでいるだけだ。客は入り口近くの席に老人がひとり。広げた新聞を虫眼鏡で読んでいる。

佐和紀たちは、奥から二番目の右側に腰かけた。京子と向かい合わせに座った佐和紀の隣には知世が並んでいる。

運転手と警護を兼ねたふたりの構成員は外に残され、佐和紀が肩越しに振り向くと、窓ガラスの隅にスーツの肩が見えた。

「知世も頼みなさい」

地味な薄鼠《うすねず》色に秋の七草をあしらった訪問着の京子からメニューを押し出され、恐縮しきった知世はさらに小さくなる。肉づきは薄いが、背格好は佐和紀とほとんど変わらない。

襟の細いジャケットがよく似合い、すらりと細い首筋が際立っている。

「アイスコーヒー、こっちではなんていうんだっけ」

肩をぶつけるようにしてメニューを覗き込んで聞くと、

「『冷《れい》コー』です」

答えた知世がメニューを動かす。そこへ白髭《しろひげ》の老人が注文を取りに来る。

「俺は『冷コー』とハムサンド」

「私はアメリカンと野菜サンド」

「じゃ、じゃあ……、紅茶と野菜サンド……で……」

佐和紀と京子の視線にさらされ、知世は慌てて答えた。外で待つ方がよっぽど気楽だろうが、佐和紀と知世を目の前に並べた京子は満足そうだ。テーブルに頬杖《ほおづえ》をついてニコニコ笑っている。

「会長さんは、危ないわね」

微笑んだまま、さらりと言った。佐和紀は答えず、手元の水を飲んだ。京子とふたりで病室に入ったときから、同じことを考えていた。

貫禄《かんろく》に溢れた恰幅のよさは失われ、痩せてたるんだ頬が哀れを誘うほど青黒かった。暴力団関係者の見舞いを断っているのもやむをえない。後継者争いの噂のないことが不思議なぐらいだ。

「あんな姿で見舞いを受け入れたことが、不思議なぐらいだわ」

お代を置いて出ていく先客の老人を見送った京子の視線が佐和紀に向く。茄子《なす》紺の羽織の下に臙脂《えんじ》色の江戸小紋を着た佐和紀は、首を傾げてみせた。

京子はそれ以上、なにも言わなかった。

しばらくすると注文したものが届き、食べ終わる前にドアベルが響く。京子が顔を向け、手にしていた最後の一切れを皿へ戻した。ナプキンで口元を拭うのを見た佐和紀は、新しい客のことなど気にもかけずに、知世の野菜サンドをかすめ取る。代わりにハムサンドを返した。

新しい客は、人がひとり通れるだけの通路を隔て、佐和紀たちの隣に座った。知世の身体越しにちらっと視線を向けた佐和紀は黙って野菜サンドを食べ切る。

メニューも見ずにホットコーヒーを注文した客は、タイトスカートのスリットから伸びた細く長い足を組み、イスの背に肘をつく。ひとつボタンのジャケットはスカートと揃いの生地だ。

「うちの人、あれでも持ち直したのよ」

突然に話しかけられ、知世が機敏に動いた。背に守られた佐和紀は、テーブルに出ている京子の煙草の箱から一本抜く。

「火をくれ」

声をかけると、知世は戸惑いながら振り向いた。一方で、

「相変わらず、絶妙の匙《さじ》加減ね」

京子が顔を向けずに声を発する。ライターを出したまま、ふたりの女を見比べようとする知世の頬を、佐和紀は片手で押し留《とど》めた。煙草に火を移しながら、桜川の病室にいなかった由紀子を見る。

「献身的な看護と言って欲しいわ」

京子へ答えながら佐和紀に向かって微笑んだ女は、去年よりもどこか若々しい。長い髪は艶やかに肩で波打ち、ワインレッドのくちびるが柔らかく歪む。

「お久しぶりね、佐和紀さん。京都へようこそ」

「会長の生気を吸いとって、次は若い男ですか」

若頭補佐との関係をあてこするつもりで言い、煙草の煙を吐き出す。

「あら、どの男のことかしら。数が多くて、まるでわからないわ。そういえば、あなたに捨てられた男もいたわね。かわいそうに、いまは私の足を舐めて暮らしているわよ」

つまらなそうに言った由紀子は、自分の爪《つめ》をかざすようにして眺める。本郷のことだと、佐和紀はすぐに察した。

「捨てたんじゃなくて、振ったんだよ。穴があれば勃つ男だ。適当に使ってやってくれ」

脳裏によみがえる本郷は、まだこおろぎ組にいた頃の若い顔だ。なんとかして気を引こ

うと、あれこれ貢いでくれていたことさえ懐かしい。だから、過去だ。結婚してからの佐和紀に翻弄《ほんろう》され、強引に迫ろうとした男の顔はもう思い出せなかった。

「こっちでなら、なにをしようと、それはかまわないのよ」

言いながら京子が煙草へ手を伸ばす。知世のライターを取り、佐和紀が火を向ける。

「病床の亭主に代わって、組を支えて、立派だとも思うわ。でも、引き際はあるものよ」

煙を吐き出して京子が言うと、由紀子もクラッチバッグから細い煙草を出して火をつけた。

「引き際？　実質的には、私のものよ。あの組は。男の下で足掻《あが》くしかできないのは、あなただけだわ。京子さん」

「……男の下で喘いでるだけのくせに」

「乗ってんのよ。喘がせてやってるのは、こっち」

決して互いを見ようとしない女ふたりが同時に煙草をふかす。佐和紀はイスにもたれた。

見つめてくる京子にまっすぐ視線を返す。

「いつまでも女の武器は使えないわよ」

京子の言葉だけが由紀子へ向く。由紀子は薄く笑った。

「男を飛び道具にしてる女の言いそうなことね。輪姦《まわ》されたくなくて、お父さんの背中に隠れているんでしょう？　あれだけのことをされたら、二度も三度も同じじゃない。また、いつでも楽しませてあげるわよ」

「黙れ」

煙草を指に挟み、佐和紀は身体ごと由紀子へ向いた。

「汚いものを垂れ流しにするな」

サッと席を立った知世が一歩引く。店の外に佐和紀たちを待つ構成員とは別の男たちが見えた。由紀子のお付きだろう。

「ここは私の本拠地よ。銀座の一件のようにはいかないから」

由紀子の視線を受け止め、佐和紀はイスの背に片腕をあげた。

「うっせぇよ。こっちもあのときみたいにお上品じゃねぇぞ。この人に突っかかるな」

座面に片膝を崩して啖呵《たんか》を切ると、京子が肩を揺らした。笑い声をこらえながら、煙草の灰を落としてくちびるへ戻す。

「私とあなたのやり方は、昔から違ってるのよ。由紀子さん。……私は愛されてるし、愛してもいる。悪いけど、昔と同じことをされても、身体がつらいだけのことよ。傷ついたりはしないわ」

「あら、そう」

「それより、あなたはどうなの。求めてたって、手に入らないわよ。周平はもう、あなたに復讐さえ考えてない。……腹いせに抱かれていたのが懐かしいでしょう？」

「あの男の良さは腰つきと棒の硬さだけよ。ねぇ、佐和紀さん、そうでしょう」

にっこりと微笑まれ、佐和紀は片頬だけで笑い返す。

「俺のかわいい旦那を知ったように言うな」

「知ってるわ。傷つく前も、傷ついたあとも。私がたっぷり舐めて、慰めてあげたのよ」

「そうだろうな。悪い癖を抜くのに、ずいぶんと時間がかかった」

「完治なんてしないわよ」

由紀子の目がついっと細くなり、佐和紀は真顔で見つめ返した。表情には出さないが、腹の奥がぐつぐつと煮えてくる。

周平の胸の中にある古傷は深い。ときどきぱっくりと口を開き、どろどろとした膿《うみ》が溢れ出してくる。佐和紀が知れば苦しむと思っている周平は苦痛を口にしない。

だから佐和紀はなにもしてやれず、それでも見ていられなくて、無理やりに暴いてしまう。いいやり方ではないとわかっていても、我慢強い男相手には他に方法がない。

「俺の男を支配してるつもりなら、いい加減にしてくれ」

「周平が私を忘れないのよ」

「魔女の呪いなんだろ。さっさとシワクチャのババアになればいいのに」

「佐和紀さん。男にとって、憎い女ほど年を取らないものなのよ。ねぇ、京子さん？　あなたの大事な彼も、そうでしょう。次の逢瀬《おうせ》は来年かしら、再来年かしら。セックスするためだけの仮出所で、また塀の中に戻すの？　大滝組の若頭も、自分の出世のためとはいえ、よく我慢するわね。……次はもう塀の中へ戻れないようにしてあげましょうか」

「手を出したら、その髪の毛、ぜんぶ引きちぎってやるから」

　煙草を揉み消した京子が、ようやく由紀子を振り向く。

「真柴を桜河会に戻したいの。あんたには組を出てもらうわ」

「うちの人がどう言うかしら」

「見ていなさいよ。昔馴染《なじ》みの薄汚いオヤジに泣きつくことになるから」

「できるものかしら」

　ふふっと笑い、由紀子も煙草を揉み消した。

「こんなきれいな子をふたりも引き連れて、そのどちらとも寝てないなんて、本当にウブな人ね、京子さん。『操縦桿《そうじゅうかん》』を握ってやらないと、男なんてどこへ飛んでいくか知れないのに。佐和紀さんもね、よく心得ておくことよ。本郷のような男の純情を弄んでおいて、忘れたような顔してもダメなんだから。……あなたの身体が誰かに貪《むさぼ》られたら、周平はまた泣くわよ」

　ただの学生だった周平を転落させたのは由紀子だ。それを会うたびにひけらかしてくる性格の悪さに、佐和紀はいつも気分が悪くなる。

　周平自身が忘れたと言っても、過去は時間のかなたにあり、いつまでもそこに存在しているのだ。由紀子が覚えている限り、遠い記憶は引きずり出され、過去の周平は何度でも踏みにじられる。

立ちあがった由紀子は一万円札を佐和紀たちのテーブルに置いた。手のひらで押さえながら身を傾け、佐和紀の顔へと指を伸ばす。あご下に這った華奢《きゃしゃ》な指先を掴むと、驚くほどにひんやりと冷たかった。

「周平を泣かせたことがそんなに嬉《うれ》しいなら、セックスの最中にでも思い出せよ。そうすりゃ、普段の何倍もイケるだろ」

「去年のようにはいかないわよ。遊びの『格』が違うの」

真柴が京都へ戻ることになれば、自分の立場が危うくなることを由紀子は知っているのだ。勝負はすでに始まっている。

「じゃあ、俺は、あんたが賭《か》けた逆の目に張る」

博打《ばくち》になぞらえてケンカを売ると、由紀子の眉がかすかに揺れた。

「本当に頭が悪いわ。……後悔するわよ」

「そっくりそのまま返してやる。傷の浅いうちに、荷物まとめて大阪だろうが、名古屋だろうが、好きなとこへ行けよ。きれいな顔に苦労ジワができる前に、な。……お帰りだ。ドアを開けてやれ」

佐和紀があごで命じると、知世は素早く動いた。ドアベルが鳴り、店内に静けさが戻る。

「京子さん……、呼んでるなら呼んでるって、言っておいてくださいよ」

長いため息を吐いたあとで顔をしかめると、京子はのらりくらりと着物の衿をしごいた。

「出たとこ勝負の方が、勢いがあるのよ。あんたは」

真柴から聞いたわけでもないだろうに、京子は今回の見舞いの意味をよく理解している。

「真柴を戻すのは……」

「弘一と周平は、そうなると見てるわ。生駒組へ戻すより、こっちがいいでしょう。大阪は美園がいるから」

「美園って誰ですか」

「高山組系阪奈会・石橋組の組長です」

戻ってきた知世が、京子に代わって答える。

「就任したのは四年前で、関西ではエースの呼び声も高いヤクザです。組自体は小さいですが、阪奈会での発言権は大きいと聞きます」

「ありがとう。よく勉強しているわね」

微笑んだ京子に促されて、ふたたび佐和紀の隣に腰をおろす。

「石橋組は、悠護が預けられていた組なの。美園はね、周平とも派手に遊んでいた仲よ。年齢は美園が上だけど」

「じゃあ、その男が大阪を押さえて、真柴が京都、ってことですか」

「そうなって欲しいわね。大滝組が関東から出ることはないけど、向こうから来られるのも困るでしょう？　連携を取っておくことは重要なことよ」

「それで、俺は……」

「いいえ。私からお願いすることは、なにもないわ。……弘一がナーバスなの」

「それが理由ですか」

「そうよ。明日も、桜川会長に会うつもりでしょう？　あぁ、言わなくていいから。……好きなようになさい。私は大阪の友人に会う予定を変えないわ。なにを頼まれても、受けるかどうかは自分で考えて、自分で決めなさい」

「俺が……」

「無責任に聞こえる？　そうじゃないのよ。迷ったら相談してくれてかまわない。でも、お伺いは立てないで。知世、あんたは横でしっかり見聞きしておきなさい」

「わかりました」

膝に手を置いた知世が頭を下げる。つまり、佐和紀が聞いたことを、もれなく岡村へ報告するように指示しているのだ。

岡村が佐和紀の右腕として機能するかどうかも見るつもりなのだろう。

ここからは遊びの格が違うと、由紀子は言った。それは確かなことだ。銀座のキャバレー経営を争うのとはまるで違う。由紀子にとっては遊び半分でも、多くのヤクザにとっては生き死のかかった陣取り合戦だ。その前哨戦《ぜんしょうせん》に違いない。

「知世、あの女の勢いに、びびってんだろ？」

テーブルにもたれた佐和紀が振り向くと、両手を膝に置いたまま知世は生真面目に頬を引きつらせる。

「……なんていうか。ヤクザのケンカより怖くて」

「嫁になるってのは、こういうことなんだよなぁ」

「そんなことないわよ。佐和ちゃんが変わってるのよ」

京子がすかさず言う。

「惚れた男が悪かったのかもね」

「それは違います。周平はいい男です」

「佐和ちゃんにとってはね、そうでしょうね。……苦労するわよ、知世。この子、ちょっと普通じゃないから」

「……それは、わかってるので……」

「俺の悪口だ」

「違いますよ。……大事に思ってますから」

「……マジかよ。シンよりも？」

「なるほど、そういうことなのね」

京子が楽しげに肩をすくめ、知世はあわあわと腰を浮かせた。

「あの……、岡村さんに迷惑かかると、俺……あの……」

「京子さんはだいじょうぶだから。……いじめないでください」

知世を押し戻し、笑いながら京子へ目配せを向ける。

「それにしたって面倒なところに惚れるわねぇ。で、そういう関係なの？」

「違います。知世はまだ二十歳になったばっかりですよ。なんで、シンなんかに」

「岡村さんはいい人ですよ」

佐和紀と知世の不毛なやりとりに肩をすくめ、京子はコーヒーカップを持ちあげた。

「そこで持ちあげちゃダメじゃない。いつまで経っても奪えないわよ」

「いいんです」

背筋を伸ばした知世が、佐和紀をちらりと見る。視線を受け止め、肩に手を置いた。

「若いっていいよな。肌に張りもあって」

「佐和ちゃん。自重しておきなさい。周平がきつく当たるわよ。知世もうまく立ち回りなさいね。いじわるされたら、すぐに佐和紀に言うのよ。叱《しか》ってくれるから」

「はぁ……」

佐和紀と京子の勢いに押され、知世は消え入りそうな返事をするばかりだ。

「……姐さん、補佐を叱るんですか」

信じられないとばかりに、ぼそりと言う。京子が肩を揺らし、佐和紀は煙草をもう一本もらった。

＊＊＊

京子に会わないまま、朝早くに大阪のホテルを出た。知世とふたりで電車に乗り、喫茶店のモーニングセットを食べてから桜川の入院先へ向かう。

昨日訪れたばかりだったが、時刻が違うだけで病院内の印象は違って見える。朝食を片付けている気忙《きぜわ》しさの合間を縫うように歩いていくと、個室の前にひとりの中年男が見えた。長袖のポロシャツにベージュのスラックス。夏のゴルフ焼けがまだ残っていて、眉が黒々と太い。顔つきの厳しさで、かなりの幹部だとわかった。

「若頭の増田《ますだ》さんです」

パーカー付きのジャケットを着た知世が耳打ちしてくる。足元はスリムなチノパンで、どこにでもいる大学生のようだ。

佐和紀も今日は悪目立ちする和服をやめ、淡いサックスブルーのパンツとホワイトTシャツの上に、裏地のない変則的な千鳥柄のコートを羽織っている。前髪をサイドに撫でつけ、眼鏡もいつも違う、丸みを帯びたデザインだ。

和服で来ると思っていた増田は意表を突かれたのだろう。佐和紀を凝視した。

「お約束の時間に合わせて参りましたが」

知世が前へ出て会釈すると、恰幅のいい増田はせわしなくふたりを見比べる。

「いやぁ、驚いた。資料とはまるで別人だ」

佐和紀の背に腕を回そうとしたのを、知世は見逃さない。スッと割って入った。

「ちょうど、朝食が終わったとこや」

ばつが悪そうに眉をひそめた増田は身を引き、ドアを叩く。しばらく待って、声をかけながら中へ入ると、すぐに佐和紀たちを招いた。

応接セットが置かれた室内には、トイレの個室や流し台も完備されている。中にいた若い構成員が外へ出され、知世はドアのすぐそばに控えた。

ベッドを斜めに起こした桜川も、佐和紀を見るなり目を丸くする。

「あんたには驚かされてばっかりやな」

骨と皮ばかりとなった手に招かれ、千鳥柄を市松模様に配置したコートの裾を揺らして近づく。都会的なコーディネートは、知世が揃えたものだ。

「これはこれで、ええもんやな。大滝のお嬢さんには、どない言うて来たんや」

「なにも……。すっかりバレてるようでした」

「そうやろな。うちのが仕掛けるぐらいや。ええ女やろうな。……あんた、岩下とはどないや」

昨日は話せなかったことを切り出され、佐和紀はコートのポケットに両手を突っ込んだ。

「見て、わからないですか」

笑いもせずに言い返すと、桜川は口元をにやりと歪めた。

「わかるから聞いとるんや。……去年の話なぁ、御新造さん、あんたはどないなつもりで手を出したんや」

「頼まれたから、少し遊んだだけです」

「……よう言うわ。女同士のケンカに首突っ込んで、岩下はなにも言わへんのか」

「少しは言いますよ。でも、俺も『嫁』ですから」

女のやりとりに首を突っ込む権利はある。と、口には出さない。

「真柴の面倒を、よう見てくれてるらしいな。あとは、あいつに見合う女を探したらなあかん」

真柴にはすでにすみれという女がいるが、桜川の口調には組織のためになる結婚を望む響きがあり、佐和紀は口を閉ざした。

「それまで身が持つかどうか」

「会長、そんなことは……」

口を挟んだのは、佐和紀の後ろに控えていた増田だ。

「おまえは黙っとれ。ほんまのことや。……真柴にあとを頼みたいと思てる」

「あいつはまだ、若いんじゃないですか」

若頭である増田を気にしてみせると、桜川は静かに首を振った。

「そこにおる増田はな、人を盛り立てるのがうまい男や。てっぺんに立ってしもうたら、どないもならん」

「若頭補佐は……」

「道元、いうんや。道元吾郎《ごろう》。あいつに若頭をやらせて、増田は相談役にするつもりや。京都はな、いままでずっと独立独歩でやってきた。これからも、高山組の下へつくつもりはない。そのために、組織内の若返りは必須や。古いしがらみは、なんの役にも立たん時代やからな」

「……それを、俺に話してどうするつもりですか」

「どうもこうもない。道元を、由紀子から取り戻して欲しいんや」

桜川の視線がわずかに伏せられ、頬がかすかに引きつって見えた。

「……由紀子さんを、道元から取り戻すのではなく？」

「そうや。由紀子は、もうあかん。人を食いもんにしすぎたんや。羅生門の鬼でも、もう少しマシなことをするやろう」

話す声は暗かったが、桜川の顔に由紀子への嫌悪感はない。

そんな女でもまだ愛しているのだとわかる。

「あれは、まだ若い。一緒に隠居させるんは酷やが、道元はもうひとつ若いんや。……『兄弟』たちと作ってきた桜河会も、由紀子にくれてやるわけにはいかん」

「会長さん。俺には、手伝う理由がありません」

ポケットから手を抜いて、ベッドの柵《さく》を摑む。

「聞かなかったことにさせてください」

「できんやろ。もう、聞いたやないか」

桜川の落ちくぼんだ目が、狡猾に鈍く光る。

「岩下との因縁は知っとるやろう。仇《かたき》を討つなら、こんな機会はもう二度とない」

まっすぐに見つめられ、目が離せなくなる。弱り切っていても、いまだ桜河会のトップに君臨する男だ。佐和紀とは踏んできた場数が違う。

視線で射すくめられ、途端に居心地が悪くなる。

真柴への助力を周平に頼むぐらいならまだしも、由紀子から愛人を奪うというのは、安請け合いできる話ではなかった。

「礼は、好きなもんを言うてくれ。旦那の知らん金を持つんも、いいもんや」

佐和紀が『ヒモ付き』と知っていて、道元に色仕掛けをしろと言っているのだ。佐和紀がひとりの男しか知らないとは思ってもみないのだろう。それはそうだ。前回京都へ来たときは、何食わぬ顔で女装を披露して、桜川にも色目を使ってみせた。

「会長さん、とてもじゃないけど、引き受けられない」

「いつまで、岩下に飼われているつもりや。嫁ごっこはあんたに、よう似おうとる。そやけど、しょせんは『ごっこ遊び』や。遊ぶんやったら本気で遊ばな、あかんのやないか？　男も女もない。あんたのそばにおる、あのふたりの恨みを晴らしたいと思わんか」

桜川の言葉が胸の中心に突き刺さる。思わずふらつきかけて、佐和紀は大きく息を吸い込んだ。

「道元はな、頭の切れる色男や。ただ、セックスに弱い。どないして由紀子に口説かれたんかは知らんが、元は忠誠心のある男や。由紀子とのことは水に流すと伝えてくれ」

「……俺じゃなくても」

言いかけて口ごもった。ただ諭されて別れるだけでは、意味がないのだ。由紀子から佐和紀に鞍替《くらが》えするぐらいの気持ちでなければ、道元は元に戻れない。

「あの女が泣いて戻ったら、受け入れるつもりですか」

「あかんか」

桜川の表情がにわかに曇る。病床に臥《ふ》せっていることが男を弱気にさせているわけではない。ときおり覗かせる『甘え』を感じ取り、佐和紀は静かに息を吐いた。

「それもいいと思いますよ。でも……あの女に首輪はつけられない」

桜川は黙り、知っているとも、それでもいいとも、言わなかった。伏せられた視線は、そのまま窓の外へと向く。

佐和紀は一礼してベッドを離れる。そのまま知世を連れて外へ出ると、廊下で増田に呼び止められた。

「受けてもらえへんか」

「……なにを言ってるか、わかってるんですか」

佐和紀の言葉に、増田の頬が引きつる。

「俺がただのチンピラなら、金のために引き受けたかもしれない。でも、そうじゃない」

知世を下がらせて廊下の端に寄る。

「俺を使うということは、岩下を使うことだろ。金だけで済むと思ってるなら、腹が立つ。あんたたちは、正攻法では頼めないとわかってて、俺を呼んだんだろう。……悪いけど、俺は本気であいつの嫁をやってんだ。たとえ、こっちに席を用意されたって心は動かない」

「それは、わかってる……」

答えた先から増田の視線が揺らぐ。病室へ戻った若い構成員が見たら、驚くような反応だろう。先ほどまでの貫禄が嘘のように溶けて、増田は肩を小さくする。

「わかってないよ。なにもわかってない。あんたたちは、俺が虐げられて、不当な立場にいると思ったんだろう。こっちでどんな噂を耳にしてるのかは知らないけど、俺を目の前にしたら、そんなことは言えないよな？　若頭さん、……増田さん。あんたがきっちり言い含めて、ふたりを別れさせるべきだ」

佐和紀に詰められて、増田はふらついた。由紀子を敵に回すことの恐さを、桜河会の人間は身に染みて知っているのだ。

もしかしたら、すでに身内を危険にさらしているのかもしれない。聞けば同情してしまいそうで、そっとあとずさる。

「……御新造さん。道元は、あんな女に使われて終わる男やない。関西では、阪奈会の美園に並んで遜色《そんしょく》ないヤクザやと言われてる。第二の岩下にもなれるかもしれんのに」

「二の舞を踏ませるな、って？　それは、あんたたちの言い分だ」

「真柴のためだと思って……」

「あれは俺の男じゃない。まさか、真柴が言い出したんじゃないだろうな」

ぎりっと睨むと、増田は小さく飛びあがった。

「ちゃう、ちゃう。違うんや。真柴は関係ない」

「とにかく、無理だ」

きつい口調で言い切り、佐和紀は振り向かずにその場を離れる。知世が小走りにあとを追ってきた。

「ほんっと、おっさんってのは勝手ばっかりだ」

鴨川《かもがわ》沿いをぶらぶら歩いて南下しながら、指に挟んだ煙草をふかす。空には鈍色《にびいろ》の雲が広がり、雨でも降り出しそうに寒い。

「けっこうな話でしたね」

隣に並んだ知世は、苦笑いで顔をしかめた。

お互いにヤクザの性分はよく知っている。人の立場や気持ちに配慮するようなタイプはまず見当たらない。その部分を利用するに決まっている。

桜川と増田も、そうして生き残ってきた男たちだ。

「向こうは懸命に哀れを誘ってたと思うんですが……、わざと無視したんですか」

「いや？　気づかなかった」

知世に言われて初めて、そうだったのかと思い当たる。

「姐さんは不思議ですね。目のつけどころとしては、桜河会も間違ってはいないんでしょうけど……」

「俺みたいなチンピラに話を持ってくるからだ」

足を止め、煙草を休ませる。

「思ってるほどチンピラじゃないですよ、姐さん」

両手に持っているテイクアウトのカップが、絶妙のタイミングで差し出された。

甘い匂いを吸い込み、佐和紀は川面《かわも》を眺める。枯れ葉がくるくると回りながら流されていく。

「桜河会は、姐さんがこのまま嫁で終わるつもりがないと見ているんですね。結婚自体が茶番だとわかってる。だから、この依頼と引き換えにして、姐さんが望めば、真柴さんの下で面倒を見てもいいと……。この話はそういうことですね」

「……やっぱり、そういう話だったか」

「でした……」

理屈ではよくわからない。佐和紀はいつも、空気の流れを身体で感じ取るだけだ。

「向こうが言わなかったのは、言質を取られたくないからだと思います。仮にも『岩下の嫁』ですから、離反を勧めるようなことは口にしない」

「じゃあ、俺が匿《かくま》ってくれと頼めば、隠してくれるわけだ。あいつから」

「悪いことを考えないでください」

「冗談だよ。……そのためにも、由紀子は邪魔ってことか」

「姐さん。そうじゃなくて、桜河会にとって、あの女が手に負えなくなったんです」

「あのおっさんたちは、俺が受けると思ったのかな」

「……それ以前に、舐めてかかってた節がありますけど」

あごを引いた知世が表情を引き締めた。不満げな目元に、どことなく石垣の面影が重なる。頭が良くて、説明上手で、いつもひっそりと寄り添ってくれた男だ。

目が合うと、ハッと息を呑んで浮かべた笑顔が懐かしい。

渡米して二ヶ月。簡単なメールを二回だけやりとりしてそれきりになっている。

「おまえが怒るの？」

笑いながら身を屈めると、知世は明るく笑う。

「怒りますよ！　世話係として、俺は姐さんを尊敬してます」

「あの補佐の首に縄をかけてるからだろ？」

「はい。だって、できませんよ、普通の人間には。それに……」

言いかけて口ごもる。続きは想像できたが、あえて先を促した。きれいな形をした目が戸惑いながらまばたきを繰り返す。

「姐さんは、あの人の、惚れてる人だから……、俺も惚れると決めてるんです」

「そんな惚れ方、されたくないけどなー」

ふざけながら煙草をふかす。煙を吐き出し、昇っていく先を眺める。

それでも知世は、ふたりの間に岡村を存在させる。自分のためだけではない。一緒にいる時間の少ない佐和紀が、岡村を忘れてしまわないようにだ。

　そういうけなげさは悪くない。まっすぐだが押しつけがましくなく、横恋慕に傷つくせつなさを隠している。

「言われたから世話係になったと思われるよりはいいです」

「俺から離れたら、チャンスはあるかもしれないのに」

「だから、言ってるじゃないですか。俺なりに楽しいんです。たぶん一緒にいるなら、姐さんの方が楽しい」

「おまえはかわいいね。きれいだし、素直だし。俺の若い頃とは全然違う」

「今夜あたり、夜のお世話もしましょうか」

「それ、誰から教わったんだ。うっかり呼びそうだからやめろよ」

「岡村さんには内緒にしてくださいね」

「言えってことだろ。どういうプレイだよ」

　佐和紀が知世に触れて、その知世に佐和紀を重ねて岡村が触れる。横恋慕がこじれすぎて、頭が痛くなりそうな倒錯だ。

「俺、けっこう上手です」

「はいはい、知ってる、知ってる」

　適当にあしらって歩き出すと、知世が慌てて追ってくる。川面を渡った冷たい風に目を細め、短くなった煙草を知世に渡した。

夏に訪れた京都の記憶は遠い。うだるような暑さの中、石垣が差しかけていた日傘の濃い影だけが鮮明だ。街には祇園《ぎおん》祭のお囃子《はやし》が溢れ、佐和紀はまだ恋がどんなものかも知らなかった。

「タモツ……」

振り向いた先で、きょとんとした知世が足を止める。呼び間違えたと気づいた佐和紀は顔をしかめ、唸るようにしてくちびるを引き結ぶ。

謝る前に、知世が笑った。

「石垣さんにメールしておきますね。きっと喜びますよ」

「優しいな、おまえは」

「心に余裕があるんです。家にいた頃よりもずっと幸せです」

屈託のない笑顔に片手を伸ばし、つるりとした頬を包む。

笑顔の裏に隠された複雑な生い立ちを、佐和紀は漫然と想像した。かわいそうだと同情する気持ちはない。

「姐さん。安請け合いしないで、ありがとうございました。俺、気が気じゃなくて……」

「普通なら、ありがたいぐらいの話なんだな」

コーヒーをひとくち飲んで、知世の頬骨を親指で撫でる。くすぐったそうにあとずさったのを一歩追って、まだ触り続けると、通り過ぎた若い女の子のふたり連れが、くすくす笑いながら振り向いた。

「姐さん、デキてると思われてます」

「おまえのほっぺ、つやつやだな……。やばい。若いって……」

　言いながら、佐和紀は自分の頬へ手を当て直す。

「だいじょうぶです。俺から見ても、誰から見ても、姐さんの肌はツヤッッツヤです。あと、その仕草、妙に色っぽいんでやめてください」

「お姉さんみたい？」

「普通に、きれいなお兄さんです」

「このままだと、真柴は帰れないなぁ……」

　頬に手を当てたまま、話を無理やりに戻す。知世は戸惑うことなくついてきた。

「その件については、真柴さん自身が決着をつけるべきだと思います」

「手厳しいな」

「桜河会は、それぐらい価値のある組織です。京都自体は小さなエリアですが、積み重なった利権を広げたら、関東一帯を覆いますよ」

「なるほどねー、桜川と増田が俺を舐めてかかるわけだ。名前が売れてないってのは、つらいもんだなぁ」

「正しく売れてないだけですよ。姐さんを取り込めば、補佐ごと手に入るって図式は知られてますから。そう考えると、桜川会長は姐さんの後ろ盾になるふりで、補佐の金を狙ってるのかもしれませんね」

「そういう難しいことは得意じゃない」

「かまいません。姐さんはいままで通り、チンピラらしくいてください。俺と岡村さんがきっちりケツを持ちますから」

「おまえが言うと、かわいいのに……」

同じことを岡村が言うと、ケツという一言が妙に色めく。

「岡村さんは、本気ですから」

知世は肩を揺らし、いたずらっぽい笑みをこぼす。

本気で佐和紀に惚れている岡村はいまや、本音の欲望を隠す気もない。

「由紀子は、旦那の思惑を知ってるんだろうな」

つぶやいた佐和紀は、知世に促されて歩き出す。コーヒーカップを預けて、ポケットに手を突っ込んだ。

昨日の由紀子を思い出し、佐和紀はひそやかな息を吐き出す。

知世はなにも言わないで寄り添っているだけだ。

若頭補佐を盾に桜河会を牛耳るのか。それとも、組織運営などには興味がないのか。

由紀子の考えることなど、佐和紀には見当もつかなかった。そして興味もない。けれど、自分が関《かか》われば、周平が嫌な思いをすると、それぐらいのことは理解していた。

ランチをして、京都観光を楽しみ、夕食はホテルのレストランで済ませた。京子は午後から出かけたままだ。

歩き疲れた身体にアルコールがほどよく回り、知世が用意した風呂で三回沈みかけた。部屋で控えていた知世がそのたびに起こしに来たが、最後には強制的に引きあげられた。バスローブを着せられて、ダブルベッドの上に転がされる。佐和紀の足の水滴をタオルで拭った知世は、パジャマと下着を枕元《まくらもと》に置いたり、水を汲《く》んだりと忙しく動き回る。

それを寝ころんだままで眺め、佐和紀はうとうとと目を閉じた。

「姐さん。着替えてから寝てください。お手伝いしましょうか？」

大きく腕を振り回して断ると、知世はタブレットを取って戻った。

「そろそろ電話をしてもいい時間になりましたので。繋ぎますか」

「周平……？」

目をこすりながら、ベッドの上であぐらをかく。

「テレビ電話は嫌だな。音だけでいい」

「補佐は顔を見たいと思いますが……」

「俺、酔っぱらってるもん」

「一緒に寝たらいいじゃないですか」

若い朗らかさに笑われる。佐和紀の顔にいつもの眼鏡をセットして、知世はタブレットをサイドテーブルの上に横向きで立てた。

すでに回線は繋がっているのだろう。大きな画面に映ったのは、離れの居間だ。

「寝落ちされると思いますので、終わられましたら連絡をお願いします」

周平に対しては冗談を言わない知世が、淡々と準備を済ませて部屋を出ていく。同じホテルに宿泊しているが、知世の部屋は低層階のツインルームだ。

「まるでメイドだな」

と、ふたりきりになったあとで周平が笑う。その声に誘われ、佐和紀は這うようにしながらタブレットへ近づいた。

「メイド服、買ってやろうかな」

ふざけながら画面を覗くと、ネクタイをはずしただけのスーツ姿がそこにあった。ジャケットとベストを脱いでカフスをはずす仕草が、画面越しだからこそ、いつも以上に色っぽく感じられる。

「誘ってるみたいに見えるぞ」

一日の疲れを滲ませた笑みにからかわれ、画面の右端に出ている小さな枠の中を見る。

そこに映った佐和紀は、乱れたローブ姿で四つ這いになっている。はだけたタオル地の奥が覗けたが、肝心な部分は隠れたままだ。

「こう……？」

思い立って、襟元を指で引く。肌があらわになり、胸の小さな色づきが映る。

周平はひそやかに笑うだけだ。反応に困ると言いたげな態度に乗せられて、佐和紀はバスローブの紐をほどいた。

枕を押しのけ、ヘッドボードへしなだれかかる。

「ずいぶん飲んだのか。どこへ行った？　新地《しんち》かミナミか」

「京都で遊んだから、ホテルでゴハン食べた」

「疲れたんだな」

いたわってくれる優しい声は、回線越しにでも佐和紀を安心させる。知世の言う通り、声だけにしなくて正解だった。

「周平は？　ゴハン、食べた？」

「今日は会食だった。いまは、晩酌」

そう言って掲げるのは水割りのグラスだ。カラカラと氷の音が響き、佐和紀は熱っぽい息を吐く。

本当なら隣に腰かけ、逞しい肩に頬をこすりつけているはずだ。子どもじみた仕草を受け入れられ、周平の指先であご下を撫でられたらキスの合図になる。

「触《さわ》れたら、いいのに」

佐和紀が言う前に、周平がつぶやいた。

「俺の代わりに、おまえの手で触ってくれないか」

「……えっち」

じっとり見つめたが、首を傾げた周平には効き目がない。凜々しい目元に欲情が兆し、その目で見つめられると佐和紀は平常心でいられない。

アルコールの酔いとは違う火照りが肌に生まれ、じんわりと身体の芯へ染み込んでいく。指先をバスローブの内側へ差し入れ、周平を見つめたまま肌をたどる。まだ目覚めていない乳首は柔らかい。

「気持ちよさそうな顔だな」

「んなこと、ない……」

口では否定しても、触り始めると指が止められなくなる。すぐに硬くなった突起を指でこね、浅い息を繰り返す。酔った頭がさらにぐらぐらと揺れて、ぼんやりとタブレットを見た。

まるで写真のように、周平が映っている。冷静な面持ちで水割りのグラスを傾けている姿が癪に障り、佐和紀はいっそうバスローブをはだけさせて自分の胸を揉む。周平へと見せつけながら、甘い吐息とともにあごをさらす。

タブレットの向こうで、周平がグラスを揺らした。こちらを見据えたまま水割りを飲む姿に痺れ、佐和紀は泣きたいほどに焦がれた。めいっぱいに仕事をして帰ってきて、嫁がいないからしかたなく暇つぶしにエロい動画を見るときも、きっと同じように落ち着き払っているのではないかと見当違いの嫉妬が芽生えてしまう。

しかし、いまの周平が見ているのは商売で乱れてみせる女ではない。本当なら肌を合わせているはずの嫁だ。冷静を装っていても、頭の中はいつも以上に卑猥な妄想で溢れている。そう思うと、嫉妬は泡のように弾《はじ》け、佐和紀の身体は温かい周平の指を恋しがっているそう疼《うず》く。

似せた仕草でつまんでみても、周平がしてくれるほどには熱くなれない。そのじれったさに悶《もだ》え、唇を噛んだ。脳裏に日々の営みが甘くよみがえり、息は自然と乱れて収まりがつかなくなる。

「んっ……はぁっ……ぁ」

両手で胸を押さえ、ヘッドボードに身を寄せた。

「佐和紀、見えない」

「……見せてるわけじゃ、ない……っ」

身体がびくっと跳ねる。画面の中に映っていないそこは形を変え、外へ出たいと首をもたげていた。

「ちょっと腰をあげて、どうなってるか見せてみろ」

「やだ……」

「おまえのかわいいのを出すところだろう？　見せて」

精悍《せいかん》な顔つきのまま、甘い声でねだられる。そのギャップに弱い佐和紀は、その場に膝をついた。画面の中に腰が収まる。

周平はなにも言わなかった。その代わりに、口元をグラスで隠す。

「へん、たい……」

両手を使って皮を剝《む》く。そのまま二度三度と手を滑らせて、佐和紀はハァハァと息を乱した。夢中になりそうなほど気持ちがいいことを、周平に悟られたくないと思うほどに、指は淫《みだ》らに絡みつく。

「やめなくていい。気持ちいいなら、そのまま……」

「俺ばっか……イヤ……だ……っ」

「俺だって勃ってる」

「見せて。あ、やっぱり、いい。顔が、いい……。自分の、触って」

画面の中の周平が近づいてきたのは、グラスをテーブルに置いたからだ。ソファにもたれている姿は腰から上だけしか映らない。腕の動きで下半身をまさぐっているのがわかったが、肝心なところは枠の外だ。それでも、生中継だと思うと妙に興奮する。

互いを見ながら自慰をするのとは違い、生々しい息遣いもなければ、相手の熱で部屋の空気がぬるむこともない。

しかし、確かに、互いを想う胸が騒ぎ、自身をこする手のリズムが快感を呼び込んでいく。

「あっ……、あっ……」

佐和紀は控えめな声を出す。記憶の中のキスを思い出し、周平がしたように手を動かす。片手に先端をこすりつけ、リズミカルに根元からしごく。

「んっ……、足りな……。あ、あっ」

声をあげながら、ヘッドボードに背を預ける。画面に収まる余裕もなく、佐和紀はしどけなく足を開いた。

本当なら、周平が膝を掴み、左右に押し開かれる。そこへ息遣いが沈みこむのか、もっといやらしい指先で乱されるかは、そのとき次第だ。

「周平……っ。周平……」

甘えるように呼びかける声をどんな顔で聞いているのか、ちらりと見てみる。小窓の端にかろうじて映る自分は見えたが、周平の表情までは確認できない。

それどころではない興奮にさらわれ、佐和紀は開いた足の奥に指を這わせた。やわやわと触れて、ぐっと押し込む。濡れていないすぼまりに指の侵入が阻まれた。

「ん……はっ、あっ……。ゆび……っ、あ、あぁっ」

「傷がつくぞ。唾液で濡らして、もう一度」

言われるままに口に含み、酔いにまかせて舌を絡めた。唾液でたっぷりと濡らし、爪の根元まで、つぷりと差し込む。それだけで佐和紀の身体は敏感に跳ね、ぎゅっと指を締めつける。

「あ……や、だっ……。きもち、いいっ……しゅうへい、周平。気持ちいい、きもち、いっ……あぁっ。んー、んっ、んっ」

画面越しに見られていること。聞かれていること。その両方が恥ずかしくて肌が火照る。汗がじわっと滲み出て、たまらずに髪を揺らしてかぶりを振る。

「見ていてやるから、イけよ。佐和紀」

「あ、あぅっ……う、んっ……い、く、いくいく、いくっ……」

後ろから指を離し、性器をこする。出したくてたまらなくなっている腰は淫らに揺れ、周平の手で促されることだけを妄想する。

「周平、いくっ。周平、いく、いく……。見てて、見てて……っ」

恥ずかし気もなく繰り返し、手のひらで先端を包む。苦しさに似た射精の瞬間が訪れ、根元から押し出された精液が放出される。

「んー、んっ、……あぁ、あっ、……あっ」

身体が快感にぶるぶるっと震えた。佐和紀は手探りでローブを掴み、濡れた手のひらを拭う。乱れた息が整うと、急激に疲労を覚える。

眠気にゆらゆら揺れたのが画面に映ったのか、周平の声がした。

「佐和紀、寝る前に着替えろよ。佐和紀……」

「チュー、したい。周平……、チューしたい」

酔っぱらいのたわごとを繰り返しながら、言われるままに立ちあがる。タブレットを手にふらつきながら浴室へ入り、下半身だけを流した。

眠りそうになると起こされ、笑い声を聞きながら身体を拭く。

パンツがないとひとしきり騒ぎ、押しやった枕の下敷きになっているのを見つけて引っ張り出す。

「なー、周平。イケた？」

備え付けのパジャマに袖を通しながら、ベッドに投げ出したタブレットを覗き込む。画面の中の周平は微笑んでいる。

「あとでゆっくり思い出すから……」

「エロかった？　ちゃんと、俺で、ヌイてね」

酔いと眠気に任せた悪ふざけで、周平がどんな気持ちになるのかを佐和紀は知らない。

「わかったから、布団へ入れ。知世にあとは頼んでおくから。間違っても、俺だと思って引きずり込むなよ？」

「……ばーか。おまえと間違うなんて、ありえない」

知世から助言されたように、佐和紀はタブレットを枕元に置いた。サイドテーブルに立てかけ、眼鏡をはずしてベッドへ潜り込む。周平と眠っている気分だけを満喫する。

「おやすみ、佐和紀」

甘いささやきが耳元で溶けて、もっと見ていたいと思うのに、睡魔には勝てなかった。

＊＊＊

桜川の見舞いにかこつけた三泊四日の大阪旅行は一見、京子の気ままな羽休めだ。見舞いを早々に終わらせた初日は京都を観光し、翌日は昔の知人との食事会。その次の日は、予定通りに松竹座《しょうちくざ》で歌舞伎を観た。

夕食は関西風の甘いすき焼きで、個室には佐和紀と京子しかいない。

「今夜は、もう少し遊びましょう。ここからが本題なのよ」

デザートと一緒に出された熱いほうじ茶を飲みながら、京子が微笑む。いたずらっぽい表情はどこか少女めいて、質問の隙さえ与えない。

「一度ホテルへ戻って着替えてからね。私はともかく、佐和ちゃんの素性が知れるとおもしろくないから」

「どこに行くんですか」

「カジノよ。裏の」

思ってもみない答えが返り、佐和紀は驚いた。

「京子さん、そういうところに出入りするんですか」

「年に二回ぐらいは来てるわよ。歌舞伎を観るついでか、宝塚を観るついでか。どちらも楽しみだけど、建前なの」

「知りませんでした」

「弘一も知らないから、内緒にしておいて。観劇ついでに、こっちの奥さん連中と情報交換してると思ってるの。今回はね、佐和ちゃんの好きそうなものが見られるから、連れていってあげるわ。私の愛人のふりをしておとなしく従っていてね」

「いいんですか……」

「どっちが？　連れていくこと？　それとも、愛人？」

「両方です」

佐和紀が笑うと、京子もくだけた表情で肩を揺らす。長い髪をかきあげ、

「どっちも社会勉強だわ。スーツを持ってきてるでしょう。あれを着てね」

立ちあがった京子に従い、店を出る。近くの駐車場で待っていたお付きの構成員と知世を伴い、ホテルへ戻った。それからスーツに着替え、同じフロアの三つ向こうにある京子の部屋を訪ねる。

ドアが開くと、見違えるほどゴージャスに着飾った京子がいた。完全武装のフルメイクに、片側に寄せて巻いた髪。身を包む青いベルベットのドレスは、腰の張った身体のラインが艶めかしい。

三連ダイヤのネックレスをつける手伝いをしながら、佐和紀は落ち着かない気分になった。じんわりと湧《わ》き起こる興奮は、性的なときめきではなく、勝負に出るときの胸騒ぎに近い。

「あんまり無理して負けないでよ？」

胸元をとんっと叩かれ、たじろいだ。ほぼ同時にジャケットの襟を摑まれる。

京子はおかしそうに笑い、佐和紀の髪を後ろへ撫でつけるようにセットした。

周平が作ってくれたダブルのスーツは細身だ。コンタクトレンズを入れれば、いつもとは一八〇度違う佐和紀になる。

ロビーへ下りると、京子のお付きの構成員たちがあんぐりと口を開いた。バカ面だと京子に怒られ、ふたりの男はほぼ同時に自分の頰を叩く。

知世は留守番だ。年の離れた構成員たちの間へ放り込まれ、気詰まりな思いをした息抜きをさせてやりたくて、小遣いを握らせ、外出の許可を出した。

二十歳前後の若い男が、どこでどんなふうに遊んでくるのか。報告を聞くのが楽しみだ。構成員が運転する車の窓から大阪の街を眺め、佐和紀はひっそりと笑う。自分がこんな気の回し方をしているのが可笑《おか》しい。

いままでは、自分が金を握らされる側で、誰かに小遣いをやるなんて想像もしなかったからだ。

「あの向こうが、昼に食べたオムライスの店よ」

京子が窓の向こうを指さし、佐和紀の顔をふと覗き込んだ。

「このスーツは、周平の匂いがするのね」

言われても、わからない。くんくんと嗅《か》いでみたが、染みついた煙草の匂いの中に、ほんのりと白檀《びゃくだん》が香るばかりだ。

車はしばらく走り、佐和紀にはどこがどこやらわからないうちにネオンの街へと潜り込んだ。

時刻は夜の十時を過ぎている。繁華街はにぎやかで、人通りも多い。週末だったことを思い出した佐和紀は、酔っぱらって歩く男とホステスのふたり連れを目で追った。

横浜となにも変わらない男女の姿がそこにある。なのに、やはり雰囲気が違っていた。どちらがいいという話ではないのだろう。街にはそれぞれの色がある。

そんなことを考えている間に、車は繁華街を抜けた。さらにオフィス街を通り過ぎ、坂を上がる。

たどり着いたのは、高級感漂う大型のマンションだ。エントランスは木々に包まれ、通りから直視できないように計算されていた。

会社役員などのＶＩＰを対象としたカジノパーティーだ。客引きは、カジノ運営者と繋がっているホステスあたりだろう。

周平のデートクラブが開催するパーティーを思い出しながら、京子に促されてあとに続く。

「旦那の大きさがわかるでしょう？」

「嫌ってほど知ってますよ」

エレベーターの中で京子に耳打ちされ、笑って答える。前に立っている構成員のひとりが不自然に肩を揺らし、京子に背中をつつかれた。

「なーにを想像したの？」

「い、いえ……」

おどおどと口ごもるのを問い詰めず、京子が佐和紀を振り向いた。

「こっちは純粋にカジノだけの運営よ。普段は繁華街のビルで小さくやってるんだけど、たまにね、こうやって大きいパーティーを打つの」

「シノギのためですか」

「そうよ。高山組系列の組が仕切ってるの。でも、そういうことは考えなくていいのよ」

京子が出した招待状をあらためる。

京子の言葉の意味は、ほどなくしてわかった。

フロアにひとつしかないドアの前には若い男が立っていて、京子が出した招待状をあらためる。そこでお付きの構成員と別れて中へ入った。

タイル敷きの狭いロビーの真ん中には大きなフラワーアレンジメントがあり、脇に着物姿の中年女が待ち構えている。二重のセキュリティチェックだ。招待状を持っていても、女主人である彼女の目にかなわなければ奥へは進めない。

女の着物は、いかにも値の張りそうな水商売好みの派手柄だった。髪は大きく膨らませて結われ、小さな目が濃いアイラインで囲まれている。美人ではないが男好きのする色気に、京子との確執が垣間見えた。女同士の小競り合いが、袖の下でチリチリと火花を散らす雰囲気だ。

極道の妻同士、表面上は仲良くしているが、それは夫であるヤクザたちのためであり、裏では、東の女と西の女がより優位に立とうと見えないつばぜり合いを繰り広げている。

女の視線が佐和紀を検分した。上から下まで舐めるように見られ、佐和紀は戻ってくる視線を待ち構えた。目が合った瞬間にすかさず微笑む。すると、女のチークが濃さを増した。

気づかぬふりの京子は、佐和紀の腕へわざと色っぽく身を寄せる。

「こちら、浜喜恵《はまよしえ》さん。わたしの友人よ。喜恵さん、彼が昨日話していた『お気に入り』よ。新条というの」

旧姓で紹介され、佐和紀は深々と頭を下げた。

「まだ若くて、遊び方も知らないから、ご迷惑があったらごめんなさいね」

「なにを言うてはんの。そんなん気にせんでええんよ。今日は旦那のことなんか忘れて遊んでいって。また、あとでね」

佐和紀の背中を奥へと押した喜恵の指が、肘のあたりをそっと摑んで離れた。肩越しに振り向くと、それとわからない程度の色目が送られる。

無人の廊下は土足可のじゅうたん敷きで、重厚な扉がタキシード姿の黒服によって開かれる。そこは完全なパーティースペースだ。元々、そういった目的で使われている物件なのかもしれない。

「ちょっとウブにしときましたけど……」

若いツバメを装い、京子の腰へ腕を回す。耳元でささやくと、くすぐったそうに身をよじらせる。クラッチバッグごと手が胸へ押し当たった。

「あんまりからかいすぎないでね」

友人を陥れることに悪びれもせず、クラッチバッグを立てて、ふたりの口元を隠す。

「ここに来てる客をよく観察しておきなさい。勉強になるわ。あんたの顔はまだ知られてないから、変なのを引っかけないようにね」

「わかりました。京子さんは……」

「私は遊ぶのよ。旦那の金でね。派手に賭けるわ」

広い部屋はほどよく照明が落とされ、毛足の長いじゅうたんが敷かれている。あちらこちらにゲームの台が設置されていて、どの台も盛況だ。

客筋はかなり上品で、男性客はタイをつけた正装、女性客も着飾っている。BGMはアップテンポなイージーリスニングで、賭け事を楽しむ客の高揚感を煽《あお》り、男女関係のきっかけも作り出しているようだ。

周平の関係するパーティーに何回か同伴したことのある佐和紀は、ぼんやりとあたりを観察した。

大阪の街が一望できるベランダの闇には、グラスを片手にしたカップルが紛れている。しかし、顔を寄せ合っているだけで、性的な行為の始まる雰囲気はない。

セックスパートナーの斡旋《あっせん》を目的としている周平のパーティーでも、性行為をするフロアは決められていて、トラブルを事前に回避している。カジノも同時に開催しているが、ここに比べれば規模は小さい。

その代わりに社交スペースは大きく取られていたのだとわかる。目的の違いだ。

普段は小さな賭場《とば》だと言っていた京子を思い出す。裏カジノで集客し、ほどよく勝ち負けを調整しながら、相手の資産を確認する。その上で、大きなパーティーを開き、うまく巻きあげるのだ。

京子のそばに知り合いらしき男が寄ってきたのを機に、佐和紀はその場を離れた。青白くライトアップされた壁際のバースペースへ移る。

ハイチェアに腰を預けてビールを頼むと、スッとした立ち姿のバーテンダーが手早い動きで出してくれる。

ひとくち飲んだところで、甘い猫撫で声が聞こえた。ロビーで会った喜恵だ。

「放っておかれたの？　かわいそうに」

京子はルーレット台にいる。男と肩を寄せるようにして座り、勝ち負けはわからないが楽しそうだ。

「話し相手を呼びましょうか？」

ホステス代わりの女の子も用意してあるのだろう。

「若い女の子は、あんまり……」

名残惜しげな視線をいま一度京子へ向け、しょんぼりと喜恵を見た。わざとらしいほどの哀れなそぶりに、女もまたわざとらしく引っかかる。

慰め代わりにうなじを撫でられ、着物の袖からあらわになる肘を摑んだ。ふくよかな肉づきはしっとりと柔らかい。

「あんたに特別な催しを見せたい、言うてはったけど……。うちが案内しましょか」

「でも……」

肘を摑んだ手が握られ、佐和紀は戸惑いを見せた。

ヤクザの妻に囲われ、からかうように弄ばれているウブな男なら、こんなものかと加減する。京子と一緒に通っている茶道教室で演じている『得体の知れない上品な美男子』よりはよっぽどやりやすい。

「いいやないの。私と浮気しろ、言うてるわけやなし。ここにおっても、退屈なだけやし。いらっしゃい」

手を握られ、引っ張られるままに部屋を出た。

「京子さんとの付き合いは、長いの？」

「そうでもないです……けど」

「どこの人か、知ってるんやろね？」

核心をぼやかした質問に、佐和紀は口ごもった。

「知ってるんやったらええけど。見た目ほど、きれいな人やないと思うわ」

言葉の端から突き出たトゲに心の隅を刺され、佐和紀は思わず顔を歪めた。振り向いた喜恵の目に、昏《くら》い色が滲んだのを見逃さず、冷静さを保ちながら手をほどく。

追ってきた指に手首を摑まれ、向かい側の部屋に連れていかれた。ノックもせずに扉を開けると、ブラックスーツを着た数人の男たちが振り向いた。

ピリッとした空気を隠し、喜恵に向かって一礼する。

「どないやの」

だしぬけに聞かれ、一番体格のいい男が顔をあげる。

「楽しんでもらってます」

「そうか。ほんなら、ちょっと札《ふだ》を貸してちょうだい。この子に遊ばせるから。あぁ、その程度でええわ」

別の男が取り出した木札の山を受け取ると、そのまま佐和紀の両手に置く。男たちが取り囲んでいる丸テーブルの上には、同じような木札の山がいくつもあった。

人差し指程度の長さと太さだ。どこかで見たと思いながら、急かされて喜恵に続く。

隣の部屋へ続くドアを開けると、途端に大きな声が聞こえてくる。独特の調子を持って喧々囂々《けんけんごうごう》と繰り返されているのは、「丁」「半」の声だ。

ドアの向こうに垂れたカーテンをくぐると、都会的なパーティースペースが嘘のように、畳が敷き詰められていた。

縦長の白い台が据えられ、男たちが群がるように膝をついている。飛び交う声で半丁博打だとわかったが、意外すぎて言葉も出ない。

そうこうしているうちに下足番の男が近づいてきて、革靴の紐をほどいてくれる。隣では遊び終わった男が、別の下足番に革靴の紐を結んでもらっているところだった。

「奥さん、遊ばせてもらったで」

声をかけられた喜恵は膝を折るようにしてシナを作る。

「あら、旦那《だん》さん、もうお帰りやの？　お久しぶりやのに、どないしたんです」

「ようやっと、ほとぼりが冷めたとこやからな。ほどほどにせんと、おかあちゃんの口が耳まで裂けるさかい、また次も来るしな。よろしゅう頼むで」

明るい口調で早口に答えた男は、ひょいひょいと歩いてカーテンの向こうへ消えた。喜恵が耳打ちしてくる。

「前の賭場で五千万溶かして、離婚寸前の大騒動やったんよ。それでもやめきれへんもんやから、別の賭場でちょびちょび、二千万ほど戻してやったら、案の定、戻ってきたわ」

ふふっと笑いながら佐和紀の腕へもたれてくる。部屋の端に連れていかれた。

洋室を『和室風』に設《しつら》えてあるのだろう。襖《ふすま》は壁に固定されているだけらしいが、雰囲気は出ている。台の右側には座布団へ着いた客が並び、向かいには数人の男たちがいて、勝負がつくたびに木でできたT字の器具を使い、木札を回収しては器用に振り分ける。その真ん中に座っているのがツボ振り師だ。

「驚いたでしょう？　その筋では有名なツボ振りなんよ」

派手な振袖の片袖を抜き、竹で編んだツボとふたつのサイコロを構える。中性的な顔立ちだが、女ではない。

部屋に静寂が広がり、小さなサイコロの音が思い出される。映画で見ただけの光景に、ざわっと鳥肌が立った。

白い台に伏せられたツボが持ちあがる。すると、室内がどっと湧き、勝ち負けに翻弄された声が混然と飛び交う。そこでゲームから抜ける者もいれば、居続ける者もいる。

「ルールは簡単よ。半か丁に賭けるだけ。足して偶数なら『丁』。どう？　やってみない？」

すでに賭けるための棒は用意されている。

答えないうちから、喜恵は男たちをかき分けた。真ん中から少しずれた席を譲らせ、強引に佐和紀を座らせる。

初めの数回は喜恵の言うがままに賭け、二回はずして、一回当たる。そのあとは佐和紀が決めるように促され、一回はずして、次を当て、さらに一回当てて二回をはずす。

木札は当初の倍にまで増えている。賭ける側の人数や、賭けた木の数などで分配が変わるからだ。

「これを倍にしたら、そのまんま換金してあげるわ」

隣の席との間に膝を割り入れ、佐和紀にぴったりと寄り添った喜恵が耳打ちしてくる。

指先がさりげなく太ももの内側へと這う。股間《こかん》に触れそうで触れない動きは、佐和紀を誘っていた。

つまり、ここで遊ぶ金が代償だ。もしも倍にできたら、大金が転がり込んでくる。もし負けたとしても、その分をベッドで返すだけのことだ。

断る間もなく次の勝負の呼び声が入る。そうなるともう降りることはできない。喜恵の策略にはめられた形で、佐和紀は木札を出す。

目尻に赤いラインを入れた美青年のツボ振り師は、こちらを少しも見ない。まっすぐ前を向いたままだ。凛《りん》とした風情は、眺めるだけでも心地よく、彼の姿だけを楽しんでいる男たちも少なくないようだった。

佐和紀の木札は少しずつ減り、賽《さい》の目を当ててもそれほど増えなかった。普通ならストレスを感じるところでも、佐和紀にそういう神経の細さはない。

適当に張り、ツボ振りの所作を眺め、堪能《たんのう》しきったところですべてを『丁』に賭けた。大きく『半』に賭けた男がいたからだ。

ツボ振りの青年の視線が、ふいに佐和紀の顔をかすめていく。ほんの瞬間だったが、あきれたような冷たい視線が宙を見据えるのを追い、微塵も変わらない無表情からサイコロへ視線を転じた。サイコロがひょいとツボの中へ落ち、カラッと回って床の上へツボが伏せられる。

賭場が静まり、ツボはもったいぶってゆっくりと開く。

積み重なったサイコロのうち、見えている目は赤丸ひとつの『一』。そして、ツボ振りがつまんでおろしたその下も、同じく赤丸の『一』。

「ピンゾロの丁。おめでとうございます」

かき集められた札と同等の札が差し戻される。周りからの拍手を受け、佐和紀は戸惑いがちに一礼してから札をかき集めた。

「もう、じゅうぶんです」

喜恵を振り向くと、にっこりと満足げな笑みが向けられる。佐和紀の手元の木札は、倍になっていた。それを受け取った喜恵がいそいそとカーテンの向こうへ消えていく。

台から離れた佐和紀は、畳の端で出された靴に足を入れ、下足番の若い男の手元を見つめた。手際のよい紐結びだ。

しかし、頭の中は別のことで忙しい。逃げ出す算段をしなければいけないからだ。

京子のそばへ戻れたらいいが、出入り口はひとつだ。裏口らしきものもなく、元のパーティールームへ戻るには隣の小部屋を通らなければならない。

しかたがないので、喜恵に従うふりをして、ほどよいところで泣きを入れようと決めた。

大金を積まれて勃起《ぼっき》する男もいるだろうが、世の中には、意に染まぬことに対して怯《おび》え、泣いてやり過ごす男もいる。

ヤクザを自称していたら許されない手だが、気弱な愛人なら許される。佐和紀の後ろに京子がいるのだから、手荒く連れ去られることもないだろう。

色気はあっても、性的に淡白そうに見えるはずの頬を撫で、佐和紀は小さく息を吸い込んだ。見上げてくる下足番がみっともなく呆けているのに気づき、開きっぱなしのあごをそっと持ちあげて閉じてやる。

「ずいぶんと潔いんだな。驚いたよ」

背筋を戻した瞬間、別の男から声をかけられた。

「頼めば、許してもらえただろう」

「考えもしませんでした」

見ず知らずの男だったが、出された靴に足を入れ、紐を結んでもらいながら朗らかに笑う。

「喜恵さんに目をつけられているようだったけど。誰と来たんだ。招待客にしては場慣れしていないな」

身長は佐和紀よりも高く、ベルベットのカジュアルタキシードを見事に着こなしている。こざっぱりと端整な顔立ちで、ツーブロックの片側を短く刈りあげ、長いままの髪は波打つオールバックだ。

ＩＴ企業か不動産関係の若社長といった雰囲気だが、跡取り息子の気楽さはない。すでに実務についている落ち着きが、言葉の端々に感じられた。

「実は同伴で来たんですが……」

「相手はどこに」

「……カジノに。別の男に席を奪われたので」

「じゃあ、戻る必要もないか。喜恵さんはきっちり金をくれる人だし、経験としてお付き合いするのも悪くはない。……それとも、その権利を俺が買おうか」

「男とは、ちょっと……」

佐和紀は尻込みして首を振った。

女が相手なら勃ちませんでしたで済むが、男が相手だと無理に突っ込まれる可能性がある。喜恵の方がよほど扱いやすい。

早々に話を切りあげ、カーテンの向こうにあるドアを開く。イスに座っていた喜恵が、微笑んで腰をあげる。

「行きましょか。ここを出てもええわ」

「お仕事は、いいんですか……」

いかにも周りの男たちがこわいと言いたげに視線をさまよわせると、風呂敷包みを持った喜恵はいそいそと寄り添ってくる。

「あの人らが仕切るからいいんよ。おいで」

そのまま廊下へと押し出された。

「京子さんと、帰らないと……」

「そんなにこわがらんでも……。黙っといてあげるし、すぐに帰してあげるから。それやったら、うちの控え室へ行こ」

手を摑まれ、引っ張られる。つんのめるように歩き出すと、もう片方の手を誰かに摑まれた。

気づいた喜恵が足を止め、佐和紀も振り返る。

そこにいたのは、先ほどの男だ。佐和紀をぐいっと引き寄せる。

「喜恵さん。いつも遊ばせてもらってるお礼にひとつだけ、お伝えしておきます」

関西言葉の響きを混ぜた男の声は若々しく、威圧的ではないが有無を言わせぬ強さがあった。

「この男は、うちの姐さんも目をつけてます。面倒なことになりますから、手を離したってください」

聞いた途端に、喜恵の指がパッとほどけた。

「あぁ、あかんわ。用事を忘れてた。……えらい、ごめんやで。そうそう。あんたが勝った分は渡してやらんとな」

そう言って、いそいそと風呂敷包みを開き、帯のついた札束をふたつ取り出した。佐和

紀の手に持たせると、

「えらいおおきにな。ゆっくり遊んでいってや」

男の肩をぽんっと叩いて通り過ぎる。そのままいそいそと別の部屋へ入ってしまう。

残された佐和紀は、人のいない廊下と札束を見比べた。男ひとりを買うには高額すぎる。

これだけの大金を渡すつもりは喜恵にもなかっただろう。男が口にした『姐さん』に対する口止め料だと察して、そのひとつを男の胸へ押しつけた。お互いに札束を胸元へ隠す。

「あんたの連れなら、その大部屋だろう。こっちだ」

歩き出した男についていくと、見覚えのあるドアの前に来る。開いた先は確かにパーティールームだった。

さらに人が増えて盛況だ。京子の姿はなかなか見つからなかったが、先ほどと同じ男の陰に座っているのが確認できた。

「まだ終わらないだろう。一杯飲もう」

男が親指で示したのは壁際のバーだ。どうせ暇なのでついていく。

「関西弁は？」

佐和紀が尋ねると、

「どっちも話せる。バイリンガルや」

笑いながら関西の訛《なま》りで答える。お互いに生ビールを頼んだ。

「あんたは東の人間だろ。大学は都内だったんだ」

カウンターのハイチェアに腰を預けた男は、手にしたグラスを軽く掲げた。身をそらすような豪快さで一気に飲み干す。すぐさま、おかわりを頼んだ。

佐和紀はバーボンの水割りを注文する。

飲み切っていない生ビールとグラスを並べ、灰皿を引き寄せた。シガレットケースからショートピースを取り出すと、男が身を乗り出した。

「マジかよ。渋いな」

佐和紀の煙草が両切りであることを確かめ、自分のライターで火をつける。用心深く吸い込み、柔らかな息遣いで吐き出す。

「誰の趣味なんだよ」

「オヤジが吸ってたんだ」

新しい一本を取り出し、火をつける。軽く吸ってから、バーボンの水割りを口に含んだ。

「きれいな顔してるな。こっちは母親譲りなのか？」

手の甲で頬を触られそうになり、佐和紀はとっさに煙草の火を向ける。気づいても動じない男は、そのまま頬に触れた。

ベルベットのジャケットの袖口が焦げたが、顔色ひとつ変えずに笑う。

「ツボ振りのボンボンも整ってるけど、あっちはどうも色気がな……。さっきのツボ振り師だよ。信貴《しぎ》組って小さな組のひとり息子で、ガキの頃からツボを振ってる筋金入りだ」

「あれって、狙ったサイコロを出せるんだろう」

「どうして」

男の眉がひょいとあがり、佐和紀は静かに煙を吐く。

「あの女は俺に稼がせて、いい気分にさせたいみたいだったから。あのタイミングで大きく賭けた男がいたし、そろそろかと思って」

「ひとりをピンスポットで勝たせるのは難しいんだ。あんまり意地の悪いことをするなよ」

「知らないよ、そんなこと」

賽の目を操れずに頼まれていたのなら大変だろうが、涼しい顔をしてあきらかに賭場の流れを操っていた。問題があったとすれば、勝たせるタイミングだけだ。

「不思議だな、あんた。チンピラみたいなことを言って」

ショートピースをふかした男が、顔をしかめてカウンターにもたれる。佐和紀は黙って見つめ返した。

男は頰の引き締まった薄味の顔だが、目元を細めた瞬間に隠しきれない鋭さが走り、佐和紀の野生の勘を疼かせる。

舎弟を抱えた構成員、もしくは初めの印象通りの社長業で、企業舎弟あたりかもしれない。

「大滝組の男嫁って、かなりの美形だって聞いたけど、顔を見たことある？　本物の女だって噂もあるよな」

「どっちでもいいんじゃない」

肩をすくめて答えた。

「あんたがそうだって言うなら不思議はないけど……」

佐和紀を覗き込む顔は笑っている。無茶な賭け方と煙草でチンピラのレッテルを貼《は》られ、『大滝組の男嫁』には見られていない。だから、

「ないなぁ」

と肩をすくめて、新しいビールを注文する。

「今夜、現れるって噂を聞いたから見に来たんだけど。ちゃんと写真を見てくればよかったな」

「アレは眼鏡かけてるだろ」

「そうそう。だから、顔がわかりにくい……。ん？　やっぱり、そうか」

「違う、違う」

笑って手を振り、男がカウンターに置いていた煙草の箱から一本抜く。周平が吸う銘柄ほどマニアックじゃない。ごく普通の国産煙草だ。

「そういえば、あんた、『姐さん』がどうとか言ってたよな。その筋の人なの？　大阪？」

「あぁ、俺は京都。……聞いてわかるのか？」

からかうように言われ、肩をすくめる。

「わかんない」

「なんだよ、素直だな。見た目がいいからって、あんたみたいなウブを連れ回さなくてもよさそうなもんだけど……」

「俺ね、腕っぷしには自信があるから」

「嘘つけ。ほっそい腕してる」

佐和紀の二の腕をむんずと掴んだ男が、自分の腕を示してくる。触ってみると、ベルベットの布地の下に筋肉が隠れていた。

弾力性のある、しっかりと鍛えあげられた二の腕だが、太すぎるということもない。

「へー、意外。見てみたいような感じ。かなり鍛えてるんだ？」

「そこそこな。あんたも見た目よりはあるみたいだな」

「ちょっとは鍛えてる」

「でも、警護役ってのはないな。お飾りがいいところだ」

チンピラだと侮られる感じが久しぶりで、佐和紀は上機嫌に相手を見た。

「これでメシが食えれば安いもんだろ」

「外見なんて、すぐにくたびれる。もっと別に使い道を考えた方がいいぞ」

「余計なお世話だ。あんたこそ、組でいいように使われてんじゃないの？」

「そうとも言うかな……。次はなにを飲む」

ふっとシニカルな笑みを浮かべ、ドリンクを勧めてくる。バーボンの水割りをまた頼んで煙草をくわえた。暇つぶしにはちょうどいい会話に気がゆるんだが、目的の『男嫁』に会えなかったと思い込んでいる相手も、気持ちは同じらしい。リラックスした顔で煙草をふかしている。

佐和紀は気安さにかまけて尋ねた。

「そっちの筋の人も出入りしてるって聞いてたんだけど。どんな人が来てんの？」

「あぁ……」

くわえ煙草でカウンターに背を預け、男が佐和紀を手招く。肩を寄せると、こっそり耳打ちされる。

「あんまりめぼしいのはいないな。ルーレットの台の真ん中に陣取ってる男、あれは阪奈会の幹部だ。ブラックジャックの台の端は真正会の幹部。外で女と乳繰り合ってるのは……、俺の舎弟」

重いため息をつき、目をそらす。

ガラスの外を見た佐和紀は、横浜で忙しくしている三井を思い出した。佐和紀がチンピラ扱いされ、まるで相手にされていないと知ったら、腹を抱えて笑い転げるだろう。絶対に蹴《け》りつけてやると思いながら男を見た。

「誰が一番、俺にとって有益そう？」

「間違いなく、俺だろ」

「……口説いてる？」

「はぁ？　なんでだよ。男、口説いて、どうすんの。あぁ、両方いけるってやつ？　節操ないな」

　ずばりと言われるのは心地いい。

「岩下の嫁、教えてやろうか」

　カウンターにもたれ、愛嬌《あいきょう》を振りまいて小首を傾げる。振り向いた男の目がついっと細くなり、ヤクザ者の本性が垣間見えた。チンピラをからかって遊んでも、やり返される気はないのだ。

「そんなこと言って、知らないんだろ？」

　手が伸びてきて、あごを摑まれる。佐和紀はわざとらしく指を絡みつかせた。伏せた目を物憂く向けると、男が息を詰める。

「なるほど。そういう手があるわけか」

「どういう手だよ」

「いや、別に」

男の片手が膝に伸び、顔が近づいた。そのままくちびるを合わせようとしてくる。

「その程度にしといたら、どないや」

ふたりの間に影が差し、ドスの利いた低い声がする。ふたりして振り向くと、渋みのある男が立っていた。ダブルのスーツを肩幅と胸板で着こなし、眉間《みけん》に深いシワがある。いかつい顔つきには温和なところが微塵もない。それが隙のなさに見え、佐和紀は元兄貴分の岡崎を連想した。

年齢もちょうど同じぐらいだ。佐和紀には甘い岡崎だが、外で会った男たちからはこんなふうに見られているのかと思うと、不思議に甘酸っぱい。

どこから見てもスジ者の雰囲気を隠しもせず、いかつい顔で佐和紀に近づく男を睨んだ。

「相手が誰かわかってんのか？　岩下の不興は、買いたくないやろ」

佐和紀のあごから手が離れる。しかし佐和紀はその手を摑んだままだった。いかつい男をぼんやり見つめたままでいると、表情はますますしかめっ面になる。

「道元、おまえ……。なんか、仕込んだんちゃうやろな」

「するわけないだろ。言いがかりだ。だいたい、岩下の不興を買うって……なにの話だ。こいつは、女のアクセサリー……」

言葉を途中で切り、道元と呼ばれた男が佐和紀を見る。どうやら、京子の正体にも気づ

いていなかったらしい。

「騙したな」

佐和紀はちらっと視線を返し、指を離した。

「勝手に勘違いしたのはそっちだ」

「本当に、あんたが……？　資料では確か、着物で眼鏡……」

「そればっかりじゃ飽きがくるだろ？　……道元、って、桜河会の？」

そばに立つ男へ視線を向けると、

「若頭補佐の、道元吾郎や」

答えが返る。

「あんたは？」

「美園だ」

短い答えに顔をしかめたのは道元だ。

「阪奈会石橋組の組長、美園浩二《こうじ》だよ。……岩下とは古い付き合いなんだろう？　会ったことないのか」

美園に対して敬語を使わない道元は、臆《おく》することなく言った。

「知っとったら見に来るかいな。そやけど、大阪におるから気ぃかけてくれって、連絡が来とったんや。岩下の嫁で間違いないんやろ」

美園に確認され、佐和紀はこくんとうなずいた。

「マジかよ」

信じられないと言いたげに呻いた道元が、カウンターに肘をついた。額を支えて深く息をつく。それを見た美園が笑う。

「こういうことやろうと思っとったけど、まさか、気づかんとはな。情けないなぁ、道元」

「いっちょ、顔でも見たろうと思って来ただけや」

「嘘つけよ。おまえのとこの姐さんの命令やろ。変なこと考えるなよ」

「そやけど、やらんとな……」

道元は、完全に関西弁だ。また息をつく。

「うちの姐さん、去年の件でカリカリきてんのや。岩下の嫁が銀座への進出を阻んだ上に、旦那は旦那で、姐さんが面倒見てた女に情報盗ませてな」

それは聞いたことがなかった。佐和紀を助けようと、対立していた女を口説き落としたことは知っているが、そのあとはすっかり切れていたはずだ。少なくとも、佐和紀はそう思っていた。

「あんな女に言われたからって、岩下の嫁を口説くなんて無茶はやめとけ。おまえはこっちにおって知らんやろうけど、あの男を怒らすとキツいぞ」

「大阪一のイケイケが言う言葉やないな」

「やっぱり俺を口説こうとしてたんだろ？」

佐和紀が口を挟むと、道元は陽気に笑った。

「あんたが岩下の男嫁なら、そういうことになる。顔がきれいなだけの男女《おとこおんな》だと思ってた俺のミスだ。……まぁ、今日のところはこれで勘弁してもらうよ」

道元は、自分の胸元をポンッと叩いた。佐和紀と山分けした札束が入っている。

「美園さん、あんたも気をつけなよ。岩下にあごで使われてるところを見せてると、東にすり寄ってる裏切り者扱いされるで？」

笑いながら言ったが、道元の目は少しも笑っていなかった。

「まぁ、そういうことや。奥さん、また近いうちに会おうな。それじゃあ」

さらりと口にした道元が去ると、美園は憤然と佐和紀の隣に座った。

「なにが、『それじゃあ』やねん。東京かぶれしとんのは、自分やろ」

ぶつくさ言って、振り向く。

「こっちのことをよう知らんくせに、ふらふらすんな。手ぇなんか握らせてる場合ちゃうやろ」

「……すみません」

叱られて思わずしょんぼりと謝ってしまう。下手に岡崎を重ねてしまったせいで、いつもの調子が出ない。

するると、美園も肩を落とした。

「なんや、拍子抜けする男やな。さっきまでは道元を落とす勢いやったのに。もう少し、様子を見たらよかったか？」

「いや、べつに、そういうつもりじゃないし」

キスでもされていたら、また周平に対して負い目ができてしまう。

「道元も言うとったけど、あの女の邪魔をしたんやろ？　いまも無事でいるんは、岩下のおかげや。そこんとこ、わかっとかな、あかんで。……もうとっくに関係はないやろうけどな、あの女は岩下に固執してるんや。そうやなかったら、舎弟から姐さんまでじゅうたん爆撃やぞ」

「こっちでは、そうなってるってことですか」

人の不幸を喜ぶ由紀子の毒牙《どくが》にかかり、片っ端から傷つけられるということだ。道元を使って揺さぶりをかける程度のおふざけで済んでいるのは、由紀子が周平を恐れているというよりは、怒らせるつもりがないからだろう。それを愛と呼ぶか、執着と呼ぶかの判断は難しい。

「……大阪空襲よりはマシやろうけどな」

鼻息荒く答えた美園は、佐和紀の水割りを飲み干す。

「キツいこと言って悪かったな。岩下に頼まれてる言うたやろ。大阪で傷のひとつでもつけられたらコトや」

グラスが乱暴に戻され、佐和紀は静かに視線を向けた。

第一印象よりも、美園は粗野だ。どこか憎めない柔らかさのある岡崎とは違うと気づいたが、自分にはない男ぶりに目が奪われる。

こおろぎ組に岡崎がいた頃と同じ気持ちがよみがえり、佐和紀は痛みをこらえるように片目をしかめた。瞳が熱くなる。あの日の憧《あこが》れは、岡崎自身が踏みにじって去ったのだ。あのまま一緒にいたら、身も心も捧げるぐらいに慕っていたかもしれない。

「わからんでもないな」

立ちあがった美園がつぶやき、佐和紀は体格のいい男を目で追った。言葉の真意を問いただそうとした矢先に、身体が条件反射で動いた。ハッとしたときには佐和紀の裏拳が空を切り、鈍い痛みが手の甲に広がる。がつっと音がして、キスをしようとした美園が顔を背けた。自分の拳を唇の端に当てる。

「そうくるか」

うつむいた顔は、怒るどころか笑っていた。キスをしようとして殴られたにしては楽しそうだ。

「野放しにできるわけやな……。だいたいの人間はな、されたあとで殴るもんや」

佐和紀の無言の問いに答え、美園はからりと笑う。いかつい顔に笑いジワが浮かび、それはそれで渋い。

「させたら意味ないだろ」

言い返す佐和紀の脳裏に、まんまとキスをせしめて逃げた石垣が浮かんだ。苦々しさが胸いっぱいに広がり、思わずため息をついた瞬間に違和感を覚えた。

いるはずのない男が視界の端に見えたからだ。壁際に立っているのをすばやく確認した佐和紀は慌てて顔を背けた。

ある意味、周平がそこにいるよりもたちが悪い。おそらく道元とのやりとりも、いまの美園とのニアミスも見ていただろう。

向けられた視線の強さにさらされ、針のむしろに乗せられているような気分になった。

居心地が悪かったのは出会いがしらの一瞬だけで、顔を合わせれば途端に立場が逆転する。京子から佐和紀を任された岡村に連れられ、タクシーで道頓堀《どうとんぼり》へ向かう。小腹が減ったと訴えたからだが、岡村は文句ひとつ言わず、携帯電話で深夜営業のたこ焼き屋を見つけた。

テイクアウトして川沿いの遊歩道へ出る。終電もすでに終わった時間だったが、それでも川向こうの階段には、身を寄せ合う若いカップルがいた。

昨日の京都の一件を知世から聞き、一通りの仕事を終わらせて飛行機に乗ったという岡村は、階段に座った佐和紀の前に立ち、熱々のたこ焼きをふたつに割る。

「恋愛がらみだけではないと思います」

話題は京子のことだ。裏カジノに連れ出されたのが、浮気の隠れ蓑《みの》にするためだったのなら、秘密めいたことをするのが意外だった。

「それが含まれてないとも言えないんだろ？」

「若頭《かしら》以外に心を動かされているとしたら、不満なんですか？」

「別に……。そこは、京子さんの自由だ」

夫である岡崎も愛人を切らしたことがないようだから、どちらが責められる話でもない。

「……美園とはキスしてないよ」

たこ焼きを食べながら言うと、

「そうあって欲しいですね」

と硬い表情が返ってくる。

「……ムカつく言い方。知世に呼びつけられたんだろう？　どうせ明日には帰るのに、わざわざ来るなよ」

「桜川会長からの依頼について聞きました。どうなさるおつもりですか」

「どうなさる、か……」

おおげさすぎるほど丁寧な物言いにあてつけがましさを感じ、佐和紀は眉をひそめる。大阪まで追いかけてきて聞くほどのことでもない。電話で済んだ話だ。

「あなたが道元を落とすか、道元があなたを落とすか……。桜河会の今後を賭けた代理戦争ですね」

スーツ姿ですっきりと立つ岡村はそっぽを向いた。

「そんなこと、心配してんのか。子どもかよ……。俺は、おまえのオンナじゃないんだぞ」

苛立ちを隠さずにぼやくと、たこ焼きを頬張る視界の端で岡村の肩が揺れる。どうにも難しい年頃だ。

関係性は佐和紀ががっちり握っているが、それはいつまでもあいまいで、横恋慕を許していてもキスさえするつもりはない。それなのに、石垣には奪わせた。それが、岡村は気に食わないのだ。

はっきり拗ねてみせるほど若くもなく、かといって、笑って許せるほど年を重ねてもいない。

「あの道元って男は、俺を単なるチンピラだと思い込んでた。完全なノンケなのに、どうやって口説くつもりだろうな。……いくらなんでも、力ずくとはいかないだろ」

「楽観しないでください。京都で薬を仕込まれたこと、忘れたんですか」

「……忘れてた」

「佐和紀さん……っ。道元や美園は、俺たちとはまったく違うんですよ。悠護さんや能見《のうみ》とも違う。突っ込まれても、傷つかなかったらノーカウントなんて……」

「自分が我慢してる意味がないか？」

岡村がぐっと黙った。身体の脇で握っている拳を眺め、佐和紀は缶ビールをあおった。

「俺は……、いまの立場に満足しています」

肩の力を抜いた岡村は両手をスラックスのポケットへ突っ込んだ。

「桜川会長の依頼は、冷静に考えて、ずうずうしいですね。力試しをしようというのが透けていますし、受けることはありません。あの女が道元をけしかける気でいるとしたら、今後は警戒をしないと……。上京することも多いようなので」

「美園は……周平の味方なのか」

「付き合いが長いだけです。持ちつ持たれつの関係ですが、裏をかかれることもないわけじゃない。兄貴の取り分を何度かかすめて、石橋組を継ぐ資金にしたんです」

「周平はどうした？」

「笑ってましたよ。俺にはわからない見返りがあったと思いますが」

「まぁ、知れてるよな。女とか、女とか、女とか？　ヤクザってのは、通貨に『円』じゃなくて『女』を使えばいいんじゃねえの？」

おそらく、美園の女を寝取った過去は一度や二度ではないだろう。手をつけた女を寝取られるというのは屈辱だ。それをすべて金で清算したのだとしたら、すごく周平らしい。

いまとなっては佐和紀一筋の男だが、過去の乱行は想像にたやすい。

「美園は、俺を口説いてくると思う？」

「……どういう意味ですか」

「そのまんまだよ。さっきのアレ、周平への仕返しかな」

さりげないキスのタイミングは、見た目の印象とは裏腹に繊細で、遊び慣れていた。

「かなり強く殴ったけど、怒らないし……」

なによりも、笑った顔の屈託のなさが意外だった。苦み走った魅力はいかにも男社会の匂いがして、インテリ風を吹かせて凛々しい周平のスマートさとは真逆だ。ふたりが揃えば、さぞかし女は迷うだろう。

「佐和紀さん、見とれてましたよね」

ポケットから手を抜いた岡村が近づいてくる。不穏な雰囲気を察知した佐和紀は、最後のたこ焼きを差し出した。

「……やるよ。岡崎に似てると思っただけだ」

断れずに開いた岡村の口へ、ゆっくりとたこ焼きを押し込んだ。もごもごと頬を動かしたのを見て、缶ビールの残りも預けた。

「岡崎さんとも、キスしたんですか」

「はぁ？　されたことはあるけど……、だいたい、俺はあいつらのナニをしごいて金をもらってたわけで……。知ってただろ？」

「……それは……」

うつむいたままで身を屈めた岡村は、飲み切った缶とたこ焼きの入っていたケースをビニール袋へ押し込んだ。言葉を途切れさせたまま、くちびるを結ぶ。

「おまえの思うほどキレイな生き方じゃねぇよ」

指先を伸ばして、屈んだ岡村の髪をいたずらに揺らす。つまんで引っ張っても嫌がらない。

不本意そうな横顔は、生き方を卑下する佐和紀の言葉に対してだ。

「そう思いたいなら、それでもいいけど、潔癖を俺に求めるなよ。そういうんじゃないんだから。……勝手な思い込みを裏切られたって言われても知らない……」

「責めたりしません」

しかし、他の男とのキスひとつ許せないのは、周平に対する忠誠心でもないだろう。岡村自身がもてあましている嫉妬心だ。

「美園さんは、佐和紀さんの好みなんですか」

「バカか。俺は……」

　女が好きだと言いかけて口ごもる。冗談でごまかすのがかわいそうな横顔に気づき、放っておけなくてため息をつく。

「岡崎とか、美園とか、あぁいうヤクザになりたかったなって、思うことはあるよ。どこまで行っても、俺はチンピラだって自覚はあるから……」

　岡村の髪へ指をうずめ、ゆっくりと梳《す》く。

「明日はどうすんの？」

「始発の新幹線で一足先に帰ります」

「そっか、じゃあ、そろそろ」

　手を引っこめると、息を詰めていた岡村が顔をあげた。

「部屋まで送ります」

「ホテルまででいい」

「……ダブルベッドですよね」

「なにを言い出してるんだよ、おまえは。キスぐらいしてから言えよ。それともなにか？　岡崎あたりみたいに、俺に金を払えば、右手のひとつは貸してもらえると思ってんのか」

「俺が貸します」

「……満足できるわけないだろ。自分でやってる方がマシだ」

立ちあがってスーツの汚れを払う。

「なー、シンちゃん。そういうの、うっとうしいから」

ジャケットの襟を整え、上段から見下ろす。

「したいなら、させてやるよ」

とんとんと階段を下りて、朴訥《ぼくとつ》として立ちすくむ男の肩に手を預ける。もう片方の手で腕を掴み、腰へと促す。

淀んだ川をかすかに光らせるライトが滲んで見え、佐和紀は相手の目の奥を覗き込んだ。

「本気で言ってるなら、部屋にも呼んでやる。それで満足か？　なぁ、どうなんだよ」

詰め寄られた岡村の目は戸惑いも見せず、ただ静かに拗ねている。悲しみに沈んだ色が淡く滲んで哀れなほどだ。それが岡村の持つ色気だと佐和紀は思う。男は哀しい方が色っぽい。

「キスしていいの？　なぁ、シン。していい？」

頬に触れた指が、腰から離れた手にパッと捕まえられる。男の身体はぶるっと震え、腰がわずかに引く。

佐和紀の指の、本当に先端の、爪の先にくちびるを押し当て、岡村はそのまま目を閉じた。

眉をひそめた佐和紀は、あごをそらして言う。

「……タモツがいなくてさびしいのは、おまえだけじゃない。ひとりで行くしかないあいつの気持ちも考えてやれよ」

手を引き抜き、背を向ける。数歩進んで振り向くと、岡村はうつむいたままでついてきた。弱音を見抜かれた苦い後悔で表情が歪んでいる。

「おまえも、世話が焼けるな。……しっかりしろよ」

手を差し出すと、よろよろと寄ってくる。

「勝手に嫉妬して弱るの、やめてくれる？」

ぎゅっと手を握り、閑散とした繁華街の真ん中で肩をぶつけた。よろけないようにぐっと耐えた岡村が笑いをこぼす。

「気をつけます」

「道元の件、周平には言うなよ。俺から動くつもりはないし、向こうが仕掛けてきたら、返り討ちにしてやる」

「……道元は好みじゃないんですか」

「俺の好みは、周平だよ。頭がよくて、腰にこらえ性のないのが好きなんだ。……おまえは、おまえのままでいいよ。もうじゅうぶんに、女癖は悪いからな」

「人妻遊びはやめました」

「弄ぶのをやめただけだろ。俺の目は節穴じゃないからな。おまえが良いセックスしてるか、悪いセックスしてるかぐらい見抜ける。……俺とは悪いセックスになるから、やめとこうな？　俺、おまえのこと好きだから」

顔を覗き込んで笑いかけると、岡村の頰はおもしろいほど、はっきり引きつった。

「俺にとっては、良いセックスだと……」

「おー、おまえだけが気持ちよくなるヤツな。俺のことも気持ちよくできるときに誘って。俺も、安い穴じゃないんで……」

「佐和紀さんっ」

伸びてくる手から逃げる。繫いでいた手もするりとほどけた。

スーツ姿の男ふたり、追いかけっこがしばらく続き、ホストと客らしきカップルが怪訝《けげん》そうに振り返る。

酒のせいで息の切れた佐和紀がつまずき、すかさずに支えた岡村もゼィゼィと息をつく。それでも強く抱きしめきれない腕だ。佐和紀のもつれた足元を気遣いながら身体を離す。

うつむき加減に視線をそらす岡村の頰はほころび、満足げに見えた。

4

朝晩の冷え込みが強くなり、布団の中の温かさが恋しくなる季節がやってくる。毛布にくるまっていれば幸せだった頃を思い出しながら、佐和紀は半身を周平の素肌へ乗りあげた。いまはもう独り寝の寒さを知っている。

肩に頬を押し当てて足を絡め、布団の端を引いて周平の肩を包む。青い刺青の地紋が薄闇に浮かび、夢見心地のままで指先を這わせた。

結婚して四年。来年になれば五年目になる。

前の生活には戻れないと思うことが増え、ささやかなひとつが眠るときの体温だ。周平の肩口に寄り添えば、夏でもすっと眠りに引き込まれる。

ウッド系の香水のかすかな匂いが混じった、柑橘《かんきつ》系の体臭が佐和紀は好きだ。みかんでもオレンジでもなく、人工的に調合された香水ほど尖ってもいない。爽やかに甘いフェロモンを深く吸い込み、指で肌をたどると、心の深い場所から、周平に対してしか感じることのできない想いが湧き起こってくる。

せつなくてやさしい感傷だ。いたずらを繰り返す佐和紀の背中に周平の腕が回り、抱き寄せられたまま横向きになった。腕枕は眠りにくいから、枕を引き寄せて周平の腕の上部に当ててフラットにする。横向きに寝るにはちょうどいい高さに満足して目を閉じ、うとうとと夢の中に呼び込まれた。

季節が冬へ向かっていることを忘れそうな温かさの中で、ねぼけた周平の手が佐和紀の裸の背をたどり、パジャマのズボンの中へ差し込まれる。

それさえ、甘い睡魔を誘い、尻を揉みしだかれながら眠り続けた。やがてエスカレートしていく周平にキスをされ、もがいて押しのけると押さえつけられる。

お互いにねぼけていて、なにがなんだかわからない。顔を押さえつけられ、上くちびるを強引に吸われる。口の中を探る舌先は限度を知らず、いつになく荒々しい。

「ん……はぁっ……ぁ」

無意識に口を開いた佐和紀は、相手の好きにさせる。夢うつつの中で、舌を噛まないようにだけ気をつけて吸いつくと、髪を何度も撫でられた。

朝になれば、すべては夢の出来事だ。

もつれあったまま目が覚めて、ぼんやりと宙を見つめた。

「腕を抜いてもいいか」

周平に言われ、佐和紀は嫌だと首を振って身を寄せる。

「ケツ、揉まれた」

「誰に？」

「おまえ以外、いないだろ」

拗ねたふりでしがみつくと、周平の腕に閉じ込められる。膝で股間を押され、じっとりと見つめ返した。

「それ、朝勃ちだから……。トイレ、行きたい」

「我慢しろよ」

「できるか」

睨みつけて押しのけると、佐和紀とは反対の端から周平もベッドを下りる。組屋敷の離れではなく、周平が秘密基地にしているマンションの寝室だ。相変わらず荷物はない。

「なんで、おまえが先なんだよ」

さっさと寝室を出ていく唐獅子牡丹の背中を追いかけ、トイレの前で腰にしがみついた。

「俺が、先！」

「いいだろ、どっちでも。すぐに済む」

「ヤだって！　ダメ。漏れる」

「じゃあ、一緒に」

「ふざけんな、おまえは風呂でしてろ」

ぐいっと押しのけて、トイレへ飛び込む。カギをしめると、しばらくガチャガチャと動いていたドアノブが静かになった。

単なるふざけあいだ。周平が必死なことはなく、今朝《けさ》もやはりそうで、トイレから出た佐和紀に涼しい顔で言う。あくびを返し、そのまま風呂場へ直行した。

「シャワーを温めたから」

トイレから出た佐和紀に涼しい顔で言う。あくびを返し、そのまま風呂場へ直行した。

熱いシャワーの湯気が立ち込める浴室へ入る。

すぐに周平も追ってきた。

「……触らなくていいから」

さりげなく腰裏へ伸びてくる手から逃げたが、柔らかく放出されるシャワーの中で抱き寄せられる。

昨日の夜もセックスをして、そのまま眠ってしまった。しかし、スキンをつけていたから、改めて奥まで洗う必要もない。

「したいんだよ」

朝の爽やかさが微塵もない性的な表情で笑われて、佐和紀は思わず戸惑った。欲情をあらわにした周平の瞳に求められると、身体は節操なく疼いてしまう。

くちびるへのキスをせずに沈み込んでいく周平は、濡れた草むらを指で撫で、柔らかく兆している佐和紀を先端からするりと口に含んだ。

「っ……あっ……」

顔を覗かせた先端が刺激を受けるまでもなく、舌先がだぶついた皮の隙間にうごめいた。

「やら、しい……からっ」

「いいんだろ？」

膝をついて見上げてくる周平は、シャワーの水滴に目を細める。それがいっそういやらしげに見え、佐和紀の腰はぐんと育った。

「こっちだけが素直じゃ、さびしくなるだろう」

「朝っぱらから……」

「ベッドへ戻ればいいのか？」

話しながらも、周平は止まらない。手で陰茎をさすられ、先端に舌が這う。じわじわと大きくなっていく快感に、佐和紀の腰も思わず揺れる。

我慢できるはずもない。

「足が、つらい……」

小声で言うと、浴槽のふちに誘導された。身体の片側を壁に預け、片足を上げる。すると周平は深く潜り込むようにして、佐和紀の昂ぶりの下部にある袋に舌を這わせた。

「あっ……、んっ」

音を立てて吸いつかれ、皮ごと中のボールが食まれる。

「それ……や、だっ……っ」

片手が亀頭から漏れ出た先走りをぬるぬると広げ、茎をこすりあげては先端をこねる。

「んっ……、んっ、んっ……はっ……ぅ」

息が乱れ、欲情が腰の奥で渦を巻く。しつこくボールを責められ、佐和紀は奥歯を噛んだ。腰裏をそらしたくなる気持ちよさに息が弾み、耐えられずに周平の髪に指を差し入れる。

「も……出《じ》したいっ」

早いと焦らされることはない。後ろへ引いた周平を追うように互いの場所を入れ替え、根元を吸う周平の動きを待てずに片手で自分の陰茎を掴む。息を乱したまま、周平のくちびるの間へと先端を急がせる。

「早く……吸って……。も……っ、はっ……あっ」

喘ぐ腰が揺れ出して、身を屈めた佐和紀はしゃがんだ周平の耳元を掴んだ。

「あっ、いいっ……。先端、吸うの……もち、いっ……ぁ。あ、くっ……ぅ」

思わずイキそうになった瞬間、周平に根元を強く掴まれる。タイミングを逃した膝がガクガクと震え、佐和紀は喘ぎながら腰を振る。

「いか、せて……よ……。あっ、あっ……っ」

周平の両手が腰の後ろに回り、ぐっと引き寄せられる。深々と喉奥へ飲み込んだ周平は、目を閉じたままで顔を前後に動かし始める。同時に臀部《でんぶ》を揉まれると、その奥にひそんだすぼまりが刺激されて倒錯が生まれる。

周平が望んで奉仕するフェラチオは、佐和紀相手が初めてだ。そう思って眺めると、佐和紀の奥に潜むオスの本性が猛《たけ》り出す。

自分がそうするときと同じ快感が周平にも訪れるのかといぶかしみながらも腰を引き、むしゃぶりつくように抱き寄せられて髪を摑む。

床を打つシャワーの音も、じゅぼじゅぼと響く卑猥さを消しきれない。それどころか、佐和紀の頭はもう周平の立てる、いやらしい音しか認識しなかった。

「あ、あっ……くっ。い、くっ……」

屈めた腰がびくびくっと波を打ち、佐和紀は顔を歪める。その瞬間、見つめる先の周平が目を開いた。

「ああっ、ん……ん……っ」

腰が小刻みに震え、浅いピストンを繰り返して精を放つ。

わなわなと震える佐和紀の余韻を邪魔せず、周平は喉奥で迸《ほとばし》りを受け止めた。恍惚《こうこつ》とした表情で見上げてくる周平が溜《た》まったものを嚥下《えんか》すると、先端が舌先で押しつぶされ、佐和紀は細い息を吐きながら腰を引く。入り混じるのは罪悪感と興奮だ。

はぁはぁと肩で息をして、膝をついた周平の上に座り込む。首に腕を回すと、背中を抱かれる。そのままくちびるをかわし、佐和紀は生温かな粘膜を舐め回した。舌が触れ合うたびに背中がわななき、萎《な》えた股間に周平の逞しさを感じる。腰をすり寄せると、ごりごりと硬い感触がした。

「どこでイキたいの？」

うっとり見つめてささやくと、

「手で」

と周平は言った。要望に応え、佐和紀は指を這わす。

先端を捕らえ、亀頭をこねる。周平のくちびるはキスを止めず、佐和紀は背中を抱かれたままで身を任せた。

いたずらで中途半端な愛撫を繰り返す指先にも、周平は満足げな息を漏らした。何度もキスを繰り返す。くちびるだけでなく、頬やあごも吸われ、佐和紀の方が物足りなくなってしまう。

うずうずと腰を揺らし、根元から強く手筒を動かす。

「挿《い》れたいのか？」

「……んっ」

わずかに腰を浮かせたが、身体を支えている周平の手は動かない。

「出かける予定があるだろ。控えた方がいい」

耳元でささやかれて、耳朶《じだ》に舌が這う。ぶるっと震えた佐和紀はくちびるを尖らせた。

「そんな真面目なこと言うなよ」

拗ねた口調で言って手を離し、膝から下りる。身体にシャワーが降りかかり、髪がさらに濡れる。両手でかきあげて、周平の出方を待つ。

本当は、周平の意見が正しいのだ。給湯コントロールの画面に表示されているデジタル時計はすでに十時を回っている。いまから一戦交えて準備をしても、ぎりぎり約束の時間には間に合うが、昨日の疲れも残した佐和紀は座っていることもままならないだろう。

結婚生活が長くなるに従い、ふたりのセックスは濃くなった。その上、佐和紀が慣れた分だけ激しくなりがちだ。それはもちろん、最高に気持ちがいい。けれど、回復にも時間がかかる。

感じれば感じるほど、快感にのたうつ佐和紀は体力を使うからだ。

「そんなかわいい顔をしても、ダメだ」

甘い言葉を口にした周平が、膝立ちでシャワーの中へ入ってくる。目を閉じてキスをしながら、自分自身を手でしごく。

「ん、周平っ……」

手を伸ばそうとしたが拒まれ、キスの勢いで向こう側へと押しやられる。背中にイスが当たり、佐和紀はそこへ座った。肩に押し当たった周平のくちびるが滑り、鎖骨を甘噛みして下りる。

「あ……、ひっ……っ」

片方の乳首を指先に掻かれ、もう片方に吸いつかれる。

「ん……っ、んっ」

「おまえのいやらしい顔で抜くから……」

びくびくと揺れてしまう身体をもてあまし、佐和紀は拳をくちびるに押し当てる。

「いや、らっ……、は、ぅ……うっ」

周平の指とくちびるは、ひどい。すっかり開発された佐和紀の突起を、自分で触るよりも気持ちのいいやり方で愛撫する。指でさわさわとさすられ、舌で転がされ、強く吸われると身体が溶けていきそうになる。

「あっ……んーっ、あぁっ……やだっ、きもちいいの、やっ……っ」

しどけなく足を開き、胸を貪る周平の髪を摑む。

射精したばかりの性器は硬くなりきらず、だからこそ佐和紀は胸の刺激にだけ悶えてたまらなくなる。

「佐和紀……、顔がとろけてる」

「あっ、あっ……だめっ」

「俺がイクまで待ってろ」

息を乱した周平の利き腕は激しく動き、佐和紀の薄い胸筋を摑んだ手にも力が入る。佐和紀はその手を摑み、くちびるに誘った。いつもならすぐにでも奥を探ってくる中指と人差し指に吸いつき、ぬるぬると舌を這わせる。

ふたりの視線が絡み、指に吸いついたままの佐和紀は両手を下げていく。周平は指先を動かし、佐和紀の舌をなぶった。指に挟んでしごかれ、佐和紀は震える息を繰り返す。伏せたまつげを揺らし、両手で周平の先端を包む。

「んぅ……、んっ」

佐和紀はしどけなく乱れ、周平を甘く誘惑する。

「佐和紀……」

指を差し込んだままのくちびるの端にキスをして、周平は浅く息を吸い込んだ。解放された欲望は勢いよく飛び出し、受け止める佐和紀の手や指を濡らして、腹部にまでしたたる。

「……今夜は、これ、腹いっぱい、入れて……」

愛した男の絶頂を眺めた佐和紀は、精液を舐め、うっとりとねだる。爛《ただ》れた情欲に濡れるふたりの視線が交錯して、甘く熟した匂いが浴室に満ちた。

どちらからともなくキスを交わし、ぬるりとした体液の味を確かめ合った。

周平にとってのスーツは、佐和紀の和服みたいなものだ。

適度な緊張感を身につけた姿は、周平の伊達男ぶりを際立たせる。

今日は珍しくカジュアルな太うねのブラックコーデュロイで、メタルボタンのダブルブレスト。ライトグレーのソフトツイードのパンツを合わせ、ジャケットの中はゆるいタートルのセーターだ。足元に革のスニーカーを合わせている。

行き先は、中華街にある高級中華料理店の個室だ。入るなり周平は立ち止まった。つんのめった佐和紀はその背中に手を押し当てる。軽く押したが、先に進まない。なにごとかと覗き込んだ先に、ブラックスーツの真柴が見えた。

周平と会うときにはジャケットを着用するのが常だが、いつもはもっとカジュアルだ。おかしいと思いながら視線を移動させた先に、見覚えのある男が座っていた。

周平の視線を受け、緩慢な仕草で腰をあげたのは、深みのある煉瓦《れんが》色のダブルブレストスーツを着た美園だ。髪をオールバックに固め、幅広のネクタイを締めている。

「なにをしに来た」

予定外の参加者に、周平は不機嫌を隠そうとせず、真柴が青ざめる。

「失礼しました。あの……これには……」

慌てている真柴のこまやかな性分は、周平も知っている。

押し切られたのだろうことは、美園の引き締まった頰に浮かんだ意地の悪い笑みで知れた。その美園が、ポケットに片手を入れて近づいてくる。

「中華料理が食いたくなったんや」

「鶴橋《つるはし》に行けよ」

周平が鋭く返す。

「あそこはコリアンや。ごっちゃにすんな」

「おまえにはそっちが似合いだろう」

「食い飽きたんや、しゃあないやろ」

軽口を叩き合って周平の前に立つと、佐和紀を見た。にやりと笑う。

「資料通りやな。眼鏡と着物。それも悪くあらへん。よぅ似おうとる」

美園の言葉に、周平が身体をずらした。振り向かれてたじろいだ佐和紀の腕を掴み、部屋の中へ引き入れる。

「どこで会った？」

顔を覗き込まれ、「大阪で」と答える。周平の顔がかすかに引きつったのは佐和紀からしか見えない。

カジノで半丁博打をしたことは話したが、美園や道元に会ったことは秘密にしていたのだ。

「カジノパーティーで、ちょっと話しただけや」

美園が大人の対応で答える。キスをしようとしたことも、佐和紀が殴ったことも口にしない。

しかし、視線に遠慮はなかった。灰青の紬《つむぎ》を着た佐和紀を眺め回す。

「今日は一段と色っぽい顔してるな。ヤッてきたんか」

最後の一言を向けられた周平がドアへ手を伸ばす。

「佐和紀、迎えを呼んでやるから向こうで待っていろ」

「アホなこと、言いなや。聞かせて困る話をするわけやない。真柴については、おまえの嫁もようけ嚙んでるやろ」

「あとで俺が説明する」

「二度手間や。むさくるしい男ばっかりは気が滅入るやろ。きれいどころは、飯食ってるだけでも絵になる。席、座りぃや」

美園に呼ばれ、佐和紀は周平を見た。いつになく不満げな顔をして、淡い藍《あい》色の羽織の腰に手を添えてくる。

昔馴染みの手前、無理に帰すこともできなくなったのだろう。

「……自分で迎えを呼ぶからいい。あとで連絡を」

美園に会ったことを黙っていたから、周平とどんな関係なのかもわからない。岡村から聞いた通りに一筋縄でいかないのなら、邪魔にはなりたくなかった。

「美園がかまわないなら、いい。中華料理を楽しみにしてただろう？」

「それはそうだけど……」

周平の顔には優しげな作り笑いが貼りつき、もう佐和紀にも本音が見えない。

美園に促され、佐和紀は円卓の奥に座る。その両隣に周平と真柴が座り、美園は真向かいに腰をおろした。

料理が回転台の上に並び、ビールが行き渡る。人払いが済むと、食事が始まった。会話の口火を切ったのは美園だ。

「桜川会長はいよいよ危ない。それに合わせて、あの嫁も裏でせわしのう動いてるわ。高山組の中の小競り合いも、ようけ糸引いてる。いちいち裏を取ったりはせんけど、一歩間違えたら、分裂だけの騒ぎやない。桜河会が高山組の一派を飲み込む可能性もある話やな。そろそろ、あの女のいちびりも止めたらなあかんで」

「俺に言うな」

周平はそっけなく答えた。桜川の嫁と言えば由紀子だ。『いちびり』は関西弁で『ふざける』の意味だと、前に真柴から教えてもらった。

桜川の依頼の件も周平には話していないから、佐和紀はうつむきがちに料理を食べる。麻婆豆腐《マーボーどうふ》が思うより辛くてビールを飲み干すと、気を利かした真柴が瓶を手にした。注ぎ足してくれたのを、また少し飲む。

「ええ男やな。あの女を忘れるんも無理ないわ」

円卓の真ん中にある回転台を挟み、テーブルに肘をついた美園がため息をつく。

「きれいなだけの乱暴者やって聞いてたけど、おもしろい男や。おまえの兄貴分の『仕込み』やろ。あの人も男気があるからな。その点では信用もおける」

佐和紀を見る美園の視線には、男たちが向けてくる性的ないやらしさがない。ただ、それ以上に鋭く見つめられ、内心でたじろいだ。小さな組とはいえ、石橋組は関西の情勢を握るキーパーソンだ。そこを率いている美園のまなざしは、厳しく重い。

面倒だと思いながらも視線をそらさなかったのは、やはり岡崎を思い出したからだった。記憶が急に呼び戻され、佐和紀の眉尻はかすかに動揺する。あれはまだ、こおろぎ組にいた頃だ。この先どうするつもりだと、真剣に聞いてきた岡崎は、同じように厳しい目で佐和紀を見た。嘘をつくと知っていて、その裏を透かし見るような威圧感に、男としての実力の差はこんなささいな瞬間に現れるのだと気圧《けお》された。そして、震えるほどの憧憬《しょうけい》があることも知った。

そのままでいたかったのだといまさらに思い、もう戻ってこない日々を胸に沈める。そんな佐和紀の気鬱《きうつ》を知らない美園は、周平に視線を向けた。

「この嫁さん、どないするつもりなんや。このまま、おまえが撫でて暮らすわけやないやろ」

「余計なお世話だ。惚れた相手とどう過ごしても、おまえには関係ないだろう。おまえのところとは違って、俺と佐和紀は会話ができてる」

周平に言われ、飄々《ひょうひょう》としていた美園の顔から余裕が消える。個室の中の空気が一気に重たくなり、真柴は居心地悪そうにうつむいた。

「男と女は別の生きもんや。同じように扱こうたら、あとでしんどなるんはおまえの嫁ちゃうんか」

「野放しにして失敗してる男が偉そうに言うな」

「失敗かどうか、おまえにわかるんか」

「わかるだろ。普通に考えれば、おまえがドMなんだよ」

「あいつの話はええ……」

顔を歪めた美園がビールを飲み干す。手酌でビールを注いで、それも飲み干した。

「外へ出すなら出すで、そう言うてくれって話や。べつに、どうこうしろとは言うてへん。俺が『ものになる』て太鼓判押すんが嫌か？」

美園の目にからかいが浮かび、周平はクールに微笑んだ。

「真柴、おまえはどうするつもりだ」

話を向けられた真柴は、飛び起きる勢いで顔をあげる。ふっと息を吐き、下腹に力を入れたのが隣に座る佐和紀にもわかった。

「帰って組を継ぐ覚悟はあります。若頭の増田は、伯父貴一筋の男やから、代替わりすれば自分は身を引く言うてます。俺が継いで落ち着くまでは力を貸してくれるので、鍛えてもらうつもりです」

「結局、邪魔なんは『由紀子』ってことや」

美園が言い、周平は煙草に火をつけた。佐和紀は誰を見るでもなく、居心地の悪さに顔を伏せる。

「始末つけるんも簡単やないけどな。殺して済むなら、もうとっくにやってる。それができへんから、大の男が軒並み不幸を叩き売ってんのやろ」

美園の声は佐和紀に向かっていた。

「あの女を殺すにはタイミングがいる。裏で動いてる金の流れが肝心や。……おまえが理由をつけて生かしておくから、こうなるんや」

佐和紀を見たまま、言葉だけが周平に向かう。それを追えず、佐和紀は美園の目を見つめ返した。

「岩下の嫁さん。あんたにも教えとくけどな。高山組の分裂騒ぎの糸を引いてるのは由紀子や。桜河会を乗っ取って、高山組と一緒になるつもりやろ。そのあとに被害をこうむるんは、大滝組や。あの女は全国制覇なんて考えてへん。岩下や。岩下がいるところやったら、どこにでも行く女やからな」

「関係ない」

周平はばっさりと話を断ち切った。

「どうでもいいことを話すな。大滝組の代替わりまで、西にはいまのままでいてもらう。自分の立ち回り方が悪いのを、俺のせいにするなよ、みっともない」

「組のひとつも持たん男がよう言うな。去年の一件で、由紀子とやり合ってんのやろ。まぁ、京子さんの考えやろうけど、おまえの嫁が無事やっていうんは、あの女がまだおまえに惚れてる証拠や。いまからでも遅ない。さっさと騙くらかして、いてまえや」

「おまえが惚れさせたらどうなんだ」

「俺はごめんや。あんな女」

「アレの相手をしてるんだ。由紀子ぐらいどうとでもなるんじゃないのか」

「……それ以上、言うたらタダじゃおかん」

「そっくりそのまま、返してやるよ」

西と東の幹部が角突き合わせて、まるで子どものように睨み合っている。だが、それは想像以上に恐ろしく、真柴がテーブルの下で手を動かした。どうにかしろと言うのだが、佐和紀にも方法がない。

わかっているのは、美園には手に負えない恋人がいて、そのことについて周平には触れられたくないということだ。同じように、周平も佐和紀についてはかまわれたくないと思っているらしい。

「……よくわからないけど、みっともないから、やめれば？　真柴の前だろ」

佐和紀がスプーンで皿を叩いていうと、睨み合っていた男ふたりがムッとした顔で振り向いた。

「由紀子がとんでもないってことはわかったし、俺の色男が惚れられすぎてるってのもわかった。美園さん、あんたが、俺を男として買ってくれてるなら嬉しいけど、周平と別れるとか離れるとかは考えられない。由紀子への人身御供に、俺の男をくれてやるようなこともしない」

「そんなら、いまのままか」

「岩下の嫁のレッテルがなかったら、俺は本当に単なるチンピラだよ。それじゃ、京子さんの役には立てない。そのときがきたら、あんたの世話にもなるかもしれないけど、俺は大滝組のためにしか働かない」

「岩下がいるからか」

「違うよ」

佐和紀は笑いながら肩をすくめた。

「俺の古巣は大滝組の下にあるから。組を守るためなら、男の嫁にもなる。それだけのことだ」

「アホもええとこや」

「そういうのが関西人は好きなんだろ？　とにかく、由紀子をいますぐ殺せないなら、どうでもいいことでケンカしてないで。真柴の進退について考えてやってくれない？」

小首を傾げると、美園はゲラゲラと笑い出す。すると、逞しい顔つきに笑いジワがくっきりと浮かび、どこか憎めない雰囲気になる。佐和紀は肩をすくめて笑い返し、そのまま周平を見た。

佐和紀から視線をそらした周平は、宙を見つめたまま煙草を吸っている。白く濁った煙が広がり、その中に閉じこもるように見えた。美園を前にしては優しく呼びかけることもできず、佐和紀は歯がゆい気分になる。

周平の態度を気にもかけず、美園は回転台をくるりと回す。エビチリを手元の皿に取った。

「真柴が京都へ戻るんなら、由紀子と若頭補佐の道元の仲を終わらせることやな。できれば、道元は残しておく方がええ。悪い女に引っかかった以外は、実力がある。あの女はそういう男が好物やからな」

含みのある美園のまなざしに、佐和紀は素知らぬふりをした。

桜川からの依頼を知っているはずはないから、美園は美園で、道元をどうにかして欲しいと思っているのだろう。あの夜の道元が、由紀子からの命令を匂わせたことも覚えているのだと気づき、佐和紀は苦々しく回転台へ手をやった。エビチリを取り、周平をもう一度見る。

すっかり食欲をなくした横顔は不機嫌だ。誰の声も受けつけない孤高のバリアを張って、新しい煙草に火をつける。

それが美園といるときの周平なのだと思うと、昔の姿を垣間見ているようで目が離せなくなった。


佐和紀の知らない周平は、どれほど繊細で傷つきやすく、そしてどれほど研ぎ澄まされた鋼の心に本心を隠していたのだろうかと思う。

由紀子と恋に落ちて、不幸のどん底へ落ちるほどに愛して、死ぬことは選べずに這いあがってきたのだ。そこに恋心が残らなかったとは、言えないのかもしれない。

聞くことは反則のようで、口にしてはいけない気もする。

愛していたのかと問えば、答えはイエスだろう。傷ついたこともイエスで、見返してやろうと思ったこともイエス。

いつ嫌いになったのかはきっとあいまいで、殺したいほどに憎む心の裏側の執着は明かしてはもらえないとわかっている。

シャワーを浴びたあとの周平を離れの居間の隅から眺め、佐和紀は小型の冷蔵庫から天然水のペットボトルを取り出した。

昼食を済ませてからも、美園はしきりとふたりを別の店に誘ったが、周平は頑として首を縦には振らなかった。

タクシーで県立美術館へ連れていかれ、無言のままで展示を眺めて、くたくたになる手前で離れに戻ってきた。周平は仕事の書類を読み始め、夕食も取らないまま、つい先ほど、ようやくシャワーを浴びて着替えたばかりだ。

洗い髪から落ちる滴が気になってそばへ近づくと、周平はぼんやりとしていた。なにがそうさせるのかはまったくわからない。

あまり構いすぎると怒られそうだったが、放ってもおけず、そばにあったタオルで髪の水気を取る。

「怒ってる？」

我慢できずに聞いてしまう。周平は振り向きもしない。

「ねぇ、周平……。機嫌悪いの、どうして……」

気弱な声を出して聞くと、ようやく視線が返る。

「どうして、怒られてると思うんだ」

柔らかな声は見かけだけだ。眼鏡の奥の瞳は冴え渡り、冬の星よりも冷たい。声をかけたのは失敗だったと思ったが、あわてて逃げ出すわけにもいかず、佐和紀は髪を乾かすふりで視線を避けた。

「帰り際に、悠護の名前が出てただろ。昔は三人で悪さしてたの？」

「なにが聞きたいんだ。俺の悪行なら耳が痛くなるほど聞いてるだろ。悠護と行動するようになって、美園を紹介された。どっちかとツルんでただけで、三人で行動することはほとんどなかったな。美園とは女の取り合いをして、バカみたいな賭けを繰り返してた」

怒っていると口数が減る周平が珍しくまくしたてるように話すので、佐和紀の心臓は早鐘を打ち始める。どこかで止めなければと危険信号が点滅するのに、うまくいかず、周平はなおも話し続けた。

「一晩に何人抱けるか、とか、何発できるか、とか。乱交もお手のものだ。挙げ句は、どっちの女が一晩でより多く稼げるかって勝負もした」

「もう、いい」

「美園に会ったことを、どうして黙ってた」

背中を向けた周平の声は、いつもと変わらない調子だった。低くもなく、怒気をはらんでもいない。ただ、フラットだ。感情が消えたように聞こえ、佐和紀はあとずさった。

「話をしただけだから」

「違うだろ。京子さんとカジノパーティーへ行ったと言ってたな。そこで誰に会った」

「……道元」

答えた声は小さく震え、佐和紀は手にしたタオルをくしゃくしゃにした。逃げ出すタイミングを探し、そろそろとドアへ向かう。

殴られた方がいくらもマシだが、周平の怒りはいつも静かだ。

「それが、誰か、知ってて言ってるんだろうな。佐和紀、逃げるな」

「……あとで、話そう……。なにか食べるものを探して……」

振り向かない周平の横顔を見ながら、ドアに手をかける。

「佐和紀、そこにいろ」

ふらりと立ちあがった周平の言葉で動きが封じられた。逃げ出すことは簡単だが、こじれたくない気持ちで動けなくなる。

「怒ってるとわかってるなら、理由もわかってるんだろうな」

近づいてきた周平が、わずかに開いていたドアを完全に開いた。

「黙ってた、こと？　だけど、報告するほどのことなんてないし……、だって……」

腕を掴まれ、引っ張られる。寝室へと連れていかれながら、パジャマにローブを羽織った佐和紀は視線をさまよわせた。

大股《おおまた》で歩く周平が、和室の襖を開く。

「おまえは、なんだって楽しげに話してくる。でも、秘密にするときは完璧《かんぺき》だ。空気ひとつだって漏らさない。……牧島《まきしま》のときもそうだ」

政治家の牧島は、佐和紀の知り合いだ。軽井沢《かるいざわ》で出会い、キャバレーの一件でも力を貸してもらった。

あのあと、一緒に食事をしたのは三回だけで、食事が済めばあっさりと別れ、二軒目へ行ったこともない。

「俺のことは、シンに任せてるんだろ……」

寝室へと押し込まれ、佐和紀は慌てて振り向いた。襖を閉める周平のカーディガンの胸元へ両手を押し当てる。すがるように見つめると、周平の視線が逃げた。

おもしろくないのだ。認めたはずのことがすべて癪に障っているのだと気づき、周平の身体に腕を回してしがみつく。

顔をあげるとくちびるが重なり、そのキスは思う以上に柔らかい。

「黙ってたから、怒ってる……？」

甘い吐息をこぼしながら、佐和紀はローブの紐をほどいた。

抱かれることに異存はない。それで慰めになるなら、今夜はどんなプレイに付き合ってもかまわなかった。

周平は答えず、佐和紀をかわす。煙草を吸いに行こうとする背中に取りつくと、むげに振り払えない周平が動きを止めた。

「やきもち、焼いてんの？　誰に？　シン？　美園？」

矢継ぎ早に聞くと、周平の手が佐和紀の指をつまんだ。引き剝《は》がすわけでもなく。ゆるゆると付け根から撫でられ、爪のひとつひとつを触って確認される。

やはり周平は答えない。

その理由を、佐和紀はもう知っていた。夫婦関係も四年を過ぎれば、旦那の弱さぐらいはわかってくる。

これからのことを思って佐和紀を誰かに任せても、根掘り葉掘り聞いておきたい過保護さが捨てきれず、そんな自分をみっともないと思うのだ。

隠そうとすれば、それも隠せる男だが、できないぐらいに周平は佐和紀を愛している。弱さをさらして拗ねたい気分を、美術館へ連れていくような振り回し方で表現するのが周平らしくて、佐和紀はぐりぐりと背中に額を押しつけた。

「エッチ、しようよ。周平。すごく、したい……」

「今夜はよくない」

「他に慰めてくれる相手もないくせに、よく言うよ。こっち、向いて」

肩を摑んで振り向かせる。ぼんやりとした目を覗くと、焦点が定まった瞳に佐和紀が映った。

「他に誰が、おまえを受け止めきれるの？　俺ね、美術館でずっと、おまえを見てた。おまえがどの絵を見るのか、ずっと見てたんだよ。悪くないデートだった。会話がなくて、ちょっとさびしかったけど」

本音を漏らすと、周平の瞳の奥に憂鬱《ゆううつ》が広がる。自分のしたことに後悔を覚える周平がらしくなくて、佐和紀は浮き足立つような気分になった。

「今夜はたっぷり出してくれるって、言ったじゃん」

「後悔させそうだ」

「させたあとで考えて……。俺はもう、周平とヤることしか頭にないから」

周平のカーディガンを脱がして、中のTシャツも剝ぐ。その下にある刺青は濃く、脱ごうとしても脱げない色柄だ。

「俺がしようか？」

その場ですべて脱いでみせると、周平はほんのわずかに興奮を見せて微笑む。

傷ついた周平の放つ色気は、佐和紀だけしか知らない。過去に知った女がいたとしても、残ったのが佐和紀だけなら、やはり他には誰も知らない姿だ。

「俺にさせてくれ」

周平がスウェットのパンツを下着ごと脱ぐ。誘われて身を任せ、佐和紀は縁側近くにのべられた布団へ入った。空調は効いているが、肌寒さは否めない。

すぐに周平が入ってきて、キスが始まった。くちびるを吸われ、頰を吸われ、首筋をたどった舌先が鎖骨の窪みをなぞる。それだけで佐和紀は伸びあがるほどに感じ、周平の首に腕を回した。

「ん……は……ぁ。んっ……」

周平の舌とくちびるは、佐和紀の身体のすべてをたどる。いつのまにか布団は跳ねのけられ、足先からかかとを舐める周平の手に身体が裏返しにされる。ふくらはぎをたどったくちびるは膝裏をキスで埋めた。同時に指が這うと、もうどうしようもなくなる。

くすぐったささえも快楽になり、すでに眼鏡をはずした佐和紀は身悶えながら枕へ顔を押しつけた。もうとっくに反り返った性器がシーツにこすれるたび、呻きと嬌声《きょうせい》が入り混じる。

「周平……っ」

じわじわと引き出される性感の甘いけだるさに溺《おぼ》れかけながら名前を呼ぶと、腰裏の窪みから首筋にかけて指が滑る。

「あっ、あぁっ……」

腰がガクガクと揺れ、こすりつける快感を得てなおも動く。

「あっ。いき、そ……っ、だ、めっ……」

腰が引きあげられ、周平の手が前へと回る。

「あっ、あっ……」

すぐには解放させてもらえず、腰回りに執拗《しつよう》なキスを受けながら、何度も射精を止められた。あと数回しごいてくれたらイケるのに、もう少しというところできつく根元を握られる。

「はっ……ぁ。はっ、は……ぁっ」

肌が汗ばみ、佐和紀はくちびるを噛んだ。

「んっ……ぁ……。あぁ……、も、やだっ……挿れて……」

意地の悪い愛撫に翻弄され、佐和紀は腰をよじらせた。「イヤ」と言うのは、「もっと」のさかさま言葉だ。

いじめて欲しくて訴えると、周平の熱い息遣いがスリットの始まりに降りかかった。期待が募り、息を詰める。

「どこに挿れようか、佐和紀。口がいいか、それとも、ここに挟むか？」

指先が足の付け根の間をくすぐり、佐和紀はびくっと震えながら背をそらした。わざと指先で袋をくすぐられ、息も絶え絶えになりながら自分の尻の肉を摑んだ。

「ここ、が……いい……」

恥ずかしさを感じると、剝き出しになったすぼまりがキュッと締まり、淡い快感を生む。

「好きだな、佐和紀。ここって、どこだ。聞かせて」

ほくそ笑むような声のあくどさに痺れ、佐和紀は身も心も骨抜きにされる。もう何度も言わされたのに、そのたびに恥ずかしくて、そうやって恥ずかしい思いをしたい被虐の快感に気づかされる。

「アナル……が、いい……」

「お尻の穴だろ。俺の奥さんは、お尻の穴をほじられるのが、好きなんだよな？」

唾液で濡らした指がすぼまりをぐるぐると撫でる。つぷっと中心を押され、爪の先がぐりぐりと動く。

「う……っ、ん……。あ、あぁっ。やだ、抜いたら、いや……」

引いた指に腰がついていき、さらにめり込んだ指で窮屈に中を掻かれる。佐和紀は自分の尻肉を広げたまま、腰を揺らして、艶めかしく息を乱した。

「もっと……して欲しい……。周平、もっと乱暴に、して……」

「しない。……しないよ」

甘い声が腰へと降りかかり、周平の頬が尻を摑んだ佐和紀の腕にすり寄る。

「でも、気持ちいいことを、たくさんしてやる」

手元に引き寄せたローションが割れ目の間に垂らされ、ぬめりをまとった指がねじ込まれる。ぐちゅっと濡れた音がして、指がずるずると粘膜を引きつらせて動く。

たまらずに身をよじり、佐和紀は甘い声で喘いだ。しどけなさの自覚もなく、もっともっとと繰り返してねだる。

指が太さを増し、すぼまりを丹念に揉みほぐした周平は佐和紀を表に返した。

「挿れようか。佐和紀」

手を引かれて掴んだそこは、いつもよりも太く硬い気がした。嫉妬がそうさせているのか、後悔がそうさせているのか。理由を聞くことも忘れて、佐和紀は生唾《なまつば》を飲んだ。

想像するだけで快感がよみがえり、開いた足が閉じなくなる。

「佐和紀。おまえのケツ穴にペニスを差し込んで、泣くまで揺すってやる」

ローションで濡れた手に頬を撫でられ、佐和紀は自分の足を抱き寄せた。あらわになった場所へ、周平が先端をあてがう。

ぐっと体重がかかり、太い先端が穴をこじ開けていく。

「はっ……あ、あっ」

慣れた行為に苦しさはなく、ずぶずぶと埋められて佐和紀はのけぞった。

「ん、んっ……」

カリ高で形のくっきりとした周平の性器は、動くたびに艶めかしい快感を作り出す。悦に溺れているうちに、佐和紀の先端から透明な先走りが溢れる。周平の手でしごかれて高まる淫欲に、佐和紀はたまらず身をよじった。

「あ、あぁん……んっ」

後ろがぎゅっとすぼまったが、周平は気にせずに腰を前後に揺する。単純なストロークをたっぷりと与えられ、佐和紀は両膝の裏を抱えてまた喘いだ。

「そこ……っ、そこ……、いいっ、あ。あっ、あっ……」

欲しい場所を欲しいだけこすられて、佐和紀は眉根をひそめた。ずくずくとした快感にこらえきれず、ひくついていた腰が大きく跳ねる。佐和紀は片膝を離し、拳をくちびるに押し当てた。

「んっ、く……、い、くっ……」

正座した膝の上に佐和紀の腰を抱きあげた周平は、器用に腰を使う。深々と刺さった逞しさが濡れたツボのような内壁をぐるりとかき回して暴れると、佐和紀は声をあげて身をよじった。

自分の性器を摑んだが、しごくことも忘れてしまう。その手ごと包まれ、残っていた精液が外へ促される。

「ひ、ぁっ……、あ、あっ、んー、んっ……んんっ」

射精した余韻を貪る時間はない。乱れた息を繰り返す佐和紀の乳首に、身を屈めた周平が手を伸ばす。敏感になった肌は熱く火照り、先端を少しつままれただけで、佐和紀はおげさなほど身をそらした。

「あっ……あっ、やだ……っ！」

両手でくりくりと、敏感な突起をこねられる。乳首はいっそう勃起して、佐和紀の腰はつられて動く。

「ん、ふっ……めが、ね……っ」

周平の顔からはずそうと伸ばした手を拒まれる。

「後ろでイクのを見るから」

「や、だ……っ」

「嘘つきだな。じっくり見られると思ったら、腰がひくひくするじゃないか。……ほら、乳首でもイケるだろ？　それとも、またこっちが復活しそうか？」

片手で乳首を愛撫されたまま、萎えた性器を摑んで揺らされる。もう無理だと思う気持ちとは裏腹に、そこは芯を持つ。

「あ、あぁう……も……ダメっ」

「出なくても、気持ちいいだろ」

「……あ、あぁっ」

精液で濡れた性器を乱暴に揉みしだかれ、佐和紀は腰を震わせた。くちびるを押さえて、自分の乳首を指の間に挟む。

「ん……。きもち、いっ……あ。あっ……」

「ほら、もっといやらしく突いてやろうか？」

佐和紀の両脇に手をついた周平は腰を浮かし、抜けるぎりぎりまで引いたかと思うと、

息が詰まるほど奥へと突き立てる。それを何度も繰り返し、今度はぴったりと腰を合わせた。

どの動きも、繊細な器用さに感心するほど絶妙で、佐和紀はシーツを摑んで腰を浮かす。汗が肌を濡らし、押し寄せる絶頂の波に息が何度も詰まる。

「い、いっ……あ、あっ。あー、ぁ、く……いくっ」

甲高い声がかすれ、軽くしごいた性器からだらりと精液が垂れていく。それでも律動は止まらず、佐和紀はのけぞりながら周平へと腰を押しつける。

「もっと、して……もっと、やらしいの……して……っ」

両手を伸ばすと、周平はようやく眼鏡をはずして身を屈めた。甘いキスに酔いしれる佐和紀はいっそう激しく揺すられ、

「ん。く……っ、ん」

ひきつけを起こしたように、びくびくと腰を揺らす。短く小さな絶頂は、もう射精を伴わず、身体の深いところから渦を巻いて生まれてくる。

目の前がチカチカと光り、しがみつく腕をほどかれてシーツに縫い止められた。乱暴ぶった拘束にさえ興奮して、佐和紀の肉は周平を締めつける。まとわりつく肉を強く突きあげ、周平は逞しく腰を使った。

激しい動きに佐和紀の息は奪われ、肩に担がれた足の指先がぎゅっと丸くなっていく。

積みあげられた快感は高くそびえ、そこから飛ぶ佐和紀を恐怖におののかせる。

「い、やっ……ダメ、も……突いたら……、いく、いく、からっ……」

「一緒に行こう」

甘いささやきに騙されまいと、佐和紀はかぶりを振る。なにも知らなかった頃ならいざ知らず、いまはもう快感に突き落とされる激しさを知っている。

「あ、あっ……」

肩に摑まった身体がひとりでに震え、佐和紀はわなわなとくちびるを震わせた。こぼれ落ちるように快感が溢れ、もうなにもかもが気持ちいい。耳元をくすぐる周平の指も、シーツに触れる肌も。そして、いやらしい水音を繰り返す周平の硬さが奥に当たるたびに、苦痛に近い甘だるさが増す。

「ぁ、ひっ……ぅ、周平、止まって……おね、がい……」

胸を押し返した佐和紀の瞳が潤み、涙がぽろぽろと溢れる。

「あ……ぁ……」

感じ入った声がくちびるを震わせ、佐和紀はなんとか逃れようと足をバタつかせる。その動きも絶頂の糸口になり、たまらずに身を屈める。その背に周平の腕が回った。抱き寄せられて、刺青の肩に歯を立てる。

「うぅっ……ん。あ、あっ……いく、いく……いくっ」

興奮したまま収まらない身体をこらえ、ゆっくりゆっくり快感を開放していく。そのせつなさと欲深さに溺れ、泣きながら周平の腕にしがみつく。

「あっ、や……やっ……あぁ、あぁっ！」

呼吸を合わせるような腰使いに翻弄された。恨みがましく見上げる。その先の周平は、快感をこらえた凛々しさで眉をひそめ、佐和紀をのけぞらせるようにキスをした。

触れるだけのそれに込められた愛情の深さは、言葉をはるかに超えて佐和紀を満足させる。

「あ、ぁう……ううぅ……っ」

嗚咽《おえつ》が喉に絡み、包み込むように抱かれたまま、突きあげられる。気持ちのいい場所を激しく刺激され、佐和紀は泣き声をあげた。なにを叫んだのかはわからない。言葉にもならなかったかもしれない。

そのまま泣きじゃくり出す佐和紀を離すまいとする腕の強さは痛いほどだったが、腰つきに責められる苦しさほどではない。佐和紀は周平の背中に爪を立ててしがみついた。

「佐和紀、傷つけていい。佐和紀」

うわごとのように繰り返す周平の声にも悲痛な響きが混じり、佐和紀は目の前の地紋にすがりついた。

「あ……あーっ、あ、あーっ！」

パッと意識が飛んで、目の前が真っ白になる。奥歯が噛み合わず、がくがくとあごが震えた。しかしそれは、終わりでなく始まりで、佐和紀はもう一度周平の背中を掻きむしって身悶えた。

「あっ、あっ、あぁ……ぅ」

満足するまで腰を振る周平の性器が、深々と刺さる。肉にぎっしりと包まれながら跳ね、奥に熱い迸りが流れ出ていく。

周平の性欲はそれだけでは収まらない。佐和紀も腰をよじらせた。汗が互いの額を流れ、髪がびっしょりと濡れる。絡めた肌はどこも熱く、抱き合っているだけで、身体に入ったままの熱は勢いを取り戻す。

今度は後ろからのしかかられる。耐え切れずに崩れ落ちた腰を掴まれ、がつがつと穿たれた。動物的なセックスに、佐和紀はされるがままに身を任せた。

力が入らなくなった身体はそれでも快感に飲まれ、理性を失った心にもときおり電流が走る。

シーツを掴むこともままならない手に、周平の手のひらが重なり、寝そべった佐和紀の上に濡れた胸が寄り添う。寝バックの体勢だ。

はぁはぁと乱れ繰り返す周平の息遣いに、欲望が逆撫でされ、佐和紀はまたびくびくと痙攣《けいれん》する。膝から跳ねあがったふくらはぎに力が入り、また泣きじゃくった。

あやす余裕もなく動く周平の熱中ぶりを愛《いと》おしいように感じたのは、泣き声さえかすれ、息遣いが途絶えがちになったあとだ。

なにもかもが音をなくし、自分の心臓の音と周平の乱れた息が重なるのを聞く。涙はなく、笑みがこぼれ、佐和紀は手探りで見つけた周平の親指に吸いつく。

ふわりと身体が浮きあがり、失神寸前の目を覗き込まれる。

周平も微笑んで見えたが、それが現実なのか夢なのか、判別はつかない。

悲しくもないのに泣き出した佐和紀の髪を撫でるのは、確かに周平の手だ。あやされて、細く目を開く。指先はまた周平の下腹部を這い、ごわつく毛並みを乱して性器を掴む。しくしく泣きながら、お互いの体液にまみれた肉を食み、舌を這わせる。もう一度とねだる佐和紀の声で、周平はまた硬さを取り戻した。

＊＊＊

縁側に面した和室の、大きなテーブルに突っ伏して、佐和紀は長いため息をつく。指先で木目をたどり、また息を吐き出す。

斜め向かいで携帯電話のゲームをしていた三井が、それよりも大きなため息をついたが、背中を向けた佐和紀は無視した。

「いい加減にしろよ……。おまえが息するたびに、部屋が桃色になるんだよ！」

世話係の怒る声も耳に入らず、佐和紀は縁側のガラス戸を見つめた。落ち葉が積もった庭先は秋の景色だ。

二日前の余韻はいまだ冷めず、息をするだけ勃起しそうになる。そんな身体にした旦那は酒の付き合いで帰りが遅く、昼すぎまで起きてこない生活だ。その腕の中に忍び込んではみたが、目覚めるのを待たずに動悸《どうき》が激しくなり、耐え切れずに逃げ出したのが今朝のことだった。

「お茶が入りましたよ。岡村さんから酒まんの差し入れがありましたので、どうですか」

知世の静かな声がして、佐和紀はのろのろと起きあがる。座イスにもたれると、視界の端に湯のみが置かれた。それから、ふかしなおした酒まんじゅうだ。

「シンさんは？」

三井に聞かれ、知世が答える。

「またすぐに出かけました」

「マジかよ。呼んできたらよかったのに。……いや、これ以上桃色にされても困るな」

「桃色？　あぁ、姐さん……」

「どうしようもねぇだろ。どういうセックスをしたら、こうなるのか、教えて欲しいよ。久しぶりに布団をダメにしたらしいけど、なんなの？　漏らしたの？」

佐和紀ががつっと酒まんじゅうを摑む。投げる前に知世に止められた。

「お茶は、加賀の棒茶にしました。とにかく、飲んで、食べて……落ち着きましょう」

「知世の方がよっぽど大人だな。佐和紀、おまえ、こうしてたってどうにもならねぇだろ。アニキのとこへ連れていってやってもいいけど、ひどくなるだけだ」

「どうしますか？」

知世が困ったような声を出す。真剣に心配しているのだろう。佐和紀の湯のみを手にして、ふぅふぅと息を吹きかける。

「こういうときは気晴らしがいい。まんじゅう食ったら、出かけよう」

意気揚々と宣言した三井を眺め、佐和紀はほっこり温かいまんじゅうに食らいついた。

「俺、三井さんが信用できないときがあります」

身を屈めるようにうなだれた知世が、落ち込んだ声を出す。

真っ昼間から大音量のポップスがかかる店内は薄暗い。ピンスポットが通路を照らしていたが、複雑に入り組んだソファ席はついたてに囲まれ、背伸びをしなければ覗き込めない。

「信用してよ～。なー？」

ふざけた甘え声を出す三井の膝の上には、キャミソールドレスの女の子が乗っていて、すでに上半身は剝き出しになっている。

「……三井さんっ！」

知世が苛立った声を出し、自分の横に座った女の子を押しのけた。

「姐さん、帰りま……」

強い口調で振り向いて、そのまま、固まる。泣き崩れるようにソファの背にすがりついたのを、隣に控えた女の子がケラケラ笑って慰める。

「なに、やってんですか～」

そう言われて袖を引かれたが、『おっぱいパブ』でやることはひとつしかない。向かい合わせで膝にまたがっている女の子の豊満なバストをくわえ煙草で揉みしだいていた佐和紀は、不満げに眉をひそめた。

尖っている先端を焦らすように撫でると、女の子の背筋がそる。とろんとした目に覗き込まれ、眼鏡のレンズ越しに観察した。周平仕込みの指は、いじられ慣れたセクキャバ嬢もイチコロだ。つまり、周平がしても同じだということで、いまさらに気分が悪い。

それでも女の子を責めていると、知世の背中に乗りあげるようにした女の子が指を伸ばしてきた。佐和紀のくちびるから、灰がちになった煙草が抜き取られる。

「これじゃ、ない……」

佐和紀が思う存分に揉んでやりたいのは、薄っぺらで、青い地紋と鮮やかな牡丹が咲いている胸だ。いじりまくりたい乳首も、もっと小さくてコリコリしていた。

でも、させてはもらえない。くすぐったいと拒まれるからだ。

「え～、ちっちゃいのがいいの？」

気持ちよさそうに喘いでいる同僚を眺めた女の子が、知世の制止を振り払って佐和紀にしなだれかかる。

「ビョーキなんだよな、チェリーちゃん」

へらへら笑う三井から声をかけられ、佐和紀は女の子と知世越しに睨みを利かせた。

「黙ってろ。おまえのケツに突っ込むぞ」

低く啖呵を切ると、佐和紀に寄り添う女の子たちの瞳はますます潤む。欲求不満ばかりが募る佐和紀は、たまには乳首でも吸ってみようかと首を伸ばした。

「そ、れは……っ」

知世の手が額を押さえにくる。

「指でじゅうぶんです」

女の子をイカせるならそうだろうが、佐和紀の気分は晴れない。

「三井さん！　フラストレーションが余計に溜まっちゃってるじゃないですか！」

知世が叫ぶ。女の子の大きな胸に顔を埋めていた三井が、舌を這わせながら振り向いた。

「男がいいって言うんなら、おまえが脱いで、揉ませてやれば？」

「そんなのは、俺の業務じゃないし！」

怒った知世が三井の肩を押す。

「うおっ……マジかッ！」

知世が来て三ヶ月余り。さまざまな悪ふざけを見せてきた三井もついに反撃される日が来た。

バシバシと二の腕を叩かれ、膝から女の子がおりる。

「三井さんの乳首は性感帯だって、聞いてますよ」

「誰にだよ！」

ハッと息を呑んだ三井が胸を押さえて背中を向ける。知世は容赦なく背後からのしかかった。

「ちょっと！　待てっ……、と、もよ……っ！　バカやろ……ッ」

逃げようとした三井を裸の胸に迎え入れた女の子は、キャッキャッと笑ってしがみつく。

「触んな……っ、つーの。痛い、痛い、痛いっ」

「嘘ばっか。服の上からでも勃起してんじゃないですか」

「ひーっ……っ！」

痛がっているのか、くすぐったがっているのか。混沌としていてまるでわからない。中学生レベルのじゃれ合いを眺めていた佐和紀の頬を、膝の上の女の子が両手に挟む。

ラジオのチューナーをいじる繊細さで乳首をつまんでいた佐和紀は、促されるままにぼんやりと指をひねる。相手の息があがり、甲高い声がうわずると、隣に座り、しなだれかかっていた女の子がもじもじと膝をこすり合わせた。

「次、私も……」

「姐さん、そのあたりで……っ！」

三井にのしかかっていた知世はいつのまにか仁王立ちになり、佐和紀にまとわりついている女の子を引き剝がした。

「溜まってるなら、能見さんの道場へ行きましょう。不健全な欲求には健全な発散が一番です！」

そう言うと、佐和紀の腕を摑んだ。

「知世に、犯されたぁ……っ」

めそめそした泣き真似をする三井は、女の子の胸に顔を埋め、ふにょふにょと下乳を揉んでいる。

その尻に、立ちあがった佐和紀は草履の裏をおろした。

「タカシくーん。いつまでやってんのぉー？」

「うっせぇな！」

吠《ほ》えるように身を起こした三井が振り向く。その頭を、佐和紀が草履でスパンと叩いた。

「帰るぞ」

「……俺の乳首、おまえほどは開発されてないからな」

しぶしぶと立ちあがる。

「おまえも周平にいじられてみたらわかるよ」

肩をすくめた佐和紀の顔を凝視した三井が、するすると視線をそらした。

「なんだよ、開発はされてんの？」

「俺は地ならし程度だよ。バカ」

「バカにバカって言われた」

わざと悲しげに知世を振り向く。若い世話係は肩をすくめ、佐和紀を席の外へと促す。

「三井さん、行きますよ。……女には困ってないのに、なんでそんなに意地汚いんですか」

ぐいっと腕を摑んで連れてくる。

「それとこれとは違うだろ」

ぼやきながら言って、携帯電話を取り出す。

「おー、やっべ。電話だわ。外で待ってる。知世、これでな」

知世に財布を渡すと、携帯電話を耳に押し当てた三井は足早に店を出ていく。

「知世。タカシのおっぱい開発は、誰の情報？」

佐和紀が聞くと、黒服に合図を送った知世が笑って振り向く。

「石垣さんです。言うこと聞かないときは、一番効くって」

それはつまり、石垣も同じようにしてきたということだろう。やはりどこかふざけている。

「俺も今度やろうかな」

「姐さんは草履で叩いているのがいいですよ。……効きすぎるから」

それはどういう意味だと問うのはやめた。知世が支払いを済ませるのを待ち、エレベーターでロビーに下りる。外へ出ると、秋空の下で三井が待っていた。

「俺、仕事が入ったから抜ける。タクシーで行くから、おまえはこのまま、姐さんと道場へ行ってくれ。今夜もアニキは遅いから、食事は適当に」

「わかってます」

三井に財布を返した知世が答える。

「金はあるか？　いや、いいや。ちょっと持っとけ」

財布から抜いた万札を数枚握らせ、じゃあなと佐和紀に手を振った。しばらく行って、駆け戻ってくる。

「知世。おっパブのことは、シンさんに言うなよ。せめて、俺とおまえで行ったたってことに……な」

知世の肩をぽんと叩き、三井はまた通りに向かって歩き出す。

「セクキャバじゃなければ問題ないと思うんですけど」

残された知世が振り返り、火のついていない煙草を口に挟んだ佐和紀は薄く笑った。

「あいつ、どこでも揉むからな。店としては示しがつかないんだよ。あー、全然、すっきりしない。誰でもいいから殴りたい」

「チンピラを探すのはやめてください」

通りをキョロキョロと見渡した佐和紀に、知世は苦笑いを浮かべる。

「強すぎるから、見てるのが怖いんですよ」

「殴り殺したりはしない、けど……」

「もてあそんで殴るから怖いんです。とにかく、チンピラをかわいがるのはやめて、能見さんのところへ行きましょう。車で連絡を入れます。ユウキさんもいるかもしれませんよ」

雑居ビルの立ち並ぶ通りを駐車場へ向かって歩き出すと、知世がさりげなく通り側へ回った。佐和紀にとってはかばってやりたいぐらいの知世だが、これが仕事なのだからしかたがない。

煙草に火をつけないままで駐車場へたどり着くと、足を止めた知世が佐和紀の羽織の袖を引いた。佐和紀たちが乗ってきたセダンの前に黒光りする外国車が横付けしてある。

後部座席のドアが開き、ナイロンのブルゾンを着た男が降りてくる。

「姐さん、目を合わせないでください」

知世に背中を押され、元来た道を戻るように促されたが、男に手を振られて立ち止まった。

「美園だ」

「え？　それって……」

佐和紀の背中に取りついた知世も振り返る。

開いたままのドアに肘を預けた男が、気安い仕草で手を振っていた。

「ダメですよ！　美園って、関西のヤクザじゃないですか。姐さんっ……」

「だいじょうぶだよ。周平の知り合いだし」

「ダメです！」

ぐいぐい押されて身体が傾く。それでも踏ん張っていると、美園は小走りに駆け寄ってきた。

「顔のええのん連れてるな」

太ももに手を当てて身を屈め、知世の顔を覗き込む。キッと睨み返した知世は肩をいからせて、佐和紀の前に立ちふさがった。毛並みのいい番犬は、屈強な犬にも噛みつく勢いだ。

「ええしつけ、されてるやないか。岩下のか？」

　ふっと細められた目に淫靡な光が差し込み、知世は勢い負けしてふらついた。その肩を摑み、佐和紀が前へ出る。

「俺のだよ。そんないやらしい目で見ないでやってくれないか。妊娠する」

「……男やろ」

「おまえらは男相手でも孕ませそう」

　眼鏡越しに見据えると、美園はくくっと笑って背筋を伸ばした。

「そら、悪いことしたわ。堪忍やで」

　にこりともせず知世に声をかけ、佐和紀へ向き直った。

「デートせぇへんか」

「誰を誘ってんの？」

　和服姿の腰に手を当てて斜に構える。

「あんたや、岩下の奥さん」

「旦那を通してもらわないと……。あんたのせいで機嫌が悪くて」

　言いかけて黙ったのは、二日前の夜を思い出したからだ。嫉妬して拗ねて、そんな態度を悔やんでいた周平のセックスを思い出す。愛情を確かめ合うには爽やかさのかけらもない、ドロドロと濃厚な行為だったが、周平の手管に慣らされた佐和紀にはたまらなくよかった。

惚れた相手の肉欲というのは、ことごとく甘い。

「得したやろ？」

ツータックのパンツのポケットへ両手を突っ込み、美園があくどい笑みを浮かべる。

「知ったようなことを言うなよ。迷惑してんだから」

「じゃあ、お詫《わ》びに奢《おご》ったる」

「場所を決めてくれないと困る。食べたくないものだったら、帰りたい」

佐和紀の言葉に首を傾げた美園は、顔いっぱいに笑顔を浮かべた。

「お好み焼きや。真柴は飽きた言うからな、付き合ってくれ」

「俺の子犬も一緒でいいよな」

「うちの大型犬の話し相手をしてくれたらな」

美園があごをしゃくって車を示す。運転席から降りた男が佐和紀の視線に気づいて会釈した。美園付きのかばん持ちだろう。

しぶしぶ佐和紀に従う知世は、背中に隠れてメールを打っている。終わるとすぐに隣に並んできた。

「俺と姐さんが後ろに乗ります」

すかさず牽制《けんせい》をかけて後部座席へ佐和紀を乗せる。すぐに隣に乗り込んだ肩は強張り、一点を見つめている目は殺気立っていた。

佐和紀は笑いながら手を伸ばし、知世の頬をつまんだ。

「顔が、こわい」

耳元にささやくと、振り向いた知世が自分の頬へ手を押し当てた。

「周平にさえ言わなきゃ、なにごともない」

毒気の抜かれた顔はすぐにくちびるを尖らせる。報告されたくないならやめておけばいいのにと、喉まで出かかっているのだろう。

それでも黙っている知世は、本当によくしつけられている。佐和紀の考えを最優先するように言い聞かせている岡村の顔がちらつき、佐和紀は窓の外遠くを見つめた。

見慣れた通りを走る車は、脇にそれることもなく目的地へ向かい、二十分ほどで店の前に着いた。昼食の時間は過ぎていて、のれんも下げられている。運転手が店の扉を開けて声をかけると、美園が車を降りた。

「貸し切りなんて……」

怪しいと知世がまた警戒する。佐和紀は笑いながら肩を押して、知世のあとに続いて外へ出た。

真柴と来たときにもいたおばちゃんから、にこにこと手招きされ、佐和紀は知世のうなじを撫でた。

「真面目すぎると、ハゲるぞ」

頭がいい分だけ考えが回りすぎてしまうのだ。そこは石垣に似ている。岡村にしつけられ、石垣の教えを受けたと考えたら、知世はかなり上質の舎弟だ。

しかし、拗ねた感情が顔に出やすい欠点もある。そこは若さに加えて、佐和紀に対する甘えが見えた。身につけようとしても難しい愛嬌も兼ね備えているのが、どうにもかわいく思える。

二対二で分かれて座り、佐和紀と美園は店の奥、知世と運転手は扉近くを選んで座った。

美園が手早くメニューを選び、生ビールがまず届く。

「真柴も通ってるらしいけど、西の人間は、本当に粉ものが好きだよな」

「ソウルフードってやつや」

届いたゲソを醤油《しょうゆ》で焼きながら、美園が笑う。ブルゾンを脱ぎ、ボートネックの薄いセーターの袖をまくりあげた腕は太く、右の肘先に大きな傷跡があった。

「あんた見てると、懐かしい気がするんだよな」

「どこがや」

「腕の太いところとか、笑ってるとこととか。そうやって、すぐに片膝あげてビールを飲むところとか」

佐和紀の指摘に、片あぐらをかいていた美園は肩を揺らす。

「なんや思い入れがあるんやな。そやけど、それは岩下やないな」

大滝組の若頭だとも気づかず、佐和紀の前にゲソを置く。

「あいつはなにをしても上品に見えるから」

「えげつないことしても、やな。昔からそうや。シラッとした顔で反吐《へど》が出るようなことをやりよる。そのくせ、妙に細かいとこもあってな」

「助かっただろ？」

ゲソを食べてビールをあおると、美園は鼻で笑った。

「まぁ、そういうことやな。陥れられたんと半々や。……岩下は、ほんまに嫉妬したんか？」

「嫉妬じゃないかもしれないけど、いい気はしなかったんじゃない」

「それで、ようもそこに座っとんな」

「誘ってきた相手に言われると、複雑」

「チンピラなんか、ヤクザなんか。おまえはどっちや」

ついっと細くなった視線に見据えられ、佐和紀は手のひらをひらひらと動かした。

「俺は単なる男嫁だって……。岩下の茶番劇に付き合って売りに出されたかわいそうなチンピラだよ。さんざん仕込まれて、あいつなしで二晩もいたら、もうたまんないんだから

「……」

そらした横顔に浮かんだ憂いが、美園の目を奪う。じっと見つめられていることに気づかず、佐和紀は頬杖をついてゲソをつついた。

「岩下はな、どんな女に対しても縛るようなことはせんかった。そんなことせんとついてこうへんような女は、無意味やって言うてな。泣いてすがる女を切るときはえげつなかった。俺が女やったら、ビルの屋上から飛び降りてる、っちゅうぐらいな」

「あいつのアレは、悪い麻薬みたいだもんな。徹底的にされたら、生きてるのはつらいだろうな」

「そんな男を依存させてんのやろ」

頬杖ついた左手を摑まれ、引き寄せられる。薬指のダイヤのリングを美園はまじまじと見つめた。

「こういうしょうもない冗談を許されるやつがいると思うと、腹が立つな。チャラチャラしやがって」

「色男にも種類があるから、しかたない」

するりと手を取り戻し、エンゲージリングを眺めた。カッティングが美しい透明な石は、中で光が反射している。

「美園さんもモテるだろ？」

「身体で言うこと聞かせるんは、モテるとは言わん」

周平への当てつけは感じられない。美園にとって、周平の価値は『色事師』だったことじゃないと悟り、佐和紀はふたりの関係を考えた。

若い頃のふたりがなにをしていたのかは想像もつかない。ただ、美園はまだ組長ではなく、周平は荒れていたのだろう。

お好み焼きが一枚届き、美園が大ゴテを使って切り分ける。中華麵の乗ったモダン焼きだ。

「岩下とはどこで知り合ったんや。こんな上玉を隠しておくのが、あいつの性悪なとこやな。全然知らんかった。結婚するて噂に聞いて、相手が男やって知ったんは翌年や」

「そんなに知られてないんだ……」

「西では、大滝組の若頭補佐のひとりに過ぎんからな。あいつも目立ったことはせえへんし、まさか嫁が男やとは思わんやろ。笑ったわ。どんなんやって思って写真取り寄せたら、これやし。大滝組も懐が広いというか、よっぽど金に困ってんのかと思ってな。……まさか、男を選ぶとはな。人のことはコキおろしといて」

「周平と会ったのは、披露宴の日だよ。顔をちゃんと見たのは、そのあとの……初夜ってやつで」

「はぁ？」

美園が眉をひそめた。ドスの効いた声が店内に響き、知世が立ちあがる。佐和紀は振り向いて、なんでもないとジェスチャーした。

「結婚して、いろいろあって、それで、プロポーズされて。で、夫婦になった」

「普通は、好きんなって、セックスして、そのあとでプロポーズやろ」

唸った美園が頭を抱えるのを眺め、佐和紀はモダン焼きに手を伸ばす。

「プロポーズしたい人でもいるの？　美園さん、結婚はまだ……」

「バツイチなんや。組長になるときに、腰も落ち着かん男はあかんて言われてな。うまくいくはずあらへんのに」

「じゃあ、周平が言ってた相手が本命？　あれだけしつこく絡むってことは、よっぽど美園さんの弱みなのかと思って」

「バレバレやないか……。あいつも、モノ考えて話せっちゅうねん。腹立つなぁ」

舌打ちするのを眺め、佐和紀は本題へ切り込む。

「それで、岩下の嫁に用ってなんですか」

「あんたがチンピラかヤクザか、確かめさせてもらおうと思ってな」

「単なる男嫁だったでしょう。毒に薬にもなりませんよ。ちなみに、抱いても楽しくない」

「……顔に、最高級品って書いてあるぞ」

「バレた」

佐和紀が肩をすくめると、美園はどこか物憂げに顔を歪めた。笑っているのに、そう見えない。

「その格好やと確かにあんたは『奥さん』や。そやけど、あの夜はチンピラやったな。どこから見ても、女が喜ぶ『若いツバメ』で。道元は騙されとったけど、そのきれいなツラの下は、極道もんやろ、新条佐和紀」

旧姓で呼ばれ、佐和紀は顔をしかめた。

「やめてもらえます？　窓口代わりに話を聞くのがせいぜいで、俺は……」

「悠護さんからは『チンピラと思うな』って釘《くぎ》を刺されてる。ついでに『妙な使い方をしたら殺す』てな」

「あのバカが言うことを真に受けるなよ……」

「静岡で知りおうたって？」

「俺は女装でホステスしてたんだよ。悠護はまんまとダマされて」

「金を巻きあげて逃げたんやろ」

「……うん。なのに、一緒に逃げた女からは、顔がきれいすぎて嫌だって、捨てられて。こういうのを、因果合法……ん？」

「因果応報……やないか？」

「それ。そういうこと」

「いまの天然か。ツッコミ入れていいところなんか」

「天然だから、スルー推奨。悠護に釘刺されてるのに、俺になにを頼みたいの？」

「岩下が使ってた人探しの情報屋がおるやろう。あれを使えるか」

美園に言われ、佐和紀の脳裏にひとりの男が浮かぶ。岡村が管理している、美貌《びぼう》の情報屋だ。三度の飯よりセックスが好きで、容姿とはまるで釣り合わない体力に任せ、淫欲を貪っている。

「そんなの、知らない」

笑ってごまかし、ビールのおかわりを頼む。

「俺の愛人を探してくれ。この通りや」

鉄板に額がぶつかる勢いで頭を下げられ、佐和紀は慌てて片手を伸ばした。殴るようにして払いのけた美園の視線に射抜かれた。

目のふちは赤くなり、くちびるはわなわなと震えている。浮かべた表情は、怒りに似ているが、違う。悲しみと焦りと、それから、底なし沼のような恋慕だ。美園は恋に溺れている。

きっと片想いだ。身体を繋いでも、心は違う。相思相愛だったなら、男はこんな顔をしない。

「……飲みに行こう、美園さん」

いっぱしのヤクザにすがられて、むげに断ることはできなかった。


行き先は佐和紀が選んだ。周平も何度か来たことのある、小さな焼き鳥屋だ。知世と運転手をコインパーキングで待たせて店へ入ると、開店したばかりの店内は無人だった。

店員の女の子が小走りに近づいてくる。陽気が取り柄の看板娘だ。

「ここちゃん、カウンターの奥の席で。焼酎《しょうちゅう》のセットと、串《くし》はお任せ十本焼いて。あとは、枝豆」

「はーい、喜んで～。奥、どうぞ～」

カウンターの後ろは壁になっていて行き止まりだ。佐和紀が奥に座り、美園は隣に腰かけた。すぐにボトルキープしている焼酎の水割りセットが届いて、枝豆が置かれる。

「岩下とのテリトリーやろ。俺を入れたら、怒られるで」

佐和紀の手から水割りセットを奪い、美園は手早く酒を作る。

「いいんだよ。ここは俺のシマなんだから。こんなこと、久しぶりにするんじゃないの？　組長さん」

水割りを作っていることをからかうと、美園はむすっとしてグラスを置いた。

「組長いうても、三次団体やからな。接待する側や」

「生き残れそう？」

「大阪は食いぶちがようけあるからな。問題は若いもんの腰が据わらんことぐらいで、どこにでもある話や」

「で、愛人はどこの人？　なにをやって逃げられたんだか知らないけど、探さないのがその人のためじゃないの？　ヤクザといるのが嫌で逃げるなんて、悪いけどよくある話だ」

「俺が嫌で逃げてても、探さなあかん」

そう言った美園は、着たままのブルゾンの内ポケットを探り、写真を一枚、カウンターの上に置いた。

「これが、俺の男や」

写真に触れかけていた佐和紀の指がびくっと揺れる。そこに写っている男と苦々しい表情の美園を三回見比べ、ようやく手に取った。

「愛人って言うから、女だとばっかり……。そういや、周平の言い方もそんなふうだったっけ。あいつも意地の悪い言い方するよな」

写真には男がひとり、写っている。愛人という響きから想像したのとは違い、すでにトウの立った年齢だ。パーツは整っているが、若い頃でも美青年とは言えなかっただろう。どことなく漂う幸薄さが、よく言えば思慮深く、悪く言えば陰気に見える。

「何歳？　三十代の真ん中ぐらい？」

「三十八になる。いまの名前は金田久志《かねだひさし》。本当の名前は、伊藤真幸《いとうまさき》や。受けてもらえるなら、改めて資料を渡す」

「揃えて持ってきてるのかと思ったけど。……慎重なんだな」

「事情があるんや」

そこにカウンターの中から焼き鳥が届き、店長は無言で去っていく。盗み聞きされる心配もないぐらい、気心の知れた店だ。

「誰の恨みを買ってんの？　まさか、由紀子？」

「……左翼団体ってわかるか」

「右翼の反対」

「それが血眼になって探してる。俺が見つけんと、殺されてもおかしくない」

「右翼に追われてるんじゃなくて？　左翼って、デモとかやってるアレだろ」

佐和紀はもう一度確認する。美園は水割りを喉へ流し込み、ありもしない苦さをこらえるように眉をひそめた。

「公安に協力したんや。潜入して情報流したんがバレて、俺んとこ寄ったときもひどいありさまで……。いくらなんでも逃げんやろうと思っとったのに、あっさり、おらんようになった」

「……愛人、なんだよな？」

「十年や。十年。大阪で知り合って、東京で仕事やらせて、手間暇かけて大阪に呼び寄せたのに、あっという間に公安につけこまれよって」

いまいましげに話す美園のこめかみに青筋が立ち、佐和紀はなにも言わずに指を伸ばした。浮き出た血管を撫でると、美園は気の立った獣のように佐和紀の手を振り払う。

ぎりぎりと奥歯を噛み、ふーふーと肩で息をする。

愛憎入り混じる雰囲気だったが、佐和紀は騙されなかった。周平といるからかもしれない。強がる男の本心が垣間見え、触れてはいけない部分までもが見渡せる。

確かに写真の男は美園の愛人なのだろう。しかしそれは、言葉から連想する関係とはまるで違う。

愛し合っていても、一緒にいられないふたりは存在する。

「あんたのためにした……ってことだよな」

ぎりっと睨まれ、佐和紀はとっさに美園の頬を平手で叩いた。

「俺にそういう目を向けて、どうなるの」

ぺちっと響いた音にかぶせてはっきり告げると、美園は怒りもせず、ぷいっと顔をそむけた。水割りを飲み干す。今度は氷も入れずに焼酎だけを注ぎ、不機嫌な顔のままでぐびぐびと飲む。

愛人は美園のために警察へ力を貸し、潜入した組織でヘタを打って追われる身になったのだろう。逃げたのも、美園に迷惑をかけないためだ。

「なんで、俺のためやと思うんや。岩下は、真幸が俺を嫌ってるって言うたぞ」

「……それは、ごめん。俺が謝っておく。わかってて、わざと言ったんだ」

周平がわかりやすく優しくなったのは佐和紀と出会ってからだ。惚れた欲目で見てもひどい男だから、身内ではない美園をからかったのだろう。

周平にとっては、ふたりがうまくいってもいかなくても、なにの支障もない。どちらかといえば、傷つく美園がおもしろかったのだ。

あまりにあまりすぎて口には出せず、佐和紀は小さく息をつく。

「この人、美園さんのこと好きだと思うよ。だって、あんたがそうやって取り乱すぐらい好きなんだろ？　それに、迷惑なら顔を見に戻ったりしない」

「あいつは、ようわからん男なんや」

ぶっきらぼうに言ってはみても、美園は相手の気持ちを疑っていないようだった。心が通じ合うことを期待していないのかと思ったが、青白く見える横顔から感じる雰囲気には確かなものがある。

痛みの中にうずくまっているような苦悩が周平と重なり、佐和紀はせつなさに眉を歪めた。なにもこわいものがないように見える極道でも、思い通りにならないものは山ほどある。

抱いた女に裏切られたり、心を砕いた舎弟に手のひらを返されたりする。だから、より暴力的に、より威圧的になり、相手を支配することでしか安心できなくなる。

自分自身の首を絞め、袋小路にハマっている愚かさは、人の嘲笑《ちょうしょう》を誘うかもしれない。カタギの社会で生きる人間なら、特にばかばかしく思うだろう。しかし、それがヤクザだ。人に笑われることに耐えられずにこぼれ落ちた人間は、暴力と反発以外のなにを支えに生きられるのだろうか。ごく普通の生き方を知らない佐和紀にも想像がつかない。

周平なら答えを知っていると思い、佐和紀は水割りのグラスを手に取った。

意地の悪い対応をしたのは、美園にあきらめさせたかったからだと気づく。愛し合っても添えず、傷つけあうだけの関係を終わらせるには、どちらかを失望させるしかない。

そう思うと、誰もかれもがかわいそうになる。

「……真幸は、横浜におるはずや。こっちの左翼団体を探って欲しい」

「周平に頼めばいいのに。……頼んでやるから」

「借りを作りたない。真幸のことは……」

「俺ならいいの？」

佐和紀の言葉に、美園が顔をあげた。

「うまいこと使ってやろうと思ってるように見えるか」

「いや、恋に盲目すぎて突っ走ってるバカにしか見えない。……悠護に勧められた？俺にはなにの連絡もないけど、まぁ、いつものことだ」

　カラッと笑って美園の肩に手を回し、慰めるように揺すってやる。

「貸し三個分ぐらいかな。とりあえず聞いておくけど、その愛人と周平は寝てるの？　いいです、わかりました」

　ぎりっと睨まれ、そんな間違いが起これば、周平でも半殺しの目に遭うのだとわかる。

「嫁なんか、やめたらどうや」

「それも悠護経由？」

　美園から離れて焼き鳥を手に取る。

「そうやない。あんたのバランス感覚は、ようわかった。悠護さんが惚れたんも、岩下が惚れたんも顔だけやないやろ。そんなら、なおさらや。岩下がどないに寛容でもな。飛んでいくとわかったらヒモをつける。男と男は、どないしたって、イスの取り合いなんや。あんたは、一生このまま、あいつの下にいるつもりか。上へあがりたいと思わんのか」

「だから、チンピラだって言ってるじゃん。舎弟を持つとか、親になって子分を抱えるとか、考えたこともないよ。俺の命は、俺のものじゃない。それでいい」

「……それは、おまえ。……チンピラの考え方やない」

「じゃあ、なに？」

「貸せや。串をはずしたる」

　美園に焼き鳥を取られ、小皿に乗った肉が戻ってくる。渡された串で刺して食べると、美園は次々に串を抜いた。

「いつまで、いまのままで居《お》れると思うんや」

「……死がふたりを分かつまで？　なんだっけ、これ」

「教会の結婚式やろ。結婚式したんか」

「三々九度はしたな……」

「……ほんま、それでええんか」

　あきれたようにため息をつき、美園はようやく笑顔を見せる。

「なぁ、奥さん」

　佐和紀のことをそう呼ぶことにしたのだろう。美園は手元の焼き鳥に七味をめいっぱいかけて口へ放り込み、酒をがぶがぶ飲んで振り向いた。

「岩下にはどうやって口説かれた。プロポーズしたからって、そばにおってもらえるもんでもない。……教えてくれんか。どないしたら、俺の心配が伝わるんや」

「十年、それなの？」

「まぁ、だいたい、そうやな」

　いまさら無理じゃないかと思ったが、口にするのも哀れに思えて言葉を飲み込む。首を右に傾け、左に傾け、かすかに唸って振り向いた。

「とりあえず、相手に会えたら、俺も一緒に考える。……美園さん、セックスが下手とか、そういうことじゃ……」

「なんやったら、点数つけてくれ」

「わー、せめて、冗談で言って欲しい〜」

わざと棒読みでのけぞり、佐和紀はバシバシと美園の肩を叩いた。

「周平が幸せそうで、がっかりしただろ？　うちの亭主はね、いい男なんだよ。あっちが強すぎて、ときどき困るけど」

「気持ち良すぎて、困るんやろ」

笑った美園がさらに酒を飲む。佐和紀はぼんやりと、濃厚な夜を思い出す。熱っぽくなってしまう身体に微笑みながら、うつむいた。

今夜は布団へ忍んでも逃げ出したりはしない。せめて寄り添って眠ろうと決めた。


美園と焼き鳥屋にいる間に知世が取ってきた車で、オフィス街のはずれにあるバーへ向かう。飲食店ばかりが入っているビルの四階までエレベーターであがり、知世を付き合わせてノンアルコールのカクテルを頼んだ。

その一杯をカウンターで飲み切る頃、バーを行きつけにしている岡村が姿を現した。席を立った知世をエレベーターまで送らせて、戻るのを待つ。

仕事帰りのスーツ姿は、出会った頃の印象がまるで思い出せないほど立派だ。まず、スーツの生地と仕立てが違う。きっちりと結んだネクタイが禁欲的に見え、男の魅力が三割増しで、ほんの少し腹が立つ。

「ご機嫌ナナメなんですか？」

知世の座っていたイスに腰かけ、カウンターのとまり木に手を置いた岡村はバーボンソーダを頼む。

「知世に付き合ったんですか」

佐和紀の手元にあるのがノンアルコールだと気づくと、ジントニックを頼んだ。

「間違えましたか？」

温和な笑顔を向けられ、顔をしかめて返す。味の濃いものを食べてきたから、ライム入りのさっぱりしたもので正解だ。

「よかった。じゃあ、機嫌を直してください。せっかくのデートだから」

「死ね」

眼鏡のレンズ越しに見つめ、つんっとあごをそらす。紬の衿を指でしごいた。

ひどいことを言われているのに笑っている岡村が、煙草を取り出し、佐和紀のくちびるに差す。向けられたライターで火をつけた。

「デートじゃないんですか」

「なんで、俺とデートできると思うんだ」

機嫌がいいときには自分から言うこともあるが、気ままなからかい以上の意味がない。

佐和紀は煙を吐き出し、とまり木に頬杖をついた。

着物の袖が下がり、白い手首の内側があらわになる。周平の残したキスマークは薄れ、淡く縦に三つ並んでいた。

「人を探して欲しいんだ。おまえに連絡が行くように名刺を渡したから、あとは頼む」

「かまいませんが、誰からの依頼ですか」

着物の合わせに指先をすべらせ、差し込んでおいたカードを取り出す。飴色のとまり木の上に置いて、岡村の前へと押した。

右上に黒箔《くろはく》で家紋が押され、名前だけが書かれている。

岡村はあきらかにぎょっとしていたが、ため息をつく途中で笑い出した。名刺カードに書かれた名前は『美園浩二』だ。

「こっちに来ているとは聞いていましたが……、会ったんですか？」

「お好み焼き行って、焼き鳥食って、いまココ。あの男は存在感ありすぎだから、薄味なおまえの顔を見たくなったのかもな」

　また頬杖ついて視線を送ると、バーテンダーがふたりの前にグラスを置く。去っていくのを待ってから、佐和紀は続けた。

「どうしてなんだろうな。恋に狂う男に、弱くってさ……」

「女を探すんですか」

「愛人が男なんだって」

「なるほど、わかりました。一度、見かけたことがあります。存在感の薄い、ちょっと陰気なタイプの男ですよね。写真、見たんでしょう」

「見たよ。ごく普通の男だったな。サラリーマンには見えなかった。芸術家肌だっけ、神経質そうなところがあったかも。詳しいことはおまえに直接、送ってもらうことにしてるから、明日あたり連絡があると思う」

「わかりました。中身を確認して、星花へ依頼を出します」

「報酬はどうすればいい」

「俺が払っておきますから、ご心配なく」

「身体で払うんだろ？　それなら、前払いで済んでるんじゃないの？」

「報酬がどれぐらいだったか、それも報告しますか」

「見積もり出してもらおうかな。それとも、領収書とか」

「佐和紀さん……」

落ち込んでいるのは声だけだ。バーボンソーダを飲んだ岡村は笑っている。

「アニキには秘密なんですね」

「そう。秘密ばっかりが増えていく」

「……お仕置きされたいんだと思ってましたよ。知世がずいぶんと心配してましたよ。聞いてしまったようで」

「あー……。そうなの……？　あー、えー、言ってなかったけど」

「言えないようなことをしてたんですよね？」

顔を覗き込まれ、くわえ煙草でそっぽを向く。岡村の手が佐和紀の肩を掴み、くちびるから煙草を抜いた。そのまま、自分のものにしてしまう。

睨みつけると、新しい煙草を差し出される。

「なにしたっていいだろ。気持ちよかったんだから。おまえこそ、知世に内容まで聞いてないだろうな」

「聞きませんよ。食事も喉を通らないようだって言うから、わざわざ田辺《たなべ》に店を確認して、酒まんじゅうを買いに行ったんですよ」

「あぁ、あそこの店のだったか。おいしかった。……『俺とも秘密を作りませんか』とか言わないの」

「言いませんよ」

笑った岡村がライターの火をつける。くわえた煙草の先端をあぶり、佐和紀は眉をひそめた。

「笑ってんなよ……」

顔に向かって煙を吐くと、岡村は背を丸くしてうつむき、

「俺が絶対に言わないって、信じてくれているのが嬉しいんです。だから、秘密はもうある」

「こっそり報告してんだろ」

「そう思いますか」

「思わない。美園と向こうで会ったことも漏れてなかったし。信用してるよ」

「今回のことは言えばいいと思います……」

「俺の旦那は、そこまで寛容じゃない」

口にすると、胸の奥が甘酸っぱくなる。

「美園は愛人がなにをしても許すと決めてるのかな。いままでも何回か逃げられたらしいけど、探したことはないって言ってた。帰ってくると信じてるのかもしれないけど……、あのタイプははっきりと知りたくないだけかも」

「アニキが嫉妬すると思ってるんですか」

「周平のあれは嫉妬じゃない。愛情だよ。美園とは全然違うタイプなんだよな。昔ながら

のヤクザとインテリヤクザだ。俺は、泥臭いのも嫌いじゃないけど」

「それじゃあ、好きだって言ってるようなものです」

「俺の憧れは、美園のタイプだもん。しかたない」

煙草をふかして、ジントニックで喉を潤す。

もしも美園の愛人のように佐和紀が姿を消したら、周平はすぐにでも見つけ出して迎えに来る。佐和紀自身、甘い痴話ゲンカの延長線上に過ぎないと思っているからだ。

すでに佐和紀にはヒモがつけられているが、それを苦痛に感じたことはない。佐和紀にしても、自分が周平にヒモをつけ、縛っている安心感を得ている。

夫婦としての絆《きずな》だが、美園には想像できないだろう。

だからといって、美園の愛し方が間違っているとも限らない。愛する人間を野放しにして、満身創痍《まんしんそうい》で戻るのをただ待つなんて、よほどの胆力がなければ無理だ。事実、佐和紀がいたわってやりたくなるぐらいに、美園は傷ついていた。

それを吐露する弱さを美園は持っていないし、愛人もそれを強要しないのだろう。周平に対して弱さを求めた佐和紀とは、根本的に違っている。

「佐和紀さん。美園と入れ違いになる形で、道元も上京してくるようです。宿泊先は摑んでおくつもりですが……動きますか」

念のための確認だと言われ、佐和紀は物憂く煙を吐き出した。

「美園との密会もバレたくないけど……。そっちも面倒な話だな。周平と美園も話してたけど、結局はさ、由紀子が京都から弾き出されたら、生かしておく必要はないって話なんだよな」

「いまの情勢ならそうなりますね。本人もわかっていると思うので、そうなったときには潜ると思います」

「……まがりなりにも女だしな。追い詰めすぎるのは、どうなんだろうな」

「そんなにかわいいものじゃないと思いますよ」

岡村の声に緊張が走り、佐和紀は目を細めた。

「周平があの女を手にかけなかったのは、もう一度ってのを考えたからだと思わないか」

「わかりません」

「セックスで征服するつもりなら、そうできただろう。桜川に預けたままでも」

「それは、佐和紀さん……、あの女が、あなただった場合です。結局、運命の相手を夢想していただけなんじゃないですか。もしかしたらと思って、やっぱり違って。恋愛ってそういうところがあるんです。みんながみんな、おふたりのようにしっくりくるわけじゃない」

「俺だって、それなりに苦労しただろ」

「知ってますよ。でも……」

「違うのか」

それとなく思考の軌道修正を求められ、佐和紀は煙草を揉み消した。

「俺の思ってる通りだとしたら、なんだって言うんだろうな」昔を否定しなければ、周平が傷つかないってわけでもないのに。

「優しいんですよ、佐和紀さんが。あの女がいなくなったとき、兄貴が傷つくと思っているなら、その通りなんだと思います。佐和紀さんの想像がたぶん、一番正しい」

「でも違うんだろ」

「アニキの本音なんて、俺には想像もつかないんです。終わった関係だとは思いますけど……、むなしい思いはするのかもしれません」

「なんか、嫌だな……。もやもやする。周平が、っていうんじゃない。俺をチンピラとしてしか見なかった道元とか、周平をすっ飛ばす美園とか、平気で身体を使えって言ってくる桜川のおっさんとか」

「佐和紀さんを色眼鏡で見たくない連中なんですよ。『男』だと思わないと、ぐらぐらくるんじゃないですか」

「美園も？」

「どうしてそこで名指しなんですか」

「だって、愛人もいるのに」

「遠くの愛人より、近くの美人なんじゃないですか」

「……イライラすんなよ」

思わず笑ってしまうと、岡村は肩を大きく上下させた。

「俺だって惚れた欲目で、あなたを見てるわけじゃないですから。ややもやするのは、アニキに言えないことが増えているせいだと思います。隠すことができるからこそ、無理がくる前に打ち明けた方が楽になることもあります」

「……怒られるじゃん」

「どうせ、セックスじゃないですか」

「どうせ、って言うな。どうせ、って。……そんな単純な話でもない。セックスはさ、なんだかんだで気持ちいいから、いいんだ。体力根こそぎ持っていかれるけど。開いた扉の向こうが天国じゃなかったことはない。ただ……、怒るっていうか、叱る方がつらいことってあるだろ？　そういうこと……」

「どんなセックスしてるのか、見せて欲しいぐらいの顔をしてますよ……。俺、今夜は眠れそうにないいな」

「星花のとこ行けよ……」

つつっと身を引くと、腕をがっしりと掴まれる。強い力で引き戻された。

「いまだけを見ていたらダメですよ、佐和紀さん。アニキは二歩も三歩も先を見てる。ずっと一緒にいることだけに囚《とら》われて視野が狭くなってしまったら、アニキをがっかりさせますよ。そうしたら、傷つくのは佐和紀さんの方だ。……俺はそんなの嫌だから、あなたを守ります。そのときに、アニキのことを考えるほど優しくなれないことも覚えていてください。俺はなによりも、あなたのことを最優先させます」

「それは、困る」

「困っても……。周りがお飾りの嫁だと思ってくれないようなら、この立場を利用してでも強くなってください」

それが周平のためになるとまでは口にせず、余韻だけを残して岡村は身を引く。解放された腕にはじんわりとした痛みが残り、佐和紀は苛立ちまぎれに岡村の肩へ拳をぶつけた。

5

頬《ほお》に当たる感触がくちびるだと気づき、朝のまどろみから引きずり起こされた佐和紀は目を細めた。

和室の天井と、障子を透かして差し込む朝の日差し。

空調が効いた寝室にも秋の気配は色濃い。

佐和紀が眠っている縁側寄りの布団へ忍び込んできた周平は、シャワーあがりのホカホカした温かさだ。昨日の夜は帰宅が遅かったから、風呂《ふろ》にも入らずに眠ったのだろう。指がパジャマの上を這《は》い回り、佐和紀は身体《からだ》をよじりながら背中を向ける。

逃げたつもりなのに、背後から抱かれてしまう。

「しゅう、へい……。何時?」

「おはよう、佐和紀。そろそろ八時になる」

「んっ……、触ったら、ダメ……っ」

「縁側で済ませてこいよ」

「やだよ、バカ」

付き合いも長くなれば、いろいろなことが即物的だ。庭で用を済ませろと言われても気にしない佐和紀だが、胸に手が這うと心が疼《うず》いた。

仰向けにさせられて薄く目を開くと、周平の指は優しく佐和紀をなぞった。頬や眉《まゆ》をたどられて、くちびるにそっとキスが落ちてくる。

「……朝食を取ってこようか」

かいがいしいセリフに甘やかされて、佐和紀は腕を伸ばした。起きあがろうとする周平を引き戻す。

美園の依頼を岡村に伝えてから、一週間が過ぎた。翌日には岡村へ資料が届き、中華街の星花も動いている。結果が出るにはしばらくかかると岡村に言われて初めて、この罪悪感は続くのだと悟った。

「いいのか？」

パジャマのボタンをはずす周平の声はどこか弾んで聞こえ、佐和紀は美園の悲痛な横顔を思い出す。

あの表情を周平相手には死んでも見せたくないから、佐和紀へと依頼を持ち込んだのかもしれない。

「ん……、いいよ……」

肌を撫《な》でる手を押さえ、胸へと誘う。パジャマの上から愛撫《あいぶ》されてすでに膨らんだ乳首をさすられると、息遣いは途端に甘く濡《ぬ》れてしまう。

爽《さわ》やかな朝の光には不似合いな声を周平にだけ聞かせ、佐和紀は伸びあがるように背をそらした。開いた足の間に周平が膝《ひざ》をつく。

「あっ……ん……、時間、ないんだろ……？」

「おまえを乳首でイカせるぐらいなら問題ない」

「それは、すぐだけど……。挿《い》れて、欲しいから……」

自分でパジャマと下着をずらす。周平がローションを引き寄せた。その間に脱いだ佐和紀は、自分の乳首に指を這わせる。眠っていた身体が覚醒《かくせい》して、繊細な快感が湧《わ》き起こった。

「んぅ……っ」

「寒くないか？」

気遣ってくる周平が掛け布団を跳ねのけ、後ろを濡らされる。指はすぐに差し込まれ、佐和紀はせつなさに目を細めた。

「あっ、あっ……ぅん……っ」

まだほどけきっていないと思ってもこらえきれず、周平の腕を撫でさする。

「先っぽだけで、いいから……っ、もう、来て……」

「いやらしいな」

「好きだろ……、はや、く……」

「もちろんだ」

朝から爛《ただ》れるような色気を垂れ流す周平にあてられ、ぐっと押しつけられる先端の硬さに震える。

想像通りの快感にのけぞった腰が摑《つか》まれて、見つめ合ったまま交わっていく。額にかかった髪をよける指が頬を伝い、佐和紀は罪悪感の苦みに顔をしかめた。


秘密を持っていることを裏切りだとは思わない。

周平をどこまで騙《だま》せるのかを試すのと同時に、佐和紀もまた、すぐに相談したくなるのをこらえているからだ。

いつかはバレて、叱《しか》られて、待っているのは甘いお仕置きだ。ときどき本気で怒られることもあるが、それはそれで周平の新しい一面を見たような気になる。

組事務所のフロアにいた三井に知世を預け、佐和紀は上の階にある応接室へ向かった。使用中になっているが、支倉がいることは確認済みだ。

ノックして中へ入ると、スーツ姿でソファに座っていた。佐和紀を見るなり、がっかりして顔を伏せる。

「仕事しててていいよ。耳だけ貸してくれたら」

「そんなに器用じゃありません」

神経質な美形の頬が引きつっても、佐和紀は気にしない。

文倉の前に座って、背もたれに沈み込んだ。

「煙草《たばこ》は遠慮してください。ここの空調機はまるで役に立たない」

文倉の業務は周平のアシストだ。スケジュール調整を含む秘書業務の他に、大滝組に連なっている各組織の動向やシノギの増減、人の出入りにも目を配っている。切れ者である一方、『風紀委員』と呼ばれるほどに口うるさい。

くわえ煙草で組事務所へ入ろうものなら、鼻から魂が抜けるほどの説教をされると、若手からベテランまで煙たがっている。

盃を交わしていない文倉は構成員ではない。その上、ヤクザなんかにはいっそ嫌われたいと思っている男だ。

その頭の中にあるのは周平の『成功』だけだった。

「なんか、もやもやしてんだよ」

「欲求不満を相談されても」

「おまえにはそんなこと話さない」

絵に描いたような潔癖だ。旦那《だんな》のエロさに溺《おぼ》れすぎて苦しいと訴えても、鼻で笑うか、舌打ちであしらわれるに決まっている。

「ここ最近、手伝って欲しいって相談されることが増えてるんだけど。内容がさ、金属バットを振り回してくれってのとは違ってるから……、どうしたもんかな、と思ったりして。どう思う」

「あなたの話はまったく要領を得ませんね。なにを相談しているのか、さっぱりです」

「かと思ったら、チンピラにしか見えないって言われたり。なんかさ、立ち位置っていうの？　それがわからなくなった感じがする。俺に声をかけることで周平を利用しようとしてるなら、それも問題だろ？」

「あなたのところへ飛び込むような依頼は、どうせ、たいしたことじゃない。遊び半分でやってみて、面倒になれば岡村あたりに投げてしまえばいいんです。あなたのためなら、どんな苦労をしてでも解決するでしょう」

テーブルの書類から目を離さない支倉の発言で、難しく考えすぎている佐和紀の頭の中はシンプルになった。

「岩下に迷惑をかけられては困りますが、それがあの人の楽しみならしかたがない。でも、なにもしないという選択肢もあるんですよ」

顔をあげた支倉が冷たい目で見据えてくる。佐和紀は眼鏡《めがね》を指で押しあげ、米沢紬《つむぎ》の裾《すそ》を乱して片あぐらを組む。

「嫁らしく家の奥に控えて、あそこの締まりが良くなる特訓でもしたらどうです」

「えげつないよなぁ……。その顔で言うと妙にエロいから、やめたらいいと思うけど」

「余計なお世話です。そんなことを考えるのはバカだけだ。あなたぐらいしかいないでしょうが」

「まぁ、俺の『バカ』は否定しない」

「もやもやしてると言ってる時点で、だいたいの人間はやめる理由か、やる理由のどちらかを探しているんです」

「俺はどっちだと思う」

「バカは前にしか進みません」

「なるほどねー。やる理由ね」

「御新造《ごしんぞう》さん、よろしいですか。私を伝書鳩《でんしょばと》に使うと痛い目に遭いますよ」

涼しげな目元に責められたが、なに食わぬ顔でやり過ごした。

「夫婦の間でも、言えないことはあるからさ。おまえならうまくやってくれるだろう?」

佐和紀の秘密を周平が嗅《か》ぎつけても、詳細を調べるのは支倉だ。それとなく知らせておけば、万事うまく整えてくれるだろう。佐和紀のためには指一本動かさない男だが、周平が絡めば頼まなくても動き回る。

「秋になったし、鉄板焼きにでも行こうよ。メニューも新しくなった頃だ。クリスマスメニューじゃないときがいい」

「調べておきましょう」

誘うとも誘ってくれとも言わないが、いつのまにかランチが決まっているのはいつものことだ。食事をしていても会話は同じようにギスギスしているが、これが支倉の性格なのだからしかたがない。

「そのときまでにな、チィ。この話をおまえにした、俺の気持ちを考えておけよ。おまえは人の心がわからないんだから」

「自分はわかっているとでも言うんですか。笑わせないでいただきたい」

すくりと立ちあがった支倉がドアを開ける。追い出すためではなく、話は済んだと察したのだ。

「伝家の宝刀を抜き渋ることのないようにしてください。どんな飛び道具にもタイミングがある」

すれ違いざまに言われたが、反応せず応接室を出る。

道元が上京すると聞き、向こうが動く前に先手を打とうかと佐和紀は考えていた。桜川の依頼を積極的に受けるつもりはないが、真柴とすみれのことを思えば、放ってもおけない。

そしてなにより、由紀子と関《かか》わってきた周平のことが気にかかる。嫉妬《しっと》をしているわけではない。ふたりの間にあった情念を断ち切りたいとも思わない。ただ、あの女が現れるたび、周平は過去と現在を行ったり来たりする。現在の周平が傷つかないとしても、過去が変えられない以上、傷ついた過去だけは残される。

過去の周平は何度だって、あの女に辱められる。

考え始めれば、どうして由紀子より先に出会えなかったのかと心はふさぐ。傷ひとつない周平に出会ってみたいような気がして、それは自分の愛している旦那ではないと悟る。

傷のあることが悪いとは言えないだろう。だからこそ、周平を美園のようにはしたくない。愛人と意思の疎通ができないと嘆く美園は、自分の傷を見ないふりする周平のように、自分の不器用さにまるで無頓着《むとんちゃく》だった。

愛でも暴力でも縛ることができないと知ったとき、あの男はたじろいでしまったのだ。好きにさせて待っているだけが愛だと考えたのは、美園を愛した女たちが揃《そろ》って同じような考えを持っていたからだと思う。美園はそれをなぞっているだけだ。

男と女の愛の形に、どうしても収まりたい美園の偏狭さは、相手にどう映っているのか。見つけ出したら、探ってみたいと思う。そうすれば、これから周平と作っていく関係も見えそうだ。

周平と佐和紀はいま、バランスが取れている。

しかし、揺れる日がいつかは来るだろう。周平が大滝組を抜け、この社会に残りたいと思う佐和紀と夫婦を続けるなら、どう考えても、このままではいられない。

それでも、離れるつもりはないし、別れる気もない。お互いが望んでいるようにいられるにはどうしたらいいのか。

佐和紀はそんなことを心の隅で考える。

それは、朝の手短なセックスが、やはりたまらないほどに気持ちよかったからだ。触れただけで肌が燃えて、迫られるとしがみつかずにはいられず、乱れて恥をさらすほどに嬉《うれ》しくなってしまう。もっとすべてを許して、存在価値を肯定して欲しくなる。

周平だって同じだろうと考え、この先も美園のような迷子にはしたくないと心に繰り返す。どんな男でも溺れさせてしまう愛というものは、美しいだけではない。

エレベーターホールでボタンも押さずに宙を睨《にら》み、佐和紀はしばらくなにも考えずに放心した。

＊＊＊

「おかき……」

ごろりと横になった姿勢の佐和紀の声に応《こた》え、木製の器が畳の上を滑る。文庫本を片手に、手を伸ばした。腹這いで近づいてくる知世も文庫本に夢中で、おかきを手探りで取る。

縁側の和室は静かだ。閉め切った障子の向こうはガラス戸も閉まり、雨の気配は遠くにある。

どこへ出かける気にもならず、こうしてゴロゴロと転がり、日がな一日を読書に費やす。石垣がいた頃から、雨の日に多い習慣だ。

「なー、知世。これ、どういう意味？」

「えっと、それは……待ってくださいね」

携帯電話を取り出した知世は親指だけで文字を入力する。その速さに佐和紀はいつも驚く。

「ある内容に対する、否定の内容って書いてありますね。反立《はんりつ》ってわかりますか」

「光と影……みたいな」

「というより、反対意見ですね。粉ものといえばお好み焼きだけど、お好み焼きだけが粉ものじゃないぞって感じです」

「たこ焼きもあるもんな」

「食べたいですね」

「食べたいな」

ふたりで額を突き合わせて話していると、調べものをしていた携帯電話が震えた。岡村からだと言った知世が電話に出た。

「姐《あね》さん、例の件がわかったそうです」

美園の愛人の件かと思ったが、そうではなかった。わかったのは、道元の宿泊先だ。どうすると問われ、アポを取るように頼む。

以前会ったのは道元のテリトリー同然の関西だ。今度は関東で顔を見てみたい。それに、由紀子の差し金で佐和紀を口説くというなら、あの女がどんなふうに男を支配しているのかも知りたかった。

岡村は佐和紀の言うことに反対せず、素直に請け負って電話を切る。一時間ほどで折り返しの連絡が入り、佐和紀は外出用の着物を選んだ。

深紅の江戸小紋に、アンティークの黒振袖を仕立て直した長羽織を着る。背中一面に描かれた白い松は羽のように重なり合い、蘭《らん》・菊・竹・梅の四君子がちりばめられていた。色が控えめなので柄の豪華さのわりには落ち着いた印象だ。

雨が降っているので防水のブーツを用意させ、濃灰色の着物用雨コートを着て車に乗った。

夕暮れが近づく街並みを抜け、高速道路を使って都内へ入る。

雨が題材の歌謡曲ばかりを集めたプレイリストを車内に流した知世は、真面目《まじめ》な顔でハンドルを握る。行き先は道元の宿泊先ではなく、別の高級ホテルのラウンジだ。

ロビーへ入ると岡村が待っていた。佐和紀の雨コートを手渡した知世は、長居せずにふたりから離れる。このまま車を組屋敷へ戻すのが役目だ。

「ラウンジのカウンターが待ち合わせ場所です。あと五分ですね」

「ぎりぎりだな」

「横浜から出てくるとわかっていて、この時間を指定したんですよ。おそらく、向こうは遅れてくると思います」

「待つしかないだろ」

どちらが主導権を握るかのせめぎ合いだ。先に動いた方の分が悪くなることは初めから承知している。

「離れた席にいますので」

「べつにいいよ。どっかで遊んでて」

「そんなわけにいきません」

「ルームキーなんか見せてこないだろ」

笑ってエレベーターに乗った佐和紀は、少しも笑っていない岡村を見た。それもありえると思っているのだろう。

「道元は俺を『女』とは思ってない」

「それは、大阪でのことでしょう。だいたい、そんな完全武装を見せたら、勃起《ぼっき》しない男はいません」

「おまえの目が腐ってんだよ」

くるりと踵《きびす》を返し、佐和紀は鏡張りの壁を見た。

「派手かな……。狙《ねら》いすぎた？　あんまり清純なのも舐《な》められるだろう。あの由紀子と寝てるんだから」

「やっぱり色仕掛けするつもりですか」

「会長の依頼はそういうことだもんな。男だから、誰《だれ》とやっても回数に入らないと思ってんのかな。ほんと、ヤクザってヤだね」

ふざけて笑いながら、左手で右の首筋を撫であげてシナを作る。鏡の中の岡村も佐和紀を見ていたが、視線は合わなかった。

「そんな顔するな。様子を見るだけだよ」

由紀子から佐和紀をからかうように命じられているのなら、様子見などとまどろっこしいことはせず、確実に口説いてくるはずだ。

「道元と、美園と、周平。世間じゃ、東西の若手トップ3とか言ってんだって？」

「元々は美園とアニキが東西のエースと言われていたんです」

「そのふたりがおっさんになって、由紀子の押しあげた若手が食い込んできたわけだ。本当に、あの女はやり手だな」

「佐和紀さん」

た。

衿元《えりもと》に手を当て、背筋をしゃんと伸ばして振り向く。エレベーターが止まって扉が開いた。

「はい」

一瞬だけたじろいだ岡村がドアを手で押さえ、佐和紀は柔らかなじゅうたんの上に立つ。

「今日も見事な男ぶりです。下手な手出しはしませんので、どうぞ、ご存分に」

九十度に腰を折った岡村の肩を軽く押し、佐和紀は背を向ける。これではまるで仕事に送り出されるヤクザだ。

小さくため息をつき、こんな着物姿でチンピラもないと顔をしかめる。ラウンジバーへひとりで入り、待ち合わせの旨を伝えてカウンターを希望すると、道元から「遅れる」との伝言がすでに入っていた。

それから二時間、佐和紀は待たされた。

ビールを三杯頼み、クロックムッシュで小腹を満たす。それから、ビールをもう一杯と思ったところで隣に気配が立った。

「あぁ、やっぱり……」

と、声がする。細身のスーツをスタイリッシュに着こなした道元は目を細めた。

「どこの美人かと思った。化けるなぁ」

初めて会ったのが洋装だったから、道元には和服姿が特別に見えるらしい。

「……謝って」

　つやつやとした手触りのカウンターに指を乗せて、佐和紀は眼鏡越しにじっと男を見上げた。

「遅れて、ごめん。ここは奢《おご》るから」

「当たり前だろ。二時間だぞ、二時間。映画の一本も見終わってる。それを待ったんだ。会計を持つぐらいで偉そうにするな」

　ぷいっと顔を背けると、道元は意表を突かれたように笑った。

「……そう膨れるなよ。ほら、なにを飲む？　頼もうか」

　ポールに足をかけ、軽々とハイチェアに座る。

「さっぱりしてて、たくさん入ってるやつ」

　佐和紀が言うと、そっくりそのままをバーテンダーに伝えた。

「選ばないのかよ」

「女を口説くカクテルしか覚えてない。俺も同じものを。あと、ピクルスの盛り合わせ」

「……普通は二時間も遅れないよな」

「こっちは仕事をしてるんだよ。しかも、顔のこわいおっさんたちと。きれいなおべべ着て、色っぽくしてればいい男とは違う」

「その合間に、あの女に抱かれてやってんだろ。俺となにも変わらない」

道元の振り向くのを待ち、佐和紀は数秒遅れてから流し目を向ける。すると、道元が言った。

「眼鏡、取って」

「イヤ」

見つめたまま答える。眉をひそめた道元が身を引いた。

「やばいな……、雰囲気違いすぎる。手ごわいって聞いてたけど、こういう意味とは思わなかった。どっちが本当の姿？」

「どっちかと言えば、こっち」

「そうか……。この羽織、女ものだろう？」

「うん、黒振袖を仕立て直してもらった。いつも、由紀子の代わりに女を口説いてんの？」

「あの人は、女を口説かないからな」

動揺も見せず、バーテンダーの置いたグラスを引き寄せる。

「あんな女のどこがいいの」

「寝てみればわかると思うけど……、あんた、ゲイなのか」

「おっぱいは嫌いじゃない」

「女が濡れないだろうな」

「そうでもない。揉《も》んでやれば濡れるよ。そう言ってくるんだから、そうなんだろ」

「旦那が怖くて突っ込めないのか」

「旦那がかわいいから萎《な》えるんだよ」

「……あの岩下が？」

カウンターに両肘《りょうひじ》をついた道元がうつむくように笑う。

「人の本質は、そう簡単には変わらない。あの男も結局は、由紀子さんにしつけられたようにしか成長してないだろ」

道元の視線に卑屈さは微塵《みじん》もない。すっきりとした面立ちに浮かんでいる淡い恋慕は、由紀子への想いだ。

こざっぱりとした道元の都会的な雰囲気に眉をひそめ、佐和紀は目の前の棚に並んでいるボトルを眺めた。

若い頃の周平が由紀子と別れずにいたら、こんな感じなのだろうか。そう思った瞬間、胃がひっくり返るような吐き気を覚えた。

グラスを握ろうとした指が震え、気づいた道元に握りしめられる。

「俺は、岩下ほど弱くないから。あの人を手放さないし、落胆もさせない。あんたを抱いて、岩下に一泡吹かせる」

そう言いながら、肩越しにソファ席へ視線を向けた。

「ひとりで来たわけじゃないよな？」

「……周平はあの女から逃げることができたんだ。やり直しただけだ」

「本当に、そう思ってるのか。俺にもおまえの旦那と同じ唐獅子牡丹《からじしぼたん》が入ってる。見せて欲しくなったら、いつでも連絡をしてこい」

寄せた身体に隠して、道元が名刺を取り出した。佐和紀の着物の合わせにそっと差し込む。そのまま襦袢《じゅばん》の半襟に潜ろうとする指を摑まえた。

「道元。おまえは周平の代わりだ」

「じゃあ、あんたは由紀子さんの代わりじゃないのか。『男より強い女』と『女より強い男』なんて、同じことだ。由紀子さんよりあんたの方が御しやすいんだろう。それなら、俺が骨抜きにするのも難しい話じゃない」

由紀子に仕込まれた肉体を屈託なく誇る道元は、煙草を取り出す。一本勧められて、指に取った。

佐和紀は振り向かなかったが、奥の席に陣取っている岡村の無表情を想像する。

「俺にそんなことを宣言して、警戒されたら……って考えないの？」

「警戒なんかするのか？　そんなきれいにしてても、あんたはケンカしたいってうずうずしてるみたいだ。持って回った口説きなんて、まどろっこしいだけだろう。試しにキスだけでもしてみるか？」

片手に煙草を持った道元が身体をよじり、腕時計をした左手で佐和紀の髪を耳にかける。されるに任せながら煙草をふかした佐和紀は、右手に巻かれている革のブレスレットをぼんやり見る。こすれたのか、手首はほんのりと赤い。

「十二月に入ったら京都に来いよ。市内の黄葉が見ごろになる。その格好のあんたを立たせたら、どこでも絵になりそうだ」

誘われた佐和紀は、キザな仕草さえ、由紀子の教えなのだろうかと怪しんだ。周平の優しさも気遣いも、もとを正せば同じところへ行きつくのかもしれない。元からあんなに卑《ひ》猥《わい》な男だったわけではないはずだ。

「で、おまえとセックスするのか」

「したくなるよ。俺とふたりでいれば」

自信過剰なセリフを嫌味なく言う道元に胸がふさぐ。言い返すための強い言葉は思い浮かばず、佐和紀は戸惑いながら、耳をくすぐる指を押しのけた。

チラチラと見え隠れする由紀子の影は、まるで正体のないゴーストだ。周平の心の奥に吹き溜《だ》まっている闇《やみ》は、道元にとっては自信の源になっている。

「俺と悪い遊びをしよう。佐和紀」

「呼び捨ては嫌だ」

「じゃあ、岩下の奥さん？」

からかうように笑った道元は次のドリンクを頼む。ウィスキーの水割りが、佐和紀の前にも置かれる。

「不倫っぽくていいかもな。……知ってるか。人妻っていうのは、ただの女に戻るよりも、誰かの妻のままで抱かれる方が燃えるんだ。背徳感はいいスパイスになるらしい」

「なにからなにまで周平のコピーだな」

「あっちは失敗作だ。なぁ、奥さん。スリルのあるケンカだろう？　後悔するなら、俺と寝てからだ。あの男に固執してたことのバカバカしさに気づかせてやる」

「もう黙ってろ。俺の旦那の方が沈黙の価値を知ってるよ」

一気に水割りを飲み干し、佐和紀は焼酎《しょうちゅう》をロックで頼む。道元はウィスキーのロックだ。

「言っとくけど、道元。俺と寝たら、後悔するのはおまえだ。由紀子との関係なんて、すぐに終わらせてやる」

「じゃあ、今夜にでも」

「まだ知り合って間もないだろ。そんな軽い人妻じゃない」

「あー、そういうのはけっこうそそるかも」

冗談っぽく言って笑い、道元はウィスキーを飲んだ。それから、秋の京都の見どころを話し始める。その声は低すぎず高すぎず、会話も軽やかで淀《よど》みない。

酒が進み、注文した回数もわからなくなった頃、ふたりの間に岡村が立った。酔った佐和紀は半分閉じた目でカウンターにもたれ、肘をついた姿勢で煙草を吸う。

「姐さん。今夜はこのあたりで」

岡村が言うと、道元が鼻で笑った。

「野暮だな。奥さんの付き人？　護衛ってほど腕っぷしは強くなさそうだ」

「そういや、人を殴ってるところは見たことがないな」

佐和紀がぼんやり答えると、道元の手が伸びてきた。指から煙草を取られ、絡めるように握られる。

「店を変えようか。銀座のキャバレーとか」

「趣味が悪いよ、おまえ」

ほどくのを忘れていると、道元の手が引き剝《は》がされた。岡村が割って入り、佐和紀はハイチェアからおろされる。

「道元さん、おひとりでどうぞ。タクシーを呼びましょうか」

「子どもじゃあるまいし、どうとでもできる。それよりも、警戒心のなさすぎる姐さんが心配だな。うっかり部屋まで連れていけそうだ」

「俺がいなければ、可能だったかもしれないですね」

佐和紀を軽く見られたと感じている岡村は静かに憤っている。それを肌で感じ、佐和紀はその背中を手のひらで叩《たた》いた。先に出口へ行かせ、ふらつくそぶりで道元の肩を摑む。媚《こび》を売るしなやかさではなく、ぐっと力の入った男の仕草だ。

「おまえのオヤジさんから、悪い遊びをやめさせるように泣きつかれてる。暇を見て遊びに行ってやるから、首でもカリ首でも、好きなところを磨いて待ってろ」

眼鏡越しに相手を見つめ、佐和紀はじっくりと顔の作りを眺めた。周平と似ていないところをいくつも探し、似ているところもいくつか見つける。

「また遊んでやるよ」

笑いながら手を伸ばし、おもむろに道元のくちびるをつまんだ。ぎょっとした顔を笑いながら離れ、佐和紀の雨コートを抱えた岡村に追いついた。

待機していた迎えの車が駐車場から車寄せに到着するのを待ちながら、ふらふらと揺れ続ける佐和紀を摑まえた岡村は眉をひそめる。雨はもう止《や》んでいて、すっかり夜が更けている。

「どうして、こんなになるまで」

「いいだろ。楽しい酒だったんだよ」

後ろからふたりを眺め、よほど気を揉んでいたのだろう。岡村は目に見えて不満げな顔で、舌を鳴らした。

「いま、舌打ちした？　俺に？」

睨みつけたが、岡村はわざとらしく顔をそむけるだけだ。佐和紀が腕を振り払うと、慌てて振り向き、両手で身体を支えようとしてくる。

「いまさら……っ」

叩き払った勢いでジャケットの襟を摑もうとしたが、距離感がわからない。抱き止められて、思いっきり足を踏む。

「……もっと一緒にいたかったんですか」

「はぁ？」

「俺が止めたことを怒ってるじゃないですか。……楽しそうなのは見ていてわかりました」

「うっせぇんだよ」

「佐和紀さん」

心配そうに覗《のぞ》き込んでくる顔を乱暴に押しのける。視界が揺れて、表情がよく見えない。アルコールのせいで感情がコントロールできず、岡村のすべてに腹が立つ。

「出すぎたことを言いました。落ち着いてください」

「はぁ？　落ち着いてんだろうが……」

雨避《あめよ》けのブーツで岡村のすねを蹴《け》り、それでも気が済まずに手を伸ばした。手探りでジャケットを摑み、もう片方の手で拳《こぶし》を握る。

しかし、振りあげることはできなかった。背後から伸びてきた手に、腕を摑まれる。

「こんなところで舎弟を殴るな」

佐和紀をたしなめた声には聞き覚えがあった。岡村との間に割り込んだのは、岡崎だ。偶然、同じホテルにいたのだろう。

いち早く体勢を整えた岡村が頭を下げ、佐和紀は眉間《みけん》にシワを寄せて睨みつける。

突然現れた岡崎は、あきれたように肩を落とした。

「目が据わってるな……。どれだけ飲んだんだ。高級ホテルだぞ。備品を壊してないだろうな」

なにをしていたのかと視線に問われた岡村が適当な返事をする。その内容は聞かず、佐和紀は岡崎から少し離れたところに立っている女を睨み据えた。

「佐和紀、やめろ。睨むな」

止められるのもかまわず、ふらふらと近づいて顔を覗き込む。きれいにセットされた髪と化粧の濃さでホステスだとわかる。コートの下はドレスだろう。

「こんな高いホテルでヤるような女なの？」

佐和紀の一言に、女の顔が赤くなる。

「愛人とか、正直、うっとうしいんだよな。あのヤクザと何回やったの？　惚《ほ》れてるとか言う？」

「佐和紀！」

岡崎に腕を引かれる。岡村が飛び出してきて、佐和紀はその頬を力任せに平手打ちした。あきれている岡崎へと向き直る。責めるように見ると、これみよがしに肩で息をつく。

「岡村。彼女を送ってやってくれ。佐和紀、おまえはこっちだ」

「あの……っ」

焦った岡村に対して、岡崎はおおらかに笑った。

「酔いが醒《さ》めたら帰るから。いまさら、こんな状態のこいつをどうこうしない」

腕を掴まれ、佐和紀は駄々っ子のように身をよじらせる。それでもうまくあしらわれ、タクシーへと押し込まれた。岡村から雨コートを預かった岡崎が隣に乗ってくる。

「出すときはコートに出せよ」

ぐっと肩を抱かれ、膝に広げたコートの上に顔を乗せるよう、力ずくで押さえ込まれる。抵抗する気はもう起きず、後部座席に転がった。

岡崎が行き先を告げたが、佐和紀には土地勘がない。

うとうとと何度か眠りそうになり、自分のいびきで目が覚めるとタクシーも滑らかに停《と》まった。

起こされて降りると、雨あがりの飲み屋横丁へ連れ込まれる。昭和の雰囲気漂う小汚い通りに小さな店が何軒も並んでいた。歩く酔っぱらいたちの年齢はさまざまだが、恰幅《かっぷく》のいいダブルブレストスーツの岡崎と、派手な和服姿の佐和紀は目立つ。

足早に引っ張られているうちに胃の中のものがあがってきて、店に入るなり、汚さないようにと雨コートを着せられて手洗いへ押し込まれた。吐けるだけ吐いて出ると、水を持った岡崎が立っていて、飲み干すとまた手洗いへ押し込まれる。

そのあとは、店の隅に並べたビールケースの上に寝かされた。カウンターの他にはふたり掛けのテーブル席がふたつあるだけの店だ。得体の知れない民芸土産《みやげ》があちこちからぶら下がっている。店から借りた安っぽい丸イスを佐和紀のそばへ置いて座り、岡崎はスーツのジャケットをぐるぐる丸めて佐和紀の頭にあてがう。それから、テーブルもなしでビールを飲む。

「変わらないな、おまえは」

「シンは殴り返してこないから、いいじゃん」

「まー、そうだな。泥酔して居酒屋をぶっ壊して、血みどろで帰ってきてた頃を思えばな……」

笑った岡崎は、店のオヤジが持ってきた熱いおしぼりを冷まして佐和紀の目に乗せた。眼鏡はワイシャツのポケットへ回収される。

しばらくは雨コートを布団代わりにしておとなしく横になった。店の常連と親しげに話す岡崎の声をぼんやりと聞き、ほんのわずかな眠りに落ちたあとでさびしくなった。ゆらゆらと起きあがる。

「俺もビールちょうだい」

髪に指を突っ込んで頭を掻《か》きながら、片あぐらでカウンターに声をかける。

「いい加減にしろ」

岡崎に叱られ、佐和紀は不機嫌なふくれっ面で睨んだ。

「水なんか飲んだら、また気持ち悪くなる。ほっといて……」

バチンと頬で音が鳴り、鈍い痛みが走る。

「なにするんだよ！　帰る！　周平、呼べよ！」

騒いだ頬をもう一発平手打ちにされて、身体が傾《かし》いだ。酔いはまだ思う以上に残っていて、立ちあがろうとしてもうまくいかない。

「その周平が原因なんだろうが」

「知ったようなこと……っ」

言うなと叫ぶ前に店のオヤジがやってきて、佐和紀の手に汁椀《しるわん》を押しつけてくる。中はシジミの味噌汁《みそしる》だ。

「こんなきれいな顔を、そう簡単に叩きなさんな」

笑いながら言われた岡崎は不本意そうに顔を歪《ゆが》めた。

「口で言ってもわからないんだよ」

「そりゃ、あんたの弟分ならそうだろうけどよ。ほら、飲みな」

木匙《きさじ》を握らされ、佐和紀はしぶしぶと味噌汁をすする。もちろん、おいしくないわけがなかった。荒れた胃の奥に染み込んでいくようだ。

「誰と会ってたんだ。周平じゃないだろう」

店のオヤジが去ると、岡崎が膝を突き合わせるようにして声をひそめた。店内は酔っぱらいたちの話し声で騒がしく、ふたりの会話はお互いにしか聞こえない。

「……それとも、岡村が悪いのか」

「違う。あいつは別になにもしてない」

ただそこにいただけだ。反撃しないとわかっていてサンドバッグにしようとしたことは、見透かされると消え入りたいほど恥ずかしい。

「道元と、会ってた」

「桜河会のか。……あの女の愛人だろう」

「会長から、別れさせるように頼まれて……。やるつもりはなかったけど」

「は？　なんだ、それ。初耳だぞ」

「だって、いま初めて言ったもん。周平にも言わないでよ、弘一《こうい》っさん」

　その呼びかけが口を突くのは完全に酔っている証拠だ。自分自身の泥酔ぶりを、どこか遠くから見るような気分で、佐和紀は熱い味噌汁を木匙ですくって飲む。

「道元を口説いてきたのか」

　目を剝《む》いた岡崎の形相が恐ろしく、佐和紀はうつむいた。怒った岡崎は昔から苦手だ。

「口説かれてきたっていうか……。ごく普通に、話のおもしろい関西の兄ちゃんだった」

「なついている場合じゃないだろう。相手はなにを考えているのか……」

「うん。由紀子に頼まれて、俺と寝るんだって言ってた」

「おまえ……」

　唸《うな》った岡崎が空になったビールグラスを弄《もてあそ》ぶ。

「寝るって意味がわかってんのか。枕《まくら》並べて布団に入るだけじゃないんだぞ」

「はは……、なにその顔。おもしろい」

　乾いた笑いをこぼすときつく睨まれる。佐和紀は肩をすくめた。

「わかってるよ。俺にだって、それぐらいはわかる。……話しているときはよかったんだ。どうして由紀子を好きなんだろうとか、そんなことだけ考えて。でも、岡村に割って入られて、すごい腹が立って。……周平のこと、考えてたんだよな。俺……」

　上目遣いに岡崎を見た佐和紀は、子どものようにくちびるを嚙《か》んだ。気持ちだけが、こおろぎ組にいた頃に戻る。松浦組長とその妻の聡子《さとこ》に叱られて途方に暮れるたび、岡崎に話を聞いてもらっては慰められた。ときどきは厳しくたしなめられもしたが、それさえ嬉しい関係だった。

「道元があいつに重なったんだな」

「そっくりだと思った。由紀子にとって、道元があいつの身代わりなのか、それとも周平以上の男だと思ってるのか。そんなことを考えたら、なんだろうな……。すごい腹が立った……。知ってる？　道元にも唐獅子牡丹が入ってるらしいよ」

「佐和紀」

言葉を遮る岡崎は苦痛を噛み殺した表情だ。昔なら、もうなにも考えるなと言われたはずだ。考えても、佐和紀の頭では追いつかない。

しかし、名前を呼びかけたままで岡崎は黙った。

バカは考えるなと言われたい佐和紀の気持ちだけが置き去りになり、しかたがなく話し続ける。

「道元は由紀子にぞっこんだった。周平もたぶん、そうだったんだろう。そう思ったら、俺、道元がかわいそうに思えて。……あともう少しで、道元の気持ちがわかりそうだったのに」

岡村に割って入られ、答えは指先をすり抜けた。そもそも泥酔に任せた閃《ひらめ》きだ。モノになるのかは怪しい。

「明日になってまだ覚えていたら考えればいい」

「周平のことをかわいそうだと思ったわけじゃないんだ」

片手を伸ばして、岡崎のシャツの袖を摑む。言葉を探して黙り、うつむく。

「道元があいつに似てると思うたびに由紀子がチラついて、つまり……、あの女はやっぱり周平が好きなんだろうな、って。だからさ、道元はつぶされる。桜川会長の目は確かだ」

「会長は別れるつもりなのか」

「真柴に継がせたいんだ。道元を補佐役にして、ふたりに組の切り盛りをさせたいんだろう。由紀子がいなければ、それがいいと俺も思う」

「……佐和紀。俺を見てみろ」

岡崎に言われ、首を振って拒む。それでも名前を呼ばれてノロノロと顔をあげた。

「おまえと一緒になって、あいつの人生は変わったんだ。一八〇度なんてものじゃない。裏が表になったんだ。意味が分かるか？　コインの裏が表になれば、どんな負けも逆転する。勝つってことだ。……いいか、佐和紀。俺はもうおまえに考えるなとは言わない。気が立つなら、好きなように岡村を殴ってろ。それで頭が冷えるなら、しかたない。……その上で、これだけは忘れるな。俺は京子と周平にあの女を殺させたりしない。指示だってさせない。それはおまえも一緒だ。俺は、おまえたちを、あの女と同じにはしない」

「……うん」

うなずいてうつむいた佐和紀の目から、ひとしずくが落ちる。手にした塗り椀の中へ溶けていく。無意識でこみあげた涙だ。

酔いの中でわだかまっていたものは、まだ佐和紀を苦しめている。しかし、自分たちを見捨てない男の存在は大きい。

「迎えに岡村を呼び戻すか。……いまごろ泣いてるかもしれないぞ」

「だとしたら、あんたの女が食われてる頃だ」

「そんなに簡単なら、おまえに惚れたりはしないんだよ」

手近な台にグラスを置いた岡崎の両手に頭を掴まれ、髪をぐちゃぐちゃにかき混ぜられる。笑った顔を見た佐和紀は、ツンと痛い鼻の奥をぐずつかせた。

⋆⋆⋆

雨の多かった十一月も終わりが見えた頃、美園の愛人が見つかったと連絡が来た。

思うより早かったと岡村が言い、この案件を最優先するようにゴリ押しされた星花の苦労が透けて見える。

しかし、年内に片がつくのはありがたい。すぐにでも引き取ることにしたが、問題は美園に引き渡す方法だ。

「俺が連れていくのがいいだろう。星花も双子も目立ちすぎるし、他のやつは信用できない」

星花から受け渡し場所として指定されたのは、中華街の片隅にある中国茶のカフェだ。シノワズリテイストがオシャレな店だが、ここもまた裏社会に通じる入り口だった。

「いっそ、ここの店主にお願いしますか」

店の前に愛車を横付けにした岡村が、助手席のドアを開けながら言った。

「いや、俺が行く。明日にでも知世と行って、トンボ帰りしてくる。おまえは浮くから来るなよ」

「浮きませんよ。ガラの悪いふりもできます」

「あっそー。見てみたいなー」

冗談で返すと、岡村も笑みを浮かべた。

「本人の様子を見て考えましょう。星花の話では、美園さんに会いたがっているそうなので、逃げたりはしないと思いますが」

「恋する男の気持ちはおまえがよくわかるだろう。観察しておいて」

「佐和紀さんもわかるじゃないですか」

「うちはうまくいきすぎてんだよ」

うそぶいた佐和紀は、普段使いの紬の衿に指を添えた。

道元と会ったのは十日ほど前で、泥酔したあとの記憶はあいまいだ。ところどころ抜け落ちていたが、岡崎に言い含められ、涙が出そうになった感覚だけは覚えている。しかし、会話の内容はおぼろげで、道元を眺めながら考えたすべてのことを含めて、思い出したくない気分のままで今日に至っている。

ちゃんと考えなければと思うほどに心が沈み、周平に対しても笑えなくなりそうで、なにもかも厄介だ。

それでも、美園の件が終わればひとつ済む。桜川の依頼は、まだ決めかねたままだ。道元とはもう関わりたくない気がするし、もしも貞操の危機に陥ったら、周平がどんな報復に出るかわからないのが一番怖い。

冷静に見えて、佐和紀に関してだけ沸点の低い男だ。それを愛だと知りながら過保護にも感じる。

貸し切りの看板をさげているカフェの中へ入った。

中華風の弦の音が響く店内はこざっぱりとしていて、磨きあげた木製の家具はどれも手が込んでいる。道路に面した壁はガラス張りだったが、路地を入った場所だから人通りは少ない。横付けした岡村の車も目隠し代わりになっていた。

店内の中央にあるテーブルに着いていた星花が手をあげる。しかし、合図しなくてもすぐにわかった。ノーカラーのジャケットを着た背後に、顔のそっくりなブラックスーツの双子が立っているからだ。

星花の向かいに座った男がゆらりと立ちあがった。

振り向いて深々と頭を下げた姿は、ごく普通の男だ。ザンバラに伸びた髪が肩に触れそうなほど長く、灰色のセーターに黒いパンツを穿《は》いている。

佐和紀が目の前に立っても、腰を元に戻そうとはしなかった。

星花が座ったままで声をかける。

「あんたを探すように、美園から頼まれた人だ」

名前は伏せておいたのだろう。スーツ姿の岡村を従えた佐和紀は男に向かって声をかけた。

「大滝組若頭補佐の嫁で、岩下佐和紀だ」

名前を聞いた男の肩が、ハッとしたように揺れる。周平のことも、男嫁のことも知っているのだと察しがつく。男はさらにこうべを垂れた。

「わざわざ探していただいたようで、ありがとうございました」

佐和紀の視線を受け、星花が小さくうなずく。

「川崎にある団地で死にかけていたのを、なんとか見つけ出しました。助けるのに金がかかりましたが、岡村さんからは糸目をつけるなと言われたので」

「あとで美園へ請求を出します」

岡村に言われ、佐和紀はうなずく。

「俺が話をつけてくる。出し渋る男じゃないだろう。死にかけていたというわりには元気そうだ」

男を見ながら言った直後、佐和紀は違うと気づいた。

「あんた、座っていろよ」

背中に腕を回そうとすると、男の右手に包帯が見えた。イスに戻る身体もぎこちなく、足を痛めているのだとわかる。

「昨日一日は闇で点滴を受けさせました」

星花が言う。

「極度の栄養失調と、人差し指と中指の骨折。ここ一年であばらが何本か折れているようです。左足の膝を割ったようで、固まってしまう前にリハビリをした方がいいと医者が言っていました。相手についても説明しますか」

「……岡村に報告しておいてくれ」

「報告書をまとめておきました」

それを受け取るついでに岡村を星花の隣に座らせ、佐和紀は男の横のイスへ腰をおろした。

「なんて、呼べばいい。確か、いくつか名前が」

「真幸です。それが本名です」

「わかった。もし、座っているのもつらいなら、移動しよう。星花、この男は、ここで俺が引き取る」

「人手が足りないようであれば、一緒にホテルへ泊まりこんでもかまいませんが」

「そうか……。匿《かくま》う場所がいるんだな」

「いろいろと恨みを買っているようで……。念のために見張りはつけておくのがいいと思います」

「でも、おまえたちはな……」

笑いながら、星花と双子を見る。粒揃いに整った顔の双子を従えた星花は、佐和紀が知る中でも飛び抜けて美しい容姿をしている。淫雑な雰囲気の妖艶《ようえん》さのせいで、街中では浮くほどだ。そこに双子が従えば、誰の記憶にも残ってしまう。

「シン。オヤジに電話してくれ。自宅で匿ってもらおう。あそこなら、身の回りを世話している若いのもいるし、人の出入りがあっても問題ない」

佐和紀たちの話し合いを黙って聞いている真幸は、青い顔でうつむいたまま、消え入りそうな呼吸を繰り返した。バッタリと倒れたきり死んでしまいそうな雰囲気に、佐和紀の心は落ち着かない。いっそ、いますぐに美園を呼びつけたかったが、相手は組長だ。容易には動けないだろう。

いますぐ送っていこうにも、真幸の体力が心配だった。

岡村がこおろぎ組と連絡をつけ、松浦組長が自宅にいることを確認してから電話をかけ直す。

「繋《つな》がりました」

と携帯電話を渡され、佐和紀は席を離れる。すぐに世間話を始める年寄りに辟易《へきえき》しながら、人を預かって欲しいと要件を伝えた。詳細を聞かれることもなく快諾され、また世間話に戻るのを口早に断って電話を切る。

「すぐ来いって。夕方には出かけるらしいけど……、飲みに行くだけだろ」

携帯電話を岡村へ返して席へ戻り、そっと男を覗き込んだ。

「俺のいた組だから心配ない。『こおろぎ組』なんてふざけた名前だけど、ちゃんとしてるから。明日の朝早くに新幹線で大阪へ連れていく。……ちゃんと眠れてるのか？」

ふいに男が振り向いた。まるでなにかに気づいたような素早さに驚いた佐和紀は、窓の外に誰かいるのかと背後を見る。店内も店外も変わりはない。

首を傾げながら身体を元に戻すと、真幸の目はまだ佐和紀を見ていた。ガリガリに痩《や》せた姿はどこか幼く、実年齢よりも若く見える。左の顔面には殴られたあとにできる内出血が浮き、伸びた髪でも隠しきれていない。

見る見る間に震え始めた腕を、佐和紀はとっさに押さえた。真幸の瞳《ひとみ》だけがキョトキョトと左右に揺れ、佐和紀の顔をくまなく眺め回す。

「……なに？」

真幸の腕を優しく撫でさする。幼く見えても佐和紀よりは年上だ。しかし、そうしてやらなければならない気がした。

発作でも起こしたように激しい息を繰り返した真幸の左手が、佐和紀の肩を摑んだ。ゆっくりと首を左右に振る。

「オヤジの家で、少し寝るといい。そうしたら、近所の散髪屋で髪を切ってもらおう。久しぶりに美園と会うんだろ？　ちょっとはきれいにしておかないと……。傷は隠してもバレるんだから、出しておけばいいよ。会ったときに顔が見えれば、美園も心配しない」

佐和紀の言葉に、真幸はびくっと肩を揺らした。

「心配なんて……。きっと怒ってる」

「そりゃ、怒るよな。逃げられた挙げ句に死にかけてたんだから。もしかして、美園って殴る？」

そういうタイプには見えなかったが、しょせんはヤクザだ。カッとなれば、女房子どもを半殺しにする男もざらにいる。

「さすがに、顔のアザと手を見れば……、そんなことは……、たぶん」

殴られたこともあるのだろう。しかし、美園だけの責任とは思えなかった。真幸自身もそう感じているらしく、多少の折檻《せっかん》は覚悟しているようだ。

ふたりにとっては暴力的な行為が愛情表現なのかもしれない。

脳裏に、美園の姿が浮かび、報われないもの悲しさも思い出す。殴ってでも理解して欲しいと願う気持ちは、愛しているから殴る行為とは別のものだ。美園は前者で、受け取る真幸は後者だと、佐和紀はそう感じた。

だからふたりは、ボタンをかけ違えたままだ。

「しばらく一緒にいれたらいいんだけど……」

周平の手前、それは難しい。美園のために動けば、あらぬ誤解を生むだけだ。ふたりがライバルだからこそ、佐和紀から美園への友情なんて許さないだろう。

美園と真幸の不安定な関係を見れば、周平があらぬ心配をするのもよくわかる。美園が佐和紀の身体に慰めを求めても、おかしくない。

小刻みに震える真幸は力なく首を振った。

「そこまではお願いできません。美園のそばから動けないとわかれば、きっとだいじょうぶです」

「また逃げるつもりなのか」

佐和紀の問いに、真幸は答えなかった。まっすぐに見つめてくる瞳は迷っていない。

「好きなんだろう。美園のこと」

「……だから、逃げるんです」

真幸は小さな声で言い、またうつむく。孤独の中へ逃げる行動には迷わないのに、美園と一緒にいることを考えると尻込《しりご》みしてしまうのだ。

それが愛なら、一緒にいることに迷うなとは言えない。恋に飛び込んで身を燃やせば、黒焦げになって転がってしまう。真幸は、そんな結末さえ見える年齢なのだ。

明日がなくても、明後日《あさって》にはまた世界が変わっているかもしれない。そう思うことでしか、ふたりは息ができないのだ。

それが、美園と真幸の恋だった。

「かなり過激な左翼組織のようですね」

組屋敷の母屋にある台所のテーブルで、岡村は急須《きゅうす》に残った緑茶を佐和紀の湯のみへつぎ足す。

散髪に連れていった真幸を松浦組長の自宅へ戻し、寝泊まりしている構成員に任せた。

出かける予定の入っていた松浦が、幹部の豊平《とよひら》を呼んでおいてくれたこともあり、星花の双子に護衛を頼まずに済んだ。

岡村と佐和紀は組屋敷へ戻ってきたが、明日のことを思うと気分が落ち着かない。

「左翼って、そういうの？　右翼なら、ヤクザと繋がってるかなと思うけど」

「左翼活動の背後にも在日関係の団体が嚙んでるという噂《うわさ》もあります。もしかすると、そのあたりも複雑に絡んでいるのかもしれません。星花の報告書を見た限りでは、公安からかなり乱暴に使われています。そのあたりに、美園が絡んでいるかと」

「石橋組の不利益になることを避けるためには、動くしかないってことか」

「その結果、大阪で下手を踏まされて、東海道を流れるようにして横浜に行きついたようです。おそらく逃げ出すたびに制裁を加えられたのが、ケガの原因かと思います」

「……大阪にいたら、また利用されるんじゃないの？」

「一歩も外に出ないなら隠れられるでしょう。でも、それができるなら、こんなことには

……」

「おとなしくしていられないってことか」

「年齢のせいかもしれませんね。なにごともなくふたりで暮らした時期もあるようなので、肉体関係の他に価値を持ちたかったんじゃないですか」

「……飽きられても、ってこと？」

「まぁ、いうなれば」

「外見ってのは変わるもんな。俺も安泰じゃないな」

　ふざけて笑うと、岡村は眩《まぶ》しそうに目を細め、

「そうなったら俺が面倒を見ますから」

　平然とそんなことを言う。

「その頃には、腹の上で腰を振る体力もないかもよ」

「じゃあ、無理のないプレイを勉強しておきます」

「それをそっくりそのまま周平に伝授してくれよ」

「飽きられるつもりなんてないんですよね……」

　これみよがしなため息は悪ふざけだ。佐和紀もふざけて睨みつける。

「食事に出かけますか」

　岡村が笑って言ったが、佐和紀は首を振って断った。

「今日は周平が早いから」

「いっそ、向こうに泊まった方がよかったんじゃないですか」

　秘密を抱える憂鬱《ゆううつ》を心配した岡村が眉根を寄せる。

「……バレたら、怒るかな。怒るよな……」

「せめて明日なら、翌日には響きませんから。いまからでも、戻りますか」

　岡村が立ちあがるのを目で追い、佐和紀はぐったりとテーブルに突っ伏した。うーんと唸り、むくりと起きあがる。

「行かない。会っておかないと、明日を乗り切る自信がない」

「大阪行きがそんなに心配なら、能見に同行を頼んでも……」

「そっちじゃない。知世だってケンカには慣れてるから、ふたりならどうにかなる。……そうじゃなくて、引き渡したら、美園との間を取り持ってやらないと」

「そんなことは佐和紀さんの仕事じゃないでしょう。……頼まれたんですか」

岡村の眉が意外そうに跳ねた。

「……美園が、な……。すごい哀れな背中をしてたから」

「それは、どういう感情なんですか。捨てられた子犬にミルクをやるようなものですよ。……それこそ、佐和紀さんに情が移ることだって」

玄関から幹部の帰りを迎える部屋住みの声がして、岡村が口を閉じた。周平が出迎えを受けることはほとんどないが、岡崎と帰宅が前後するときは別だ。部屋住みの声が控えめなので、帰ったのが周平だとわかる。

岡村とふたりで廊下に出て待っていると、角を曲がって男が現れる。腹が立つほど足の長い周平は、今日も三つ揃えのスーツを嫌味なほどかっこよく着こなしていた。

「おかえりなさい」

佐和紀の声に、周平の頬から疲れの色が消える。挨拶《あいさつ》をした岡村が早々に消えようとすると、

「食事がまだなら、三人で行くか」

周平が誘った。

「いえ。おふたりの時間を邪魔したくありませんので」

心得たようにさっぱりと答えた岡村は、そのまま母屋の奥へと引っ込んでいく。

「ふたりで行く予定だったのか？」

聞いてくる周平の腕が腰に回り、寄り添った佐和紀は顔を向けた。

「違う。……早かったな」

「おまえのキス顔が早く見たくて」

近づいてくるくちびるを受け入れて、思わずしがみつきたくなるのを必死にこらえる。

「ここは、落ち着かない」

佐和紀が甘くささやいて、ぴったりと寄り添いながら渡り廊下を抜けた。


とろけるようなキスを交わして、周平の着替えを手伝う。そのあと、食事は母屋の台所で食べた。

家政婦の作る『おふくろの味』だ。晩酌を少しだけして戻ると、まだ飲み足りない周平は居間でワインを用意した。佐和紀は焼酎にして、チーズやサラミを適当に皿へ出す。

ニットカーディガンを着てソファに座った周平は雑誌を読み、その隣にぴったりと寄り添った佐和紀はふわふわしたパステルカラーのニットパーカーで文庫本を開く。

酒を口に含むたびに佐和紀は体勢を変えた。周平の膝に頭を乗せたり、肩へ背中でもたれたりする。足を膝の上に投げ出したときに、なにげなく周平の横顔を見た佐和紀は息をひそめた。

胸の奥がふさぎ、一瞬だけ呼吸がままならなくなる。

それが秘密を抱えているせいなら、おおげさすぎると思った。

いままでだって、周平に内緒で動いたことはある。怒られたこともあるが、最後には丸く収まった。

すべてを飲み込むのは周平だ。なにごともなかったように振る舞い、ふたりの関係を元の状態に戻してくれる。

それがどれほどの優しさなのかを、いまになって思い知ってしまう。

真幸を見ていて感じたことでもあった。

美園と真幸の十年間を、周平は知っているのだ。その間に、佐和紀を嫁として迎え入れ、いまの関係を作ってきた。

初めから周平は優しかったと、佐和紀は寒い二月のことを思い出す。初夜のそのときは冷徹に振る舞っていたが、翌日からはまるで違っていた。あのときはわからなかったことが、いまではわかる。

二回目のセックスを焦《じ》らされたこと。そのあとも、セックスが少なかったこと。佐和紀が憎らしく思うほどに余裕を見せていた周平の胸にあった想いは、きっと、ただひとつのせつない望みだ。

傷つけあうことで愛情を確かめるような、自己犠牲が快感を生む関係にならないこと。チンピラの嫁入りという、わけのわからないきっかけで出会ったふたりの間に、まっとうな愛情を育ててくれた周平の覚悟を思うと、目頭が熱くなる。

文庫の内容が泣けるふりをして、周平の肩に額を押しつけた。足をまたいだ佐和紀の膝を、柔らかなスウェットパンツの上から撫で回される。

そばにいて甘え合って、それからそれぞれの世界へ出ていくということは、美園と真幸の間にある関係と変わらないのかもしれない。佐和紀はそう思った。

これから先、周平とは生きる世界が異なっていく。

それは理解していたが、覚悟をしたことがない。よくわからないというのが本音だ。

「泣くなよ……」

濡れた目を笑いながら覗き込まれ、キスが始まる。くちびるを閉じた佐和紀は身をよじった。

考えごとを続けたくて、周平から逃れようと胸を押し返す。その手が、しっかりと掴まれた。

「なにを考えてる……」

まだ優しいそぶりの問いかけだ。しかし、見つめてくる瞳の鋭さは、佐和紀の本心をえぐった。

気づき始めているのだと直感して、思わず首筋へしがみつく。

「周平のこと」

答えた言葉に嘘《うそ》はなかったが、邪念が周りを取り巻いて、まるで純真とは言いがたい。

「……気づかないふりをしてるのは、おまえが話すと思ってるからだ」

ささやきに気を取られた佐和紀は、背中を抱いた手が腰へとくだっても反応できなかった。うまくごまかそうと思ったときにはもう遅い。流れ出るような嘘でなければ、周平はかわせない。

それさえ、周平が騙されてくれたらの話だった。

佐和紀は黙ったまま、周平の肩を押す。顔を見ることができず、視線をそらしたままソファの上をあとずさった。

「騙されていて欲しい」

「それは、事と次第によるんだ」

周平が追ってきて、佐和紀はソファの肘掛けで行き止まる。

周平が知っているのは、どのことなのか。秘密が多すぎて対処ができない。

松浦の自宅へ泊まるように助言した岡村の正しさをいまさら理解する。周平に会っておきたいなんて、単なる甘えだ。

この男がすべてを許すと思い込んだのは、美園たちと自分たちは違うと思いたかったからで、そして、周平の優しさに佐和紀があぐらをかいているからだった。

「いくつ、俺に嘘をついてる」

「嘘は、ついてない」

「じゃあ、言えないことは」

頭の中にさまざまなことが浮かび、表情を取り繕う余裕もない。

美園のこと。桜川のこと。そして、道元のこと。

言えるのは美園ことだけだろう。あとのふたつは由紀子が絡む。それはどうしても言いたくなかった。道元に周平の姿が重なってしまうことは、特に知られたくない。

「……道元と会っただろう」

「大阪で」

声がかすれて小さくなる。嘘を許さない周平の瞳に追い詰められ、息をするだけで心が読まれそうな恐怖を感じた。

言えば楽になる。しかしそれは、佐和紀だけだろう。

道元との密会を岡村が漏らすはずはない。知世も、岡村のためにならロを割らない。残るは岡崎だ。

酔った自分が話したのだと気づき、佐和紀は顔を歪めた。

「東京はいつから大阪になったんだ」

「たまたまだよ……っ！　たまたま！」

苦しまぎれの言い訳を叫んで、佐和紀はソファから立ちあがった。手を摑まれて振り払う。

「飲みに行ったら、いたんだ。岡崎が来て、それで」

「佐和紀。落ち着け……。怒ってるわけじゃない。悪かったよ、意地の悪い言い方をして。叱ってない」

いつも以上に優しい声を出して、ソファに座った周平が手を差し出してくる。微笑《ほほえ》みを浮かべる顔は優しい。

佐和紀を混乱させた自分を悔いていて、そこに偽りはなかった。

「佐和紀。おいで」

甘く呼びかけられ、いつもなら腕に飛び込んでいくところだ。なのに佐和紀の足は動かなかった。

「浮気しようなんて思ってない」

「……わかってるよ」

苦々しく顔を歪めた周平が、差し伸ばした手をおろした。立ちあがらずに佐和紀を見る。

「だけど、桜川はおまえの度胸を勘違いしてる。経験人数が俺ひとりとは思いもしないんだろう。なにを言われたか知らないが、口車に乗せられるおまえでもないだろう」

「……断ったよ」

「じゃあ、どうして道元と会ったんだ」

佐和紀の膝はかすかに震え、たまらずに一歩あとずさる。

「佐和紀、逃げるな」

うつむいて表情を隠した周平が、強い声で言った。

そこにある感情は、怒りではない。周平の捨てきれない苦しみだ。由紀子のことを口にしたら、感情を暴くことになってしまうと佐和紀は思った。

「……言えない」

首を振って拒む。けれども、本心では言葉を探している。

逃げてもどうにもならない。言葉で説明して話をするのだと自分に言い聞かせる。

感情をセックスでごまかさず、言葉で伝えなければいけないと、佐和紀を叱ってきたのは支倉だ。

だから、言葉で伝えたいと思う。わかってほしいと思う。

それが、周平となら成立すると知っている。

傷つけ合うしか愛情表現を知らない美園たちとは違うのだと繰り返しても、佐和紀の心は怯《おび》えてしまう。

ぐっと奥歯を嚙むと、うつむいていた周平が顔をあげた。

「じゃあ言わなくていい。道元とは、もう会うな」

「……由紀子に、関わるなって、こと……？」

「必要があれば、京子さんが指示を出すだろう」

「俺だけじゃ、相手の思うままになるって、思ってるんだな」

心を言葉にするのは難しい。本当に伝えたいのはそんなことではないのに、声にしたことはすべて真意から離れていく。

周平はどうなのだろうかと、ほんの一瞬だけ考え、佐和紀は拳を握りしめた。

「俺が、あの女を……」

「それはない。佐和紀。あんな女のためにおまえの手を汚させるわけがない」

立ちあがった周平が、佐和紀へと大股《おおまた》に近づく。

「じゃあ、またおまえがするのかよ。京子さんのために、由紀子を……」

壁に追い込まれ、佐和紀は両手で周平の胸を叩いた。

「するわけないだろ。そんな恨みはもうない。とっくにないんだ。……高山組がうまく分裂して、桜河会を真柴が押さえれば、大滝組への余波は少なくなる。それだけのことだ」

「そのためには、由紀子を桜河会から追い出す必要があるんだろう」

「道元ごとつぶせばいいだけだ」

「そんなこと、絶対にさせない！」

叫んだ勢いで周平を突き飛ばす。冷静さを保つ周平の目が、静かに憤っていく。なにが怒りに触れたのかを考える暇が佐和紀にはなかった。

喉《のど》まで出てきた言葉が、自爆装置にしか思えない。

言いたいことを説明するには、言わなくていいことも口にしなければいけないからだ。かいつまんで話すなんて芸当はできないし、すべてを話せば、周平を無意味に悩ませてしまう。

「道元が自分になびくと思ってるのか」

「……思ってる」

佐和紀の言葉に、周平がたじろいだ。珍しく言葉を飲み込み、精悍《せいかん》な顔立ちを歪ませる。周平も言葉を選んでいるのだ。

ほんのささいな言い間違いが、ふたりで作ってきたこの関係を脆《もろ》くさせてしまうのかもしれない。すがるように向けてしまう視線をそらし、佐和紀はその場を離れた。

「佐和紀！」

背中に鋭い声が飛び、立ち止まったが振り向くことができない。

「道元を守るつもりか」

周平の声が背中に刺さる。誤解させているとわかったが、振り向けばどうしたって抱き合ってしまう。

そうしてなにもかもがあやふやになって、お互いに快楽へと逃げたなら、いままでの結婚生活さえ、なにの意味もなくなる。

周平のバカバカしいほどの我慢も、佐和紀がふっかけた夫婦ゲンカも、去年の短い別居生活も。

だから、佐和紀は拳を握って耐えた。

「道元を守りたいんじゃない。あの女に、同じ夢を見させたくない」

道元が、周平の二の舞になれば、由紀子は満足だろう。それとも、周平に似た男をそばに置き続けるのか。どちらにしても、佐和紀は不満だ。

道元と周平の性質が同じだと思うほどに腹が立つ。

「佐和紀、やめろ。それは由紀子を」

「怒らせるなら、それでいいんだよ！」

我慢できずに踵を返す。駆け寄って、周平のカーディガンの襟を掴んだ。

「だけど、おまえに決着はつけさせない！　絶対にイヤだ！」

「俺はもう、あいつのことは」

周平の声は澄んで聞こえ、いまが幸せなのだと、佐和紀は自分のことのように自覚する。だから、力任せに揺さぶっていた手を止めた。

「どっちにしたって、いつかは俺のところに来る。だって、あの女はおまえのことが好きだろ。時間が過ぎれば、あの女にもわかる日が来る。道元なんかじゃ周平の代わりにならないことも、俺のようにおまえに愛されないことも！」

それでもと、佐和紀は思う。

抱きすくめようとする周平の腕を振り払い、身体を引いて拒む。

「いやだ。いや……」

「落ち着けよ。だいじょうぶだ。なにも心配しなくていい」

優しい声に気持ちが萎える。苛立《いらだ》ちが胸の奥で弾《はじ》け、佐和紀は周平の頬をひっぱたいた。

「そうじゃないだろ！　守ってくれなんて、言ってない！」

伸びてくる手から飛び退《すさ》って逃れ、あとはもういつもの通りだ。佐和紀は部屋を飛び出した。周平が追ってくることはない。

それは渡り廊下の手前で振り返っても、母屋の玄関でしばらくうずくまっても一緒だった。怒りを爆発させた佐和紀をすぐに追いかけても、火に油を注ぐようなものだと知っている。

それでも佐和紀は周平を待った。

声をかけられたら、また暴れてしまうことはわかっているのに、それでも途方に暮れて膝を抱える。

自分でも理解できない憤りを、周平に読み解いてもらいたいと願うことがすでに間違っているのだと思った。

それは『周平』が出す答えであって『佐和紀』のものではない。人はそれぞれ別の個性を持っていて、どんなに愛し合って、どんなに家族になっても、まったく同じにはならない。ふたりがひとりになることは絶対にない。

由紀子を愛した過去は消せず、これからも周平はひとりで傷を背負っていく。支えることはできても、やはり代わりに背負うことはできない。同じように、周平を貶《おとし》めた由紀子を恨む佐和紀の気持ちも、佐和紀ひとりだけの苦痛だ。他の誰のものでもない。

しばらくして、佐和紀は待つことをあきらめた。もうそろそろ周平が様子を見に来る頃だが、ふらふらと表玄関を出た。そこから裏の通用口を目指す。

由紀子を殺す引き金を周平には引かないで欲しい。それは、周平が傷つくからでも、由紀子を喜ばせることになると思うからでもなかった。

ただ、過去の周平を否定させたくない。

それをどう表現すればいいのか、佐和紀にはわからない。

愛し合っていたなら、それでいいと思う。ほんの一瞬の蜜月《みつげつ》だったとしても、転落してもかまわないほどに愛していたなら、それは周平の人生だ。

間違っていても、周平の歩いてきた道だ。

だから、誰かを愛したことが間違いだったなんて、思って欲しくない。いつだって周平のしたことは最良の選択なのだと、佐和紀は思う。

由紀子を愛して傷ついた先に、佐和紀が周平を待っていたのだ。そして、由紀子の行為を憎んでも、恋に溺れた周平の愚かさを責める気はない。

冷たい北風が頬を打ち、佐和紀はぼんやりと空を見上げて通用口を出た。

愛してくれていることはわかっている。優しさも厳しさも知っている。しかし、それを理由にお互いを縛るようになったら、その関係は息詰まると、そんなことを考える。

永遠の愛があるとしたら、それはきっといびつな形だ。ほんの少し動くだけで形が変わって見える。

真幸を逃がしては追いかける美園にも、彼なりの愛がある。一緒にいても同じ形に見えない愛は悲しいけれど、愛と呼べるものを知っているだけで、生き続けていくことはできる。

周平が生き続けてくれたように。

佐和紀はため息をついて、さしてうまくもない口笛をピーピー吹いた。

6

表玄関の軒先で、周平はひとり、二本目の煙草に火をつけた。紐《ひも》のないスリッポンを履いた足先で石畳を叩く。

小銭も持たずに出かけた佐和紀がどこまで行けるのかと不安になる。近所を駆け回って気が済めば帰ってくるだろうと待ちながら、そんな雰囲気ではなかったことにも気づいていた。

それでも離れに戻れずに玄関先で待ち続けるのは、即座に追ってやれない自分の性格を悔やむからだ。

すぐに引き止めても、激昂《げっこう》した佐和紀は収まらない。たとえ殴っても同じだ。結婚する前からの性分で、松浦組長からも手を焼いた話は聞いている。

通用口に通じる道に人影が見え、周平は目を凝らした。肩幅の広さで岡崎だとわかる。

「すぐそこで佐和紀に会ったぞ。送ってくれと言うから、車だけ貸してやったんだ」

歩いて帰ってきたのだろう。後ろからついてきた構成員を中に入らせて、周平の隣に並んだ。岡崎も煙草に火をつける。

「家出だって？ こうならないために密告したのに。もっとうまくやってくれよ」

「怒ってましたか」

「いや、疲れてたな。……あいつは利口になりすぎたよ。急ぎすぎておつりが出てるんだろう。かわいそうに、頭から湯気が出そうになってる」

肩をすくめた岡崎の目は、そこにいない佐和紀を見つめている。おかしそうに笑い、白い煙を吐き出す。

周平はうつむき、一本目の吸い殻を足先でにじった。

「由紀子をおまえが殺すなと、言われました」

「そんなことさせないって言ってやったんだけどな。やっぱり覚えてなかったか。なんて答えたんだ？」

「あの女のことはもうなんとも思ってないと」

「納得しなかったんだな。あいつにはそういうところがあるよ。わかりやすいものより、わかりにくいものが好きなんだ。その点は、おまえと趣味が合うんだろう」

「俺は単純ですよ」

「佐和紀に関してだけ、な。……周平。佐和紀の行き先は松浦組長の自宅だ。迎えに行ってやれ」

言われて、周平はなおも顔を伏せた。想像通りの避難場所だ。

交通手段を手に入れたなら、なおさらそうだろうと思っていた。

そこに美園の愛人が匿われていることも、明日、佐和紀が大阪へ連れていくことも知っている。美園が連絡を入れてきたからだ。

初めから知っていたようなふりで受け答えたが、実際には青天の霹靂《へきれき》だった。そんな完全な嘘をつくのかと佐和紀に対して腹が立ち、ここ最近の微妙な変化にも納得がいった。妙に甘えてくると思っていたのだ。

そして、いまは、自分の狭量さを後悔している。

佐和紀なりの気遣いだとわからず、いっそ相談して欲しいと思ってしまった。

「今回はしばらく様子を見ます」

周平の言葉に岡崎が顔をしかめた。

「逃げ出すのは言葉を知らないからだ。本気でおまえから逃げたいわけじゃない、あいつは……」

「知ってます。だから、信じるしかない」

周平の心配が邪魔だと口に出さないだけ、佐和紀は優しい。心のどこかでは手助けを信じてもいて、それが弱さになることも感じている。

岡崎が言うように、言葉を知らないから暴れるわけではない。もうそんな頃は過ぎてしまって、言葉を選ぶということを覚えてきたのだ。特に、周平との会話には気を使っている。

ほんのわずかな言い間違いでさえ、周平を傷つけると思っているようだ。そんなに弱くないと言ってやりたいが、惚れた相手に優しくされるのは気持ちが良くて、ついついそのままになる。佐和紀は自分の甘えを弱さだと思っているが、周平は弱さを見せて甘える一方だ。

しなやかな腕に抱きとめられると、心の奥が凪《な》ぐ。どんな女を相手にしても満たされなかった部分が甘くほどけて、佐和紀なしの人生はもう考えられない。

弱さを見せることが悪いことではないと言えるのは、周平が十年近く先を行っているからだろう。佐和紀はまだまだ肩肘張って生きる年齢だ。そして、遅れを取り戻そうと懸命に成長している。

周平は背筋を伸ばし、闇に向かって目を細めた。

「佐和紀が道元を口説き落として、由紀子だけが桜河会から出るとなれば、それなりの手回しが必要でしょう。俺はその調整に入ります」

「因果だな、おまえも」

岡崎が肩をすくめたが、それはお互いさまだ。変わっていく佐和紀の苦しみを、ふたりはただ見ているしかない。

ふいに岡崎が振り返った。

「道元と美園、どっちと仲良くされたら嫌なんだ？」

弟分をからかう楽しそうな声に、周平は顔をしかめながら笑い返した。

「美園ですよ」

「へぇ。そうか。道元だと思ってた。どうして……」

周平は煙草を石畳の上に落とし、靴の裏で消した。これ以上はからかわれるだけだ。付き合っていられない。

道元が周平に似ているとしたら、美園は岡崎に似ている。佐和紀の憧《あこが》れは、ふたりのような骨太な極道だ。

それを言えば喜ばせることになりそうで癪《しゃく》に思え、なにも言わずに母屋の中へ戻った。

由紀子が佐和紀を傷つけることはないと、その事実に佐和紀は気づいているのだろう。

道元をけしかけたのも周平をイラつかせることが目的だ。そんな由紀子の思惑の裏に周平との過去があると知っていて、佐和紀は嫉妬をしない。不思議には思わなかった。

裸足《はだし》で逃げ出した初夜の、雪の上で抱きあげたあのときから、ずっと佐和紀だけを見つめてきた。傷つけることを恐れたのは、嫌われたら二度と戻ってこないと知っていたからだ。

怖くて追い回すこともできず、ただゆっくりと距離を詰めた。

愛情も肉欲も、薄皮を剝くようにして確かめたのに、恋ごとの恐《こわ》さを知らない佐和紀はいつも一方的に乱暴だ。

無知をいいことに、人の心へぐいぐいと入り込んでくる。

離れから逃げて別居を言い出したときもそうだ。

嫁なのだから、旦那の弱さを見るのは当然だと詰め寄ってきた。

思い出すと笑いがこみあげ、渡り廊下の途中で足を止める。

夫婦にもそれぞれのテリトリーはあるのだと諭したかったが、周平の愛を信じて疑わない行動がけなげで愛らしく思え、自分の自尊心なんて単なる強がりだと気づかされた。佐和紀が正しかったのだ。

はたから見ればたわいもない夫婦ゲンカだったからこそ、周平はあっけなく負けを認め、夫婦間の主導権を放棄できた。そうでなければ、いまでも完璧《かんぺき》な夫を演じ続け、年下の嫁をかわいがる上辺だけの夫婦ごっこをしていたはずだ。

「なのに、おまえは……」

つぶやきながら離れへ渡る。

嫁である佐和紀も、ひとりの人間だ。だからこそ、周平は好きなように飛んでいいと言い聞かせてきた。その結果が、現状だ。

嘘が周平のためではなくても、今回の行動の根本には、やはり周平の存在がある。

由紀子が絡めば、自然とそうなる。しかし、由紀子が消えたときのことなんて、心配するようなことではない。なのに佐和紀は、心配して、気を回して、周平を慰める言葉を探している。気づかわれ優しくされているのは、かつての周平だ。

望まぬ入れ墨を背負い、人生に絶望した頃の周平の気持ちを、佐和紀はまっすぐに見つめている。

「俺自身だな……」

仲良くされて嫉妬するのは、美園でも道元でもない。すでに過去になった若い頃の周平自身だ。

いまの俺だけを愛してくれたらいいと言えば、佐和紀は笑うだろう。愛されている自信に満ちた、妖艶な目を細めて周平の心を興奮させる。

いますぐ松浦の自宅まで追いかけて、さらってしまいたいと思う。その衝動を奥歯で噛み殺した。

道元をけしかけ、由紀子は佐和紀にケンカを売ったのだ。佐和紀はきっと、高値で買う。

それが周平と京子の望みだ。復讐ではない無邪気さで、あの女をやり込めて欲しい。そう願っている。

ただ、由紀子がどんな報復に出るかは周平にも予想できない。それでも、この機会は逃せないものだ。あの女を追い落とすことができるなら、美園もずいぶんと楽になるだろう。

関西の情勢は周平にとってもいい方向へ動くことになる。

そして、桜川と別れて表舞台を去った由紀子は、周平たちが動くまでもなく追い詰められていくだろう。恨みを買いすぎたのだ。手ぐすね引いて待っている被害者を何人も知っている。

いよいよかと、周平は物憂く、宙を睨んだ。

＊＊＊

ぐるりと狭い庭に取り囲まれ、背の高い樹木が、通りや近隣からの視界を妨げている。こおろぎ組組長の自宅は、言われなければ暴力団関係者の住居とはわからない。どこから見ても、一般的な木造二階建ての日本家屋だ。

扉ひとつ分だけ雨戸を開いた縁側に座り、寝泊まりしている構成員からもらってきた煙草に火をつける。

真幸はもう眠っていて、つい先ほど松浦が帰ってきたところだ。すでに岡崎から連絡を受けたらしく、「またか」と睨むように笑われた。

言い争いをしたとか、セックスがひどすぎたとか、なにかあるたびに逃げ込んでいるのだ。迷惑がりながらも、松浦は内心で喜んでいるらしい。

今回もきっと、ほとぼりが冷めた頃を見計らって、一升瓶の二本セットをぶらさげた周平が迎えに来ると思っているだろう。

松浦はその酒を飲みながら、上部組織の幹部を相手に、夫婦生活の難しさを諭したり同情したりするのだ。膝を揃えた周平は、神妙な顔つきでうなずくばかりだ。初めのうちはご機嫌取りの演技だと思っていたが、実はけっこう真面目だ。

ふたりの仲を裂こうとされた過去も忘れ、義理の父親の顔を立てる周平の本心はわからない。しかし、婿としての苦労を喜ぶ旦那はかわいく思えた。

秋風で身体を冷やしながら、佐和紀は抱えた膝へと頰を押し当てる。

周平に怒鳴り散らしてしまうのは甘えているからだ。感情をぶつけても許されると思っている。だけれど、言葉にせずにわかってもらおうとするのは間違いだ。

今夜も言葉を選びきれなかった。誤解を恐れて口を閉ざしたら、ふたりの間にあるものはしぼんでいってしまう。言葉は不確かだ。だからこそ、その揺らぎの中にあるものを摑みたいと思う。それはきっと、確かな後ろ盾になる。

愛していると言わないよりは、言った方がいいに決まっているのだ。陳腐になってしまっても、耳から入ってきた言葉は記憶に残る。

なのに、それさえ佐和紀には難しい。相手が周平だからだ。

「迎えに来てもらうか？」

セーター姿の松浦が隣に座り、缶ビールを差し出してくる。

受け取った佐和紀は抱えていた膝をほどき、頭を左右に振った。

「おまえたちは、いつまで経っても、見てるこっちが恥ずかしくなるぐらい新婚だな」

松浦に言われ、佐和紀は庭先の闇を見つめた。プルトップを押しあげて、ごくごくと喉を鳴らしながらビールを飲む。

「新婚って何年目までを言うのかな」

「さぁな。だいたいは一年目か二年目で子どもができるだろう。そうすれば落ち着いてくるもんだ」

「落ち着いてないってことなの？　新婚って」

「そういうことでもない」

笑った松浦もビールを飲む。

子どもができれば、惚れた腫《は》れただけでは済まず、夫婦ゲンカにも生活感が滲《にじ》む。養子をもらうつもりのない自分たちは、まだ社会的な責任感に乏しいのだろうかと思う。

しかし、チンピラに責任感を求められてもと考え、松浦を振り向いた。子どもはそういうために持つものではないだろう。

「明日、大阪へ行ってくる。周平には言うから心配しないでよ」

「言うったって、おまえ。どうせ伝言を頼むだけだろう。……厄介事でも背負《しょ》ってるのか？」

「岡崎がなんか言ってた？」

「いや、あいつは言わない。誰も俺には言わないよ。ただ、おまえの緊張が伝わってくるだけだ。気のせいか……？」

「当たってる」

パステルカラーが横縞《よこじま》に並んだパーカーの袖を手で撫でる。ふわふわと柔らかな感触だ。デザイン違いの上着を着ている周平を思い出した。

心がわずかにふさぎ、言葉にならない苦しさにじわじわと締めつけられる。

「今回ばかりは新婚の夫婦ゲンカじゃなさそうだな」

と松浦が言った。聞かせられないため息を飲み込み、佐和紀はなんでもないふりでビールを飲む。

「組に戻る気は、ないのか」

ぼそりとしたつぶやきは、松浦のひとりごとではなかった。

はっきりと呼びかけられて、佐和紀はうつむく。

「別れろと言うつもりはない。佐和紀。本郷が抜けたあとも、うちがつぶれずに持ったのは、岡崎と岩下のおかげだ。でもそれは、おまえがいるからだろう」

いつかは話があると思っていた。それが、いまこの瞬間だというのは、やはり松浦の極道としての勘だ。

「戻ってこい、佐和紀。……おまえに、この組を譲りたい」

庭先に静寂が広がり、佐和紀は苦く顔を歪めた。

視線を落としたまま、隣に座る松浦の足の先を見る。

「柄でもないよ」

譲られるということは、組長になるということだ。

「いつまでそう言っていられると思う」

「だからって、俺が組長なんて無理だ。誰もついてこないよ」

「あいつらをアゴで使っておいて、よくもそんなことが言えるな」

突き放したような物言いをしても、松浦の声はどこか温かい。

「岡崎についていった連中がうちへ戻ってきたのも、おまえがいつか戻ると思ってのことだ。まぁ、大方の予想を裏切ったけどなぁ」

肩を揺すって笑い、佐和紀の背中をバンバンと叩いた。

「確かにおまえは、ケンカっぱやくて、考えなしで、視野が狭いチンピラだ。でも、それがどうした。おまえを止めるヤツがいて、おまえの代わりに考えるヤツがいるだろう。たったひとりで完璧なことよりも大事な才能だ」

「そんなこと言って……。ろくでもないこと、考えてんじゃないの」

「なんだ、ろくでもないことって」

「知らないけどさ」

「別に言葉にしてもらう必要はない。役職をこなしてからなんて、四角張ったことを言うつもりはない。そのまま一足飛びで、俺の跡を継げ」

「……ほら、ろくでもない」

松浦をちらりと見て、佐和紀は頭を抱えた。小さな組とはいえ、順調に運営されているこおろぎ組のシノギはそこそこ伸びている。岡崎と周平に守られ、重い慶弔金で利益をかすめ取られることもないからなおさらだ。

「別にさ、俺がいなくても、岡崎は自分の古巣をいい加減にはしないと思うけど」

「そういうことじゃない。組が生き延びることよりも、おまえのことが心配なんだ。連れてきたあの男も、岩下には言えない事情があるんだろう」

匿ってもらっている真幸のことだ。

「おまえが少しでも外へ出れば、利用しようとするヤツらはいくらでも湧いてくる。断りの言い訳に、旦那が使えない日も来るはずだ。……荷物を背負い込んでおくことで避けられるトラブルもある。うちに来て、ひとりでいるよりも都合のよかったことは、山ほどあるだろう」

性別を偽ってホステスをしていた十八、十九歳の頃、松浦に拾われてこおろぎ組へ来た。いかつい男たちの中に放り込まれたが、健在だった姐さんにもかわいがられて、夜の街で働いていた日々は孤独だったと初めて自覚した。

さびしいという感情を知ったのも、その頃だったかもしれない。

「……それとこれとは違うと思うんだけど……」

思い出すと泣けてきそうで、佐和紀はわざと乱暴に返す。松浦は気にもかけずに続けた。

「岩下の嫁でいる以上、うちみたいに小さい組ならなおさら、組幹部ぐらいじゃカッコがつかない。あちこちで暴れてることは、俺だって知ってるんだぞ」

松浦の視線がぐいぐいと佐和紀を追い込んでくる。

思い出せと詰め寄られたら、思い当たる節はいくらもある。

チンピラのつもりでちょろちょろと首を突っ込み、肝心なところではいつも周平を切り札にしてきたのだ。

「おまえが舐められるってことは、岩下が舐められることだ。それはわかってるんだろう」

「わかってるよ」

「でも、おまえはすぐに忘れるんだ。……岩下が絡んだら、もうなにも見えなくなる。そんなところじゃないのか。組を継いで基盤を持てば、おまえ自身にもハクがつく」

佐和紀のためであれば、岡崎と周平は守るだけでなく、こおろぎ組をある程度の位置に引きあげると松浦は考えているのだ。

佐和紀も同じように考えた。だけれども、現実感がまるでない。

「……ここを継いでも同じだよ。俺には」

組を背負う覚悟なんてないと言う前に、松浦が言葉をかぶせた。

「おまえの答えなんてわかってる。だから、なにも言うな。いまはまだ言うな……。よく考えてみろ。おまえがすべてわかった上でヤクザたちに利用されてやるんだとしても、おまえの中だけで収まらなくなる日は来る」

図星を指され、佐和紀の背筋に緊張が走る。桜川の依頼を知ったら卒倒しかねないと考え、笑いながら肩の力を抜く。

「考えるだけはやってみる」

事態は、松浦の想像する以上のスピードで動いているのだ。

自分の実力が買われているのか、周平という付加価値が買われているのか。その両方だとしても、そのどちらでもないとしても、極道社会の理不尽や足の引っ張り合いに無縁でいられない日は来る。

周平はそれを知っていると、佐和紀は思う。

嫁として奥に隠しておくことを良しとしなかったときから、その覚悟を持っていたのだろう。だから、いつだって先回りをして、必要なときにはすぐに手を貸してくれた。

「お話の最中、失礼します」

知世の声がする。

振り向くと、携帯電話を差し出された。周平とはまだ話したくないと身構えたが、知世はかすかに首を振った。

「支倉さんからです」

無視をしたら、あとが怖い相手だ。用は済んだと松浦が立ちあがり、佐和紀は携帯電話を受け取った。

『現状を説明してもらえますか』

手短な挨拶が述べられ、冷めた声で淡々と問われる。怒っているわけではなく、これが支倉の話し方だ。

桜川と美園、両方の件を説明して、周平には桜川の件がバレたこと、明日は美園の依頼を済ませに大阪へ行くことを話した。

『すべて自分の力でこなせるとお思いですか』

「あいつ自身は引っ張り出したくない」

『そのために、道元と寝るとでも？』

「するわけないだろ。一回でもセックスを道具にしたら、このあとも同じような扱いをされることはわかってる」

嫁の扱いを受けている佐和紀が、男としての鬱憤《うっぷん》を募らせていると思う連中がいることも今回の件でわかった。

『関東でも事情を理解している人間は少ないですからね。吹けば飛ぶような組が抱えていた美形の淫乱男を、寝取らせるために嫁に据えたって話も、いまだ健在です』

「なに、それ。エグい」

『ヤクザなんて、そんなものです。大滝組の末端の組を眺めてみるといい。いまだに女を引きずり回して、小銭にしているじゃないですか。あのあたりの組は、若い男も使いようによっては札束の足しになると躍起なんです』

佐和紀の脳裏に、周平から岡村へと移管されたデートクラブが思い浮かぶ。高級デートクラブと称しながら、金と権力を唸らせた変態たちに娼婦《しょうふ》や男娼を斡旋《あっせん》する悪徳の館だ。それでもまだ人権は守られているだろう。もっとひどい風俗は、いくらでも存在している。

『身体の関係を持たずに、道元を落とせますか』

「付き合ううちに見えてくるだろ。向こうも由紀子にけしかけられてるんだ。代理戦争みたいなものかな」

『なにを悠長に笑っているんです』

神経質な声が耳に刺さり、佐和紀は携帯電話をわずかに離した。

『いいですか。岩下の嫁として、死んでも貞操を守ってください』

「どうせ、淫乱ホモと思われてんのに……。周平のためを思うなら、ケツぐらい貸して、五体満足に帰ってきた方がいいだろう」

『どっちにしたって、あの人は』

支倉がぐっと押し黙る。

「わかってるよ、わかってる。でも、由紀子が関わることは、俺が片をつける。……チィ。これからもだ」

『岩下は望みませんよ』

「おまえはどうなんだ」

鋭く切り込んだ佐和紀には、支倉の表情が想像できない。

『答えると思っているんですか』

「いや、思ってない。言ってみただけ」

『……御新造さん。あの人の心の中に、由紀子なんて女のことはカケラも残っていない。過去の傷があると思うのなら、それはあの人の後悔だけだ。女のつけた傷でもない』

「それならなおさら、周平の手は汚させない。周平にもわかって欲しいけど、言葉がうまく選べなかった。……道元に周平を重ねてると思うと、なんか無性に腹が立つんだよ。俺の目も曇ってるかもな。重なるから、道元だけを取り戻せるような気がして……」

『そういうことを、よくよく考えもせずに言ったんですか……』

「あー、いや……、どうだったかな。もっとうまく言ったと思うけど」

取り繕おうとしたが、支倉はすべてお見通しだ。

『いまとなっては、あなたの言動が一番、あの人を傷つけるんですが……。おわかりなんでしょうかねぇ。御新造さん、聞いていらっしゃいますか。脳みそをカラカラ鳴らしているのは、考えている、とは言いませんよ』

辛辣《しんらつ》な言葉でねちねちと責められ、佐和紀ははいはいと返事をする。

「そこをなんとか橋渡ししてくれって、この前、頼んだだろう。頭のいいチィちゃんにはわかると思ってたんだけど……」

『人を都合よく使わないでください』

「そうじゃないだろう。周平のためだ」

電話の向こうで、支倉がぐっと息を呑《の》んだ。

「頼むよ……、チィ」

『人を、鳥かなにかのように呼ばないでください』

「はいはい、すみません。……周平があんまりにもイラつくようなら教えてくれ。でもまぁ、心配してヤキモキするのはいつものことなんだろう。……守って欲しくないって、言っちゃったんだよな」

『また、勢いですか』

「嘘を言ったわけじゃない。もう少し、信用して欲しいし。なんていうか、待ってて欲しいと思って」

『あなたが無茶をしない人間なら、それも可能でしょうが……、無理ですよ。いまだって、じゅうぶんに寛容だ。これ以上を望むなら身を引くことです』

「できないだろ。それは。今回だって、話し合いはしたいと思ったんだ。おまえに言われたし。でも……、言葉にならなくて」

『からっぽだからです。言葉にすべきことさえ、ないんですよ、あなたの頭の中には』

「……すごくひどいことを言われてるのだけは、わかった」

『とにかく、いまご報告いただけたことは大変助かりました。岩下の身の回りについては、私が承っておきます』

「大阪へ行ったついでに道元に会ってくる」

『あなたになにかあれば、遊びでは済みません。岩下の手を汚したくないのなら……』

「わかってるよ。由紀子を喜ばせるつもりはない。でも、道元なんかじゃ周平の代わりにもならないことは、教えてやらないとな」

『……それでは、私の見解も参考にしてください。もしも想像通りに、あの女が道元を身代わりにしてるとしたら、岩下と違うところは「思う通りになった」ところでしょう。あなたは岩下をよく知っているはずだ。岩下には通用しなかったなにかで、あの女は道元を支配していないに違いない。探してごらんなさい。頭ではなく、チンピラの嗅覚《きゅうかく》で。ただし、ことを行うときは、自分が使い捨てのチンピラでないことを、よくよく頭に入れておくように』

「わかった。……あと、あいつの機嫌を取るから。年末あたりに二日連続で身体が空くようにしておいて」

『いいでしょう。調整をしておきます』

冷静な声を最後に、回線が切れる。

「姐さん、お身体が冷えますので」

しばらくしてやってきた知世に声をかけられ、笑って立ちあがった。

「……楽しそうですね」

膝をついた知世が不思議そうに見つめてくる。

「性分なんだよ」

伸ばした手で、若い男の柔らかい髪をぐしゃぐしゃにかき混ぜた。

7

朝の六時に松浦宅を出て、真幸を連れた佐和紀と知世は、新横浜駅で新幹線に乗った。

三人席の窓際に、黒いベルベットのブルゾンを着た佐和紀が座り、知世は通路側。ふたりに挟まれた真幸はつばの広いキャップを目深くかぶっている。ぐっすりと眠れたらしく、昨日よりも顔色が良かった。

新幹線が出発して早々、薄手のコートを脱いだ知世が紙袋から包みを取り出した。ホームの自動販売機で買ったホットのほうじ茶と早起きして作ったというおにぎりが出てくる。テーブルを出した佐和紀が着ている服は、昨日の夜のうちに知世が揃えた衣装だ。

「これ、おにぎりじゃない……」

目の前に置かれたものに、佐和紀は眉をひそめた。ラップに包まれているのは、サンドイッチのような三角形の物体だ。手に取るとそれなりに分厚いが、どう見てもつぶれている。

「チーズとハムと卵焼きを挟んであるんです。味はおいしいですから」

ひとりあたり、二切れずつの割り当てらしい。

「握らないおにぎりですね」

昨日と同じセーターとパンツを着た真幸は、さほど驚きもせず手に取った。

「握らなかったら、おにぎりじゃないだろ」

佐和紀がぶつぶつ言っている間にひとくち食べる。

「おいしいです」

「よかった！　米もおかずも一緒に食べられるから便利なんですよ。姐さんもどうぞ」

「本当かよ……」

意気投合するふたりをうろんげに見ながら、おにぎりモドキをかじる。しんなりした海苔《のり》の匂《にお》いが鼻に抜けて、チーズとハムと卵焼きが一度に口の中へ入った。

「あ、うまい……。イケる」

そのまま、ぱくぱくっと食べ切ると、身を乗り出すようにしていた知世が、真幸の向こう側で満面の笑みになった。

「岡村さんも気に入ってくれたんです。姐さんは、見た目を嫌がるかもしれないけど、ひとくち食べてもらえたら大丈夫だって、お墨付きをもらったんですよ」

「こんなもの、いつ食わしてんの？」

「ときどき差し入れに……」

「へー、かわいいねー」

「やめてくださいよ。真顔で言うのは」

知世が頬を膨らませ、ふたりをせわしなく見ていた真幸の口元が緩んだ。

「昨日とはイメージが違いますね」

「洋服だからだろ」

連れているのが、岡村ではないのも理由のひとつだろう。

「俺は元々チンピラなんだよ。昨日よりは、よっぽどチンピラに見えるだろ？」

眼鏡のふちを指で押しあげる。にやっと笑ってみせると、真幸は目を丸くして身を引いた。

「元は、ですか。昨日はまったくそんなふうには見えませんでした」

「着物はな、七難隠すスペシャルアイテムだからな。格好がつかないからってさ、結婚するときに洋服を禁止されたんだよ。オヤジにな」

「岩下さんじゃないんですか」

「あいつは、なんでもいいんじゃない？　俺がきれいなら」

「自信があるんですね……」

真幸の顔に憂いが浮かび、佐和紀から視線がそれる。おにぎりモドキを黙々と食べ始めた横顔は無表情だ。

佐和紀が頬をつつくと、驚いて飛びあがり、向こう側の知世の肩にぶつかった。お茶を飲んでいた知世があやうく吹き出しかける。

「な、なに……」

真幸がおどおどと視線をさまよわせる。

「悪い。痛かった？」

打撲痕《だぼくこん》のない頰の真ん中を押したつもりだったが、口の中にも切り傷があったのかもしれない。

「びっくりしただけです。……なんですか」

「いやぁ、自信がないわけじゃないよなと思って。あいつに惚れられてる自覚はあるだろ」

真幸は答えなかった。だんまりを決め込み、さっさと食べ終わると、テーブルを片付けてシートを倒した。右手の指を骨折しているわりには、なにごともスムーズだ。

「からかったらダメじゃないですか」

知世にたしなめられ、佐和紀は肩をすくめた。

ベルベットのブルゾンは黒地だが、袖の先と下半分に筋彫りの牡丹が赤い糸で刺繡《ししゅう》されている。いくつか持っているスカジャンのうちの一枚で、今年の初めにオーダーメイドしたものだった。

わざわざ離れに忍び込んでブルゾンだけを回収した知世は、知り合いのショップを開けさせて、首周りのゆるいセーターとストレッチ生地のワークパンツを買ってきた。他に着替えはないから、明日以降は現地調達だ。

「佐和紀さんも寝てください」

フード付きのトレーナーを着た知世に言われる。

「おまえに悪いだろ」

「若いからだいじょうぶです」

「そーでした」

笑いながらシートを倒す。目を閉じると睡魔はすぐにやってくる。早朝発の新幹線は静かすぎるほどだ。

次に目が覚めたときには京都駅を出るところで、真幸はすでに起きていた。佐和紀の身体には知世のコートがかかり、車内は変わらず、水を打ったように静かだ。

シートを起こして座る真幸の横顔が緊張しているようで、また指先でつつきたくなる。

そういう頬をしているのだ。理屈ではない。

「佐和紀さん、そろそろ起きてください。コーヒーを買っておきました。ぬるくなってますが」

「うん。いいよ」

シートを起こしてコートを返し、両手を突きあげた。ぬるくなったコーヒーを胃に流し込み、眼鏡を一度はずす。

「お母さんに似たんですか」

真幸の指に頬を押され、ハッと振り向く。緊張を隠した真幸に笑いかけられ、先ほどの仕返しだとわかった。

「そうだよ。絶世の美女だった」

ふざけてシナを作ったが、真幸は生真面目にうなずく。

「確かに」

「見たようなこと言うなぁ」

大あくびをした佐和紀は眼鏡を顔に戻す。

話はそこで終わり、知世に時間を確認すると目配せが返ってきた。

美園がホームまで迎えに来ることを伝えないのかと言いたいのだ。佐和紀は黙って首を左右に振った。

もう何ヶ月も会っていない恋人同士の感覚がよくわからない。それに、真幸は緊張している。これ以上の負荷をかけたら、倒れそうで心配なぐらいだ。

そして、佐和紀の判断は間違っていなかった。

ビジネスマンの波にまかれるようにしてホームに降り立った三人は、人の流れに反してホームの中央へと寄る。

人ごみに紛れた美園は、スーツの男をふたり連れて立っていた。カジュアルなセーターはオフスタイルで、髪も柔らかく撫であげられている。しかし、存在感があった。長身だけが理由ではない。

恋人を目にした真幸は、不思議とあとずさる。知世がすかさず背中を支えなかったら、バランスを崩して転がっていたかもしれない。

美園が動いた。

駆け寄るような大股で近づき、がばっと真幸の両頬を摑む。頭にかぶった帽子が転がり落ちるのもかまわず、痛みに顔をしかめる真幸の頰をべたべたと触った。

ケガをしていることは報告済みのはずだが、美園はすっかり忘れているらしい。キスをしそうなほど顔を近づけ、真幸の視線をじっくりと待ってから息をついた。

「礼は、あとでする」

素早く佐和紀を振り向き、たった一言告げる。腕を引かれた真幸は片足を引きずってついていく。

その姿に、恋人同士が再会した甘さは微塵もなかった。どこからどうみても、ヤクザに身柄を連行される不幸な男の図だ。

あっけに取られて見送った佐和紀と知世の前には、スーツ姿の男たちが残される。ひとりが丁寧にお辞儀をした。

「ご足労いただきましたのに、愛想のないことですんまへん。ホテルをミナミに押さえてありますから、どうぞゆっくりしてください。観光がご希望でしたら、どこでも連れて回ります」

「あの……真幸さん、だいじょうぶなんですか」

知世がおずおずと声を出す。降車した乗客もほとんどが階段へ吸いこまれ、プラットホームはすでにがらんとしていた。

「まぁ、今日は……」

構成員のひとりは、自分の首の後ろをしきりとさする。

その続きを待っている知世の背中を叩き、佐和紀は形のいい耳にくちびるを寄せた。

「野暮だろ、知世。久しぶりに会ったふたりがなにをするのかなんて。確かめたいことはいろいろあるんだ」

「ケガをしているんですよ」

「……新しくケガをさせることは……ないんじゃない……、たぶん」

「最低……っ」

若い知世の本心がくちびるからこぼれ、ハッと口元を押さえる。三十代手前の構成員たちは苦笑いで背を向け、聞かなかったふりでふたりを促した。

＊＊＊

美園に連れ去られた真幸とふたたび会えたのは、翌日の夕方だった。

前日の昼すぎには、美園から夕食の誘いがあったが、真幸は起きられそうにないというので断った。もちろん、ふたりきりにさせてやろうという気遣いだ。

それが良かったのか、悪かったのか。

ホテルまでひとりでやってきた真幸を見た佐和紀は不安になった。引き渡したときは睡眠不足のかけらもない健康体だったのに、すっかり血の気の引いた不健康な顔つきに戻されている。

なにをされたのかは聞くまでもなく、無理してまで出てこなくてもと言いかけて言葉を飲む。

真幸にとっては、ふたりきりになるよりも体力を消耗しなくて済むのかもしれなかった。ミナミと呼ばれる地区にある高級ホテルの二部屋を与えられていた佐和紀は、夕食会までの間の仮眠を勧めたが、薄く笑って拒まれる。

お礼代わりに大阪の下町を案内したいと誘われ、真幸が懐かしい町を見たいのだと察した。しばらく、自由に出歩くことは許されないだろう。

真幸についてきた構成員のひとりに知世との買い物を頼み、心斎橋筋《しんさいばしすじ》で降ろした。真幸と佐和紀はさらに南下する。

日本三大電気街のひとつだという日本橋《にほんばし》を抜けると、大阪のシンボル『通天閣《つうてんかく》』が見えた。あれがそうだと真幸に言われ、後部座席から前方を見た佐和紀は顔をしかめる。

「……え。通天閣って、あれ？　会社の名前、書いてあるんだけど……」

「企業広告なんです。夜は光りますよ」

隣に並んで座っている真幸が笑う。

佐和紀には理解できなかった。企業広告で納得できるレベルの大きさではない。

「道頓堀の看板を見たときも思ったけど、観光地にこんなに会社名が出てくるってないよな……」

「大阪人の感覚では、気にならないようですけど」

「あんたはこっちの人なの？」

「一応は……。そこを曲がってください」

まるで訛《なま》りのない口調で、真幸が道順を指示する。どぎつい関西弁を話す美園とは正反対だ。

佐和紀の服を買いに行った知世を待つ間、大阪らしさを味わえる喫茶店へ連れていくと言われていた。車が停まったのは猥雑《わいざつ》さのある繁華街だ。

小汚くも感じられる路地には人がひっきりなしに行き交い、サラリーマンがいると思えば、学生がいて、すでに泥酔した男がよろけている。

その後ろからのんびりと出てきたリヤカーには、空き缶がどっさり載っていた。佐和紀は思わず目で追う。昭和の爪痕《つめあと》が残る街角は、嫌いな雰囲気ではなかった。

ふたりを乗せた車は、知世たちを迎えに行くために休む間もなく走り出す。ここなら安全だと言った真幸は、『喫茶フラミンゴ』と書かれたドアを開く。

カランカランとベルが鳴り、足を踏み入れた佐和紀は唖然《あぜん》とした。肩越しに振り向いた真幸が笑いを嚙み殺して奥へ進む。

古い歌謡曲が流れる細長い店内には、テーブル席が五つとカウンター席が五つ。壁際にはなぜか段ボールが積み重なり、その上に雑誌やら新聞やら年代物の雑貨やらが雑然と置かれている。三組いる客も強烈で、カウンターでは、白いひげをやたらに伸ばした老人がひとりで競馬新聞を広げ、テーブル席では一万円の束をひたすら計算しているふたり連れがいる。

最後は、絶滅したとばかり思っていたパンチパーマの男だ。真っ黒なサングラスをかけているが、口元に幼さがある。派手な化粧の女と並んで座り、ミニスカートの中に手を入れていた。

「……パンチパーマ？　あれ……」

真幸に勧められたテーブル席のソファは、バネがすでに死んでいて、うまく座らないと身体が傾く。腰が落ち着くまでしばらくもぞもぞしたのは真幸も同じだ。

「もういい加減、買い替えたら？」

メニューと水を持ってきた若い店員に向かって、真幸はいきなり切り出す。相手は一瞬だけ黙り、にやりと笑った。

「生きてたんか。しぶとすぎるやろ」

「ミックスジュースふたつ。佐和紀さん、ここのミックスジュースは絶品ですよ。紅茶は殺人兵器ですけど」

そう言われると、他のものを頼めない。

「高級茶葉やっちゅーねん」

顔をしかめた店員が離れていく。右手に真新しい包帯を巻いている真幸が笑いながら言った。

「ここは、このあたりのチンピラの溜まり場で、反対に安全なんです」

「なるほどねー……。中立地帯ってやつ」

ドアベルが鳴り、新しい客が入ってくる。今度は若い男ふたり連れだ。ふたりともジャケットを着ているが、琥珀《こはく》色のサングラスをかけた若い方がふんぞり返り、ネクタイをゆるめた男が店員に注文を出す。途端にコーヒーだ、ミックスジュースだと揉め始めた。

若い男はコーヒーを飲みたいのだが、連れがミックスジュースしかダメだと言い張っている。

他の客は聞くともなしに無視していたが、金を数えていたふたり連れがそれぞれコインをテーブルに置いた。どうやら、どちらの意見が通るかの賭《か》けをしたらしい。

それに気づいた若い男が席を立つ。

「人で賭けるな」

そう言って、ポケットから取り出したのは一万円札だ。テーブルに叩きつけると、グラスの中の水を観葉植物の鉢にあけた。

「ほら、どっちに賭けるんだよ」

「この前は……、半だったよな」

男たちが額を突き合わせる。

「……半だ、半」

ふたりが答え、勝負を持ちかけた男はポケットに手を突っ込む。指に挟まれて出てきたのは小さなサイコロだ。

「じゃあ、こっちは丁な」

言うなり、グラスにサイコロを投げ入れた。カラカラと回し、テーブルに伏せる。

「はーい。グイチの丁。千円もーらいっ」

男たちが賭けたのは五百円玉だったらしい。サイコロと一万円と一緒に、頭を抱えて悔しがる男たちのコインを回収して、若い男は自分のテーブルへ戻る。

「あの若い男、知ってる。……裏の」

佐和紀が言うと、

「カジノですか」

真幸が言葉を返してきた。

「あれは信貴組の跡取りと若頭です」

「ツボを振ってんのを見た」

「いい勝負だったんですね。向こうも気づいてますよ」

挨拶をするかと尋ねられたが、首を振って断る。

「いちいち挨拶してたら、煙草の一本も吸えないだろ」

ヤクザご用達《ようたし》の店ならなおさら、挨拶に明け暮れることになる。

真幸が灰皿を引き寄せ、佐和紀はポケットからシガーケースを出した。周平からの誕生日プレゼントで、ステンレスのケースにワニ革が貼《は》ってある。

ライターがないことに気づくと、ミックスジュースと一緒にマッチが届いた。

「佐和紀さん、今夜は泊めてもらえませんか」

身を乗り出すようにした真幸にささやかれ、煙草に火をつけていた佐和紀は視線だけを向けた。

「壱羽さんの部屋でもかまいません」

「……それは、さぁ。困るな。あんた、帰れなかったのか、帰らなかったのか。本当はどっちなんだよ」

質問はそのまま、一緒にいたいのか、いたくないのか、という問いに変わる。

「わかるでしょう。……今夜も、なんて……死ぬ」

真幸の視線がそれて、床へと沈んでいく。

「しかたないじゃん。ずっと、放っておいたんだろ。殴られるよりはマシなんだから……いや、どうかな。殴られるのがいいときもあるような気もするな。でも、泊めない」

両切りのショートピースをスパーッと吸うと、真幸は匂いの強い煙に巻かれて咳《せ》き込んだ。

「どうして……ッ」

「だってさ、あんたのカレシのかわいそうな顔を見ちゃったんだ。っていうか、嫌なら嫌って言えば？」

「言えないんですよ」

「力ずくだから？　……あー、負けるしかないもんな」

「わかってるなら」

真幸は必死に食い下がってくる。昨日の朝からずっと、断れずに相手をしたのだろう。青白かった頬に赤みが差して、行為が無理やりではないとすぐにわかる。

自分の体力の限界を忘れてしまうのが真幸はこわいのだ。

「しばらくは一緒にいるんだろ？　それなら、あとで説得しておいてやるよ。ただイチャイチャするだけでも気持ちいいって」

「……佐和紀さん」

真幸は複雑そうに顔を歪めた。

「うん。あんたがそう言ってたって言えば、納得するだろ」

「言ってませんけど……。いえ、いいんです。かまいません。それで許してもらえるなら。……あの人はどうも、一緒に布団に入ると、手を出さないのが失礼だと思ってる節があって」

それも、違うと言えないのだろう。

どうやら真幸は、印象以上に美園に惚れこんでいる。メロメロと言ってもおかしくないぐらいだ。

「ずっと一緒にいるってわけには、いかないんだな。あんたには、やらなきゃいけないことがあるんだろ」

「そんな格好のいい話でもないんですけどね。過去の亡霊ですよ。ひどい目に遭ってますけど、あの人の組に泥はつけてない」

「よくわからないけど、自分の身体は大事にしないと」

「……横浜で一度、助けてくれましたね」

「ん？　いつ？」

「壱羽さんと、もうひとり、男が一緒でした。俺の記憶が確かなら、あれは生駒組の真柴でしょう」

言われても記憶は戻らない。

「ごめん、記憶力が悪くって」

「殴られてボロボロだったので。……これ、あのときのお金」

差し出された一万円札を見て、おぼろげに思い出した。

「こんなには渡してないはずだ」

「利子をつけておきました」

「ここの支払いをしてくれたらいいよ。あんた、逃げ切れなかったんだな」

夜道に転がり出てきた男の顔は、うすぼんやりとも思い出せない。確か、ひどいケガをしていた気がする。

あのあと、知世と真柴が不審者だと騒ぎ、岡村が人探しをするほど警戒していたが、男の正体も行方も摑めず、それきりになったのだ。

「仕事は果たせたので、ありがたかったんです。あの金がなかったら、違う相手に殺されていたかもしれないので」

「ほんと、死ぬよ……」

心配になって身を乗り出すと、金を引っ込めた真幸にミックスジュースを勧められた。美園が一番好きな味だと笑う顔は、完全に恋する男の表情だ。

「おいしい。なんか懐かしい味がする」

絶妙な甘酸っぱさが口いっぱいに広がって、これを飲む美園を想像すると笑える。おそらくお忍びでここへ来て、こっそり飲んで帰るのだろう。

「……佐和紀さん、聞きたいことがあるんです。都合が悪くても、嘘をつかないでもらえませんか」

「なに、それ。変だな」

「子どもの頃の記憶、ありますか」

「……え？」

いきなりすぎる。ろくな反応ができず、佐和紀は相手をまじまじと見つめ返した。ギンガムチェックのシャツに、紺色のカーディガンを着た真幸はまばたきもしない。

「覚えていないんですね」

佐和紀の答えを待たずに肩の力を抜く。

「あのときも、中華街であったときも、まるで反応がないのでそうだろうと思ってました。俺が十五歳で、あなたはおそらく七歳ぐらいだったはずだ。まだ人の顔を覚えられる年齢じゃなかったかもしれないですね……」

「人違いだ」

「だとしたら、俺が覚えているのは、あなたの母親の顔ということになる。お母さんは？」

口早に言われて、頭の回転が追いつかなくなる。岡村か知世がいれば、話の筋をまとめてくれるのだが、あいにくふたりともいない。

「死んだ……」

正直に答えたが、真幸はかぶりを振った。

「それはおばあさんでしょう。たしか、町子《まちこ》と名乗っていたはずだ。……あのあと、どこへ」

「待ってくれ」

小さく叫ぶように遮った。

「なにを言ってるか、わからない」

混乱した佐和紀の顔を見た真幸も戸惑っている。

ふたりはお互いに視線を揺らした。なにを言えばいいのかわからず、なにを聞けばいいいのかもわからない。

「……なにも、覚えていないんですか」

真幸の静かな問いかけに、ふたりのテーブルだけが静かに凍りつく。

「あんたは俺が『誰』かを知ってるんだな」

「知ってると言えるかもしれないけど……。この話はここまでにしましょう」

話を切りあげられ、佐和紀は息を呑んだ。

「記憶のない人間相手にできる話じゃない。……思い出話がしたかったわけでもないんです。全部を知ったうえで、岩下さんはあなたを選んだのかと思って……」

「……あいつとの結婚は偶然だ」

「えぇ、聞いた通りでした。もしも詳しいことを聞きたいのなら、岩下さんの同席をお願いしたい。佐和紀さんだけでは理解できないと思うので……、その、記憶を消されているのだとしたら、精神的なショックを受けるかもしれないでしょう。……俺も詳しいことはわからないけど、いつどこで一緒だったかは話ができる」

真幸の視線が壁にかかった古い時計へと向かい、そろそろ知世たちも合流する時間なのだとわかった。

だが、そんなことを気にしている場合ではない。佐和紀はわずかに身を乗り出した。

「本当に、俺なのか」

ずっと探していた過去だ。その糸口が目の前にある。

「それこそ真偽の判定は岩下さんに頼むべきです」

「やっぱり、人違いじゃ……」

「それで終わらせる方がいいなら、かまいません。俺も人違いだった、で終わらせます。……本当になにも知らないなら、旦那に相談した方がいい。あの人が聞いても、理解できない話かもしれませんが。……ただ、もしかしたら、……仮定ですが、あなたを探している人間が、いるかもしれない。それは、岩下さんにとっても、重要なことだと思うんです」

真幸は核心を避けていた。しかし、わざと焦らしているわけではない。それは迷っている表情を見ればわかった。

「あんたに横浜まで、出てきてもらうことになると思う。いや……、でも……」

急に不安になって、佐和紀は自分の額に手を当てた。

「佐和紀さん、いまはなにも考えない方がいい。軽率でした。申し訳ない……」

真幸の言葉が途切れる。あぁと小さく声をあげ、懐かしそうに目を細めた。

「その目元、昔と変わらない。ちょっと忘れられないぐらいの美少女でしたよ」

「少年だろ？」

「いえ、美少女です。俺といた頃は『サーシャ』と呼ばれていました。女の子の格好をして、女の子として育てられていたはずだ」

「冗談だろ。サーシャって、どんなあだ名だよ。ロシアンパブみたいだ。……昔のことを、知りたくて……探してた。もしも、担いでるだけなら、そう言って欲しい」

「……嘘はついてません。俺も、岩下さんの恐ろしさは知ってますから。いつでも話せるように、ちゃんと筋道を立てて思い出しておきます」

「どうして、俺が覚えてると思ったんだ」

「……なぜでしょう」

真幸が弱った顔で肩をすぼめる。

「あの少女が大人になっていて、興奮したのかも……。どんな人生を歩んだのか、心配していたので」

「ろくなもんじゃねぇだろ。ヤクザの嫁だもん」

そう言いながら、佐和紀は屈託なく笑った。真幸もつられて笑い、緊張を解くようにゆるゆると息を吐いた。

「地獄から救われただけで、そんなふうに笑えるのかと不思議だったんです。人並みに生きてきたんですね」

「……人並み、かな。ばあちゃんが死んでからは水商売の世界に入って、横須賀にいられなくなって、いろんな街を渡り歩いて……」

「人並みだと思います。……愛されることを、こわいと思ったことはないでしょう。あの岩下をぞっこんにさせるなんて、俺からしたらどんな黒魔術かと思います」

「あんたはこわいの……」

尋ねた質問は宙に浮いた。

立ちあがった真幸は、テーブルに千円札を二枚置く。

「佐和紀さん、将棋が好きなんでしょう？　新世界の将棋クラブで一局指してください」

話が変わり、喫茶店を出ようと急《せ》かされる。

なにごともなかったかのように振る舞う真幸の変わり身の早さに、佐和紀は舌を巻く。

無責任さを感じるより先に、場数をこなしてきた人間の対応力を見る気がした。

知世の到着を待たずに喫茶店を出て、繁華街の大通りに戻る。それからまた別の路地に入った。

ガラス戸に『将棋クラブ』と書かれた店舗は、両隣を寿司屋に挟まれている。中に入り、金を払ってテーブルに着く。真幸は丸イスを持ってきて、見知らぬ老人を相手に始まった佐和紀の将棋を眺めていた。

勝負がつきかけたところで知世が合流して、ふたりめの誘いは断って店を出る。

美園との約束まで微妙に時間が余っていた。通天閣に登るかどうかを相談しながら、足の悪い真幸に歩調を合わせてふらふら歩く。

未体験が佐和紀だけだとわかるなり、知世と真幸は妙に結託して、佐和紀を通天閣へ誘った。

さほど広くない入り口を抜け、さほど大きくないエレベーターに乗ると、高さだけはそこそこある、さほど高級感のない展望台へ出た。どう手を加えても消し去ることのできない泥臭さが魅力だと笑う真幸は、どこか誇らしそうでもある。

赤いじゅうたんが敷かれた展望台をぐるりと回り、佐和紀は喫茶店での会話を思い出した。

過去の自分になにかとてつもない秘密が隠れていることは、前々から予感していた。だからこそ、真幸の提案通り、聞くときは周平と一緒がいいと思う。

野生の勘さえ尻込みしているのだと気づき、佐和紀はこみあげる笑いを噛み殺した。聞いたところでなにを思い出すというのか。

父親の正体がわかっても、顔も見たことのない相手だ。

戸籍を偽っていた母親の正体も同じで、知ったところで佐和紀になにができるわけでもない。ただ、身に染み込んだ格闘技のルーツが知れるだけだ。

しかし、と思う。佐和紀を探している人間がいるかもしれないと真幸は言った。それがもしも、真幸をひどい目に遭わせている組織と同じだとしたら。

周平の苦労がまたひとつ増える。

そう思うとせつなくなり、途端に亭主が恋しくなった。

ごく普通に『行ってきます』と言えない自分の度胸のなさにため息がこぼれる。怒られるのも叱られるのも嫌だから、先手を打ってケンカを売ってしまう。

しかたがなかったと、自分に言い訳をしたいだけだ。それを周平はいつだって許してくれる。追いかけないのが、あの男の優しさだ。

せめて電話でも入れて、さびしさをアピールしようかと思い、通天閣の真下へ出たところで知世を振り向く。

そのとき、斜め後ろを歩いていた知世に迫る不審者の影に気づいた。とっさに抱き寄せ、右足で脇腹《わきばら》を蹴りつける。

知世に抱きつこうとしていたことは間違いない。夕暮れとはいえ、まだ空も明るい。こんな時間から公衆の面前で痴漢行為を働こうとした不逞《ふてい》の輩《やから》の手首を捕らえ、ひねりながら地面へと引き倒した。ガツッと腰に膝を置いた瞬間、佐和紀は我に返った。

地面に伏せている男の顔に見覚えがある。

「腕が、腕が、抜ける……」

「悠護さんっ！」

声をあげたのは、真幸だった。佐和紀は驚いて飛び退る。知世がすかさず駆け寄ってきて、背中を抱きとめられた。

「腕が抜けるかと思った……」

飄々《ひょうひょう》とした声が佐和紀をイラつかせる。

地面に座り込んだ男は、ウェービーな茶髪をキザにかきあげる。無性に腹が立ったが、知世にしがみつかれて身動きがとれない。もう一度蹴りつけるのはあきらめた。

「あ、れ……。佐和ちゃん、ふたり？」

真幸が叫んだ通り、そこにいるのは大滝悠護だった。

外見同様に中身も軽い男は、不思議そうに佐和紀と知世を見比べた。

「んなわけないか。おまえもついに童貞を切ったわけだな。こんなところで愛人とデートとか、渋すぎるだろう。まぁ、いいや。久しぶりの再会だし、とりあえず、ハグしよっか」

両手を広げた悠護は、わざと間違えて知世を抱きにいく。佐和紀に蹴られると、ゲラゲラ笑いながら痛がった。

知世と真幸はキョトキョトとまばたきを繰り返す。

「なにしに来たんだよ。帰れ、帰れ」

しっしっと追い払ったが、悠護はへらへら笑うばかりだ。真幸に軽い挨拶を投げ、知世を見る。

「そっちのきれいなのは？　佐和紀の新しいオモチャだろ」

「人聞き悪いな。知ってるなら聞くな。おまえには紹介したくないから」

「俺とおまえの仲だろ〜？　冷たいこと言うなよ〜」

「嫌だ、っつーの。ゴーちゃんと話すと、知世の純真な心が汚れる」

「あぁ、そうかもな。おまえのきれいな心も、汚しちゃったもんな。貫通だけがセックスじゃない」

「そんなことが、いつ、あった……。死ね」

「……ご、ごーちゃん……？」

真幸がぼそりとつぶやく。佐和紀にすり寄っていた悠護がひらひらと手を振った。

「はーい。ゴーちゃんです。おまえはあいかわらずケガしてるのか。えっと、マサキだな、真幸」

「ご無沙汰《ぶさた》しております」

真幸が慌てて腰を折る。佐和紀は眉をひそめた。

「頭なんか下げなくていいって。コレだよ。コレ。どこから見てもチンピラだろ」

「じゃあチンピラ同士、仲良くやろう」

肩をぎゅっと抱かれ、重いため息をつく。それでも振り払わずに放っておくと、悠護は

幸せそうにすんすんと佐和紀の首筋を嗅ぎ始める。

「気持ち悪い……」

そこまでだと、肘で押しのけた。

「たまたま関空でトランジットだったんだ。そうしたら、佐和ちゃんが来阪してるって情報が入ってさ。間違いなく神さまのお導きだろ？　久しぶりに顔を見ようと思って。周平がいないなんて滅多にないし」

「そうでもないだろ」

ときどき東京で会っているのだ。だいたい悠護が忙しく、一時間ほどでゴハンを食べたりお茶を飲んだりするだけだ。

「……あれー、佐和紀さん。タモッちゃんの最新情報を聞きたくないんだ？」

出された名前にウッと息が詰まる。渡米した石垣の面倒を見ているのは悠護だ。一緒に過ごしているわけではないが、一番状況を知っている。

「聞く……」

「だよなぁ。美園にも連絡つけたから、食事に同席させてもらう。今夜はフグ尽くしって話だから、ヒレ酒で酔うといいよ。俺が介抱して、そのままフランスまで連れていってあげる」

悠護がまた隙《すき》を狙う。佐和紀に近づこうとしたが、知世が無理やりに割り込んで押しのけた。

佐和紀の黒いブルゾンの腕にしがみつく。

「介抱は、俺の仕事なので……」

整った目元でじっとりと見つめられ、悠護は肩をひょいとあげて笑った。

「じゃあ、俺も介抱してくれる？　けっこう下腹が張りやすくて」

「ゴーちゃん、浮気者……」

知世をそっと抱き寄せ、安全地帯へ押しのける。佐和紀の流し目を受けた悠護は案の定、甘い表情でふらふらと寄ってきた。

どこからどう見ても無職のチンピラだが、これでいて世界を飛び回る『パーティーピープル』という種族だ。本業はトレーダーらしいが、悠護は人を使っているだけで画面の前には張りついていない。

「ごめん、ごめん。俺の心は佐和紀だけのものだから」

その言葉を世界中の言語で言えるのだろうなと思いながら、横っ面をひっぱたいた。破裂音が大きく響き、通行人たちが驚いて足を止める。

佐和紀は腰に手を当てて、長身の悠護を睨んだ。

「今度、うちの知世に妙な下ネタを振ってみろ。……二度とお茶してやらないからな」

脅し文句にのけぞったのは、知世と真幸だ。あまりにレベルが低いと思ったのだろうが、悠護は途端に腰を低くする。

「わかった、わかった。口説くのは佐和紀だけに……いやいや、いつも通り紳士的に……はい……」

仕立てのいいウールのジャケットに薄手のパーカーを合わせた悠護は、姿勢を正しておとなしくうなずいた。

「たまには洋服もいいな」

今度はふざけることなく佐和紀を見つめる。真幸がおののいたようにふたりを見比べてあとずさった。

真幸が驚いた理由は、美園が現れるとすぐにわかった。

「ご無沙汰しております。悠護さん」

車を降りるなり、悠護に向かって最敬礼で頭を下げた。

「悪いな。いきなり連絡したりして」

「いいえ、問題ありません。いつでも歓迎します」

「さっきも言ったけど、深夜のフライトだから。それまで面倒見てくれ」

「承知しました。席も用意させましたから、行きましょう」

いっぱしのヤクザが、借りてきた猫だ。

「態度がでけぇ……」

佐和紀が顔を覗き込むと、悠護は目を細めてニヤリと笑う。

「人徳ってやつ」

「悪徳だって顔に書いてあるよ。俺は、美園さんの車に行こ」

むこうずねをエイッと蹴って離れたが、痛みに悶絶《もんぜつ》しながら引き止められる。

視界の端で美園が目を丸くししていたが、知ったことではない。

美園と悠護の関係と、佐和紀と悠護の関係はまったくの別物だ。

「おまえは、俺と一緒に乗るんだよ。せっかくなんだから、一分一秒でも長く匂いを嗅ぎたい」

「変態かよ！」

「おまえの旦那ほどじゃねぇわ」

ゲラゲラ笑いながら抱きつかれ、佐和紀は眉をひそめて身をよじる。美園が対応に困って視線をさまよわせた。

そのとき、どんっと勢いよくぶつかられ、佐和紀と悠護は同時によろめく。知世が悠護に体当たりしたのだ。引き剝がされた悠護を美園が支え、佐和紀の前には小さな番犬が唸るように立ちはだかった。

四人を眺めていた真幸が笑い出し、美園に視線を向けられて口元を押さえた。それでも耐えられないと言いたげに肩を揺らす。

美園は怒らなかった。不思議なものを見るように注視して、やがて戸惑った顔で悠護を離した。

「こっちはふたりで乗りますので」

自分の乗ってきた車へ、真幸を促し、誰にも文句を言わせずにあとを追う。その背中にハートマークが浮き出しているようで、佐和紀も思わず微笑んだ。

いかつい男の『秘められた感情』は、わかりにくいからこそ、どこか哀しくて魅力的だ。真幸を手元に取り戻しただけでも嬉しいのに、笑顔まで見せられて、美園はとろけそうになっている。しかし、どんな顔をしているのかまでは、想像できない。

佐和紀はさっさと身をひるがえし、乗ってきた車の後部座席へ向かった。

「悠護さんは助手席にどうぞ」

知世が唸るように言うのが聞こえる。

「俺はＶＩＰだ。上座に決まってるだろう」

「知りませんよ、そんなこと。佐和紀さんに迷惑をかけるような相手をＶＩＰだなんて、認めません！」

はっきりと言い切り、知世が後部座席に乗り込もうとする。その腕を悠護が引いた。

「佐和紀、しつけがなってない」

知世の肩越しに文句をつけてくる。

「これ以上ないほどお利口だろ。……知世、譲ってやれ。本当にうっとうしいときは、グーパンするから」

佐和紀が命じると、素直にうなずいて席を譲った。

「お利口にしてろよ」

隣に乗り込んできた悠護に釘《くぎ》を刺したが、言ったそばから身を寄せられる。間髪入れずに拳を脇腹に打ち込んだ。

「ぐ……っ」

「次やったら、肋骨《ろっこつ》折るからな」

「……はぁい」

冗談ではないと知っている悠護は涙目でうなずいた。知世が助手席に乗ると、三人を乗せた車は、先行する美園たちの車を追って走り出す。

「タモツの話、聞かせて」

佐和紀が話を振ると、助手席の知世の肩がかすかに動いた。世話係の先輩である石垣の動向が気になるのだ。

佐和紀は、石垣が絶対に報告しない話を期待していた。

例えば、金髪女との一夜の話だ。相手は街のゴロツキの愛人で、危うく撃ち殺されかけたのだと悠護が笑う。

そこでタクシーが料亭に着く。知世が続きを知りたがって悠護を追う。

「ちゃんと話はついたよ」

知世に対して答え、佐和紀を振り向いて言った。

「皐月《さつき》が間に入ったからな」

「やっぱり、アメリカへ行ったのか」

夏に会ったとき、そんな話をしていたと思い出す。皐月は京子の息子だが、心の中は気立てのいい繊細な女の子だ。

「しばらくはそばにいるだろう」

「面倒を見てくれるのはありがたいんだけどさ……。皐月の貞操が心配だな。間違いがなきゃいいけど」

「間違えて欲しくて行ってるんだから」

悠護が肩をすくめて言う。

「うっかりでも、姉貴の子どもに手を出す度胸があるかなぁ？」

「ないんじゃなーい」

佐和紀も軽口で返す。皐月の淡い期待が裏切られるのは不憫《ふびん》だが、石垣も佐和紀に首根っこを摑まれているひとりだ。

バレるとわかっていて、京子の息子に手を出すはずがない。佐和紀が気を悪くすると知っているはずだ。

「皐月が薬を盛ったら、許してやってくれよな」

先に着いていた美園たちに促されながら、悠護が言う。佐和紀は小さく唸った。

「俺の耳には入れるなよ」

「独占欲、強すぎるだろ」

笑いながら、個室へ通される。掘りごたつのテーブルを囲んで座り、佐和紀がいわゆるお誕生日席につく。両隣が美園と悠護で、それぞれの隣に知世と真幸が座った。

話は自然に、美園と悠護の過去を遡《さかのぼ》る。酒で口の滑りのよくなった悠護が周平の悪口を並べ立て、美園は日本酒の猪口《ちょこ》を軽くつまみながら笑う。

その低い声を聞いている真幸はほのぼのとして見え、佐和紀はやはり不思議なふたりだと思う。十年間の年月は確かにそこにあるのに、妙にぎこちなくてよそよそしい。

途中で佐和紀がトイレに立つと、知世もついてきた。

「美園さんがいると緊張しますね。さすがにオーラが……」

「周平とどっちがまし？」

二階から一階へ下りて、板張りの廊下を抜ける。庭を眺める縁側の先が手洗いだ。

「顔は美園さん……。でも、隙がないのは……」

名前までは口にしない。

「言えよ、そこ」

「嫌ですよ」

悠護に気安く酒を勧められ、知世もほろ酔いだ。ケラケラと笑った声が若々しく、聞いているだけで心の中が明るくなる。

「おまえはいいね。明るくて、かわいい」

出会った頃に比べて自分を見せるようになった証拠だと思ったが、知世は困ったように顔をしかめた。

「へらへらしてみっともなかったら、言ってくださいね。うちじゃ、兄貴が嫌がって……。へつらってるみたいだって」

「へつらう……って、媚を売るみたいなアレか。それはおまえ、兄貴のやきもちだろう。見たことないけど、兄貴も美形なんだろう」

知世の父である壱羽組の組長は服役中だ。組長代理は知世の兄だが、自分の頭の悪さを弟の身体で賄って平気な男だと聞いている。

「みんな、俺を兄貴の代わりだって言ってましたから」

「……バカだな、おまえ。そう言えば、おまえが素直に足を開くからだ。その中に兄貴を狙ってたやつなんかいねぇよ」

「姐さん、優しいですよね」

「俺は本当のことしか言わない。嘘をつくぐらいなら黙ってるから」

「もしくは、怒って逃げる」

「……それは周平相手だけだよ」

笑って小突くと、知世はそれさえ嬉しいと言いたげに声を弾ませて笑う。どんな暮らしをしてきたのかは詳しく知らないが、知世のけなげな性分は本物だ。

「あいつの愛情はこわいんだ。気持ちよくって、ずっと繋がっていたくなる」

「……愛情の話じゃなかったですか」

「愛情の話だろ」

軽口を叩き合って、ふたつあるトイレの個室に分かれた。ふたたび顔を合わせると、手を洗うのを待っていた知世がハンカチを差し出してくれる。自分は備え付けのペーパーで拭《ふ》いたらしい。

佐和紀もそれでかまわなかったが、なにも言わずにハンカチを受け取った。

「悠護さんはおもしろい人ですね」

「手が早いから気をつけろよ。あいつだけは俺も止められない」

「そうなんですか」

「仕返しで半殺しにはできるけど」

「姐さんは本当に強いですもんね」

感心してみせる知世も、顔の印象からは想像できないほどケンカ慣れしている。能見の道場で稽古《けいこ》をつけてもらい、やみくもだった攻撃はかなりこなれてきた。

ただ、ヘッドギアをつけていても、知世の端整な顔立ちが殴られるとヒヤッとする。ようやく岡崎たちの気持ちが理解できたが、知世を手籠《てご》めにしようと考えたことはない。そういう対象として見るには印象が幼いからだ。

個室へ戻ろうとすると、途中の縁側で美園が待っていた。

ジャケットのボタンを開け、片手をスラックスのポケットへ入れた姿は、庭先の常夜灯に浮かびあがるようだ。苦み走った容姿が、ただものではない雰囲気を醸し出す。周平とは真逆のイメージで映画俳優顔負けだ。

軽く手をあげられ、佐和紀は足を止めた。

「礼が言いたいんや。ふたりにしてくれへんか」

美園から直々に頼まれ、佐和紀の反応を確認した知世がその場を離れていく。ふたりの声が聞こえない距離で廊下の隅に立つ。

「あの若いのは、よぅ仕込んであるな。岩下のところの男娼あがりやろ」

「……失礼だな。あいつはヤクザの息子だ」

「そうか、それはすまんかった」

知世が男とセックスする人間だと嗅ぎつけた美園が、肩を揺らして笑う。佐和紀はひょいと顔を覗き込んだ。

「手を出したりするなよ。……真幸がいるだろ」

「やきもち焼かせて泣くような相手やったら、結婚も離婚もせんでよかったのにな。俺が所帯を持つとわかったら、妙に安心した顔をしてな……。それが憎らしいやら、かわいいやら。俺も相当、いかれてるやろ」

「真幸のために結婚したのか」

「えらいストレートに聞くんやな。答えはイエスや。俺がしてやった中では、一番喜んでたな。……けどまぁ、うまくいかんわ。……奥さん、今回の件はほんまおおきに。ありがとう」

ポケットから手を出した美園は、両手を膝に当てて深々と頭を下げた。

「岩下には俺から話をしといた。バレたら難儀やろ」

「あー……うん、まぁ……」

夫婦ゲンカで家出中であることを、美園は知らないらしい。周平が言わなかったのだ。

「俺の用件はそれだけや。あんまり長いと、悠護さんの機嫌が悪くなるやろ。あの人に会えるやなんて思ってへんかったな。ほんま、もうけもんや」

「……悠護のこと、本当に尊敬してるの？　あれ、単なるバカだよ」

「あんたの前やと、ほとんどの男がバカになるやろ。あんまりつれなくせんといてや。……岩下よりもええ男やのにな」

「あのさー、俺ね、周平以外とはセックスするつもりないいんだよね」

「そういうもんか。ひとそれぞれ、いろいろあるやろ」

「興味ないいし、勃《た》たないいし」

「女相手でもなんか？　……あんた、女は」

プライベートなことを聞かれ、佐和紀は、ふっと身を寄せた。

「失礼だわ、美園さん」

肩にしがみつき、指を頬に這わせて振り向かせる。驚いた美園が立ち止まり、その足につまずいた佐和紀は、背中を抱かれた。

「悪いいたずらやな。道元もこの手で落とすつもりなんやろ」

「ダメ？　無理そう？」

知世のストップがそろそろ入ると思いながら、佐和紀は美園の目を覗き込んだ。ふとなにかを思いつき、美園の目に鈍い光が走った。

「あいつはこっちやないな。噂で聞いたんやけど、ＳＭの店にようけ出入りして、Ｍ奴隷の女の子を何人かダメにした言うてたな」

「そっち……？」

ぐったりと脱力した佐和紀は、逞《たくま》しい肩にもたれかかる。周平よりも分厚く広いのに、居心地がよくない。

身を離そうとした佐和紀は、知世へ視線を送りかけて固まった。曲がり角から出てきた真幸がぴたりと足を止めていた。

「……すみません。トイレに行くだけなので」

「違うやろ、真幸」

佐和紀の背中を抱いたまま、美園が手を伸ばす。あっさりと捕まえられた真幸はうまく動けない片足を引きずり、静かに首を振るばかりだ。

どうやらそれが彼の拗《す》ね方らしい。気弱いふりをして実際はかなり怒っている。ちらりと美園を見た目は、佐和紀でさえ視線をそらしたほどに冷たかった。

しかし、美園は慣れているのだろう。楽しげに笑って真幸を引き寄せる。まだ片腕に抱かれていた佐和紀は、自分のことなど空気程度にしか思っていない男から離れる。気づいた真幸に引き止められた。

「本当に、トイレに行きたいんです」

必死の形相で訴えられ、「え？」とたじろぐ。

「俺が一緒に行ったる」

「頼んでません。魂胆はわかってるから。佐和紀さん、この人の腕の中に入っていてください。すぐに戻ります」

「ええー……」

ぐいぐいと押しつけられ、美園の腕がたちまち身体に回る。どうやら見た目以上に酔っているのだ。その隙をついて真幸が逃げ出し、トイレへ駆け込んだ。

「こんな細い腰で、岩下の相手なんかようやってんな。毎日やってんのか。一晩に何回……」

尻を撫で回され、美園の酒臭い息に拳が震える。

「美園っ！　てめぇ……」

思わず呼び捨てで凄《すご》んだ佐和紀は、はたと気づいた。

真幸が出てきた曲がり角の向こうで控えている知世の後ろから、ひょっこりと悠護が覗いている。助けるつもりはないのだろう。災難を楽しむ顔でニヤニヤ笑われ、佐和紀の頭に血がのぼった。

さすがに拳は振るえず、手を開いて美園をぶっ叩く。佐和紀はその勢いのまま、逃げる悠護を追いかけた。背中を蹴られた男が廊下を転がる。

「あ、姐さ〜んっ。店を壊さないでくださいい。まだ、雑炊が残ってますからねっ。部屋！　部屋に戻りましょう」

知世に取りすがられた佐和紀は、痛みに呻《うめ》いている悠護の首根っこを摑んだ。

「美園！　真幸としけこんだら容赦しねぇからな。キスしたけりゃ部屋でしろ」

「姐さん……っ」

泡食った知世の謝罪を、美園は笑いながら拒んだ。そこへ急ぎ足の真幸が戻ってくる。

「真幸、戻ったらキスしてええらしいぞ」

「なにの話……」

ぎくっとした真幸は、それだけでは済まないと言いたげに美園を見たが、抵抗する間もなく抱きすくめられた。

「部屋に入ってからって、言っただろ？」

右手に悠護を捕まえて戻った佐和紀は、スパンと美園の後頭部を叩いた。きれいに固められたオールバックの髪が乱れ、頭は殴られた方向へカクンと傾ぐ。

「ふざけるからだよ」

その頭を引き寄せ、美園の身体を抱えるようにした真幸が歩き出す。

佐和紀が先頭を取って個室へ戻ると、ふくよかな女性の店員がいた。てっちりの鍋《なべ》で作られた雑炊に卵が流し込まれるところだ。

「美園、やっぱりキスするな」

すでに真幸の首筋を舐め回す勢いの美園を鋭く睨む。

「俺だって周平としたい」

「佐和ちゃんには俺がいるじゃないか……っ」

抱きつこうとする悠護の額を張り手で押し戻す。

「そんなにエッチなことがしたいなら、寝技でがっちり組もうぜ」

ふふんと笑った佐和紀に見とれたのが最後だ。引き倒した悠護の足にひょいひょいと足を絡める。

「あっ、無理……っ」

声をうわずらせた悠護は、すぐに悶絶した。仰向けのままの四の字固めを決められ、畳をバンバン叩く。

「折れる……折れる……っ」

小さな悲鳴に、女性店員が振り向いた。佐和紀と目が合うとにやりと笑い、畳を叩いて高々とカウントを取り始める。

酔っぱらいに囲まれ、右往左往した挙げ句に混乱した知世が、

「なに、これ……。動画、撮っておこう」

ぶつぶつ言いながら携帯電話をかまえた。

「雑炊、うまかったなぁ」

「俺、まだ足が痛いんだけど！」

「反対側もかけてあげようかぁ？」

「いらないっ」

佐和紀と知世が泊まっているホテルの車寄せで、悠護が飛びすさって逃げる。

「遠慮するなよ、ゴーちゃん。ほらほら」

詰め寄る佐和紀を押しとどめ、携帯電話の着信に気づいた知世が離れていく。悠護が美園の背に隠れ、代わりとばかりに真幸を押し出す。困ったように笑っている真幸は、肩越しにちらりと美園を見た。

それから、改まった表情で佐和紀へ向き直った。

「佐和紀さん。このまま、俺を横浜へ連れていってくれませんか」

「は？　連れてきたんだけど……」

とっさに首を傾げた佐和紀は、口をつぐんだ。

「俺をあなたのもとで、匿って欲しいんです」

真幸が言うよりも早く、美園の手が伸びた。肩を摑まれる前に振りほどき、真幸は頭を下げた。

「お願いします。西にいれば、美園の足を引っ張るだけだ。東でもひとりでは暮らせない。

だから、どうか」

「俺に面倒を見ろって言ってんのか」

「真幸。おまえのことは俺が……」

「あかん！」

振り向いた真幸は、関西弁で怒鳴った。拳をどんっと、美園の分厚い胸に叩きつける。

美園が鬼の形相で睨んでも、まっすぐに見つめ返す。

「俺がおったら、あんたのためにならん。もうみんなが、弱みやてわかってるやないか」

「その話は昨日、済んだはずや」

「済んでへん。話せへんようにしただけやろ。……佐和紀さん、こおろぎ組の事務所に仕事はないですか。簡単な経理ならできます」

「そうはいっても……」

真幸と美園を見比べて、佐和紀は途方に暮れた。そして、ふと思いつく。悠護を呼ぶと、火のついていない煙草を口に挟んで、美園の背後から出てきた。

「おまえの入れ知恵だろ」

「まぁな……」

「悠護さん、困るやないですか。そんなこと、吹き込まんといてください」

悠護相手には怒れない美園が顔を歪める。それもすべて、計算してのことだろう。悠護は煙草をくちびるから抜いて、佐和紀へと視線を移動させた。

「惚れた腫れたで一緒にいられるなら、こいつらの十年間はもっと楽だった。……美園は、周平に貸しを作れない。それはおまえもわかってるだろう、佐和紀。おまえが代わりに預かってやれよ」

「……そんなことまで頼めるわけ……」

美園の言葉を、悠護の手のひらが遮った。

「おまえの親のことは、真幸なしではどうにもならないだろう。周平には俺が話をつける。だから、名目上はおまえが預かって欲しい」

「知ってたのか」

佐和紀はつぶやいた。親のことだ。

「俺はね、ある程度までは知ってる。さっき、真幸にも確認した」

「だから、今日……」

「会いたかったんだよ、佐和紀。無性に会いたくなるときもある」

悠護の視線が美園へと戻る。

「がまんしろよ、美園。佐和紀に預けておけば、歩けなくなるとか、腕が利かなくなるとか、そんな心配をしなくてよくなる。……周平が手を出すことも、いまさらない」

声をひそめた最後の一言に、美園の眉が激しく震えた。

「佐和紀と会ってわかっただろう。こいつは信用できるから」

「だからって」

美園の手が、うつむいた真幸の腕を摑んだ。

「今度連れ戻したら、離さんて、言うたやろ」

感情を押し殺しすぎて、声が震えている。真幸は足元を見たまま薄く笑った。

「浩二さん、そんなん、いつも言うてるやん。俺も、そうだったらいいなって、思ってきた。でも、あんたはヤクザで、組長で、守るものはまだ山ほどある。あんたにとったら、俺は疫病神や。それでも、……嫌いになったわけやない」

足元を見つめる真幸のあごを乱暴に摑んだ美園は、顔をあげさせるなり頰を平手で打った。渾身《こんしん》の力に振り払われた真幸が車寄せの床に倒れ込む。

ふらふらと立ちあがろうとする腕へと美園が手を伸ばす。

悠護は止めに入らない。佐和紀はとっさにしゃがんで、真幸を抱き寄せた。

「いま、なんで殴った」

「いいんです、佐和紀さん」

真幸の声が引きつっている。

「いつもいつも、嘘をついてきたのは俺だ。これが終わったら、これが済んだら、そう約束するけど、一緒にいられる時間はどんどん短くなる。……耐えられない。この人の重荷になるのは、もう終わりにしたい」

「そんなこと、どうでもええって言うてるやろ。せめて、その足のリハビリが終わるまで」

「無理や。わかってるやろ」

「わからん。ちっとも、わからん」

美園がまるで子どものように首を振る。くちびるはわなわなと震え、眉の痙攣《けいれん》も止まらない。

佐和紀はしかたなく、真幸の顔を覗き込んだ。

「いますぐに答えられることじゃないって、わかってるよな。美園とも話をするから、しばらく知世と部屋にいろ」

そう言って立ちあがらせ、電話を終えた知世に真幸を任せる。

ふたりがロビーを抜けてエレベーターホールへ向かうのを見送り、佐和紀は腕組みをした。悠護を睨みつけ、美園に向かってため息をつく。

「悠護、おまえも付き合え。……これ以上、俺に重荷を背負わせるなよ。周平の相手してるだけで腰が痛いんだからな」

美園が乗ってきた車のドアを開けた悠護が、笑って佐和紀を促す。乗り込む前に呼び止められた。

「身体が埋まってるのは夜だけだろ？　昼間は働けよ、体力がつくから」

「……周平に殴られても知らないからな」

「俺をボコボコにできるのは、おまえだけだ」

ふっと笑った顔は涼やかで、佐和紀の毒気も抜かれてしまう。いつもふざけている悠護の、本当の顔だ。

後部座席に佐和紀と悠護が乗り、美園が助手席に座る。

「どこへ」

美園の呼びかけに、悠護が視線を向けてくる。佐和紀はまっすぐ前を向いたまま答えた。

「夜景と海が見えるところ」


佐和紀の要望に応えて車が向かったのは、水族館や美術館の集まった観光施設だった。大きな観覧車のライトアップが、冷たい空気の中で輝いている。

車を降りた三人は、海風に吹かれながら施設の裏側にあるデッキへ出た。右上に湾岸道路のライトが光り、広い川向こうには工場と倉庫が並んでいる。左へ行くと海へ繋がっているというが、すでに闇に落ちていて、土地勘のない佐和紀には昼の景色が想像できなかった。

カップルが行き交うのを眺めながら、適当な場所を選んだ。電飾が巻きついた木のそばに置かれたベンチへ座る。

悠護はすぐに立ちあがり、缶コーヒーを買ってくると言って逃げていく。

「戻ってくるんだろうな」

佐和紀がぼやくのを聞いていた美園がトレンチコートを脱いだ。肩にかけられるのを拒まず、前をかき合わせて振り向いた。

「殴ったら言うことを聞くと思ってやったんじゃないよな」

そこに話が戻るとは思わなかったのだろう。美園はあきらかに動揺して、最後には無表情になる。

「それはさ、八つ当たりっていうんだ。……俺もよくやるからわかるけど。あいつにはするな。殴られ慣れてる相手は、ダメなんだ。殴ったら、安心するだけだ」

佐和紀の言葉を黙って聞いていた美園がまばたきを繰り返す。苦悩を浮かべた顔はいっそう男らしく見え、うっとりと眺めていた真幸を思い出す。

「知らなかったの？」

佐和紀はふっと声を和らげた。

「……俺も、周平と一緒になるまでは、男の内側がこんなにも柔らかいなんて知らなかった。……真幸みたいな男は、殴られたり、ひどくされたりするのに、慣れてる。あんたは、殴ったりひどくしたりするのに慣れてるよな」

ときとして非道に走るのがヤクザだ。

「でも、それはわかりあったことには、やっぱりさ、ならないんだよ。硬いところをぶつけ合って傷つけて、その傷を舐めても、それなりに気持ちはいいんだと思うよ。でも……ちゃんと内側に触るのが、お互いに、もっとイイから」

笑いかける佐和紀は、自分が艶然《えんぜん》としていることに気がついていた。周平との関係を思い出して、身体の芯《しん》が熱を持つと、瞳が水っぽく湿ってしまう。

「どっちかだけじゃなくて、両方じゃないと。セックスなら、挿入するか、されるかだけど、これはさ……。見せたくないところを見せて、ゆっくり確かめ合うしかなくって……」

「スタートから間違《まちご》うとるんや」

まるで呻くように、美園は言った。声には絶望感が滲んでいる。ずっと長く、喪失の恐怖と戦い続けたのだろう。それは佐和紀にも想像ができる。

美園と真幸の十年間は、希望と喪失の連続だ。失うことが怖くて逃げ出し、希望を否定する。

不幸であり続ければ、幸福からの転落もありえない。真幸は美園の心変わりを恐れて、自分から不幸になろうとしてしまうのだ。同時に、男の怒りを執着と取り違えている。

激しい感情はわかりやすく、欲や衝動も手っ取り早い。

だからこそ、慣れてしまえば感覚はすぐに麻痺《まひ》してしまう。優しい感情では手応えがないと感じるからだ。

新婚当初の周平が懸命に形作った愛情の基礎を想い、佐和紀はそれがどれほどの奇跡なのかを改めて知る。たわいもない駆け引きだと思っていた。

焦らされてどんどん好きになり、もっと激しく愛されたいと思えば思うほど、周平のすべてが知りたくなった。柔らかな内側をまさぐって、弱い心を見せて欲しい。

佐和紀にとっての愛の形がそれだった。周平は拒まずに受け入れ、少しずつだが隠した本音をさらしてくれるようにもなった。

人と人が分かり合うということは簡単なことではない。愛の皮をかぶった同情や支配や依存は、本人たちが望まなくても転がっている。

「じゃあさ。もうあきらめなよ」

佐和紀はあっさりと言った。足を伸ばし、かかとをコンクリートに打ちつける。

「いっそ、ハメ殺しにでもしてやれば？」

振り向いた先で、美園は目を剝いた。いまにも嚙みつきそうな勢いだったが、佐和紀には微塵も恐ろしくない。

やはり哀れに思えて、コートを片方の肩に残したまま、美園の背中に手を回した。

「周平はさ、優しかったよ」

美園が不満げに鼻で息をしたが、佐和紀は気にせずに続ける。

「こっちが焦れて焦れて、いっそめちゃくちゃにして欲しいと思うぐらい我慢してたな……。俺は、我慢することのなにがそんなに大事なのかわからなくて、頭の中がパニックになったりして。だってさ、ヤッたらヤッたでひどいんだもん。でも、いまになったらわかるよ。ボタンをひとつでもかけ間違えたくなかったんだ。どういうことになるか、あんたらを見てれば、わかるもんな」

「なにが言いたいんや」

「……俺がリスタート切らせてやるから、辛抱して待ってみないかって話、やで？」

うさんくさい関西弁でふざけて首を傾げる。美園は厳しい表情で伸びあがり、怒るに怒れず背を丸めた。

その背中をとんとんと叩いてやりながら声をかける。

「預かってやるから、たまに会いに来いよ」

「俺は、岩下に借りを作りたないんや。これが知れたら」

美園が苦々しく言うと、いつのまにか戻ってきていた悠護が背後から現れた。

「だから、佐和ちゃんに頼んでるんだろ」

ふたりの間に無理やり入ろうとするのを、佐和紀が押しのける。しかたなく前に回った悠護は、それぞれにホットの缶を渡してしゃがんだ。

「佐和紀のは、ロイヤルミルクティーな。飲む？」

「まだいい」

プルトップを開けるつもりだったらしい悠護はあっさりと手を引く。自分の缶コーヒーを開けて立ちあがった。

「大滝組若頭補佐に愛人を預けてるなんて言えないからな。……佐和紀。真幸が警戒してるのは由紀子だ。あの女が美園にちょっかいかけたとき、断ったのを理由に追い込まれたのが別れた嫁なんだよ」

「また、あいつか」

両手にロイヤルミルクティーを挟んだ佐和紀は、動物的な閃きに小さく飛びあがって、美園を振り向いた。

「女を売ったんだな」

責めるような口調を悠護が笑い飛ばす。

「そんなことを言ってやるなよ。元々、どうしようもないのを押しつけられたんだ。でも、この男はそういうことを理由にしない。愛してもいただろうよ。……真幸の家に、火をつけられるまではな」

「はぁ？　由紀子がやったんじゃなくて？」

「じゃないんだなー、これが。でも由紀子にそそのかされたことは間違いない。それで、由紀子に真幸の居場所を知られまいと、苦労したんだよな？」

悠護に問われ、美園はうなずいた。冷たい川風と海風が交わる公園で、悠護は自分の身体を抱くようにして続ける。

「真幸だって、骨を折られたくて逃げるわけじゃない。できれば美園のそばにいたいと思ってるよ。でも、由紀子がいる限りは無理だろう。石橋組は西の再構築の要だ。高山組が分裂するなら、こいつのところを執行部にして、桜河会と組む算段だ」

「……難しいことは、俺にはわからないけど。真幸は預かるよ。周平が嫌がっても、おまえらのおかげで夫婦らしくなれたんだって言えば、黙るだろう。……黙らせてみたい」

「いや、あいつは都合が悪いときは無口だろ」

「そうでもないけど」

「そうなの？」

軽口の応酬をしながら、悠護は佐和紀の背後に回った。後ろにぴったりと寄り添われると、風除《かぜよ》けになって温かい。

「最近、過保護なんだよ。愛されすぎてんのかな……。もう少し、信用して欲しいんだけど」

あごをそらして、真上から覗き込んでくる悠護を見る。佐和紀の隣に座る美園が低い声を出した。

「奥さん。あんたはほんまに、あの男を信用できてるんか。いままでやってきたこと、知ってるんやろう」

悠護にもたれて、佐和紀は美園へと視線を転じる。

「知ってるよ。でも、本当のところも知ってる」

「それは、まやかしみたいなもんや。相手のことをぜんぶ知るやなんて、無理な話やないか。裏切られてるかもしれんし、これから裏切るかもしれん。恋も終わるし、愛情も冷める」

「あんた、そんなこと考えて、真幸のこと抱いてんの？」

あきれ加減にため息をつくと、悠護の腕が首に絡まる。

「髪の匂いを嗅ぐなよ」

「あとで料金、振り込むから」

「ニコニコ現金払いにしろ。……美園。周平は俺を裏切らないよ。俺がなにかを間違えても、あいつが間違えることはない。なにも、なにひとつも間違えない。だって俺は全部を許すから。まぁ、ことによっては怒って喚《わめ》いて殴って、暴れ回ってやるけど、それでもやっぱり許すよ。だから、あいつは自分の間違いにじゃなくて、俺を怒らせたことだけに頭を下げるんだよ。……それがけっこう快感なんだよな。早く『悪さ』してきて欲しいぐらい」

「おーおー、やらしい顔して」

緊張感のない悠護が顔を覗き込んでくる。

「誰でもそんな関係になれるわけやない」

苦々しく吐き捨てるような美園に向かって、佐和紀ははっきりと言い放つ。

「じゃあ、愛なんて言葉、なにのためにあるの」

美園が振り向き、答えを摑めずに視線をそらす。逃がすまいとした佐和紀は、カップルとすれ違うひとりの男に目を奪われた。

離れていてもすぐにわかる。キャメルカラーのコートの裾を柔らかくはためかせ、万華鏡に輝く観覧車を背負った男は、場に似合いすぎていてキザだ。

すれ違ったカップルが振り向くのが見え、佐和紀はうっとり目を細めた。心はもう駆け出している。

しかし、身体はとっくに骨抜きの状態で動けない。どんなに強がってみても、周平なしでは立っていられないのだと悟るしかない。

「また男をはべらせてるのか」

美園に目配せした周平が、佐和紀と向き合った。ニヒルな笑みが、ふるいつきたくなるほどの色男だ。

「足でも舐めさせようかと思ってたところだ」

「俺の方がうまく舐める」

「知ってるよ」

笑いかけると、周平の瞳も眼鏡の奥で柔らかく微笑んだ。差し伸べてくる手に指を返すと、ぐいっと引きあげられる。肩から美園のコートがずれ落ちたが、かまわずに周平のコートの中へ潜り込む。

大好きな匂いを胸いっぱいに吸い込んで、ふたりになにかを言おうとするのを遮った。頬を包んでつま先立つ。くちびるが重なり合い、佐和紀はすぐに舌先を求めた。ぐるりと互いの舌をなぞり合う。

「悠護さん、飛行機には間に合いますか」

ひとしきりのキスのあとで、佐和紀を抱きしめた周平が言う。

「関空の深夜便だ。俺が乗らなきゃ飛ばないから」

自家用ジェットを乗り回している悠護が笑った。

「ご足労でした。真幸の件はまとまりましたか」

「黒幕はおまえなの？」

きれいにヒゲのそられたあごを撫でた佐和紀は、ぼんやりと口にする。自分には荷の重いような仲裁に疲れ、周平の登場に心から安らぐ。

「どうせ火の粉がかかるなら、延焼を防ぐ手立てをするのが俺の役目だ。……あんなふうに置いていって、俺が泣かないとでも思ったのか」

優しく耳元をくすぐられ、佐和紀は思わず喘《あえ》ぎたくなる。ぎゅっとくちびるを引き結んで睨むと、周平の目は佐和紀の中を見透かすようにいやらしく細められる。

ぞくりと腰裏が震え、佐和紀は吐息をこぼした。

「だって、周平、怒るもん。俺、怒られるのは嫌い」

子どもっぽく言って、コートの下に着ている一枚仕立てのジャケットに腕を回す。しっかりとしがみつくと、周平の手も佐和紀を抱いた。

「怒ったりしない。拗ねたんだよ。おまえが今度は、どの男をたらしこむのか。心配でしかたない」

「美園も、俺のもんだわー」

ふざけて言うと、旦那の吐息で耳元をくすぐられる。

「やめとけ。真幸はこわいぞ。……俺も、しつこくなる」

「それは、好き」

甘く見つめて、佐和紀は周平のくちびるの端に吸いついた。浮かれたのは酒のせいではない。大阪まで追ってきてくれた。ただそれだけのことが嬉しい。

「もー、いいかなー」

悠護がおどけて言う。

「ほらぁ、美園が地球の裏側に行きそうな勢いで落ち込んでるから。もうやめてあげて」

「俺の嫁に頼ったりするからだ。ただのチンピラだとでも思ったのか？」

周平はくつくつと人の悪い笑みを漏らす。

顔をあげた美園が、周平と悠護を見比べて、長い長い息を吐いた。

「考えればわかりそうなもんやのにな。……俺はあかん。視野が狭い」

両手で顔を覆った美園の肩に、悠護が手を回した。もう片方の手には、佐和紀が落とした美園のコートが握られている。

「あのふたりに惑わされたらあかん。気をしっかり持つんや……寝たら死ぬぞ」

「ゴーちゃん、ちょっと黙ってて」

周平に寄り添ったまま、佐和紀は悠護を黙らせる。それから美園へ声をかけた。

「……とりあえずさ、今夜は真幸を連れて帰れよ」

美園が両手を顔からはずす。どうせ帰ってくれないと拗ねているような表情に、佐和紀は静かに息を吐く。

「なぁ、どんなセックスしたらそんなに嫌がられるの……？」

疑問がするすると くちびるから漏れ出した。

悠護は関西空港へ向かい、周平はホテルのロビーで他人のふりをしている。

知世が連れてきた真幸は案の定、暗い顔をしてうつむいていた。立ちあがった美園が、

「帰るぞ」と硬い声をかける。

「違わない？」

黒いブルゾンの腕を組んで、佐和紀は首を傾げた。睨まれた美園は舌打ちしてため息をつく。

関西のエースも形無しだが、手加減するつもりはない。

「だからさ、どうして謝らないんだよ。俺に言われたからしかたなくでいいから、謝って」

「さ、佐和紀さん……」

間に入ろうとする真幸を黙らせて、美園に詰め寄る。キッと睨みつけた。

「……すまんかった。痛かったやろ」

「じゃあ、手を繋いで」

「は？」

あとずさった美園の手首をぐいっと引っ張り、佐和紀は無理やり真幸の手を握らせる。

「なんだよ？　腕を組みたいなら、そうするけど？　いいじゃん、どう見たって足の悪い

友達を気遣ってるいい人だ」

「ちゃうやろ」

美園のぶつくさとした文句を、佐和紀は無視した。

ロビーの隅で、周平が笑いをこらえるのに苦労している。そんな旦那の人の悪さを想像しながら、戸惑って卒倒しそうな真幸を見た。

「真幸。しばらくは美園のところでおとなしくしてて。準備が済んだら呼ぶから、美園に送ってもらって、俺のところへ来い」

年上の真幸の顔を覗き込んで、佐和紀は微笑んだ。

自分から言い出したことなのに、真幸は迷っていた。離れた場所にいる周平をちらりと見る。向こうがこちらを見ていないことを確かめて、視線を美園へ戻した。

「浩二さん、俺……今夜も嫌じゃないですから」

「おまえな、ここで言わんでもいいやろ」

ぶっきらぼうに見える美園が真幸の手を強く握る。

見つめ合うこともないふたりを、佐和紀は車寄せへ送り出した。

車に乗るのを確かめて、走り出す前に背を向ける。

「だいじょうぶなんですか。あのふたり」

ひっそりと従っていた知世から、心配そうに聞かれる。

「真幸の顔、見ただろ？　美園が周平に負けるのは嫌だって、顔してた。今夜はサービスするんじゃないの？」

「姐さん、酔ってるんですか」

知世が不思議そうに眉を寄せる。話が通じていないと気づいた佐和紀は意外に思った。

「素面《しらふ》だよ」

笑って答えながら、ピアスの穴が開いている知世の耳を引っ張ってからかう。

佐和紀よりもよっぽど恋愛経験豊富な知世でも、大人の男の複雑な気持ちまでは想像がつかないのだ。

自分の行動が美園を傷つけると知っている真幸は反面、惚れた男を誰よりも幸せな男にしたいと願っている。本当はただ素直に愛し合いたいのだ。

しかし、相手がいる以上、簡単なことではない。愛し合うことは繊細な行為だ。ただ好きでいるだけなら、誰も傷つけないのに、愛情が互いを向けば価値観のズレが出る。

求める強さと、与える量。その均衡が崩れるときのあっけなさは、ホステス時代に何度も見た。

初めから騙されているなら、あきらめがつくだけマシだ。そうではなく、少しずつズレて、気づいたときには手の施しようもないような場合は、互いに気持ちが残っているだけ悲惨だ。相手が自分の苦労に気づいてくれたら、愛情の深さを知ってくれたら、もっと、

もっと、もっと。男と女はそうやって深みにはまっていく。

あの頃の佐和紀は、目の前で繰り広げられる乱痴気騒ぎを、誰に味方すればいいのかもわからず眺めていた。ちょうど知世の年頃だ。

そう思うと途端に、知世がうぶな子どもに見えた。

ただ性欲を晴らすだけのセックスを重ねてきた虚《うつ》ろな過去が、果たして岡村への片思いで癒《い》やされるものだろうかと考える。

そもそも、知世の感情が恋と呼べるのか。

もうとっくに解決したはずの問題を脳裏に浮かべ、佐和紀は夏の日を思い出す。

百日紅《さるすべり》が鮮やかに咲くのを背景に、あの男は黒い日傘を持っていた。

恋ってなんだと聞いた佐和紀を抱き寄せたのは、髪を金色に染めた石垣だ。黒い日傘が足元に落ちて、そして、石垣は、終わるのが恋だと言った。

みんな、それが怖くて足掻《あが》く。なんとかして『恋』を『愛』に変えようとして、『愛』の本質を見失うのだ。

愛は万能ではない。儚《はかな》いだけ、恋の方が優しいときもあるだろう。

「シンに連絡を取ってくれ」

ふと思いついて言うと、知世はロビーの入り口で立ち止まった。

「道元なら、明日の昼でアポ取りしています。キャンセルですか」

「予定はそのままでいい。シンを呼んでおいてくれ。組長の葬式でない限り、こっちが優先だ」

「……わかりました」

笑いを噛み殺した知世が頭を下げる。

大滝組長が死ぬはずない。万が一にでも現実になれば、佐和紀も周平も、悠長に遊んではいられない。

「電話はお繋ぎしますか」

「いや、呼びつけてくれたら、それでいい。会って相談したい」

「明日、朝一の新幹線でいいですか。車で来られると危険なので……」

「バカだな、あいつ」

そんなことは微塵も考えなかった。しかし、岡村ならありえる。

「このあとの時間は周平のものだからって、言っておいて」

「……はい」

知世は苦々しく笑って一礼する。夫婦仲の良さを思い知らされる岡村の気持ちを、いよいよから心配しているのだ。

見て見ぬふりで部屋に戻らせ、そのまま周平のもとへ寄った。

「俺の部屋に来る？」

微笑んで誘う。

「いや、バーで一杯飲もう。それから、俺の部屋へおいで。奥さん」

立ちあがった周平に腰を抱かれ、いつものようにこめかみへキスを受ける。誰が見ていようが、そんなことは気にならない。

「来てくれると思ってなかった」

「支倉に根回ししただろう。おまえに俺を任されたのが、よっぽど嬉しかったらしい。嫌味のひとつも言われなかった」

しかも身軽に動けるようにと気遣い、支倉自身が同行している。いまは悠護を送りに出ていて不在だ。

二階のメインバーに入って、カウンターの端に並ぶ。フロアに客が多く、カウンターはビジネスマンが座っているだけだ。

周平に注文を任せた佐和紀は低いイスへ、斜めに腰かけた。足先を周平の足の下へくぐらせ、横顔を眺める。周平が笑った。

「そんなに見つめるな。穴が開きそうだ」

「じゃあ、その穴も俺のだ。奥まで入れたい」

そっと手を伸ばして、本当に開いていないかと周平の頬を探る。

「残念……。もうふさがった」

指先を捕らえた周平が、爪の先にキスをする。キザな仕草が様になり、佐和紀の胸の奥がときめいた。

他の男なら吐きそうになることでも、周平だと腰砕けになる。惚れた欲目を抜いても、わざとらしさが似合う男だ。

酒を出すタイミングを探していたバーテンダーが、周平に手招きされて近づいてくる。

周平の前にはロックのウィスキー。佐和紀の前には淡いオレンジのカクテルが置かれた。

お互いに手を離さず、周平の膝の上で絡ませる。

「バーに誘わない方がよかったか」

「ううん。そういう雰囲気から入るとこが好きだ」

一瞬だけ眉をひそめた周平は、褒められていると思うことにしたのだろう。かすかに笑った。

佐和紀は肩をすくめ、カクテルに口をつける。

「悠護が来てるって知ってた？」

尋ねながら振り向く。

「知らなかった。本当に一日だけのトランジット……飛行機を飛ばす順番待ちだったらしい。あいつの美園いじりもひどいだろ？」

「まぁ、悠護って、あんな感じだよな」

「美園だって、あんないかつい顔してるけど、漫才見ながらせんべい食ってるような男だ」

周平に言われ、佐和紀は眉をひそめた。

「マジで？　嘘ついてる……」

「おまえが幻滅するなら、どんな嘘でも言うよ。……おまえがかっこよく思うのは、俺だけでいい」

「……しょってんなぁ。嫌になる」

「嫌いか？」

耳元でささやかれ、くちびるを尖《とが》らせた。形のいい耳を引っ張る。

「好きすぎて、もう、濡れてきそう」

言った瞬間にはくちびるが押し当たった。下くちびるが軽く噛まれる。完全に前戯だ。

本当に、美園でもせんべい片手に漫才を見るのか、聞きたかったが聞けなくなる。その代わりに、佐和紀はあごを引いた。

「周平。ふたつ、報告がある」

「雰囲気出したあとで言うところがあくどいな」

ウィスキーを飲んだ周平は、愉快そうに肩を揺らす。仕立てのいいジャケットは身に添っていてラインが美しい。

眼鏡を押しあげる指がもう一度、佐和紀の指先を摑んだ。凜々《りり》しく甘い瞳に見つめられると、心の奥まで裸にされて恥ずかしくなった。

佐和紀がなにを言い出しても受け止めると言わんばかりの顔も、優しさだろう。促されて、一息ついた。

「真幸が俺のことを知ってた」

それだけで、周平は理解する。

「昔のことか……？　悠護もそれを言ってたな。あいつから情報が引き出せるなら、それを星花に回すのが一番らしい。もうなにか聞いたのか」

「ううん。聞くときは周平と一緒に、だって。記憶があやふやだろ。それが『なくなった』っていうよりは『消された』って言いたい感じだった。催眠術ってことかな」

「可能性はあるけどな……」

冗談で言ったつもりだったが、真剣に返され、佐和紀は面食らった。しかし表情を引き締め直して続ける。

「俺は『サーシャ』だったって。女の子の格好で、女の子として暮らしてたらしい。なんだろう。昔の風習？　そんなの、本で読んだな……」

「サーシャ？　ずいぶん、かわいいな。ロシアあたりか」

周平が笑いをこぼし、佐和紀は少し安心した。やはり笑ってしまうような突拍子のない話だ。どこまで本当かもわからない。

「周平……、ちょっと……」

そう言って身をよじったのは、周平が人差し指と中指の間をしきりとさするからだ。考えごとをしているからだろうが、何度も繰り返されてたまらなくなる。周平の指を握って押さえた。

「ホントに勃つから、ちょっとやめて。話がわからなくなる」

「……俺のサーシャ」

頬杖《ほおづえ》をついた色男に甘く呼ばれ、佐和紀は唖然とした。

それも悪くないと思う。だけれど、腰あたりがまた落ち着かなくなって、深い呼吸を繰り返した。

「……部屋で、飲めばよかった」

「たぶん、話なんてできてないからな」

「あー、なるほど」

「真幸の潜伏先は、財前のところがいいだろう」

周平が指を離して言う。

財前は、真柴と一緒に京都から逃げてきた入れ墨の彫り師だ。横浜で店を開いているが、店員という名の見張りがついている。そこなら安心だろう。

「うん。それでいい」

「さっきみたいに、恋愛指南でもしてやるつもりか？　俺はいいぞ。ガラス張り程度なら、見せ合っても」

「は……い……？」

言われていることがすぐには理解しがたい。

「ガラスを隔てて、ベッドが並んでるんだよ。見ながらするんだ」

周平が煙草に火をつけながら言った。

「そういう悪い遊びを、なさってたわけですね……」

あてつけがましく嫌味に言いながら、流し目で睨んだ。

「お互いがやってる姿を見せ合って、なにが楽しかったの？　美園がやってるとこ、見るんだろ」

「ビデオと同じだ」

あっさりと答えるが、単純に見せ合っただけとは思えない。きっと、回数やなんやと勝負をしたのだろう。

「俺を見せて平気なんだ……？　俺は真幸に、おまえを見せたくないけど」

膝に這う指をポイっと捨ててそっぽを向く。カクテルを持ちあげると、中身がこぼれてカウンターが濡れる。

身を乗り出した周平がバーテンダーを呼んだ。

カウンターを拭《ぬぐ》って去っていくのを待ってカクテルを口に含むと、甘酸っぱいフルーツの香りが口の中に広がった。

吐息がアルコールで熱くなる。

「美園と周平のアレはどっちが大きい？　それは気になる」

「そこは気にするな。……胴回りはあっち、長さならこっちだ」

「……おまえってさ、ときどきすごくバカだよな。計って比べたの？」

「見た目だよ」

「じゃあ、美園のはすっごい太いな……」

真幸の苦労が想像できて、佐和紀は甘だるい息をつく。

「もう部屋へあがろう」

佐和紀の横顔によからぬ妄想をしたのだろう。ウィスキーを飲み干した周平に急かされ、笑いながらカクテルを喉へ流し込む。酒を一滴も無駄にしたくないのは、貧乏暮らしが長かった性分だ。

「俺にとってはさ、周平よりいいのはないから」

エレベーターを待つ間も話を続けながら、お互いの腰に手を回す。佐和紀は周平にもたれかかった。

「試そうとも思わないよ。ひっつくだけでムラムラくるのは、おまえだけだもん」

「エレベーターで始めてもいいか」

「殺されてもいいなら。でも、死なない方がいいんじゃない？　まだいっぱいできるから」

「じゃあ、言う通りにしよう」

笑い合いながらエレベーターへ乗り込む。コートを片手に周平が押したボタンは、佐和紀が泊まる予定の部屋よりも上の階だ。

「今夜は泊まっていけよ。泣かさないように優しくしてやるから」

まるで夫婦ではないように誘われ、酔いに任せた佐和紀はジャケットの中へ手を伸ばした。

「抱っこして寝てくれる？　朝起きたらベッドの端に寝てるし、薄情なんだよなぁ」

シャツの上から胸筋をたどったが、肝心な部分に触れる前に引き剝がされる。

「それは違う。おまえが離れていくんだ。暑いって言われて蹴られるのは俺だ」

「……おぼえてなーい」

シラッと視線をそらしたが、たぶんやっている。

ぼんやりと数字を眺めた佐和紀の視界に影が差し、またキスが盗まれていく。離れるのを許さずに引き戻して身を任せると、開いたドアの向こうに運の悪い宿泊客が立っていた。

外国から来た観光客だろう。驚いた男の声を聞き、周平が英語でなにかを話した。エレベーターを降りたあとで内容を尋ねる。

「今日が結婚式だったって言ったんだ。おめでとうって言われた」

「大ウソつき」

「嘘はついていないだろう。俺は今夜も、おまえを嫁に迎えて永遠の愛を誓う。……誓いのキスはココの奥に」

腰に回っていた手が、尻の割れ目に下りていく。

「もっ……、もうちょっと待てないのかよ」

「待てない」

廊下の壁に追い込まれ、佐和紀はバンバンと周平の肩を叩いた。それでも膝が笑うようなキスをされてしがみつく。

「……勃起しすぎて痛い……」

正直なところを耳打ちして腰をすりつける。すぐに廊下の端まで連れていかれ、部屋へと押し込まれた。

「……シャワー浴びないと、しない」

ドアの裏側でパンツのファスナーを下ろされ、佐和紀は悪あがきに近い抵抗を試みる。

「なぁ、風呂の中で入っていいから……。おまえの指で身体を洗って欲しい。やらしいところも、ぜんぶ」

ブルゾンの袖から抜いた腕を、周平の肩へと投げ出した。

「佐和紀……。道元と会うつもりだな」

勘の鋭い旦那の指摘に、ひやりとする。

「それがもうひとつの報告か……」

「会って食事をするだけだ」

「おまえがそれで済むタマか」

「……こんなに興奮するのはおまえだけだよ」

甘い言葉でごまかそうとしても、周平の目は真剣だった。

「相手が勃てば、押し込まれることもある。わかってて言ってるんだろうな」

「シンを連れていく」

「あんまり焦るな。時間はあるだろう」

腰の後ろを引き寄せられ、互いの昂《たか》ぶりがゴリゴリとこすれ合う。もどかしくて、手を差し込もうとしたが止められた。

「……身体を洗ってやる」

道元の話はそこで終わり、周平に浴室へ連れ込まれる。

大きな洗面台の右側に、ガラスで仕切られたバスルームがあり、洗い場スペースと浴槽は分けられていた。佐和紀が服を脱いでいる間にバブルバスの準備が終わる。温かな湯の中で身体を寄せ合う。今夜の周平はなにも焦らさなかった。ただ丹念な指先で愛撫され、恥ずかしくなるほど見つめられる。

急いで流し込んだアルコールがほどよく効いていて、佐和紀も周平の男らしい瞳をまっすぐに覗き込んだ。そこに映る自分の、いかにも幸せそうな表情に息を呑む。

なにもしなければ、このままの関係でいられるのかと、ふいに思いついて不安になる。周平を守るということは、こうやって甘い時間の中に留《とど》まることなのかもしれない。

独り立ちするために強いる周平の苦痛を想像していると、

「顔に出てるぞ、佐和紀」

見透かされて背中から抱かれた。泡が肩から溢《あふ》れて胸に伝う。周平の指で小さな突起をさすられ、佐和紀はふるふると震えてしまう。

「おまえの身体は、おまえのものだ。だから、ずっと触っていたい……」

指が腰裏を這い、スリットの奥へ潜り込む。探られて、びくっと腰が揺れる。

「おまえが傷つくことで、本当に傷つくのは俺だ。おまえよりもずっと臆病《おくびょう》なんだよ。わかるだろう」

熱い吐息が耳をくすぐり、指はすぼまりをこじ開けるように中を突く。

佐和紀は答えなかった。同情を誘っていても、口に出したときにはもう乗り越えているのが周平だ。そうでなかったら口にもしないと知っている。

しかし、弱音を吐かれるのは悪くない気分だ。完全無欠に見える男の甘えは、佐和紀の保護欲をかきたてる。なんでもしてやりたい気分になり、腰をわずかに浮かせた。

指がぐっと深くなり、浴槽を摑んで背をそらす。息が乱れ、甘い声が溢れる。

言いたいことは山ほどあったが、佐和紀はもう言葉を探さなかった。

周平を誘って浴室を出る。バスローブを着て身体の水気を拭い、すぐにキスをしてダブルベッドへ倒れ込んだ。

信じることの難しさは言葉にならず、だからこそ、佐和紀と周平の間には当たり前のように横たわっている。守ってくれとも、そばにいてくれとも、周平は言わない。

それどころか、一人前になれ、男になれと、佐和紀のこれからばかりを口にする。本心ではないと疑うことは裏切りだ。たとえ騙されたとしても、なにも知らないふりで、あと押しされている気になって自分の道を選ぶしかない。

肩を寄せ合って狭い世界で愛し合えば、いまは幸せでいられる。自慰に似た同情を愛だと勘違いするだけだ。

その幸せや愛が、いつまでも色褪《いろあ》せずにあるだろうか。

ふいにこわくなってしがみつくと、なにも知らない周平が卑猥なことをささやいた。身の内が焦げるほどに恥ずかしくて、嫌だと身をよじらせながらも足を開く。

差し込まれる苦しさに身を揉んで、周平の髪を指に絡めた。

キスがくちびるをふさぎ、佐和紀は目を閉じる。

ものごとの大枠が薄れて、現実と非現実が交錯する。奥まで挿入されて揺すられると、乱れた呼吸はいっそう苦しくなり、涙が溜まった。

こうやって抱かれていても、佐和紀は男だ。そして、それ以前に、ひとりの人間だった。誰かの付属物でいられたら、なにも考えずに済むことは知っている。こおろぎ組にいた頃のように、勝手気ままに振る舞って、後始末は兄貴たちに任せるか。それとも、貧乏暮らしの頃のように、上前をはねられて苦しんでも、組長のためだと満足するか。

どちらも佐和紀にとっては楽しい日々だった。ひどく無鉄砲で無知でも、そういう自分を望む人間ばかりだったのだ。

「周平……っ。あ、ぁ……」

太く硬い周平が動くたび、敏感な内壁がこすられ、せつなさが脳天を突き抜ける。そらした背中に這う指の温かさに、甘い安堵《あんど》が溢れて、身体がまたわずかに開いた。

「きもち、いっ……奥……、奥、突い、て……っ」

目眩《めまい》がして、涙でまぶたのふちが濡れる。

大人にならずに抱き合う幸福は、きっと周平が一番知っているのだと思った。

性欲に狂って人生を無駄にした男だ。それを後悔していないから、周平はいま、ここに生きている。消えない入れ墨を背負って、自分を堕《お》とした女を抱くことも平気だ。傷に傷を重ねれば、元からあった傷が消えると思うのか。心を殺せば生きていけると思ったわけではないだろう。

周平はそれほど弱くない。死なない強さが、佐和紀に新しい世界を見せてくれとせがむのだ。

肩を押さえられ、ゴリゴリと硬いもので内側をこすりあげられる。淫蕩《いんとう》な刺激に身悶《みもだ》えて、開けているのもつらい目を細めて周平を見た。

利口すぎる旦那だ。人の二歩も三歩も先を行く背中には、孤独なもの悲しさがべったりとついていて、撫でたところで、慰めにもならない。

「佐和紀……。いやらしい顔だな。ち×ぽが好きか」

「……うっ、んっ、んっ……好き、すき……」

周平を悦《よろこ》ばせようと口にする淫語がかすれ、佐和紀は夢中になって喘いだ。誰よりも幸福でいて欲しい男の頬を摑み、いつか我慢を強いるのは自分自身だと奥歯を嚙む。

たとえ狭い世界だとしても、その中を縦横無尽に走り回らなければ気が済まない性分だ。持ち込まれるトラブルを心の底では待っている。

痩せ我慢に慣れている周平がせつなく思え、その点は美園とも変わらないのだと気づいた。

周平を美園のように憐《あわ》れな男にはしたくない。

けれど、ベッドの上で足を開き、貪《むさぼ》らせることで癒やしを与えているつもりにもなれない。そんなことは想像するだけでも退屈だ。

周平だって退屈するだろう。利口な頭でも思いつかない無茶をしながら腕を引いていくことだけが、考えすぎてつらくなる周平の荷を軽くする。

迷ってはいけないと、思う。

思いながら、背をそらし、肩を抱き寄せられてしがみつく。息があがって、もうまともに考えられなくなった。

押し開かれた奥地へとぶつかってくる熱の塊に翻弄《ほんろう》され、必死に責めたててくる男のこめかみを見つめた。

淫《みだ》らな快楽はいっそうのせつなさを生み、息を弾ませる周平のくちびるを探す。指で触れると舌が這い、爪を食《は》まれる。

「あっ……あぁ……」

佐和紀は、艶《なま》めかしく喘いだ。

いっそ小さく折りたたんでポケットへ入れてしまいたいぐらいに周平が愛《いと》しい。しかしそれは無理だ。たとえ、相手が女でも、そんなふうには愛せない。

自己中心的な愛情は自己愛に過ぎないと、佐和紀は本能的に知っている。足りないものを埋めるから気持ちがいい。

そこが男と繋がるための場所でなくても、周平にまさぐられると、どうにかなってしまうぐらいに愉悦が溢れてくる。

「おしり、気持ちいい……っ」

思わず口走り、喘いで身をよじった。

「おまえの大好きなおち×ぽだ。ずっぽり飲み込まれて、嬉し泣きしてるのがわかるだろう」

先端をすりつけるように腰を回されると、身体の中にある敏感なスイッチが順番に押されていく気がした。内壁がギュウウッと締まって、いっそう周平の形を感じる。

「もっと、ゴリゴリして……、かたいの、いいっ。おち×ぽ、好き……して。して……」

愛情が激しく募り、佐和紀は痙攣に近い動きで腰を振る。周平の手にしごかれた性器から白濁した体液が飛び、乳首を噛んで欲しいとねだる。

強く吸ったあとで噛まれて、佐和紀は痛みにのけぞった。痺《しび》れるような快感があとを追い、艶めかしく吸いあげられて周平の頭部を抱いた。ねろねろと舌が動く。

「あぁっ、ん……。エロっ、い……。も……、乳首から、なんか出そう、だから……や、だ……っ」

胸を吸わせながら、頭をかきいだき、佐和紀は身を揉んだ。繋がった場所の柔らかな粘

膜が収縮して、男の精を吸おうとするのがわかる。腰がよじれて、

「あぁっ！」

細く叫ぶ。足先がシーツの上を滑り、周平の指に撫であげられる。

快感に濡れた佐和紀の身体は痙攣した。

汗ばんだ周平が息を乱し、ゆっくりと突きあげてくる。奥へ奥へと潜り込む亀頭の硬さに、佐和紀はもう耐えられない。

「あぁっ、あっ……くるっ……来ちゃう……ぅ」

息が途切れて、世界は真っ白になった。周平の腰の動きだけが淫らに艶めかしく続き、貪られる快感の中で佐和紀は震える指を伸ばす。

やがて元へ戻る視界の中に周平が現れ、言葉のない世界で、佐和紀は逞しいうなじを繰り返し撫でた。

世界で一番、愛している男だ。

世界で一番、泣かせたくない。だけれど、人の心は縛れない。愛も苦しみも人生も、その人だけのものだから、こんなにもひとつの魂が愛しい。

佐和紀の視線を受け止めた周平がせつなげに眉をひそめ、精を放つ。ぶるっと身震いした動きに責められ、佐和紀はびくびくと跳ねた。

「若鮎《わかあゆ》でも、こんなにみずみずしくはないな……」

しっとりと汗ばんだ胸を重ね合い、周平の静かな吐息と一緒に、優しいキスがひとつ、佐和紀のくちびるへ落ちる。

たまらず泣いて、佐和紀は目を閉じた。

＊＊＊

喫煙ルームとはいえ、何本も煙草を吸うのは気が引ける。それでも新しい一本に火をつけて、周平は飲みかけの缶ビールを手にした。

窓辺に立つと全裸の自分が見えた。鮮やかな牡丹も夜景に混じって薄い。年齢に抗《あらが》うことに必死な腹に手を這わせ、まだしっかりと割れているのを確かめてため息をつく。

ベッドの上では、眠っているときでさえ色っぽい佐和紀がすやすやと寝息を立てている。いつでも予想を裏切って駆け出す恋人だ。いままでの誰とも違い、誰とも比べられない。

煙草を消して、ビールを飲みかけのままテーブルに置く。薄暗い部屋の中に佐和紀の息だけが響いて、周平の心はせつなく締めつけられた。

悠護からの連絡を受けて天保山《てんぽうざん》へ駆けつけると、佐和紀は微塵も寂しさを感じさせない雰囲気でそこにいた。悠護と美園のふたりを従えた姿は、洋服だからこそ、いつものチンピラ風情のままだった。

出会った頃から、佐和紀は変わらない。

軽やかで粗雑な雰囲気の中に、熟した果実のような甘さを隠している。男を従えるのは男社会ならごく自然のことで、本人がふざけているほど色仕掛けでもない。

それをもう知っているのか。それともまだ知らないのか。

うぶでしかたなかった頃のことを思い出し、笑いながら布団の中へ入った。冷えた足を寄せると、向こうからも絡んでくる。

しかし、それだけだ。佐和紀はもうすっかり熟睡していて、周平が上を向かせても気づかない。いたずらに耳元へキスをすると、迷惑そうに身をよじらせる。

どんな夢を見ているのか、覗いてみたい気分になった。それも嫉妬に違いない。そこに自分がいないなら割り込んでいきたい衝動に駆られ、周平はひとり笑いをこぼす。

傷ついて欲しくないと願う過保護が行きつく先は束縛だ。

そしてそれは結局、自己満足でしかない。美しい生き物を家やカゴに閉じ込めて、一生懸命に世話をして、いまさら野生に戻れないとうそぶいてみても空虚だ。

佐和紀が愛玩《あいがん》動物なら、それもいいだろう。広い世界を狭く生きて、不幸でないことだけが幸せだと騙せるのなら。

けれど、それができない相手だと見抜いてしまったのは周平だ。

岡崎や松浦組長が望んだように、無知なままで囲い込んでおいたなら、佐和紀は新しい世界を見ることもなかった。

佐和紀を囲い込んだ人間だけが、美貌《びぼう》にからかわれる癒やしを得て、日々は漫然と過ぎていくはずだったのだ。それが佐和紀の幸福だと、心の隅では理解している。

あのままで佐和紀は幸せだった。不幸から隔離された退屈さの中で、疑似家族を守って戦っていれば、大きなケガを負うこともない。京子に協力させず松浦へ返して、小さな組の大将にしてやることだって、周平にはできた。

「佐和紀……」

甘く呼びかけて、眠っている身体を撫でた。張りのある肌に指先を滑らせて、下着の上から柔らかな性器を揉む。

「ん……」

覚醒しない声はかすれ、周平の胸を疼かせる。

下着を取っても起きないのをいいことに布団を剝がすと、手が上掛けを探してさまよう。布団を返す代わりに胸を寄せると、ぎゅっとしがみついてくる。

動きにくいが、いたずらが続けられないわけでもない。どこまでなら許すだろうかと思いながら、力の抜けた膝を左右に開き、まだ濡れている後ろへ指を這わせた。

「ん……はっ……ぁ」

完全に抱かれているつもりの声が聞こえ、周平はもう止まれなくなる。いたずらの範《はん》噣《ちゅう》をあきらかに逸脱して、佐和紀に抱き寄せられたまま、唾液《だえき》を足して性急にほぐす。

「んっ……んっ……」

頬をすり寄せた佐和紀が起きたのかと動きを止めたが、やはり息遣いはスースーと静かで、眠ったふりでもない。

だから、枕元のコンドームを装着してから挿入した。片膝をすくいあげ、肩を抱いてずりあがるのを引き戻す。

コンドームについているゼリーを助けに、ぐいぐいと腰を進めると、

「や、だ……っ」

ぐっと肩を押し返された。もう先端はすぼまりを抜け、熱い沼地に沈んでいく。中は熱かった。みっちりと締めてくる腸壁に包まれ、周平は細く息を吐き出す。

生身を差し込むときほど圧倒的ではないが、そのぶん、快感はじんわりと押し寄せてくる。

「……やって、た、っけ……？」

ねぼけた佐和紀は押し開かれた違和感に眉をひそめながらも、出ていけとは言わなかった。眠たそうに唸る肩を抱き、

「寝ていろ。すぐに済ませるから」

周平は努めて優しくささやく。

出さずにはいられない興奮が収まらず、それでも格好をつける。セックスレスでもない嫁を相手に、性癖でもない睡眠姦を仕掛けているなんて、我ながら変態だと思う。

それでも、ねぼけた佐和紀の声は甘く蕩《とろ》けて頼りなく、周平をいきり立たせる。

「……あっ、ん。も……ゆっく……して」

小さなあくびをした佐和紀は、少し動きを止めると眠りに落ちていく。半覚醒のまどろみで得る快感を拒むつもりはないらしい。片足が周平の太ももにすり寄る。

その甘えた仕草に促され、周平はできるだけ緩慢な腰づかいで動いた。無理のない程度に差し込み、ゆっくりと引き抜く。すると、佐和紀の身体は波立つように震え、内壁が周平を締めつける。

「ん……はっ……」

佐和紀の息は淫らだ。上下に動く胸の動きを感じながら、周平は意識の不確かな佐和紀をいやらしく貪った。大きな動きで腰を動かし、少しずつスピードをあげる。

ひとり遊びの後ろめたさにも快楽は募り、もはや人妻を寝取っている夜這いの感覚に近い。

それが自分の妻だとわかっていても、不本意なセックスを強いている暗さに胸の奥が乱される。

愛するほどに、嫉妬は醜態になる。かわいく拗ねるなんて、周平の柄でもない。なのに佐和紀はそれを平然と求めて悦に入る。佐和紀は佐和紀で、周平を守っているつもりなのだ。

そう思うと、周平の胸の奥はしっとりと濡れていく。もう一滴だってこぼれないと思っていた涙が、しぼんだ心のふちへ染み込んで、周平は初めて自分の心の傷を知る。

そして、佐和紀のために先回りをして、佐和紀のために後処理をして、なにを求めているのかと言われたら、やはりこの肉体だ。抱くたびに心が寄り添い、自分に死を選ぶ強さがなくてよかったとさえ思う。

腕の中の佐和紀が喘ぎながら腰をよじらせる。その艶めかしさに胸が詰まった。

いつかは、誰かが触れるかもしれない。石垣がくちびるを奪って逃げたように、佐和紀はうっかりと慈悲を取りこぼす。

その相手のことを、周平は想像しないようにする。思い浮かんだら最後、八つ裂きにしても足りなくなりそうだ。

いっそ、佐和紀の意に染まぬ行為であったらと思い、自分の非道さと心の狭さを自嘲《じちょう》した。

「佐和紀……、佐和紀」

呼びかけながら、ゆさゆさと腰を揺らす。

狭い肉をかき分け、先端が奥へと動いていく。

佐和紀のためになにかをするのは、自分のためでもあることを周平は悟っている。ありがたがらせたいし、褒められもしたい。そこには過去の恋は微塵も関係がなかった。

由紀子がどうでもいいのは本当だ。しかし、佐和紀はこだわる。恋に対する耐性のなさだと思っていたが、怒鳴られて考え直した。佐和紀はもう、そんなところにいない。

佐和紀に対する認識はいつでも最新でなければ、周りの男たちに遅れを取る。間男になりたい横恋慕志願者は列を作っていて、味見程度から骨までしゃぶりたいタイプまでさまざまだ。

佐和紀はもうすっかり極道者になっていて、悪事に加担できても『ヤクザ』になりきれない周平の手には負えない。亭主という肩書きがなければ、周平だって列に並ばなければならない男のひとりだ。

結婚制度を心からありがたく思い、眠っている佐和紀の分身を手で撫でた。

結婚しても、ふたりがひとりになれないことは自明だ。

ふたりでいるから余計にさびしいこともある。理解できていたことが、ある日を境にわからなくなり、そこからズルズルとすれ違っていく感覚。在りし日の快楽に引きずられ、現実から目をそらし続ける滑稽《こっけい》さ。

由紀子との恋に未練がなかったと言えば、嘘になるのだろう。理由をつけては、生かさず殺さず、深く傷つけることもしなかった。

ふたりの過去に、周平の心が残っているからだ。

どんなに否定しても、なくした純情は永遠にそこに置き去りになっていて、切り裂かれたまま、決して周平のもとへは戻らない。

「あぁ……」

思わず息が漏れて、周平は佐和紀を覗き込む。

佐和紀のこだわる理由が胸へすとんと落ちた。

ムキになっているのは、取り戻せない過去さえ、あきらめたくないからだろう。もう一度恋することができたのだから、あの純情さえ取り戻せると思っている。

由紀子を求めた周平の失敗ごと、愛するつもりでいるのだ。

バカバカしいと思う。意味はないと思う。

なのに、心が震えて、佐和紀には勝てないと思った。

敗北の甘さが胸に沁《し》みわたり、それでも萎えない周平は快感にたゆたう。

男は子どもを産まない生き物だ。腹の中に子宮はない。それなのに、佐和紀は周平のかけらを拾い集めて腹におさめ、もう一度、生み落とそうとしている。

その苦しみを、周平が知ることはないだろう。ただ愛されて、慈しみの中で撫でさすられて、気持ちいいだけのことだ。

「佐和紀」

る。


「ん、ん……っ」

　呼びかけに合わせた腰の動きに、まつげが揺れる。うっすらと開いた目が、周平を見る。わがままを許した甘い瞳だ。あどけなく微笑むと、背中に回った手が肩に摑まる。

なにもかもがふわふわと頼りない。佐和紀は夢うつつのはざまにいて、快感に浸っている。

　佐和紀の中にある母性の乱暴さに、周平は目を伏せた。そこには父性の横暴さも両立している。

「愛してる」

　微笑みながら、とんとんとリズムよく腰を振る。

「あっ、……ひ、ぁ……」

　動きに翻弄された声が、惰性的にこぼれ出る。感じているというよりは、揺すられる苦しさで生まれている喘ぎだ。顔がわずかに歪み、そして隠すこともなく快感にとろける。

「は、ん……んー、はっ……ぁ」

　ゆさゆさと揺れながら、背中に回った腕を互いの胸の間に収めさせた。身体を抱きすくめて、ぐんと突きあげる。

「ぁん……っ」

　衝撃のままの声を出した腰を、もう一度突く。

断続的に繰り返させる小さな悲鳴を聞きながら、眠っていても感じている身体をあやして揺する。泣き声のように引きつれた息遣いの中で、佐和紀が大きく伸びあがった。挿入した性器が根元からぎゅっと締めつけられたかと思うと、内側に波が立つ。思わぬ動きに搾られかけて、周平は笑った。

こんなことをしているなんて、ねぼけているのは自分だと思い、それもいいと責任を放棄する。互いに息も絶え絶えになりながら佐和紀を抱いて、なおも動き、何度も貫いた。できるだけ優しく、できるだけいやらしく、ずるずると動く肉棒をねじ込む。

佐和紀がぶるっと大きく震え、今度はもう周平も我慢が利かなかった。息が詰まり、射精が始まる。ぐいぐいと揺すっていると、佐和紀がまばたきを繰り返す。

「……なま、じゃ、な……」

「つけてるから」

佐和紀は首を振る代わりに腰をよじらせる。

「や、ら……っ、中、が、い……」

「佐和紀……」

「はず、して……」

引こうとした腰へ、逃がすまいと足が回る。

「無理だ」

もうイッたと言ってもわからないだろう。

涼しげな目元はまたうとうとと閉じていき、周平は腰に回った足をゆっくりとほどいた。油断するともう一度してしまいそうな自分を律して、理性はもっと他のことに使いたいと心底から思う。

佐和紀の身体に布団をかけ直し、シャワーを浴びる。バスタオルで拭きながら戻ると、佐和紀の手がパタパタと動いているのが見えた。慌てて近づき、ベッドに膝を乗りあげて手を伸ばす。

「ここだ。……いるよ」

「……ふ、ぅん……」

ねぼけたあいづちを打ち、佐和紀の顔に天使の微笑みが浮かぶ。

「慈悲深いよな、おまえは」

周平の嫉妬も戸惑いも、過去の失敗でさえ、自分の至らなさだと言って飲み込む男の、どこがバカなチンピラなのかと思う。

その佐和紀は、いよいよ道元を落とすつもりだ。由紀子に支配された道元に、かつての周平の姿を重ねて、もう覚悟を決めてしまったのだろう。

ただ排除するだけならまだ楽だが、目的は由紀子からの略奪だ。肉体関係以外のなにを仕掛ける気でいるのか。

落ち着かない周平はため息をつく。どうせ止めても聞かないのだ。

「しゅうへ……寒い……。寒いから」

またパタパタと探し回る手に応え、周平は布団の中へ入る。腕に転がり込んでくる佐和紀を背中から抱いて目を閉じた。

夢も見ずに眠って、翌日の目覚めは最高によかったが、下着をつけて寝たはずだと詰め寄ってくる佐和紀に、本当のことは言えなかった。

8

周平が横浜から持ってきた着物一式は、しつけ糸もついたままの新品で、鶯茶《うぐいすちゃ》に染められた長着の裾に朱や黄に色づいたプラタナスの落ち葉が描かれている。帯は無地の焦げ茶で、羽織はこっくりとした渋皮色。着物と同じく木目の地紋だ。臙脂《えんじ》色の半襟を指でなぞった佐和紀は、川沿いのカフェでほんのわずかに首を傾げた。こういうことをするから、周平のことがますます好きになるのだ。ダメだと渋い顔をしながら、道元と会うための一揃えを用意する。優しさであり、あてつけだろう。

窓側の席に座り、木枯らしに揺れる枯れ葉をぼんやりと眺めた佐和紀は、煙草をくゆらせた。

テーブルには、他に男がふたりいる。それぞれの前に置かれたカップから香ばしいコーヒーの湯気が立ち、ひとりだけココアを頼んだ佐和紀が話し出すのを待っている。通勤時間を過ぎたカフェは、離れた席にぽつぽつと学生らしき若者が座っているだけで静かだ。

「チィ、今日の周平の予定は？」

向かいに座った支倉は、微塵の隙もない。スーツの背中をまっすぐに伸ばしている。

「昼すぎから挨拶回りです。美園組長がご一緒されます」

「で、いつ帰る予定？」

「明日の朝一で、と言いたいところですが……。どうですか？」

反対に聞き返され、佐和紀は隣に座る岡村へ視線を向けた。

「俺は、もう決着をつけてしまおうと思ってる」

隣で身体ごと振り向いた岡村は、片眉をわずかに揺らす。佐和紀の言いつけ通り、始発の飛行機で飛んできた。こちらも乱れのないスーツ姿だ。

道元の名前は口に出さなくてもよかった。この三人でテーブルを囲んで、楽しいモーニングとはいかない。

「向こうからの動きはありましたか」

岡村に問われて、佐和紀は首を振りながら笑った。

「どうせ粉をかけられるなら、先手を打ちたい。待ってるのは性に合わないから。どう転んでも、桜川会長へ挨拶するときは、周平がいた方がいいな」

「それはかまいませんが、見切り発車は悪い癖でしょう。美園組長の愛人のことも聞きました」

支倉に見据えられた。視線はあきらかに不満げだ。

「だって、それはしかたないんだよ。受け入れなかったら、俺の過去のことは話さないつもりだ」

周平から連絡を受けたふたりはすでに情報を共有している。説明の手間は省けたが、どちらも納得していない顔だ。

「……そういう目で見るな。しかたないって言ってるだろ」

「本当にしかたがなかったんですか？　美園の愛人は、おとなしそうな顔をしていますが、かなりの腹黒ですよ」

支倉が釘を刺してくる。佐和紀は肩をすくめて、軽く手を振った。

「チィ。これはおまえには荷が重い話だから黙ってろ」

「どういうことです」

「恋の話だ。……な？　苦手だろ？」

ふざけて言うと、あからさまにムッとして黙り込む。いつもならマシンガンのような嫌味で返されるところだ。

それがないところを見ると、図星をついたらしい。

「佐和紀さん、先手を打つというと、具体的には」

岡村の声に不安が滲む。

「言い寄られる前に口説くことにした。やっぱり、って顔するなよ……。あいつらの言い寄るなんてさ、薬を盛られるに決まってんだ。だから、先手を打つ」

「岡村を待機させますか」

　支倉が応じた。

「そうする」

「佐和紀さん。簡単に言わないでください。なにをされるか、わからないんですよ」

　焦ったように言う岡村を、佐和紀は横目で見た。

「されることはひとつだ。あいつが欲しいのは、俺と寝たっていう、既成事実だろ。俺だってな、キスさせずに服を脱がせるぐらいできる」

「脱がして、そのあとは、どうするつもりですか」

「……俺も脱いで、布団に入ろうかな」

　視線をそらしても、岡村の動揺は手に取るようにわかる。佐和紀はふたたび睨みつけ、おとなしくさせてから支倉に向き直った。

「おまえ、なにか持ってるだろ？」

　情報を要求すると、支倉は目を細めた。

「これといった助言はありません。あなたの確信は、先手を打つことだけですか」

「あの男はかなりのサドだって聞いた。Mの女を何人か壊したって話だ。でも、そんな印象はなかった。それが、なんか引っかかる」

「騙されているだけじゃないですか？」

「かな？　でもさ、シンだって女にはドSだろ。見えないけど。そう思ったら、なんか……」

「そこで俺を引き合いに出すんですか……」

ぼやいた岡村をちらりとだけ見て、支倉が言う。

「由紀子はどっちだと思いますか」

「あの女は……Mだと思うけど。だとしたら、やっぱり、道元がSってことか？」

「由紀子は人をいたぶり、扇動するのがうまい女です。学生の頃は岩下も洗脳されたようですが、この世界に入ってからは違う」

「じゃあ、どっちなんだ。周平もMっぽいところ、あるけどな……」

「それこそ、佐和紀さんだからです」

岡村に言われて、佐和紀は眉根を引きしぼった。

「チィ。おまえは、由紀子をどっちだと思うんだ」

「どちらも兼ね備えていると思います。被虐趣味というよりは、自分の選んだ男が傷つくことで、自分が傷つくのが好きなようです。よくわからないんですが、岩下との関係だけが特別です」

「周平はなんて言ってた？」

「私には言いませんよ」

「シンは？　ふたりの関係をどう思う」

「俺たちはアニキの過去についてはよく知らないので……」

「じゃあ、道元と由紀子は？」

「揃えた情報から見れば、出世のために道元が由紀子を利用しているという構図です。それが逆なら、弱みを握られているとしか考えられません。でも、道元にはこれといった弱みが見当たりません。サド趣味が弱みになるとは思えません。兄弟もいないし、親との仲はかなり悪いです」

「さっき、チィが、洗脳するって言っただろ。確かに道元は由紀子に支配されてる。それもかなりのめり込んでる。……チンピラなら、暴力で支配されてる可能性もあるけど。……男と女でも、同じか……。でも、道元が殴られてるとは思えない」

「まさか、佐和紀さん。道元がMだと……？　それは、ちょっと……」

岡村が言い淀んで首をひねった。支倉も表情を曇らせる。

「由紀子と一緒にMの女を壊したというなら、納得はできますが……」

「共犯なら、弱みを握ってることになるか……？」

佐和紀のまとまらないもの想いを、岡村と支倉がふたりがかりで解きほぐす。そして佐和紀は、ひとり語りでふたたびより合わせていく。

「由紀子は、俺を強姦《ごうかん》させようと思ってるわけじゃない。……俺への嫌がらせじゃないなら、周平に対してだろう？　……他の誰でもなく道元をわざわざ選んだっていうなら、やっぱり周平の代わりにしてるんだ。周平に似ているタイプなら俺がなびくと、周平に思わせたいんだとしたら……、したら……、シン、続きは？」

かなりの無茶ぶりだったが、岡村はたじろぐこともなく顔をあげた。

「……あの女は、アニキのことが好きだということですね。強姦は怒りを買うとわかってるから、和姦を狙ってるんでしょう。ふたりの間に揺さぶりをかけるのが目的なのかも……」

「いまさら周平とやり直したいってわけでもないだろうからな。今回の件は、去年の仕返しだろ。周平に嫌がらせしたいのと、がっかりさせて傷つけたいのと……」

口にすると胃の奥がふつふつと熱くなる。苛立ちを覚えて煙草をふかす。落ち着かない気持ちを無理やりになだめて、深く息を吐き出した。テーブルの上に白い煙が広がり、支倉が迷惑そうに顔をしかめる。

「同じことをやり返すつもりですか」

「相手はそれほど、道元を大切に思ってるんでしょうか？」

岡村も疑問を呈する。

「思ってるだろ、だって、『若い周平』だ。……しかも、今度はうまく手綱を握ってる」

それを周平に見せつけたいのだとしたら悪趣味もいいところだが、由紀子ならありえる話だ。常識なんて通用する相手ではない。

「いっそ、半殺しにしてみるか……」

川面に視線を向けてぼんやり言う。

「面倒なことにならないでください」

支倉に指摘されて、佐和紀はくちびるを尖らせた。

「だって、セックスするわけにいかないだろ」

嫉妬する周平も手に負えないが、憎悪を燃やす岡村も億劫《おっくう》だ。

「となると、おまえよりタカシがよかったな」

暴力慣れしているのは、『飴《あめ》と鞭《むち》』の飴役だった岡村よりも、鞭役の三井だ。

「タカシには荷が重いですよ」

「自分が役に立つって言いたいだけだろ？」

「それはもちろんですが」

真剣に答えた岡村が胸を張る。

「おー、言うよなぁ。人を殴れんの？」

女を抱くのとはわけが違うと言いかけて、佐和紀は黙った。

支倉がため息をつく。

「うっかり殺さないでくださいよ。向こうの組の手前、できれば顔は避けて、あばらの数本にしてください」

冷静にケガの試算を弾き出す。それを指先で止め、佐和紀は大きく息を吸い込んだ。

「閃いた……」

岡村の肩をぐっと摑んで顔を覗き込む。

「おまえには、イヤって言う権利ないからな」

そう前置きした。


道元から指定された待ち合わせ場所は、京都駅にほど近いコインパーキングだ。

時間は午後二時を回り、秋空はのどかだった。

美園から運転手ごと借りた石橋組の車を降りると、ドアを支えた知世が緊張した面持ちで見つめてくる。

ここで別れたあとは、道元とふたりだ。

微笑みかけて肩を叩き、帯をしごきながら足を向けた。帯に押し込んだ小さな財布の中には、佐和紀の居場所を発信する小さな装置が入っている。岡村が用意したものだ。

道元の青みがかった濃紺のスーツ生地は、近づくとデニム地なのがわかった。襟の細い仕立てがスタイリッシュだが、着る人間と職業を選ぶ一着だ。

細身でスタイルのいい道元にはよく似合っていて、青いニットタイも粋に見えた。一分の隙もないと思う佐和紀の横を、知世が追い抜いていき、車の中をあらためさせろと詰め寄った。

ふたりきりなら会うという条件を出した道元は、笑いながらクーペのドアを開ける。

座席の隙間からシートの下、助手席の前のボックスまで調べて、最後に知世はトランクを開けさせた。

そうしろと岡村に指示されているのだろう。念入りに調べ終わると、道元に頭を下げて戻ってくる。

「問題はありませんでした。……くれぐれもお気をつけて」

「だいじょうぶだ。ありがとう」

頬にそっと触れてねぎらうと、やはりついていくと言いたげに顔が歪む。軽く頬を叩いて車へ戻す。

「久しぶり」

道元へ近づき、細いふちの眼鏡越しに笑いかける。

昔からの友達に会うような気分だったが、相手は油断のならない作り笑いを浮かべた。

うやうやしく、佐和紀を助手席へ促す。

前に横浜で会ってから半月。

顔を合わせるたびに不穏になっていく関係は、バックにいる人間の素性を考えればしかたがない。なにも知らずに出会った夜のことを思い出し、そのままのふたりなら、もっと楽しい仲になれただろうと思う。

例えば、真柴のような、能見のような、ちょっとした飲み友達だ。すべてが終わったあと、そうなれないとしたら、桜川には謝りの報告を入れることになるだろう。

「どこに連れていってくれんの？」

助手席から声をかけ、鼻筋のきれいな横顔を眺める。

若い頃の自分よりもよっぽどできた男だと評したのは、他の誰でもない周平自身だ。いまの周平を巻き戻せば道元になるが、昔の周平がそのまま年を重ねても、佐和紀の知る周平にはならないのだと言う。

わかるようなわからないような言い回しに、うまくかわされたと思ったが、こうして道元を見ているとよくわかる。

由紀子は深く傷ついたあとの周平が好きなのだ。そして、そんな男をかしずかせたいのだろう。

「いろいろ考えてはみたんだけどな」

ハンドルを握った道元が答えた。

駐車場を出た車が北へ向かっていることは佐和紀にもわかっている。京都は東西と北を山に囲まれ、南が開けた盆地だ。

夢中で読んだ幕末物の小説を思い出す。石垣がイラスト地図の本を買ってきて、突き合わせながら確認したのは、去年の話だった。遠い過去に思えて、胸に秋風が吹き込む。

「由紀子さんからどうしてもと勧められたところがある」

「へー、地獄の一丁目？」

へらへら笑った佐和紀が振り向くと、ハンドルを握った道元もちらりと視線を向けてくる。目が合ったのは、ほんの一瞬だ。

「のんきだな」

同情を滲ませた声に、佐和紀は黙った。

車が河原町通《かわらまちどおり》を北上して、見覚えのある建物の横を通る。初めて京都へ来たときに周平と泊まったホテルだった。

いま思い出すと、周平はかなり我慢の限界にあったような気がする。荒々しい中にも遠慮の残るセックスがどこか懐かしく、いつのまにか全裸になっていた今朝《けさ》を思い出した。ねぼけてセックスしたような気もするし、ただ抱き寄せられて眠っただけのような気もする。その前にも行為はあったから、下半身の違和感もあてにならない。

問い詰めたが、周平は適当なことを言ってごまかし、笑って逃げた。外ではめったに見せない子どもっぽい表情の中にも、したたるような色気を秘めた男だ。

そのときはただ楽しいのに、思い出すといつも、心の奥が苦しくなる。触れて確かめるまでもなく、ふたりの間に愛があるとわかるからだ。

周平の愛情と、佐和紀の愛情。

それぞれ違う色をしているふたつは、混じり合ってバラ色になる。真っ赤じゃなく、ピンクがかった甘い色だ。

ひたすらまっすぐ走る車の動きに飽きた佐和紀は、肌を撫でる周平の手のひらを思い出しながら大きなあくびをした。

道元が吹き出して、がっくりと肩を落とす。

「ほんと、緊張感がないな。あんたは……。格好ばっかり一人前だ」

からかわれて居住まいを正したが、睡魔はなかなか去らない。

「睡眠薬でも焚《た》いてるんだろう……」

車内がぽかぽかと暖かいせいだ。エアコンがよく効いている。

「それじゃ、俺も寝落ちする」

「そっか……、そうだな」

「ちょっとは真面目にしてくれ。こっちが緊張する」

道元が笑い、ふたり乗りのクーペはさらにまっすぐ進む。

由紀子の用意した見世物を想像する気にはならず、佐和紀は色とりどりに美しい山の稜《りょう》線《せん》を目で追った。

なぜ、道元は、由紀子のような女にかしずくのだろうか。

ずっと晴れない疑問がまた浮かぶ。

人をいたぶることが性癖だから、同じ趣味を持つ女に惹《ひ》かれるのだろうか。

「いきなり山奥の倉庫とか、そういう趣味の悪い感じ？　せめて布団の敷いてあるところでカッコつけてよ」

「その前に、雰囲気作りをしないとな」

「……なんか、ろくでもない感じ」

「わかってて誘ったんだろう？」

キツネとタヌキの化かし合いだ。道元に至っては、佐和紀ほどの深刻さもない。由紀子の指図通りに軽く遊んでやればいいと思っているのだろう。

その軽薄さは、行動の端々から見えた。

狂犬と呼ばれてきた佐和紀の本当の無鉄砲さを、道元は知らないからだ。由紀子にしても、かつてマンションの家具を破壊された記憶があるだけで、本質の部分はまるで見えていない。

ならば、それはなにかと考え、佐和紀は片方の眉を動かした。

由紀子にとって佐和紀は『周平の嫁』に過ぎない。愛され、満たされ、旦那の実力を飛び道具にしている暴れん坊だ。それを、周平や京子の後ろ盾があってのことだと思っている。

女同士でもないのに嫁同士だから、感覚がおかしくなっているのだ。佐和紀は結婚して四年経ったいまでも男だ。

周平を愛して、岡村を引きずり回し、美園のような男を放っておけない。それはすべて、男の本質だ。

奥歯を静かに噛みしめた佐和紀は、じわじわとこみあげる苛立ちの理由を悟った。侮られていることを不本意に思う自分がいる。俺はその程度のものではないと、表に出てこない由紀子に対して吠《ほ》えたい気分だ。

大通りを越えて、橋を渡ってからもいくつか角を曲がった。やがてコインパーキングで停まる。

車の外へ出た佐和紀はあたりを見回す。ラブホテルもなければ、洒落《しゃれ》たカフェがあるわけでもなさそうだ。

ごく普通の住宅街だった。低層のマンションと戸建てが混じって並び、子どもたちのにぎやかな声が聞こえてくる。

道元が黙って歩き出し、佐和紀もその後ろへついていく。同じマンションが三棟並んだ横に公園があった。

さまざまな年齢の小学生たちが入り乱れ、ボールを蹴っている。にぎやかに響くのは、その笑い声だ。

「ひとり、小さな子がいるだろう。青い服の子だ」

入り口にみっつ並んでいるガードの前で、道元がスラックスのポケットに片手を突っ込んだ。隣に立って広場を覗き込んだ佐和紀は、言われるままに青い服の子どもを探した。

長袖の青いカットソーを着た少年は、周りの子どもたちの中でも飛びぬけて小さい。おそらく学年も低いのだろう。幼児のあどけなさが、満開の笑顔に残っている。

「知ってるだろう。岩下の愛人の子どもだ」

さらりと言われ、子どもを愛《め》でていた佐和紀は真顔になった。血の気が下がった気がして、ふらつきそうになるのを必死にこらえた。草履の裏が、砂利を踏む。

「……元、愛人」

ぼそりと言い直した。そして、もう一度、広場へ目を向ける。

上級生の少年を追いかけている額は汗をかき、前髪が貼りついている。袖でぐいと拭うから、ぐちゃぐちゃになっていた。

周平だと、佐和紀は思った。京都の愛人に子どもがいることは佐和紀も知っている。父親は不明だ。由紀子は周平の子どもだと思っているようだが、周平自身は否定した。京都担当の構成員・谷山《たにやま》の子だということになっているのだ。

話を聞いたときの佐和紀はショックを受けなかった。もしも周平の子どもがいるなら、遺伝子が残っていくことを、嬉しいとさえ思ったからだ。その気持ちに嘘はない。

なのに、いざ目の当たりにすると、心はざわめいた。

そこにいる子どもは周平と似ている。

目鼻立ちは利発そうに見えるが、引き結んだくちびるは好戦的だ。生命力に溢れた伸びやかさが眩しくて、佐和紀は目を細めた。幼い頃の周平も、こんなふうだっただろうかと思うと、衝撃も忘れて頬がゆるんでしまう。

「その『元愛人』がそこの一室に住んでる。待たせているから、行くぞ」

道元が踵を返した。

「悪趣味だ」

少年を目で追って、佐和紀は眉をひそめる。腕を引かれ、睨んで返す。

これが由紀子お勧めの京都見物だというなら、やはり地獄の一丁目だ。見なくていいものをわざわざ見せて、動揺を誘っていることは明白だ。

そこにならつけ込めると思われたことがまず悔しい。

「会うのがこわいのか？」

道元に鼻で笑われる。佐和紀が傷つくのを待っている顔は嗜虐《しぎゃく》的で、道元の本性がチラつく顔だった。人の不幸は蜜の味だというが、それを指に絡めて舐めしゃぶるのが由紀子と道元なのだろう。

関わったM嬢が壊されたのは、身体ではなく心なのかもしれなかった。

こざっぱりと端整な道元の顔立ちに、悪辣《あくらつ》の翳《かげ》りが見え、佐和紀はぶるっと震えた。武者震いだったが、道元には怯えに見えただろう。

「こわいに決まってるだろ」

佐和紀はわざと視線をそらした。落ち込んでみせ、自分の身体に腕を回す。視線を揺らしてあとずさると、腕を強く摑まれ、強引に引き戻される。道元の腕から女の匂いがして、シャツの袖口の中が見えた。

いかにも高そうな、ダイヤのついた時計をしている。

「なんで、会わなきゃいけないんだ。もう別れた相手だ。それにあの子どもは、俺の旦那の子じゃ……」

「女に直接聞いてみろ」

道元に詰め寄られ、背中に腕が回る。佐和紀は本気でたじろいだ。

自分の口にした言葉が空々しく聞こえ、途端に悪寒を覚えて肌が粟立《あわだ》つ。容赦のない道元の顔を凝視した。そこには、悪魔的に笑う邪悪な由紀子の面影がある。

いまごろ、佐和紀の動揺を想像して、にやにやと笑っているに違いない。

吐き気がして、佐和紀は帯に手を添えた。落ちて降り積もった枯れ葉が風に鳴る。

「岩下は、ここへ通ってたんだ」

同情たっぷりに言われ、佐和紀は拳を握りしめた。道元をぶちのめしたくなったが、まだそれはできない。

感情をこらえたくちびるがわなわなと震え、引きずられるようにして連れていかれる。なにより、こんなことに利用される元愛人が不憫だった。


キッチンで立ち動く気配を感じながら、佐和紀は子どもたちの声がする窓へ目を向けた。ガラス戸を閉めていても、ベランダの向こうから聞こえてくる。屈託のない楽しげな声だ。ほのぼのとしかけて、気を引き締めた。緊張が長く続かないのは悪い癖だ。眠たくならないだけマシだったが、それもいつまで保《も》つのか、わからない。

佐和紀を迎え入れた女から入室を断られた道元は、マンションの部屋の前で待っている。

レース編みの敷物が置かれたダイニングテーブルの上を眺め、整頓《せいとん》された部屋をもう一度ぐるりと見た。子どもの描いた絵が壁に貼られ、棚の上には写真立てが並んでいる。

雑然とした生活感が溢れた部屋だ。幸せな家庭の気配が重くのしかかり、ここへ訪れていた周平のことを考えてしまう。そして、由紀子だ。

佐和紀を迷惑がらせたいのか。動揺させたいのか。

どちらにも成功しているが、女狐《めぎつね》の思惑とはズレていると思う。動揺しても、ショックは受けていないからだ。

結婚した当初から、愛人だという女には何回も遭遇した。さすがに隠し子の話は聞かなかったが、いてもおかしくないと思ってきた。

周平は男だ。男が女を抱くのは当たり前のことで、それが行きすぎれば妊娠するに決まっている。

だから、一番ショックだったのは、自分よりも若くてかわいい元男娼のユウキにケンカを売られたときだ。初めて、人と比べられたくないと思った。

だから、いまさら周平の元愛人に会っても、居心地の悪さ以上の感情はない。

目の前に熱い緑茶が出され、茶菓子も置かれる。

女の手は細く華奢《きゃしゃ》で、皮が薄く、血管が透けて見えた。

佐和紀の向かいの席に座り、深々と頭を下げる。長い髪をひとつに束ね、薄化粧の口紅は淡い。

「妙子《たえこ》と、申します。岩下さんには、ひとかたならぬお世話になりました」

「由紀子に脅されてるのか」

いきなり切り出すと、相手はパッと顔をあげた。ブルブルッと首を振る。

思う以上に歳《とし》を重ねた女だ。やつれて寂しげに見える面立ちが皮肉にも上品に見える。しかし、若い頃が美人だったとは思えない。

「そんなことがあれば、京都にはいられません。道元から電話があったのは、昨日の夜です」

妙子の口調は強く、幸薄そうな見た目とは裏腹に肝が据わっている。

「俺も、あの男に連れてこられただけだ。……由紀子はなにを考えてるんだろうな」

「……あなたが、傷つくことを期待しているんです」

「あの子どもの本当の父親を言うとか？」

佐和紀の返しに、妙子は意外そうに目を開いた。佐和紀は続ける。

「だって、そうだろう。周平は違うって言うんだ。それをいまさら、あんたが俺に打ち明けてもさ。俺は周平を信じるよ」

「……そうですか」

妙子は物静かに微笑んだ。

「由紀子さんも焦っているのね」

「あの女は、俺に手を出せないだろう」

道元をけしかけていることも、単なるパフォーマンスだ。小さな揺さぶりをかけているだけで、強引な実力行使の気配はない。

「周平にまだ惚れてるんだろう。……煙草を吸ってもいい？」

シガレットケースを出して聞くと、妙子はカウンターキッチンの向こうから小皿を取り出した。

「灰皿はないので」

テーブルに伸びた手を、佐和紀は不意打ちに摑んで引き寄せる。乾燥してカサカサになっている指先を見ると、妙子は慌てて引こうとした。

「あの……っ」

「いいから」

黙らせて、指を引っ張った。

「こういうのが趣味なんだな」

細い指をなぞると甘酸っぱい気持ちになる。

「この家で会ってたんだろう」

その頃はハンドクリームを塗りこんでいたかもしれない。

「……あなたが思うような関係じゃないんですよ。由紀子さんとしたあとに、毒消しに来るだけで」

「へぇ、そんなことできるんだ」

「ものの例えです……」

「お母さんの手だな」

「やめてください」

鋭い声を放った妙子に手を振り払われる。佐和紀はじっと相手を見つめ、視線が戻るのを待った。

時間だけが過ぎていき、耐えかねた妙子がおずおずと口を開く。

「なにを話しましょうか。聞かれたことには答えるつもりで待っていたんです。私は、な

にから話せばいいか……」

「聞きたいことはなにもない。さっきも言っただろ。俺は、連れてこられただけで、見た

くもなかったし、会いたくもなかった。あいつが知ったら……」

言いかけて、うつむいた。ため息をつく。

それこそが由紀子の願いだ。佐和紀が傷つかなくても、妙子と会ったことを知った周平

が少しでも苦悩すれば、あの女は喜ぶ。それが自分の妄想でもかまわないのだろう。ねじ

曲がった愛情だ。

「妙子さん、だったよな。えっと……」

佐和紀は着物の衿をしごき、背筋を伸ばし直した。

まっすぐに見つめ返したあとで、テーブルに指を揃えて頭を下げる。

「周平の面倒を見てくださって、本当にありがとうございました」

「あなたって……変ね」

妙子が笑うと、部屋の空気が優しく動く。

「最後に会ったのは、あなたと京都へ来たときよ。あんなに幸せそうな顔は見たことがなかった。私ね、一晩中泣いたわ。幸せに巡り合えたんだと思うことが嬉しくて……。周平さんの不幸を願わない自分が嬉しかったのよ」

「すみません、こんな男が相手で」

「あなたのことはよくわからないけど、周平さんがいいと思えばいいのよ。……こういう人が良かったのね」

「いや、それはどうかな。……好みとは違うと思う。俺も、違うし……。ただ、相性が良かっただけで」

煙草を取り出して、喫茶店の薄いマッチで火をつける。

「あいつは、子どもとは会わなかったんですか」

「あの子の父親は、谷山さんよ。周平さんが会う必要はないわ。谷山さんはご存知？」

「大滝組の谷山ですよね？　知ってます」

代わりに認知しただけだ。本当の父親ではないだろう。

「谷山さんは、いまでも来てくれるんです。きっと、この先も」

「……谷山には似てない」

「父親に似ない子供もいるんでしょう」

「周平には似てると思うけど……俺の願望かもなぁ」

「嫌じゃないの？」

「べつに」

軽く答えて、顔をそむけながら煙を吐き出す。

「自分の男の子どもがよそにいて、なにが嫌なのか、わからない。引き取りたいと言う男じゃないし。もしも周平の子どもが路頭に迷ってるなら、俺は引き取るよ。でも……、子どものことを考えれば不幸だな」

周平も佐和紀もヤクザだ。その上、男同士でもある。

「子どもが欲しいと思ったことは？」

妙子から聞かれて佐和紀は首を振って否定した。

「自分に子どもを作れる能力があるなんて、考えたこともないから」

「私はね、産めないはずだったのよ。あの子は奇跡なの」

妙子の視線が外へ向く。柔らかな微笑みが、幸薄い過去を消し去るように頬をほころばせた。

周平はここへ来て、なにを見聞きしたのか。それが一瞬だけ垣間《かいまみ》見えて、佐和紀は目を細めた。傷に傷を重ねて過去を消したつもりでも、周平は育ちのいい男だ。

失った過去と一緒に埋葬した『あったかもしれない幸福』を、由紀子との密会にセットにすることで心のバランスを保っていたのかもしれない。

それが周平の繊細なところだ。

風邪《かぜ》で寝込んだとき、母親を思い出させるおじやを作って怒られたことがある。良かれと思ってやった佐和紀は驚いて逃げ出し、ひと騒動だった。巻き込まれた支倉の迷惑そうな顔が脳裏によぎり、佐和紀は煙草の火を消した。

換気を勧めると、妙子は換気扇を回して、ベランダの戸を開けた。子どもたちの声がダイレクトに飛び込んでくる。

「私といて、周平さんが幸せだったことはないのよ」

ふたたび席に着いた妙子が言う。

「あの人はね、ずっと不幸の中にいたのよ。だからあきらめきれずに由紀子さんと会っていたんだと思うわ。好きだったんじゃないのよ。間違えたことを認めたくなかったんじゃないかしら……。あのふたりの関係はね、主導権争いがすべてなの。どちらが支配するか、なのよ。愛じゃないわ」

「わかるような気がする。……うん、わかる」

佐和紀はうなずいて、宙を見据えた。

由紀子と周平が並んで見える。しかし、周平の面影には道元が重なり、佐和紀の心をかき乱す。

周平と道元はよく似ている。

似るように仕込んだ女がいるからだ。だから……、絶対に道元は周平にはなれない。

それこそ、由紀子の下では絶対に無理だ。

くちびるを引き結び、佐和紀はぎゅっと拳を握りしめた。

この場所を訪れても、周平の心はやはり、いくらも静まらなかったと思う。屈辱に燃え、怒りを秘め、何度も傷つくことで前へ進んできた。

誰も周平にはなれないし、代わりだって務められない。あの男は唯一無二で、永遠に佐和紀だけのものだ。周平がそう誓ってくれた。証《あかし》にくれたダイヤモンドを指でなぞり、佐和紀はわずかに微笑んだ。

「電話を借りてもいいですか」

「盗聴されているかもしれないから、携帯電話を貸すわ」

妙子の携帯電話を借りて、佐和紀はその場で岡村へ連絡を入れる。このあとの相談を手短に済ませた。変更点はニュアンスをほのめかすだけでも伝わる。

回線を切って電話を返すと、不穏な雰囲気を察した妙子が表情を曇らせた。

「気をつけてね」

心配そうに声をかけられ、笑い返しながら立ちあがる。着物の衿をしごき、帯を据え直した。

見送るために席を立つ妙子を、まっすぐに見る。

「お邪魔しました。どうぞ幸せに暮らしてください」

もう二度と会うことのない相手だ。妙子と周平の人生はもうすっかりと切り離され、かつて寄り添っていたことさえ想像させない。

妙子も、周平を頼むとは言わなかった。

「あの……、聞いてもいいかしら。……大滝の、組長さんは……お元気ですか」

玄関で草履を履いた佐和紀の背中に、妙子の震える声が聞こえた。

振り向くと、うつむいたままの女の首筋がほの赤く見え、佐和紀はまばたきを繰り返す。

妙子の本心がどこにあるのか、瞬時に読み取ってしまう。細い肩の丸みを視線でなぞり、捨てきれない恋はこうして尾を引くのだと思った。

それが不幸とは限らない。どんな感情も、心に秘めた本人だけのものだ。

「元気だよ。ときどき一緒にスナックへ行く。なにか、伝えようか」

「……いいえ」

妙子は首を左右に振った。

「私のことなんて、覚えていないでしょうから」

「物覚えのいい人だけどね。……あぁいう男は、情けをかけた女を忘れないもんだよ」

「若いくせに」

笑った妙子が一歩、後ろへさがった。

「妙子さんは元気だった、って、酒のついでに話しておくよ」

手を伸ばして、そっと腕に触れる。軽く撫でただけで離れると、妙子は両手で顔を覆い、廊下の壁にもたれかかる。

しゃがみ込まないことだけが彼女のできる精一杯だ。

佐和紀は静かに挨拶をして部屋を出た。日の陰った廊下に吹く風が冷たく、首をすくめる。

ままならない恋路の苦しさを思い、誰が悪いわけでもないと息をつく。それぞれの事情があってこじれた関係だ。成就しない恋模様もある。

苦々しく顔を歪めた佐和紀は、マンションの廊下へ出るなり、待ち構えていた道元を睨んだ。

その隣に連れているのは、外で遊んでいた妙子の息子だ。

「あんた、誰やねん」

甲高い声は、母親と違って、よどみなく関西の言葉を話す。

「ぼくのおかあちゃん、いじめたら、承知せえへんぞ」

利発そうな瞳が、ぎゅっと佐和紀を睨んでくる。小生意気な顔にはやはり周平の面影が差して見え、そのままま っすぐ育って欲しいと心の底から願う。父親が誰であってもいい。生まれてくることのできた子どもの強運を想いながら、佐和紀は道元の手前、顔を歪めてあとずさった。

それを見た子どもは、調子づく。居丈高に胸をそらした。

「ぼくのとうちゃんはヤクザやねんぞ」

「……へぇ、そうなんだ」

「おまえ、女なんか、男なんか、どっちやねん」

「クソガキ。おまえもヤクザになんの？」

問いかけを無視して、身を屈《かが》めた。

「アホか！　ならんわ！　とうちゃんは苦労してヤクザになったんや。俺は苦労して、警察官になるねん！」

「……まぁ、せいぜい頑張れ」

あご先で道元を促し、佐和紀は子どもの脇をすり抜けた。胸が痛まないわけではなかった。

振り返って、もう一度顔をよく見てみたい。そう思う佐和紀の背中に、ただいまと叫びながら家に駆けこむ子どもの声が聞こえる。説明のつかない感情が渦を巻き、穏やかだった心はまた激しく乱れた。

「岩下の子どもなのか」

道元がやっぱりと言いたげに隣へ並んでくる。

顔を覗き込まれ、胃がひっくり返りそうなほどの怒りを覚えた。道元はしょせん、チンピラあがりだ。人の不幸に舌なめずりする育ちの悪さが透けて見え、外見が整っている分だけ格好が悪い。

姑息《こそく》な男の視線を避け、佐和紀はすたすたと歩いた。草履を鳴らして階段を下りる。車を停めた駐車場へ戻ったところで、手首を摑まれた。

苛立って力任せに振り払う。怯《ひる》むことのない道元に肩を押され、助手席のドアに追い込まれた。

「子どものできることをしようか、奥さん」

乱れた心を逆撫でする言葉を投げかけられ、相手を睨みつけた。

押しの強い道元は、じりじりと距離を詰めてくる。

妙子と佐和紀を引き合わせ、出てきたところを子どもと待ち構えているなんて、ふたりの生活を脅かす行為だ。自分を動揺させるためだけに利用したのだと思うと、腹の奥が煮えくり返った。

由紀子よりも、言いなりになっている道元が許せない。

周平モドキにしては、劣化版すぎるからだ。

怒りで眼のふちを震わせながら、佐和紀は相手の瞳の奥を見据えた。

「俺は男だ。子どもなんてできない」

「じゃあ、中出ししても大丈夫だな。好都合だ」

「バカじゃないのか。こんなことぐらいで……、おまえなんかと」

「自分の顔を見て言えよ。……慰めて欲しいって書いてある」

道元が助手席のドアを開ける。佐和紀は中へ押し込まれた。

「ホテルはどこ？」

運転席に座った道元に聞かれる。佐和紀は昨日から京都にいたことになっている。

「……浮気はしない」

そっぽを向いて、そっけなく言う。あご先を引き戻され、近づいてくる顔を押しのけた。

「じゃあ、お互いにオナニーをすればいい」

男の声が、耳元でいやらしく響く。有無を言わせぬ強引さの中にあるのは、支配欲だ。人の心の自由を奪って屈服させる昏《くら》い喜びが道元から押し寄せてくる。

佐和紀は怒りを隠してくちびるを噛んだ。それを承諾と取った道元がなおもささやく。

「俺はあんたのケツを借りる。あんたは俺の……」

「言わなくて、いい」

道元のジャケットの襟を掴み、佐和紀は小刻みに身体を震わせる。昨日の周平を思い出し、熱っぽく息を吐く。

気分が悪くても、まだ手は出せない。作戦はこれからが本番だ。

道元の性根がクズでも、ヤクザとしてはものになる。事実、若頭補佐の役目も果たしているし、桜川の言う通り、真柴のためには道元が必要だ。

道元の耳元にホテルの名前を告げて、戸惑いたっぷりに肩を押し返した。

弱みを見せれば尻尾《しっぽ》を振って食いついてくる。いまの道元はどこまでいっても由紀子の犬だ。しつけられ、支配され、従わされている。

その首にかかった縄をはずすことは、桜川の依頼にはなかった。しかし、引き渡すなら、すべてを済ませてからだ。

そうでなければ、佐和紀の怒りが収まらない。真柴にとっても足手まといだ。

車が走り出し、佐和紀はぼんやりと道元の手元を見つめた。

道元は時計を左手首につけている。そして、右手にも革のブレスレットだ。それぞれの下には、赤い線がぐるりと走っていた。注意深く確かめ、佐和紀は憂いを滲ませた顔つきで、右手を男の膝へ置いた。

岡村にチェックインを頼んでおいたのは、周平と泊まった思い出のホテルだ。すでに手続きを済ませてあるので、名前を告げるだけでルームキーが受け取れる。道元は警戒もしなかった。

たかだかチンピラあがりの男嫁だと侮られるのはありがたい。同じヤクザものだと思われたら、事態はもっと殺伐としてしまう。

得意のホステススキルでじゅうぶんに気分よくさせながら、エレベーターに連れ込んだ。『不本意だがアバンチュールに興味のある人妻』のふりは、三井から借りているＡＶの不倫人妻ものがモデルだ。こんなところで役に立つとは思わなかったが、大概のことはそんなものだろう。

周平の元愛人と隠し子に会って傷ついたように振る舞い、極力、言葉数を減らし、道元から半歩遅れて歩く。

相手はまがりなりにも若頭補佐だ。心の中で舌を出せば、さすがにバレると思い、とことんなりきって寄り添った。人を騙すなら、まず自分自身からだ。

部屋にたどり着くまでに、道元は何度かキスを求めてきた。そのたびに身をよじらせて避けると、男の征服欲にいっそう火がつく。

スラックスの股間《こかん》は目に見えて盛りあがり、我がもの顔で肩を抱き寄せられた。勝ちを得た気でいるのが強引な仕草に表れ、佐和紀は柔らかなじゅうたん敷きの床へ視線を落とす。

この先にある不幸を想像もしないというのは、油断している人間の悲しい性《さが》だ。

それでも道元に隙はなかった。掃除不要のカードをかけた部屋に入ると、ドアというドアを開けて回る。

高層階のエグゼクティブルームだ。広々とした部屋にはダブルベッドが置いてある。佐和紀が足を踏み入れたのはいまが初めてだが、ちゃんと昨日の宿泊を感じさせるように室内がいじってあった。煙草の吸いがらもあり、ビールの缶も置かれている。

すべての確認を終えた道元はジャケットを脱ぎ、イスの背に投げた。それから、思い出したように入り口へ戻る。

ドアにロックガードをかけて戻ってきたのはさすがだ。佐和紀にとっては不安材料になる。ルームキーを持っている岡村と知世が入ってこられない。

しかし、気づかないふりで羽織を脱ぐ。シガレットケースと小さな財布をテーブルへ置き、帯に手をかける。

結び目をほどいた瞬間、腕を摑まれた。

ベッドへと突き飛ばされ、倒れ込んだ上へとのしかかられる。道元は、自分のネクタイを指先でクイッとゆるめた。

「痛い……っ」

乱暴な扱いを受けた佐和紀は不満をあらわにする。

「痛いぐらいがいいんだろ？」

着物の裾をめくった道元の手が、膝の内側へ乱暴に這い入る。肌の手触りを確かめられ、慌てて指を押さえた。

「誘っておいて、焦らすなよ。楽しみたいんだろう」

「……準備、させてよ」

「面倒だからいい。アナルセックスには慣れてる」

佐和紀の下着を剝いで床へ投げた道元の膝が、着物を踏む。

男は趣味じゃないと言っていたのが本当なら、女相手のアナルセックスだ。そこにもSM趣味が透けて見え、道元の変態性欲に嫌悪感を覚えた。

同じことを毎日のように周平としていても、愛情のかけらもない相手とするなんて考えられない。

身体を撫で回されることにも虫唾《むしず》が走る。それでも、着物を剝がれるに任せ、佐和紀は裸体をさらした。

明るい部屋の中で、じっくりと肌を確かめられる。

「キスマーク、残ってるんだな。昨日もヤッたのか」

「朝にした……。あいつは、帰ってくるのが遅いから。朝に」

「いいように使われてるじゃないか」

嘲《あざけ》るように笑われ、佐和紀は傷ついてみせる。

「……おまえだって、そうだろう。女の匂いがしてる。……由紀子のケツにも突っ込んでんの？」

強がって睨むと、道元の頬が引きつった。

「指を舐めろ」

くちびるを親指でなぞられ、佐和紀は首を振る。

「命令するな」

口ごたえすると、喉をいきなり押さえつけられた。締め慣れている動作だ。片手で喉ぼとけを圧迫されて息が詰まる。

「くっ……」

「いい声だ」

携帯電話を片手で操作しているのに気づき、

「やめ、ろよ……っ」

抵抗すると、みぞおちに道元の膝がめり込む。むせた佐和紀はなにも身につけていない身体をよじった。うつぶせにしようとする道元を押しのける。

本当にセックスするつもりはない。しかし、ぎりぎりまで興奮させなければ、『作戦』の効果は薄まってしまう。

いきり立ったところをボコボコにするから痛手を与えることができるのだ。

「意外に興奮させるじゃないか……。ついてるもんを見たら萎えるかと思ったけど、さすが岩下の女だ。たっぷりかわいがってやるから、良い声で鳴けよ」

震えがくるようなお約束のセリフに、佐和紀は笑いそうになる。こらえて顔をしかめた。

ロックガードを解除しに行きたかったが、チャンスはまだ巡ってこない。シャワーを浴びるどころか、まともなセックスさえ許されない雰囲気だ。

「痛いのは、嫌だ」

うつぶせにさせられ、上半身をひねって訴える。佐和紀の腰を引き寄せた道元は、性的な笑みを浮かべて目を細めた。

「ちょっと叩くだけだ。ぶち込んで叩かれたら、くせになるほどいいんだ……」

撫でられた尻を平手で叩かれ、バシンと音が響く。佐和紀はびくっと震えて背中を丸めた。

「なんだよ。素質あるな……、もう勃ってきてるんだろう」

デニム地のパンツを下着ごと足から抜き、道元はネクタイをはずしてシャツを脱いだ。

丸くなった佐和紀の尻の下へ手を伸ばし、足の付け根に触れてくる。縮こまった袋を後ろからさすられ、目の前で鈍い光が瞬いた。

「ん、く……っ」

尻を叩かれていたせいで、身体が勝手に、周平とのプレイを思い出す。

佐和紀に触れることができるのは周平だけだ。だから、身体は当然のように周平を思い出して疼く。

太い杭《くい》を深々と差し込まれ、激しく突きあげられながら叩かれると、衝撃と痛みにおののいた内壁が締まり、背徳的な快感が生まれる。

信頼感があるからこそのソフトＳＭだ。

道元のように暴力すれすれの行為ではない。それが証拠に、一瞬は周平を思い出した身体はまたたく間に冷めた。震え出したのは、寒さでも恐怖でもない。嫌悪感の高まりだ。

ここまでだろう、と佐和紀は思った。

もう少し煽《あお》っていい気分にさせた方が、あとあとの仕返しは効く。しかし、周平以外の指が急所に触れている嫌悪感は強烈で、なけなしの理性がブチブチとちぎれていく。

殴りすぎるなと念を押した岡村の声が耳によみがえったのは上出来だったが、それは最後の理性だった。

耳馴染《なじ》みのいい声は、どこか遠くへと押し流されていく。周平の艶《つや》めいた微笑みがよみがえり、そして妙子と少年の姿が思い出された。

ただ素直に色を仕掛けてきただけなら、こんなことは画策しなかった。しこたま殴って改心させることだってできると思った。けれど、それだけで修正できる性根の悪さではない。

周平に似ていると思うからこそ出来損ないの色悪が許せず、佐和紀はもの悲しい気持ちになる。

「や、だ……」

怒りを隠して訴えた声は頼りなくかすれ、愁いを帯びた。

肩越しに振り向いた佐和紀は、暴力的な興奮をたぎらせる道元の目を見た。力による支配でさんざんに虐めたいと思っているのだろう。劣情が瞳にたぎり、荒っぽく身体が開かれる。

佐和紀は逃げた。その滑らかな動きが、快感の中で悶えるさまを想像させると自覚はしたが、どうにもならない。這うように逃げて、ズレた眼鏡をベッドの向こうへ落とす。その腰にのしかかろうとする道元の両手に腰骨を引き戻される。

「たまらない動きだな……」

道元の息は、すでにハァハァと乱れ、下半身がすり寄った。男の先端が尻に当たり、ひやりと濡れる。

「……っ！」

我慢できず、佐和紀は振り向きざまに左腕を振るった。

手の甲の攻撃をぴしゃりと受け止めた道元がにやりと笑う。

その顔が歪んだのは、ねじった身体から繰り出された佐和紀の右手に気づかなかったからだ。道元が左腕を固定したことで、右手の攻撃は、より強力になる。

勢いよく拳で殴りつけて横転すると、怒声をあげる道元に足をむんずと摑まれた。仰向けで足を大きく開かされ、急所がガラ空きになる。佐和紀は即座に上半身を起こした。しなやかなばねのように起きあがり、覆いかぶさっていた道元の額に向かって思いっきり頭突きを食らわせる。間髪入れずに、頰へもう一発、拳を打ち込んだ。

アドレナリンが音を立てて噴き出す興奮を覚え、佐和紀はベッドから飛び降りた。もんどりうって床へ転がった道元を蹴りつける。

サッカーボールを蹴るような、なまやさしいものではない。かかとで腰骨を狙い、痛みに悶絶するパーマヘアーを鷲摑《わしづか》みにした。

「遊びはここまでだ」

顔を覗き込む前に、どかどかと部屋へ駆け込んでくる気配がした。すかさず道元の頰に拳を入れたのは、止められることがわかっていたからだ。裸の身体へ知世が飛びついてきて、引き剝がされる。

殴られて転がった道元を押さえ込んだのは岡村だ。すぐに知世も加勢する。

佐和紀の命令を受けて前泊を完全に偽装した男たちは、あらゆる状況を先読みして、ロックガードにも手を加えていたのだ。

持ち込んだ革の器具で拘束される道元を横目に、佐和紀はぐちゃぐちゃになっている着物から、襦袢の襟を見つけた。引きあげて袖を通し、裸を隠す。腰紐だけを結んだ。

周平が選んだ襦袢は松葉色で、男と会うとわかっていて、やはり色めいた春画が腰下一面に描かれている。陰部は隠れているが、乱れた姿でもつれあう口吸いの構図だ。

眼鏡を取りにベッドの反対側へ回ると、道元の呻きが部屋中に響いた。

後ろ手に拘束された道元が風呂場へ連れていかれ、佐和紀も三人を追う。

右手に洗面台があり、その奥に浴槽、左側が鏡張りのシャワーブースだ。浴槽の前に全裸でうつぶせになった道元は口にタオルを押し込まれていた。首の後ろを知世の膝で押さえられている。岡村は黙々と働き、後ろ手に拘束した道元の腕と足を繋ぐ。

「姐さん、おケガはありませんね」

無表情の奥にある岡村の感情は怒り一色だ。

「俺はないけど」

「この男は、指の一本ぐらいは平気でしょう」

「いいよ、折らなくて……」

あきれた佐和紀は、腕を組んで入り口にもたれた。ゆるく着つけた襦袢姿で顔をしかめる。自分以上の怒りを見せられると、冷静になってしまうのが人間だ。

黒いセーター姿が朴訥《ぼくとつ》として見える岡村も、関東の一大組織、大滝組のひとりだ。直系大滝組の洗練された掟《おきて》を守っていても、やはり暴力慣れしている。

バスルームにいる男たちはみんな、似たり寄ったりだ。

佐和紀にしても知世にしても、人に殴られるのも人を殴るのも平気で、躊躇《ちゅうちょ》はしない。

道元も同じだろう。それが証拠に、口をタオルでふさがれていても、見開かれた瞳は獰猛《どうもう》に血走っていた。

窮地に陥っていっそう興奮状態を募らせるのは、一種の防御反応だ。痛覚が鈍くなる。それを知っている道元は、何度も修羅場をくぐり抜けてきたのだ。

「……道元、これがおまえの好きなプレイだろ？」

佐和紀が言うと、睨んでくる目に殺気が走った。縛っていたぶるのが趣味の男は、いまいましげに佐和紀を見る。

「女を何人も壊してるんだって？　満足できるわけないよな。いたぶるより、いたぶられたいのが、おまえの本性だ」

ぎりぎりと引き絞られる道元の眉根を眺め、佐和紀はタオルを取るよう、知世に目配せをする。

しかし、口元を解放されても、道元はなにも言わなかった。当たり前の強情さだ。ここで泣くようでは、桜河会の若頭補佐なんて務まらない。佐和紀は満足しながら目を細めた。

「あの女の調教は、よっぽどうまいんだな。おまえの手首のアザは、あの女とのプレイでついた縄の痕だろう。両手にあるなんて変だもんな。……もう少し遊んでやるつもりだったけど。俺さぁ、気が変わったんだ」

「煮るなり焼くなり、好きなようにしろ」

余裕ありげに笑った道元は、あごをそらした。腕を後ろに回した全裸でも、鍛えあげた身体は堂々としている。

背中に刻まれた大輪の牡丹と唐獅子は、蹴りを入れたときに見えた。地紋も袖もある周平の入れ墨とは、そもそもの規模が違う。

「あの人は、俺なんかのためには動かない」

道元が思い浮かべているのは由紀子だ。心酔しきっている表情がうっとりとしているように見え、佐和紀は胸のむかつきを覚えた。

周平と道元は違う。なのに由紀子はこの男に周平を重ね、周平にはできなかった調教で屈服させたのだ。

知らぬところで自分の男が汚されているような気がして、佐和紀は顔を歪める。知世へ視線を向けた。

「おまえはエレベーターの前で見張りをしてろ。呼ぶまで動くな」

佐和紀の命令にうなずいた知世は、即座に動き、頭を下げながらバスルームを出た。

若い世話係に見せたくないのは暴力行為ではない。それに加担する岡村の姿だ。幻滅しないにしても、今回ばかりはどぎつくなる。

　ドアが閉まる音がして、残った男三人はしばらく沈黙した。やがて道元も事態を理解し、肩を揺らして笑い出す。

「俺を強姦するつもりか。そんなこと……よく考えついたな」

「由紀子にはさせてるんだろ」

「まさか。俺は突っ込む専門だ」

「ややこしいな、調教って」

　佐和紀はふざけて笑い、入り口そばのクローゼットに置いてあった旅行カバンを取って戻った。洗面台の上で開き、潤滑ローションとゴム手袋を出す。

「調教なんて……」

　動揺する気配もなく、道元は失笑する。

「できないと思ってんの？」

　ローションとゴム手袋を岡村へ投げ渡し、最後に取り出したディルドを眺めた。使い方を想像するだけで内臓の奥が痛くなりそうなフォルムだ。大人のおもちゃと呼ぶよりも、拷問道具に近い。

　それを握りしめた佐和紀は、道元の引き締まった頬へ、ピンク色の先端をぐりぐりと押しつけた。

「おまえは俺を怒らせたんだよ」

妙子と子どものことだ。ひっそりと暮らすふたりを利用したことを見逃がせば、彼らの生活を踏みにじる権利を与えたも同然になる。それは絶対に認められない。

初めは、かき集めた道元の情報をこね合わせ、由紀子への忠誠はSM行為の代償だとあたりをつけただけだった。恥ずかしい写真の一枚でも撮ってやろうと思っていたのだ。

しかし、妙子と会って気が変わった。道元の性根を正すためには、根本的なしつけ直しをするしかない。

佐和紀が合図を送ると、ゴム手袋をはめた岡村の表情に冷酷さが滲んだ。道元の首を押さえて前傾姿勢を取らせ、剝き出しの尻にローションを垂らす。

黒い別珍の足袋《たび》裏で道元の頭を踏んだ佐和紀は、呻きをこらえる男の声が、くぐもった悲鳴に変わるのを漫然と聞いた。すでに知世と岡村がふたりがかりで、催淫剤を飲ませている。

それが効くのを待たずに、黙々と作業をする岡村は職人のようだ。愛情のかけらもない相手の尻の穴に指を埋め、おそろしいほど的確に快感を与えていく。一朝一夕にできることではない。

周平の下で過ごしてきた岡村のこれまでが見えるようだった。

その手管に抗いきれずに飲まれていく道元は、必死に理性を繋ぎ止めようともがく。

追い込んでいく岡村は、私情も絡んで容赦がなかった。

佐和紀を全裸に剝いて組み敷いた相手に対する憎悪は、佐和紀から受け取ったディルドを埋めていく手にも現れ、本人の申告通り、直腸性交に慣れていない道元はガクガクと震えた。

大の男がすすり泣きを始め、よだれがだらだらと口元から垂れる。それでも岡村の責苦はやまず、ディルドは激しく出し入れされる。苦痛だけではない。快感も与えられているから、道元はいっそう苦しんだ。

ローションをぬちょぬちょと響かせて絞り出される精液が、かすれた悲鳴とともに床へ飛び散る。洗面台に腰かけて煙草をくわえていた佐和紀は、煙を吐き出した。

わずかな同情は、周平と美園にさえ劣らないと並び数えられた男へのものだ。実力はある。それは確かなのだ。

由紀子の顔が頭をよぎると、佐和紀の心は冷えていく。怒りを忘れ、洗面台から下りた。床にすり寄るようにして喘いでいる道元の頬を、足袋裏でずりずりと踏む。

「ずいぶん気持ちよさそうだな。このまま、この男の『オンナ』にしてもらうか？」

佐和紀の問いかけに答える余裕もなく、道元はひぃひぃと喘ぐ。尻にディルドを刺したまま、岡村に髪を引っ張られてあごがあがった。

佐和紀は足袋を脱ぎ捨て、裸足で立つ。

「道元。いつまで由紀子といるつもりだ。あの女はおまえを使い捨てるぞ」

「……そんな、こと……」

初めからわかっていると言うのだろう。

それでも落ちていくから、恋は甘く爛れた快感になる。

佐和紀はそれ以上を考えなかった。道元と由紀子の間に芽生えた感情を探っても意味はない。どうせ終わるのだ。

男が望んでいるドラマチックさはない。薄汚いヤクザたちの思惑に踏みにじられるだけの結末だった。

「俺の旦那の代わりは、そろそろあきらめたらどうだ。……俺がおまえを虐《いじ》めてやるよ」

佐和紀を上目遣いに見る道元の顔が恍惚《こうこつ》とする。わなわなとくちびるが震え、ぞくっと揺れた肌がわななく。

岡村の手管で理性を崩された道元にはもう、まともな思考能力はなかった。呆《ほう》けた顔でキトキトと視線を巡らす男の前に、佐和紀は足を出した。

「ほら、舐めろよ。俺に寝返れば、もっとよくしてやる。気持ちいいんだろ？　同じ男からこんなにされて、もうオモチャ同然だ」

目配せすると、岡村が手を動かした。与えられた快感に悲鳴をあげ、道元は奥歯をカチカチと鳴らす。

「う……はっ……」

息が喉に詰まり、ひぃひぃと喘ぐ。

「誰もおまえのケツに、チ×ポ突っ込んだりしねぇよ。残念だろうけど。くだらねぇ男のケツが、女の代わりになるわけないだろ」

佐和紀に罵《ののし》られ、焦点の定まらない目をした道元はびくびくと跳ねた。そのまま佐和紀の足にむしゃぶりつく。

くるぶしに吸いつこうとしたのを引き剝がした岡村が低い声で言った。

「道元、忘れるな。おまえはもう、女にいたぶられたって満たされねぇんだよ。こんな屈辱を簡単に忘れられるか？」

淡々とした声はひんやりと冷たく、それがいっそう道元を興奮させる。達したはずの性器はまた勃起していた。

「……シン、完全にカタにはめてやれ。俺以外に尻尾を振れないようにな」

襦袢の裾をわざとひらひらさせて、後ろへ下がる。床に額《ぬか》ずいた道元はもう人間らしい声さえ出ないありさまだ。動物のように吠えるのを背中に聞き、佐和紀はバスルームの外へ出た。

ドアを閉めても聞こえてくる男の喘ぎは、悲鳴となり咆哮《ほうこう》となる。佐和紀の目に触れなければ、岡村が手加減することはない。

命令を忠実に守り、周平仕込みの容赦のなさで、道元のプライドを粉々にしてしまうはずだ。

テーブルの上の煙草を手にして火をつけた。

ぼんやりとしながら窓辺へ立ち、すでに暮れ始めている街を眺める。山の色づきが、藍《あい》色の夜に沈もうとしていた。

ビィビィと繰り返される振動音に気づいてテーブルのそばへ戻る。音の出どころは道元のジャケットだ。

内側のポケットの中に入っていた携帯電話に、男の名前と受話器のマークが表示されている。緑色の応答ボタンを押して、耳に近づけた。

黙っていると、向こうから女の声がした。

『お取り込み中のようね。かけ直すわ』

上品な物言いに、佐和紀はくちびるを歪める。煙草を灰皿で揉み消した。

「俺の手は空いてるよ、由紀子さん」

『あら……、困ったわね。ミイラ取りがミイラになったかしら』

「おまえの犬なら、餌《えさ》をもらってる最中だ」

『あの子の秘密に気づいたのね……』

意外そうに言われ、佐和紀は笑った。由紀子がどんな顔でいるのかを想像してみたが、わからない。

　ＳＭプレイの枠を越え、自分の犬が再調教されていると知ったら、怒るのか、それとも悔しがるのか。きっと、道元の心を気遣ったりはしないだろう。それだけがはっきりしている。

「周平に似てる男をいたぶるなよ。気分が悪い」

『私の勝手でしょう。道元とはセックスしてみた？』

「するわけないだろ。ダサい入れ墨を見ただけで萎える」

『周平ほどのものを彫るのは大変なのよ。せっかくだから味見したらよかったのに。周平さんにはなかった野性的な腰つきは、わりといいのよ。若い男はプライドが高くていいわ』

「若い頃の周平もさぞかしよかっただろうな」

『ヤクザになってからの周平さんなら最高によかったわよ。私の調教の中では一番うまくいっていたのに』

「あ、っそ……」

　つれなく答えて、佐和紀は眉根を引きしぼった。

「なぁ、由紀子。いつまでも遊んでいられると思うなよ。おまえは恨みを買いすぎてる。どんなにおいしいものでも、食いすぎたらダメだろ。頃合いってものがある。……ここあたりで、女としての仁義を考え直してみろよ」

桜川とのことを言ったつもりだった。道元と別れて桜川に詫《わ》びを入れたなら、引退に付き添ったあとの生活には困らないだろう。

そう思っての助言だったが、由紀子は高笑いで応えた。

『あなたって本当にこわいもの知らずね』

同じ日本語を話していても言葉が通じないもどかしさを覚え、佐和紀はうなじを指で掻いた。

由紀子に関わるなと繰り返してきた周平をふと思い出す。

電話越しに感じる摑みどころのなさは、気分が悪くなるほど不安定だ。

『道元を迎えに行くわ』

「その必要はない」

ぴしゃりと言って、由紀子を拒んだ。そのまま電話を切り、携帯電話をテーブルへ置く。

下着を探して、黙々と着物を着つけ直した。バスルームに置いた足袋を取りに戻らず、泣いている男の声を背に部屋を出る。

エレベーターホールへ行くと、佐和紀に気づいた知世が素早く立ちあがった。携帯電話でゲームでもしていたのだろう。待ちぼうけを食らった若者らしく振る舞っているのか、それとも単に暇だったのか。どちらであっても気にしない佐和紀は、親指で背後を示した。

「あとのことは、シンの指示に従ってくれ」

「わかりました。……ロビーまでお送りします」

ボタンを押すと、エレベーターはすぐにやってきた。乗り込んで、ロビーまで一気に下りる。

「えげつないことになってそうだから……、バスルームには入らなくていい」

「いいえ、手伝います。岡村さんひとりでは、あの男にシャワーを浴びさせるのも一苦労です」

「シャワーブースに蹴り込んで、ボディソープ垂らしとけばいいだろ」

「姐さん、たまにひどいですよね」

「いつもじゃなくてよかった」

笑って答えると、知世は真剣な表情になって振り向いた。

「あの男になにもされていませんか」

「キスひとつさせてない。撫でられたぐらいだな」

「……さすがですね」

「褒めても、なにも出ないよ。知世ちゃん」

「そうなんですか」

「まぁ、部屋に戻れば、ドSの手管が見れるし。ご褒美みたいなものだろ」

佐和紀のからかいを否定せず、知世は眉をひそめた。

「あの男、本当に別れて、組に残るんでしょうか」

「それをさせるのが、シンの仕事だ」

もしも道元がノーマルな男だったなら困難だったかもしれない。しかし、肉体を支配されて喜ぶ性癖は利用しやすい。

女に虐げられる屈辱の快感を、男に支配される屈辱で上書きすればいいのだ。それができるかどうかは、岡村の腕次第だ。

「……シンも気が立ってるだろうから、桜河会に引き渡したら俺の部屋で待ってろ。バレないと思って、セックスするなよ。素股《すまた》も手コキもダメだ。キスも、火がつくから禁止」

「それじゃあ、岡村さんが」

「あいつのことを思うなら、ひとりで飲ませてやれ」

「……わかりました」

「期待してたのか？」

鬱憤の溜まる仕事だから、終われば、憂さを晴らしたくもなる。岡村に惚れている知世にとっては、弱みにつけ込む絶好のチャンスだ。

「姐さんに従います」

自分の欲望を曲げてみせたのは、知世なりの忠誠心だろう。

ロビーを抜けて車寄せに出る。佐和紀はタクシーに乗った。

「こちらからも連絡を入れておきます。お気をつけて」

行き先を運転手に伝えた知世がタクシーから離れる。

佐和紀が向かったのは南禅寺《なんぜんじ》近くにある料亭だ。質素な門構えの前に横付けしてもらうと、内側で待っていた男がふたり、連れ立って出てくる。

タクシーの運転手が思わず声をあげるほどに目を引く存在感だ。かっちりとした三つ揃えの支倉が片割れで、タクシーの前を横切って運転席へ回り、佐和紀の代わりに支払いを済ませる。

もうひとりは佐和紀を出迎えた。

紺色のボートネックセーターに、センタープレスのきいた灰色のウールパンツ。定番に思える組み合わせだが、どちらも一目で見てわかるほど生地感が高級だ。

「どんな悪さをしてきたんだ」

周平の笑顔に迎えられ、

「すぐ拗ねるから言わない」

高揚と疲労の入り混じった興奮を引きずりながら手を伸ばす。手のひらで受け止められ、柔らかく包まれたかと思うと、周平のくちびるが指先に押し当たる。

佐和紀はそのまま、胸に寄り添うようにして顔をあげた。くちびるにキスが落ちる。

ドアをバタンと閉めたタクシーが走り去り、路地は途端に静かになった。ライトアップを楽しむ観光客もここには流れてこない。

三人で料亭の中へ入る。

庭の見える八畳の個室だ。色鮮やかな紅葉《もみじ》がほのかなライトに浮かびあがって見える。

佐和紀が上座に座り、周平が向かい、その隣に支倉が並ぶ。

すぐに日本酒と三段重ねの弁当が運ばれてきた。

「終わったか」

横浜戻りを一日伸ばした周平にとっくりを向けられ、猪口を差し出した。半分ほど注《つ》ぎ、とっくりは佐和紀の弁当のそばに置かれる。

別のとっくりで支倉が周平に酒を注ぐ。支倉自身は手酌だ。

その間に、佐和紀と周平は目配せを乾杯の代わりにする。

米の甘さが際立つ日本酒をきゅっと引っかけて、佐和紀はようやく肩の力を抜いた。

手元の脇息《きょうそく》に肘を預けて、ゆるゆると息を吐きながら答えた。

「俺の仕事はね、終わった。あとは、シンからの連絡待ち」

その点については、もう心配ない。周平も同じだろう。自分が鍛えた男の出来栄えに自信があるのだ。

「なにをさせたんですか」

佐和紀たち夫婦と同席することの珍しい支倉は、スーツの堅苦しさを少しも感じさせずに背を伸ばしている。

「旦那の前で聞いてくるの、反則だな」

「あなたがするわけじゃないでしょう」

佐和紀の仕事は、道元を気持ちよくつけあがらせることだけだ。一番難しかったのは、それを岡村に納得させることだったが、朝の作戦会議から一足先に抜けた支倉は知らない。

佐和紀は笑いながら肩をすくめた。

「道元から聞き出した由紀子の資産を桜川に押さえさせて、不貞行為で離婚調停って筋書だよ。弁護士も控えてるんだって」

コースでないのは、このあと、周平に予定が入っているからだ。あまりゆっくりはできないと、部屋に入るまでの間に支倉から念を押された。

「誰の案だ」

周平に聞かれ、佐和紀は小首を傾げた。

自分の選んだ一揃えに身を包んだ佐和紀を眺め、旦那はいつにもまして満足げだ。そして、そんな姿が佐和紀には眩しいぐらいに見える。

「おまえが仕込んだ『調教師』だよ。あれは……ちょっとすごいな」

「手に職をつけた方がいいと思ったんだよ」

悪びれずに笑う周平は悪い男だ。つくづく思いながら、佐和紀は日本酒を口に運ぶ。

岡村が男も女も抱けるように仕込まれていることは知っていたが、あれほど冷酷に淡々と、しかも手際よく相手を追い詰めていくとは思わなかった。

あれは拷問の一種だ。ＳＭプレイの調教ではない。

「使いこなせることが立派ですよ」

支倉に言われ、佐和紀はぽかんと口を開く。

「褒めた……っ」

思わず叫ぶと、形のいい眉がぴくっと跳ねる。

「言わなければよかったです」

「なんで。もっと褒めればいいじゃん。……周平。なにもさせてないからな」

「それはこのあと、確認しておく。道元の顔を見ればわかる」

「会うの？」

「美園と一緒に、桜河会若頭の増田と会うんだ。間に合えば道元も同席させるって話だから、今後の大枠のすり合わせだな」

「道元は使い物にならないよ」

「だろうな」

周平には「道元をボコボコにする」と伝えただけだ。岡村を使ってＳＭ的なことをすると匂わせたが、詳細は漏らさなかった。もっと子どもだましで済むはずだったのだ。妙子のことがなければ、岡村に精神攻撃を頼んだりしなかった。

「信用してくれたらいいのに」

ひとつひとつが繊細な料理に箸《はし》を伸ばし、

「脱ごうか」

佐和紀は流し目を向ける。

「シャワーを浴びてこなかったのか？」

「手は洗ってきた。……岡村がバスルームを使ってたんだよ」

「殴り合いにはならなかったんだな。おまえのことだから、鉄拳制裁でカタをつけると思ってた」

「同じようなもんだったよ。そうならないための『お色気』だと思ったんだけどなぁ。でも何発か殴ったから、会ったら謝っておいて」

「……しかたないな」

「先方にケガは？」

支倉に問われ、

「そう言えるほどのものはない。まぁ、アザは浮くだろうけど、骨まではいってない」

「レイプぐらいで転ぶ男じゃないけどな」

周平が言うと、手にした猪口に、支倉が酒を足す。佐和紀は手酌で自分の猪口を満たし、肩をすくめて飲みながら、ふたりの視線に気づいた。

もっと細やかに説明しろと言いたいのだ。しかし、佐和紀に期待しても無駄だと、ふたりはほぼ同時に笑い出す。

「誤解のないように言っておくけど、犯せとは言ってないから」

「言ってないのか」

「言ってないよ。だって、道元は桜河会に残るのに。男に犯されたなんて噂になったらかわいそうだ」

「でも、岡村を使ったんでしょう。ケガをさせたわけじゃないなら、どうやって」

支倉が珍しく、目をしばたたかせる。佐和紀は周平へ視線を向けた。

「周平が由紀子にさせなかったことを、由紀子は道元に求めたんじゃないかと、そう、思ったんだ」

「俺と由紀子……？」

周平が首を傾げ、ふたりの雰囲気が悪くなると思った支倉が身構えた。しかし、微塵も変わらないことに気づき、また不思議そうに周平と佐和紀を見比べる。

佐和紀は、周平を見た。

ヤクザになってからも由紀子と寝ていた周平は、最後まで支配されなかった。

周平を傷つけ、転落させることで、由紀子は何度も周平を支配しようとした。自分好みに調教を加えるつもりでいたのだ。

それは成らず、由紀子の執着だけが尾を引いている。

すべてを思い通りにできる人間だからこそ、手に入らないものへの固執は強烈だ。

「俺がシンにさせたのはさ、折檻だよ、折檻。……悪い女に引っかかって、どうにもならない男の目を覚まさせてやったんだ」

道元が由紀子のもとへ戻ることはない。その自信が佐和紀にはある。周りから寄せられている期待が本物なら、道元は毒を抜かれて元へ戻るはずだ。

それが無理なら、桜河会の幹部でいる器でもない。

「本当に、色仕掛けで落としたんじゃないんですか？」

「チィ……。本当だとしても、周平の前で答えるわけがないだろ。そんなこと」

「あなたに常識はありませんから」

「その代わりに身持ちは堅いんだよ。……俺としては、姑息だったと思ってるけど……」

「ヤクザは姑息だと相場が決まってる」

周平に慰められ、佐和紀は口元だけで笑った。

「チンピラでいたいんだよ、俺は」

「チンピラでもあるから心配するな」

「許せなかったんだよな。……周平。だから、姑息でも卑怯《ひきょう》でもいいと思った。ここで引けば相手をつけあがらせるってわかってるときは、誰だって引かないだろう。……妙子さんに会った」

部屋に沈黙が広がり、誰も口を開かず、箸も動かさない。佐和紀だけが酒を飲み、その手の動きを周平が追う。

「子どもにも会った。って言っても、通りすがりだけど。由紀子の指図だと、道元は言ってたな」

「そうか」

周平は静かにうなずいた。支倉はだんまりを決め込み、佐和紀も素知らぬふりをする。

「谷山に様子を見に行くように、勧めてやって」

「道元から、俺の子だと言われたんだろう」

周平の目が、佐和紀の心を覗いてくる。

「でも、おまえから言われてただろ。あれは谷山の子だって」

「……俺から谷山に伝えておく」

「でも、あれは大滝組長の子だよな」

いきなりの発言に、周平が目を見開く。佐和紀は気にせずに続けた。

「妙子さんはそうだと思って育ててる。……でもさ、俺から見たら、おまえにそっくりだった。あの子どもは、そういう運命なんだろうな。大人の願望でさ、いつも都合よく判断されるんだ。……でも、ちゃんと育てられてたよ。子どもらしい子どもだった。やんちゃな関西弁でさぁ……。だから、腹が立ったんだ。道元と由紀子の両方にムカついて。……あと、俺はさ、おまえの優しさと女運のなさを……なんだっけ、痛いぐらいにわかる、あれ」

「『痛感する』です」

すかさず支倉が答え、佐和紀は脇息を叩いた。

「そう、痛感した。いい旦那に嫁いだな、と思ってさ」

「泣いた方がいいか」

周平が支倉を振り向き、

「なぜ、私に聞くんですか」

支倉も動揺する。そんなふたりを眺めた佐和紀は、周平に向かって言った。

「今夜もセックスするなら、俺の中で泣かせてやるから」

声がかすれて必要以上に艶めかしく響く。周平の目に鈍い欲情が浮かび、もうその気になっている。

「増田と会うのは美園に任せておけばいいよな。俺がいなくても……」

都合のいいことを言い出し、佐和紀は笑った。

「仕事はしてこい、って……。俺は逃げないし、きれいにして待ってる」

「あんまり飲まないで待ってろよ」

「俺だって、素面で抱かれたいときの方が多いんだからな」

笑いながら睨みつけると、周平が腰を浮かした。とっさに支倉が腕を掴む。

「どうぞ、召しあがってください。約束の時間になりますよ」

「予定は変更だ」

「仕事を終わらせるように、奥様からのお達しがあったばかりかと思いましたが」

たしなめられた周平は不機嫌を隠そうともしなかった。しかし、佐和紀の微笑みに気づくと、とろけるような優しい笑顔を浮かべて座り直す。

それを見た支倉だけが、ぽかんと口を開いていた。

9

佐和紀が道元と顔を合わせたのは、翌日の昼すぎだった。

岡村と知世を従えて桜川邸を訪れると、固太りしたいかつい顔の構成員に奥へ通される。

部屋へ近づくにつれて、女の怒鳴り声がはっきりと聞こえてきた。

由紀子の声だ。電話で話したときの余裕が嘘のように興奮している。

昨夜、大滝組若頭補佐の周平と高山組系阪奈会石橋組組長の美園、そして桜河会若頭の増田は秘密裏に会合を開いた。情報が漏れたら、関西の暴力団関係者と警察が浮き足立つようなメンバーだと岡村は佐和紀に説明した。

道元を連れていったのは岡村だ。そこで、道元は由紀子を裏切った。

問われるままに隠し口座まで暴露し、道元を脅すために由紀子が握っている秘密の動画データも不倫の証拠として提出したのだ。男なら誰でも隠していたい趣味嗜好《しこう》に関しては黙殺が約束され、道元は肩書きを取られることもなく、桜河会に残ることが決定した。

佐和紀が使った手段は周平すら知らないので公開されず、『必死の説得の末』という、いかにも怪しい理由が取ってつけられた。

ちなみに周平の帰りは深夜を回り、佐和紀はいまも不機嫌な気分を抱えている。帰ったらねぎらいのセックスで清めてくれると約束したのに、まんまと美園に泥酔させられ、お預けになったからだ。癪だったので、起きてから迫られても受け入れなかった。酒臭い息から逃れ、周平のために思って磨きあげた肌を、もう一度熱いシャワーで流して着物を着た。昨日と同じ鶯茶の着物だ。

桜河会の構成員に案内された部屋は洋室だった。

テレビやソファが置かれた居間には、由紀子がいて、詰め寄られる道元が見えた。どうやら最後の嫌味を言われているらしく、感情的になった女はヒステリックだ。

岡村と知世を連れた佐和紀は、開けたままのドアをノックした。ソファのそばには大きなスーツケースがひとつ置かれている。由紀子は今日を限りに、この家から追い出されるのだ。

テーブルには離婚届が置かれ、すでに署名も押印も済んでいるのが見える。臙脂色の半襟をしごいた佐和紀は眉を引きしぼった。

昨日の今日で、男の顔色は青ざめて見える。しかし、足腰は思いのほかしっかりしているようだ。佐和紀たちにさらした醜態を忘れたかのような表情だったが、由紀子への心酔や恋慕も跡形もなく消え去っていた。

部屋に入った佐和紀に会釈をしてきたが、それよりも、後ろに控える岡村へ向けた視線に含みがある。

思わず佐和紀が振り向くと、岡村はじっとりと目を細めた。そこに触れて欲しくないのだろう。佐和紀がホテルの部屋を出てからの顚末《てんまつ》を説明しなかったのはわざとだと、いまになって気づいた。都合が悪いから、なにも報告がないふりをしたのだ。

嫌味のひとつでも言ってやろうとしたところで、由紀子の声が響いた。

「あんたの入れ知恵ね……っ！」

細身のパンツにスモーキーなベリーピンクのセーターを着た由紀子の眉が不機嫌に震え、きつく睨みつけられた佐和紀は小首を傾げた。さらりと流れる髪を耳にかける。

数歩近づいて、好戦的にあごをそらした。

「俺がそんなに利口なわけないだろ」

「この子に、なにをしたの」

道元の裏切りが、桜川に離婚を決意させたと思っているらしい。その糸を裏で引いたのが佐和紀だと言いたいのだ。

「昨日はわかったようなこと言ってただろ？　それだけのことだ。……『この子』なんて呼ぶなよ。自分をババアだって言ってるようなもんだろ」

由紀子の腕が宙を切り、佐和紀の頰で破裂音が鳴る。手出しをするなと念を押しておいたから、岡村も知世も動かない。道元も成り行きを見守っている。

ずれた眼鏡を正しい位置に戻し、一息ついてからフルスイングで由紀子を平手打ちにする。

揺らいだ身体を、道元が引き戻す。

切れたくちびるから血が溢れ、指先で拭った由紀子はわなわなと震える。

「男なんてみんな同じよ。周平もね、寛容なのは自分よりも劣っていると思うからなのよ。所有物が独り歩きを始めたら、難癖をつけて邪魔をするわ。そういうものなのよ」

怒りの中に憎悪が燃えている。一声発するたびに、周りのすべてが呪《のろ》われていくようだ。

「……どこの周平の話だ。それは俺の旦那じゃないな」

蔑《さげす》みの目を細めた佐和紀は、一歩も引かずに向かい合う。

「後悔することになるわよ。周平の付属物でいれば、見逃してあげたものを。佐和紀さん……これまでだわ」

由紀子の声はまるで魔女のようだ。凜《りん》と澄んだ少女のようでありながら、まがまがしい艶めかしさも含んでいる。

「迎えに来たぞ」

廊下から声がかかり、若い男がひとり入ってくる。しかし、声の主は彼ではなかった。

スーツケースを運び出していく男のあとに続いて現れたのは、恰幅のいい中年男だ。福々しいほど丸い顔を、佐和紀は見忘れていなかった。

「本郷……」

つぶやく声を聞いた男の目が血走った。部屋を見渡して佐和紀を見つけると、食い入るように身を乗り出した。その肩を、すれ違いざまに由紀子が叩いた。

「行きましょう。ここにはもう、用はないわ」

「先に車に乗ってろ。すぐに行く」

答えた本郷を残し、由紀子は振り返りもせずにその場を去る。

「元気そうだな」

本郷から声をかけられ、佐和紀は視線を戻した。

「おかげさまで。退屈せずに暮らしてる」

数年ぶりの再会は、佐和紀を苦々しい気持ちにさせる。こおろぎ組を追い出された本郷が大阪にいることは知っていた。由紀子と手を組んだという噂も耳にしている。

しかし、これほどまでに近い仲だとは思わなかった。

「佐和紀、あの女には関わるな」

「その助言はもう、俺への優しさじゃないんだろうな」

あてつけがましい言葉を選んだが、本郷の本心は尋ねるまでもない。久しぶりに佐和紀と対面した本郷は年甲斐《としがい》もなく興奮している。たっぷりと肉のついた頬は熱でもあるように上気し、目も血走ったまま潤んで見える。いまもなお、佐和紀への欲望は失われていない。

「自分を大事にしろよ」

肩に触れようと伸びてくる手を、佐和紀は刺すように睨んだ。

「あんたは、あの女のことだけ心配したらいいだろ」

本郷の裏切りを水に流したつもりはない。若頭を失ったこおろぎ組の苦労を思えばなおさらだ。

その冷たい視線さえ懐かしいと言いたげに本郷は肩をすくめた。すんなり踵を返し、口を閉ざしたままで去っていく。

佐和紀もまたくちびるを引き結んだ。

「御新造さん」

呼びかけてきたのは部屋に残っている道元だ。岡村から教えられたのだろう。大滝組組屋敷の老家政婦がつけた呼び名で、元々は武家の妻を指す言葉だ。名前呼びや『奥さん』呼びが軽々しいと思う構成員たちの間で広まっている。佐和紀の和服姿に似合いだからというのも理由のひとつだ。

「お探しのものはこれでしょう」

道元がソファの下を探り、薄い書類入れを取り出した。

「以前、あなたが暴れたマンションの権利書です」

佐和紀はソファの背に腰を預け、岡村に道を譲る。道元はわずかに緊張したが、動揺というほどでもない。

スタイリッシュな道元と、王道ファッショナブルな岡村が並んだ姿は、現代的なヤクザそのもので絵になる。

書類入れの中身だけを受け取った岡村が内容に目を通す。いくつかの質問は丁寧な敬語だったが、返す道元も同じように敬語を使う。

岡村は顔を伏せて言った。

「単なる一構成員の俺にまで、敬語を使う必要はありませんよ。あなたは桜河会の若頭補佐だ」

「それは……わかってる……」

苦虫を噛みつぶした表情の道元は青ざめ、それを傍観している知世の冷たい視線に佐和紀は気づいた。ちょっとした三角関係だ。その一点に佐和紀を含まないように処理した岡村は、実力以上のことをしたのかもしれない。

「うちの姐さんも、道元さんを従えようなんてことは考えていません。会長さんと真柴さんのためです。今後、友好な関係を築けるとありがたいですが」

そう言って、ようやく書類から視線を離した。佐和紀に向かって軽く掲げて見せ、

「間違いありません。例の物件の書類です」

「じゃあ、預からせてもらう。これから会長さんの見舞いに行ってくるから、俺の方で話しておく。悪かったな、無理をさせて」

佐和紀が声をかけると、道元は深く腰を折った。

「いろいろと配慮をいただきまして、ありがとうございました」

由紀子から『一人前の男にしてやる』と目をかけられた道元は、長く精神的な支配下に置かれていたのだ。

人を虐げる趣味の男が虐げられる喜びを知り、一方で心は、女に屈することを受け入れられなかったのだろう。反発心を利用されて深みへ落ちた。

それが、佐和紀と岡村で出した、道元の人物評だ。

佐和紀は一瞥《いちべつ》して、帯を腰に据えながら言った。

「これに懲りたら、女を道具にするような遊び方は控えることだな。因果応報っていうだろ。ぐるぐる回って自分に戻ってくるんだからさ。徳は積むに限る」

岡村が道元にしたことの詳細を知っているのは、ここにいる四人だけだ。周平と支倉は大枠しか知らない。

由紀子は気づいているかもしれないが、やはり具体的なことは想像できないだろう。ただ、悪魔のような女狐だから、性器を押し込まれて強姦された方がマシな行為のあることは知っているはずだ。

由紀子との主従関係は会長と若頭が握りつぶし、岡村とのことは佐和紀たちが他言しない。これで、桜河会での道元の名誉と威厳は保たれる。

「今後ともどうぞ、ご指導のほどよろしくお願いします」

改めて頭を下げられ、佐和紀は臙脂色の半襟をしごいて小首を傾げる。

「言っとくけど、この男とまた遊べると思うなよ？」

「そ、んな……」

否定しようとした道元の顔が歪み、口元を手で覆ってうつむく。

いっそう冷ややかな表情になるのは知世だ。蛇の目のように潤んだ瞳がきらっと光る。

「岡村は安くないからなぁ……、そうだろ、知世？」

いきなり声をかけても冷静だった。

「はい、姐さん。もちろんです」

答える声は若々しく澄んでいたが、くちびるから見える舌先が二股に割れていそうなほど冷たく聞こえた。『壱羽の白蛇』と呼ばれた本性は冷血だ。執念がはっきりと見える。

道元は笑おうとして笑えず、小さく息をついた。

「御新造さん。くれぐれも周囲の人間から目を離さないようにしてください。あの女のやり口は静かな分だけ発見が遅れる。事故の衝撃よりも、日常の破壊を好みますから……」

「俺の周りを狙ってくるってことか」

佐和紀自身を痛めつけるために、周囲を傷つけるということだ。道元が表情を引き締めてうなずく。

由紀子の『これまでだわ』という発言は、やはり呪いの言葉だった。

「さっきのが、俺への宣戦布告ってことなんだな。……本郷が囲うことになんの？」

「いいえ、違います。あの人はこのまま身を隠すでしょうから、手を貸すのは真正会満亀組の満谷です。居場所はこちらで追っておきます。情報が入れば……」

道元が口ごもり、佐和紀は眼鏡を指で押しあげた。

「はい、はい。情報の窓口は、その男でいいから」

岡村を指さして、ソファから離れた。目を据わらせている知世の肩を、ぽんと叩いて部屋を出る。

広々とした日本家屋には、まだ女の残した香水の匂いが漂っていた。

桜川が入っている病院の駐車場で周平と合流する。岡村だけを伴い、見舞いへ出かけた。

病室の前には見張りの構成員がひとり立っている。濃紺の三つ揃えを着た周平と派手な和服の佐和紀を見るなり、ぽかんと口を開いた。岡村に声をかけられて、ようやく病室のドアを叩く。

顔を見せたのは桜河会若頭の増田で、中へ招き入れられる。

書類入れを受け取った佐和紀は、岡村を病室の前に残して中へ入る。後ろに続いた周平の手が腰の上あたりに添えられ、エスコートされたまま桜川の前に立った。

イスを勧められたが、長居をするつもりはないと辞退する。

「このたびはうちの道元が世話になった。お礼を申しあげる」

ベッドの上で正座もできないことを詫びた桜川は、青白い顔で浅い息を吐いた。

手のかかる嫁であっても、桜川は年齢の離れた由紀子を愛していたのだろう。添い遂げることができなかった悲しみが、老いていくばかりの男をいっそう弱らせている。

離婚届は今日のうちに代理提出されることになっていた。

桜川の礼を受けた周平は、視線が戻るのを待って口を開く。

「人の嫁をあごで使うような真似《まね》は、今後一切、やめていただきたい」

「それはどうやろか、岩下さん。自由にさせてる分、目をつける人間はこれからも増える。わかってたことと違うんか？」

疲れた目をしていても、桜川の威厳は損なわれていなかった。向かい合う周平は目を細め、張り合うでもなく言葉を返す。

「俺が言いたいのは、そちらがケガをすることもあるということです。都合よく使える駒《こま》だと勘違いされては困る。責任は取りませんよ」

「もう少し、よく言ってくれない？」

佐和紀はくちびるを尖らせた。周平を睨むと、桜川が豪快に笑う。その勢いで喉が詰まり、ベッドの反対側に立っている増田に背中をさすられる。

「岩下さん。来年のうちに真柴を戻して、会長の跡目を継がせようと思ってます。ついては……」

増田の言葉を桜川の手が止めた。咳払《せきばら》いを繰り返し、桜川はかすれる声で言った。

「佐和紀さんに、真柴との兄弟盃をかわしてもらいたい」

「お断りします」

周平は即答する。

「どうやっても、こちらに分の悪い盃になる。メリットがない」

「五分でもか」

「……このあたりが冗談で済ませられる限界だ」

声を低くする周平を見て、佐和紀は不思議な気持ちになる。

本人を目の前にして、妙な駆け引きが広げられているからだ。そもそも佐和紀は、誰かと盃をかわすような立場ではない。周平の嫁である一方、こおろぎ組の構成員でもあるが、これから桜河会を継ぐ真柴との盃なら五分でも欲張りすぎだ。

「このあたりで、その男の立場を、はっきりさせておいた方がいいんと違うか」

桜川に言われ、周平が淡々とした声で答える。

「佐和紀を安く売り出すつもりはありません。真柴のためを考えて、早いうちにと思う親心はご立派ですが、こちらにも段取りというものがある。現状での盃はお断りします。しかるべきときに、しかるべき盃を交わせばいい」

「つまり……、なに？」

黙って聞いていた佐和紀がおいてけぼりを食らって首を傾げると、増田が広い肩を揺すって笑い出す。

「そやから……、いまは損をするって言うてはるんや。あんたの方が真柴より偉くなるから、そのときに、真柴が下の盃ならやってもええって、そういう話や」

「えー、態度デカいな……」

「おまえの話だ、佐和紀」

周平も苦笑いを浮かべる。話題の中心になっている佐和紀は、腰に片手を当てて、三人のヤクザを見回した。

「あいつ、もう俺の子分みたいなもんだけど」

「それを言うな。ここで……」

周平ががっくりとうなだれ、増田がなおも笑う。桜川はまた呟き込んだ。

そして、うなだれるように頭を下げた。

「それやったら、しかたありませんな。どうか、真柴に目をかけてやってください。頼みます」

増田もそれに倣って頭を下げる。

「どうか、よろしゅうお願いします」

「俺は聞かなかったことに」

大滝組の若頭補佐である周平が身を引く。代わりに佐和紀は前へ出た。

「岩下の嫁として、俺が、お受けします。あと……、真柴にはいま、すみれという若い女がいます。このふたりの仲を裂くような真似だけはしないでください。……できれば先に籍を入れさせて、新婚気分を楽しませてやって欲しい」

話を聞いた桜川はハッと息を吐いた。

「本気で付きおうとったんか……」

若い女と遊んでいる程度に思っていたのだろう。浅い息を吸い込んで言った。

「ようわかりました。ほんなら、先に身を固めさせて、万事整えてからの代替えにします」

その答えに、佐和紀は深々と頭を下げた。

「結婚式には夫婦で参列させていただきます」

佐和紀の思いつきだとわかっていて、周平が続ける。

「すみれは親がいないので、席が空くようならふたりで埋めます。うちのはまた化けさせましょう」

「そう聞いたら、まだ死ねんな」

由紀子を失った桜川の目に生気が戻る。

「妹の結婚式は春やった。桜の頃でな……。そうや、その頃がええ……」

遠くを見つめる桜川に、増田が同意の返事をする。桜川は満足そうに何度もうなずいた。

そして膝を打つ。

「めでたい話もええが、佐和紀さんへの礼を考えないかんのやったな。望みがあれば……」

道元と由紀子を別れさせる話は正式に受けていない。それでもごまかさないのは、今後の付き合いを考えてのことだろう。

佐和紀は視線を真正面に受け止めて、にやりと不敵に笑った。

「いただきたいものがあります。由紀子の個人資産の、このマンション。売却した金額を、全額ください」

「権利やなくてか」

佐和紀が差し出した書類を受け取った桜川から聞かれ、

「権利をもらってもすぐに売ります。それを含めて承諾してください」

佐和紀は臆《おく》することなく答えた。桜川は書類を増田に渡す。

「おそらく一千万と少し……というところですか」

増田が桜川に言う。不倫関係を別れさせるだけなら、釣り合いが取れない高額報酬だが、道元を組に残らせ、由紀子の隠し資産もかなりの額を押さえたのだ。

大見得を切った佐和紀を、桜川が見据えてくる。

「理由があるんか」

「俺の旦那を売った金で買ったと、前に言われたことがある。だから、それを売ってできた金は全額欲しい。そのあとで、清水焼《きよみずやき》の夫婦茶碗《めおとぢゃわん》を買えとそっちが言うなら、言い値で買う」

「一千万の夫婦茶碗か」

増田はつぶやき、周平へと視線を向けた。なにも話していなかった佐和紀も、肩越しに振り向く。

周平は笑っている。ニヒルな男ぶりを崩さず、口元をゆるませた。

「俺にとってはどうでもいい金なんですが……」

「そうか」

眩しそうに目を細め、桜川は周平から佐和紀へと向き直った。

「このマンションはすぐに売る。その金であんたには茶碗を買うてもらおうか。それでや。

茶碗を売った金で、うちは、真柴の嫁の支度を整える。これで活きた金になるやろ」

「はい。……お見事です」

佐和紀は微笑んで頭を下げた。周平の手がそっと背中を叩いてきて、いっそう満足する。話がまとまり、桜川を疲れさせないうちに病室を出た。待っていた岡村が先に立って歩き出す。

「ごめん。また勝手なことをして」

混んだエレベーターの中で、隣に並んだ周平の横顔をじっと見つめた。

「満足したなら、それでいい」

周平は前を向いたままだ。しかし、着物の袖に隠れて指が絡む。温かさが伝わってきて、佐和紀はぎゅっと指を握りしめた。

「満足してないこともあるんだよ。昨日、待ってたのに……」

「それは本当に悪かった」

美園は初めから周平を泥酔させるつもりでいたのだ。理由は簡単で、身体を休めたい真幸に、お預けの通告をされていたからだった。

「怒ってるのか？」

エレベーターを降りながら問われ、手を繋いだまま顔を覗かれた。岡村はふたりの数歩後ろから、つかず離れずついてくる。

「拗ねてるんですぅ」

佐和紀は、つんっとあごをそらす。

「拗ねるなよ……。せっかくの京都だ。もう一泊しようか」

指が離れたかと思うと、肩に手が回る。胸がぶつかってきた拍子に、周平の香水が淡く香った。

「本当に？　一緒にご飯食べれる？　明日の朝も？　観光も？」

「明日の三時の新幹線に間に合えばいい。完全にオフタイムだ。なんでも、おまえの言う通りに付き合うよ」

すでに横浜へ戻った支倉が無理をしてくれたのだろう。

澄ました横顔が脳裏をよぎり、佐和紀は両手を合わせたいほどの感謝を覚えた。次に会ったら抱きしめてやりたいぐらいだ。絶対に嫌がるだろうから、なおさら、嫌がっているのを引き寄せたい。

それぐらいに、心がピョンピョン跳ね回る。

「いきなり言われても、困る……。えっと、甘味食べて、懐石料理も食べたい。あと紅葉も一緒に見たいし。嵐山《あらしやま》がきれいだって聞いた。湯豆腐もありだよな。あと、手拭いが欲しくって。半襟の専門店があるって聞いたんだ。……それから……」

「それから？」

多すぎるとも、整理して話せとも言わない周平は微笑みを浮かべた。佐和紀を好きにしゃべらせる。その頭の中ではすでにプランニングが始まっていて、車に戻る頃にはおおよそのスケジュールが出来あがっているのだ。

だから佐和紀は周平としたいこと、付き合って欲しい場所を、思いつくままに並べ立てた。

＊＊＊

佐和紀がまず連れていかれたのは男性着物を専門に取り扱う呉服屋だ。道元との因縁がついた着物を脱がされ、仕立てあがっている商品から西陣織紬のアンサンブルを選ぶ。灰色にほどよい黒の節感が混じり、半襟は藍色だ。

帯は博多織の黒の角帯にした。光沢のある黒糸で織り込まれた図案は宝尽くしだ。知世に買いに走らせた新しい足袋も回収され、黒の別珍に合わせて赤い鼻緒の雪駄をねだった。

もちろん襦袢も出来合いのものに変わり、カシミアのマフラーを加えて一揃えだ。

佐和紀が着替えて出てくると、いつのまにか、周平の衣装チェンジも済んでいた。堅苦しい三つ揃えを脱ぎ、見るからに柔らかそうなキャメルブラウンのニットカーディガンを着ている。ふっくらとしたへちま襟がボタンダウンシャツの首周りを包み、ボトムは滅多に着ないデニムだが、インディゴカラーにセンタープレスが入り、裾も同色の巻き返しになっている。

とことん周平らしいカジュアルスタイルだ。着替えるつもりで用意させておいたのだろう。

俺も洋服でよかったのにと言いかけて、佐和紀は口をつぐんだ。着物姿の佐和紀を連れ回すのが周平の楽しみなら、付き合っておこうと思う。

満足そうな表情の周平が支払いを済ませ、ふたりで店を出る。

お付きのいない、ふたり旅だ。岡村と知世は京都に残しているが、明日の午前中までは自由時間にした。

タクシーに乗って半襟の専門店へ行き、佐和紀は迷うことなく目についたものをほとんど買った。周平がそうしろと言うからだ。どうせ金は持っているのだからと、気持ちよく払わせてやって、ついでに京子のための刺繍襟も三枚ほど土産に選んだ。

揃いの柄の色違いを茶道教室のときに使うと言った佐和紀を、隣に並んだ周平が笑う。そのひっそりと甘い微笑みに、女性店員だけでなく男性店員もやられてしまったらしい。首まで火照《ほて》らせたのを見た佐和紀は、なんとなく気に食わなくて、カーディガンに包まれた周平の二の腕をぎゅっとつまんだ。

わけがわからないと驚いた周平が眉をひそめる。店を出てから、佐和紀は紙袋を持つ周平の腕に摑まった。

「他のやつらの前で、デレデレするなよ」

顔を覗き込んで睨むと、頰にちゅっとキスされてしまう。眼鏡がかすかにこすれ合う。

路地とはいえ、人通りは少なくなかった。しかし通行人はみんな忙しそうだ。

「ばか……」

罵ったくちびるも奪われそうになり、とっさに逃げたが、歩き出すと惜しくなった。大通りの信号を渡りながら、周平が八坂《やさか》神社の方向を指さした。そこから反対側へ一直線に行けば、松尾《まつお》大社だと言われる。

「ここで祇園祭の鉾《ほこ》を見たな。この道路が歩行者天国になってただろう？」

気もそぞろになった佐和紀は渡りきったところで足を止めた。

言われても思い出せない。夜だったし、広い道路いっぱいに見物客が溢れていた記憶しかない。絶えず流れていたお囃子《はやし》の軽快さだけが思い出され、先を促す周平に従った。

「錦《にしき》市場を流して新京極《しんきょうごく》か寺町通《てらまちどおり》を抜けよう。夜は、懐石と湯豆腐どっちにするんだ。決めたか？　店を押さえるから、そろそろな」

「あ、思い出した！」

落ち着きなく叫んだ佐和紀は、ごく当たり前のように周平の腕へ摑まった。

「夏のことか？」

「うん。暑かったよな。観覧席はあっちの通りだろ？」

佐和紀が息せき切って言うと、周平はうんうんと静かに首を振る。

あれこれと話をしながら歩き、佐和紀はときどき周平を盗み見た。穏やかな表情を浮かべる旦那のスッと通った鼻筋の絶妙さは、ほれぼれするほどだ。外国人ほど高くはないが、眼鏡をのせた付け根のカーブから伸びるラインはバランスがいい。

「周平、キスしてよ」

話の途中で突然言い出した佐和紀に、周平の眉がかすかに跳ねた。さっきは嫌がっただろう、と言いたいのはわかっている。

「人目があるぞ」

大通りよりはまばらだ。

「チュッ、って……して」

「おまえは……、なぁ」

腰に手が回り、人の流れが途切れた瞬間にくちびるが触れ合う。お互いの眼鏡がこすれて音が立った。

触れた温かさで、頬がふわりとほころび、佐和紀はくちびるに歯を立ててはにかんだ。

それを真正面から見た周平は視線をそらす。

言い出すセリフはわかっているから、佐和紀は手を引っ張って急かした。

「ダメだよ、まだ帰らない。ご飯食べる前に清水寺に行くって言ったじゃん！　なー。この季節でもハモの立ち食いってあるのかなぁ？」

外国の観光客に紛れて市場に入る。

「あんまり食べると甘味までたどり着けなくなるぞ」

そのあとには夕食も待っている。

周平に釘を刺されながら、食べ歩き用の串《くし》をいくらかつまんでいく。寒いのに抹茶ソフトを買ってしまい、途中で震えながら周平に押しつけた。ふたりでどうにか食べきって、温かいお茶を求めてさすらう。

どうでもいいことで笑い、ふと相手の顔を見ては幸せな気分になる。ふたりでいるときはいつも、ただの『ふたり』だ。

ヤクザであることも、夫婦であることも、性別も年齢も忘れてしまう。

酔ってもいないのに声をあげて笑う周平の腕に肩を抱かれ、腰に腕を回して歩く。なにがそんなに楽しいのかと振り向く通行人にも微笑みを返して、佐和紀は満ち足りた。

それから河原町でタクシーに乗り、大通りの渋滞を迂回《うかい》して清水寺近くまで運んでもらう。喫煙スペースの確保された甘味処へ入り、注文して早々に一服した。それから席へ戻る。

「京子さんには相談してたのか？」

周平の前にあべかわ餅《もち》と抹茶のセットが置かれ、佐和紀の前にもみたらし団子と抹茶のセットが届く。

「事後報告。昨日の夜のうちに話しておいた」

佐和紀が答えると、周平は薄く笑った。

「なんて言われた？」

「『おつかれさま』って。べつに、怒られたりはしなかったよ」

「怒られはしないだろう。心配するだけだ」

「あー、そっか。でも、心配かけたかな。詳しい説明はシンに任せたから」

「おまえはその手が使えるからいいな。俺なんて、なにからなにまで、顔を見て、だ」

「怖いわけでもないだろ？」

みたらし団子を食べながら言うと、周平の視線は窓の外へ逃げる。

「怖くないわけでもない」

とつぶやく。それは周平の優しさだ。京子に姉貴ぶらせ、機嫌よくいて欲しいのだろう。

岡崎と京子の弟分の立場にいる周平は、岡崎とふたりで京子をちやほやしてきた。わがままも無茶も受け止め、贅沢《ぜいたく》をさせて、着飾らせて。

しかしそれが『なにか』の代わりだったわけではない。

岡崎と周平の本質だ。優しくて我慢強くて、誰かのためにだけ本気になれる。

だから佐和紀は岡崎に憧れ、周平と恋をしている。

「帰ったら、俺のことで作戦会議なんだろうな」

目を細めて、惚れた男をしみじみ眺める。

「当然だろうな。関西の情勢は動くし、真柴を戻すタイミングもある」

餅をかじる周平はそれほど億劫そうでもない。いつものことなのだ。佐和紀が動かなくても、揺れ続けているのが極道社会の力関係だ。いつもどこかで小競り合いが起こっている。

「……由紀子はどうなる？」

「おまえが気にすることじゃない。とは、言えないんだろうな」

ふっと息を吐き出して、周平は餅と団子の皿を取り換えた。

分け合うつもりで別々のセットを選んだのだ。

「またしばらく様子を見ることになる。消すのは簡単でも、そのあとが面倒だ」

女の子のにぎやかしい笑い声が店内で響き、佐和紀はうつむくようにして笑う。

隣には誰も座っていないが、観光地でする話ではなかった。

「人を使うんだろ？」

佐和紀は話題を変えずに聞いた。

「だから、だよ。女をひとり失踪《しっそう》させるだけなら、たやすい。でもそれは普通の女ならだろう。由紀子は繋がりが広い。使う人間をよっぽど選ばないと、足元を見られてしまう。厄介だ。例えば、ほんのささいなことからヤクザとの接点に気づかれることもある。動くのが警察でもヤクザでもひと騒動だ」

「警察なら調べられて、ヤクザなら、金……？　弱みを握られて、いいように使われることもある……のか」

「組織が大きい分、隅から崩されると目が届かないこともある。こういうことはな、一見、関係ないところが巻き込まれて大事になったりする。由紀子はそういうことも計算に入れて動いている女だ」

「そういや、俺、本郷に会ったんだ」

ふいに思い出した。

「相変わらず、おまえのことを愛してたか？」

「旦那の言うセリフじゃない」

「俺はモテる嫁が好みなんだ。どうだった」

「まぁ、それなりにいやらしい目で見られたよ。でも、由紀子は満亀組へ行くんだってな」

「本郷は小間使いのようなものだろう」

「落ちたよな……」

しみじみとつぶやいて、佐和紀は眉をひそめた。こおろぎ組は吹けば飛ぶような組織だが、一度は直系本家に軒を借りた本郷はそれなりの力を持っていた。

若頭としてこおろぎ組へ戻り、これからというときに離反した理由は誰も知らない。噂にもならないほど小さな組に嫌気が差したのか。それとも、本当に、佐和紀への横恋慕に狂ったのか。

大の男がそんなことで……と思う。相手が自分だからなおさらだ。

「破滅させたのは、おまえだよ。佐和紀」

物思いの核心を周平に指摘され、弱いまばたきを繰り返す。

「でも、どうにもならないことだな。ヤクザ者の純情を片っ端から受け止めてやる義理なんてない。……おまえの心は、俺だけしか入れない狭さでいいんだ。心の広い男になんて、なるな」

テーブルの上に指が這い、佐和紀に向かって手のひらが開く。誘われるままに指を置くと、ぎゅっと力強く包まれる。

心の奥まで温かくなるような周平の熱を感じて、佐和紀は静かに息を吐く。

「真幸のこと、怒ってんだろ？」

横浜へ受け入れて、面倒を見ると言ったことだ。佐和紀は本気で、あのふたりの恋を軌道修正したいと思っている。

周平は、佐和紀の過去の情報さえ抜ければいいと考えていて、この話は平行線をたどるばかりだ。相談してもすぐにふざけて話を混ぜ返す。

「美園と真幸がうまくいったら、あいつがおまえに感謝するだろう。どっちにしても面倒だ」

「だから……、周平。……なんだよ、もう。駄々っ子みたい」

指でかりかりと周平の手のひらを掻き、佐和紀は眼鏡越しに瞳を覗き込む。

「ねぇ、今年でいくつになったの。そんな大学生みたいなこと言って。知世だってもっと割り切ってる」

「あいつはシンのそばにいるだけで満足しているんだろう」

「周平は違うの？」

「おまえと出会って、俺の心は紙一枚も通らないぐらい狭くなったんだ」

「嘘ばっかり」

「どうして嘘だと思うんだ」

「そんなこと言って、手のひらをカリカリして欲しいだけだろ？」

笑いながらいっそう、カリカリ掻く。周平の指が絡んできて、逃げたり追ったりのふざけ合いだ。

ほどほどのところで周平から切りあげる。窓辺の日差しがかげり始めたのに気づいた佐和紀は、急いで残りの団子と餅を食べた。もう一度煙草を吸ってから店を出る。

　両脇に土産物が並んだ道を行き、階段をあがってから、さらに上り坂が続く。こういうときの脚力は周平よりも佐和紀がまさっている。のんびりしている背中を押したり、腕を引いたりして行きつくと清水寺の山門が見えた。

　夜間拝観よりも夕焼けがいいと周平が言ったのだ。

　拝観料を払って中へ入り、有名な『清水の舞台』に出る。明るいうちの境内を回ろうとする観光客の方が多いらしく、木板の敷かれた台の上は人の出入りが激しい。

　周平は人の少ない場所を選んで欄干まで寄る。京都の街が一望でき、その向こうに連なる山へと、夕日が傾いていく。もう空は色づき始めていた。

「清水の舞台と紅葉を見るなら、奥にもうひとつある小さい舞台がお勧めだ」

　と言いながら、佐和紀の腕を引いた。恥ずかしげもなく背中から抱かれる。

「寒いだろう？　俺は寒い」

　風はないが、気温が下がってきた。お互いにコートを着ていないせいで、晩秋の風が身に染みる。しかし、佐和紀の背中は温かい。

　やがて向かいの山へと日が沈み、街の空が茜《あかね》色に染まる。夕映えは雲をバラ色に染めて放射線状に広がり、夜は清水寺の上からゆっくりと街並みへ広がっていく。

　そのとき、周平が耳元で言った。

「ほら、佐和紀。あれがおまえの言ってた『灯ともし頃』だ」

すっと指があがって、街を示す。黄昏《たそがれ》が夜に変わっていく空の下で、星がまたたくように街の灯がきらめき出す。

日暮れて、人々が灯《あか》りを灯《とも》す頃。それを灯ともし頃と書いた本を読んだとき、どんなものだろうかと聞いた、佐和紀のたわいもない言葉を周平は覚えていたのだ。

心の奥がぎゅっと締めつけられ、身体に回った腕を強く掴む。

「周平さ、道元にも入れ墨が入っているって知ってた?」

「いや。知らない」

「おまえと同じ唐獅子牡丹だった。でも、背中のさ、絵だけのやつ。……なんかさ、道元がかわいそうだ」

「やっぱり俺の代わりにされてたと思ってるのか」

「うん。あの女はたぶん、おまえには絶対にならない男を、おまえそっくりに育てて、ごみ屑《くず》みたいに捨てたいんだ」

そして、同じことを繰り返す。意味なんてないのだろう。それが快感だから。ただそれだけだ。

「それってさ。やっぱり、おまえが一番いい男だってこと?」

「俺に聞くことじゃない。それよりも、夕食を……」

「どっちをキャンセルするかってことなんだろ」

すでに、湯豆腐と懐石料理の両方が押さえられているはずだ。

「そんなもったいないことはしない。却下された店には、シンたちが行くんだ」

「なるほどね。……話をそらされた」

「あんな女の話なんかしたくない。過去が違っていても、俺はおまえと巡り合ったし、おまえを愛したよ」

「俺が好きになったと思う？」

「それはおまえが決めることだ。俺にできることは、優しくすることだけだからな」

「じゃあ、好きになってた」

空がすっかり暗くなると、拝観終了の時間が近づく。一度参拝客をすべて出して閉門したあと、夜間拝観のために改めて門を開くのだ。

周平の腕の中でくるりと回って、目の前にあるくちびるにキスをする。両手で触れた頬は思うよりも温かい。

「どっちの店が近い？　近いのがいい。……それから、どっかで軽く一杯ひっかけて帰ろ？」

手に頬ずりされて、佐和紀はひそやかに笑う。キスは拒み、身を引く。止まらなくなるのは佐和紀だ。いまでも身体の芯が熱い。

歩き出しながら周平が携帯電話をかける。相手は岡村だろう。

暗くなった足元を気遣う手が佐和紀の腰に回る。それは拒まず、肩を寄せて歩いた。


清水寺近くの日本料理店のカウンターでコース料理を食べても、まだ時間は早い。タクシーで先斗町《ぽんとちょう》へ移動して、鴨川を眺めるバーへ入った。

並んで飲んでいたい気持ちと、早くホテルへ戻りたい気持ちが交錯して、酔いはいつもより早くなる。食事をしながら飲んだ日本酒のことをすっかり忘れていただけだが、散歩しながら帰ろうと誘われて、鴨川沿いへ下りた。

川風は冷たくて、それが逆に心地いい。

ふざけあって手を繋ぎながら歩く。夏は等間隔に並んでいたカップルも、寒さのせいで数が少ない。それでもまったくいないわけではなかった。

「ホテルは変えなくてよかったの？」

道元のいわくがついた着物一式は没収されたのだ。リサイクルへ流すと言われ、あんな派手な着物に買い手がつくだろうかと心配になった。

ホテルも道元を落とした現場だ。部屋が違うからいいのかと聞いたが、返事はない。都合が悪いと黙り込むのは周平の悪い癖だ。

「なぁ、あのときさ、キスしようとしたらタモツが飛んできたの、覚えてる？」

　夏の京都の鴨川添いには川床がずらりと並び、佐和紀と周平は散歩へ出た。川床に残ったはずの石垣にいい雰囲気を邪魔されたのだが、すごいスピードで通りを抜けてきたと思うと、いまでも笑えてくる。

「もう邪魔者はいないな」

　薄闇の中で抱き寄せられ、佐和紀は逃げずにあごをそらした。深く重なるくちびるの間から、互いの舌が忍び出て絡まり合う。いっそう熱くなる身体をもてあまし、佐和紀は焦れるように胸を寄せた。

「周平。……しゃぶるのも、うまくなっただろ？　あの頃より」

　ささやきかける先から、上あごの裏がせつなくなる。それを見て取った周平の目に欲情が兆し、あとはもうどうにもならない。

　来た道を引き戻し、素早く摑まえたタクシーでホテルまで一直線に帰る。部屋へ入った瞬間にあごを摑まれ、壁に追い込まれた。

「んっ、ん……」

　舌を乱暴に吸いあげられ、ぞくりと背中が震える。しかし、されるがままにはならない。もう、そんな関係ではないからだ。

　手を伸ばして、周平のデニムパンツのボタンをはずした。ずるずるとしゃがみ込みながら下着ごと脱がすと、ぶるんっと飛び出た先端がくちびるで跳ねた。

根元から逞しく反り返り、浮き出た筋さえ生々しい。指で捕らえず、くちびるで追った。薄く張り詰めた皮をチュッと吸う。

それだけでまた跳ねて硬さを増すから、佐和紀は嬉しくなる。

舌でエラをたどり、なめらかな亀頭にキスを繰り返す。そして、先端からぬるりと口に含んだ。

とても根元まで飲み込める太さではない。しかし、できる限りにくわえて、舌を絡めながら頭を振った。すぐにいやらしく濡れた音が立ち、唾液が口に溜まる。

「ん、ふ……っ、ふぅ……っ」

シャワーのことなんて微塵も思い出さなかった。それどころか、雄の匂いを吸い込むだけで、収まらない熱がたぎる。自分にも触れたかったが、着物が濡れそうで邪魔だった。周平の服も脱がしたい。

その中でも、最優先されるのは周平への愛撫だ。しゃぶりつくのをやめられないでいると、周平の腰が動いた。

佐和紀は、逞しい太ももに手を這わせ、上目遣いに目を向ける。

「上手になったよ、佐和紀。いやらしくて、たまらない」

指が髪へと潜り、ぐっと固定される。

「ん、ぐ……」

さらに押し込まれ、苦しさにあごが上がる。すると、先端が上あごの裏をこすった。声も出せず、佐和紀はブルブルと震える。

頭の芯が痺れ、なにも考えられなかった。小刻みな動きに翻弄され、熱が下半身へ集まっていく。

飲み込めない唾液がだらだらとこぼれ、滴る前に周平が拭う。ずるっと引き抜かれた。

「はぁ、ん……」

恥ずかしい声が出たが、それどころではない。もっと欲しいと伸ばした手を引きあげられ、帯を解かれる。紐をすべて抜かれると、佐和紀は脱皮するように肌着だけになった。

全裸になるよりも恥ずかしいのは、生活感がありすぎるせいだ。周平を萎えさせたかと不安になる。しかし、デニムパンツから足を抜き、カーディガンもシャツも脱いだ周平のそこは、微塵も変わらず勃起したままだった。

「ローション、ある？」

即物的に聞きながら、佐和紀は壁にもたれて肌着を脱いだ。

全裸になって、周平の耳を摑んで引き寄せる。求めたキスは想像以上の熱さで返り、周平のことだから、ベッドサイドにすべて用意してあるのだろうと思う。

股間に伸びる周平の手を振りほどいた佐和紀は、

「先に出したくない」

甘くねだってキスを仕掛けた。下くちびるに吸いつき、甘噛みして引っ張る。食らいつかれそうになって、一歩引く。ツインベッドの片側へもつれあいながら倒れ込んだ。

「タオルを取ってくる」

周平に身を離そうとされ、佐和紀は首を振った。肌が離れると心細いほど寂しくなる。すると、手首を掴まれ、自分の股間へと誘導された。

「して見せてくれ。もっとしごいて。いやらしくオナニーする方法は教えただろう？」

片手が根元にあてがわれ、もう片方の手で幹をしごくように促された。当然のように快感が生まれ、佐和紀は息を乱す。

部屋の明かりがついていることにも気づかないほど夢中になるのを見計らって離れた周平が、バスタオルを手に戻ってくる。

「周平ッ……。あっ、あ……。やだ、いっちゃうから、やだ……」

「我慢してろ」

言われて、いっそう足を開かされる。背中が枕の山に当たり、腰の下にバスタオルを敷かれた。

お互いの眼鏡をはずして置いた代わりに、引き出しから取ったのは小さなローションのボトルだ。やはりサイドテーブルに用意してあった。取り出したぬめりを指に絡め、自慰にふける佐和紀の奥へとあてがう。

「んっ……、はぁっ……、あ、ああっ」

ずくっと挿入されて背中がそる。指がスムーズに動くのを確かめると、周平は容赦なく中をこすった。

「うっ……ぁ……」

「がっつきたくなるような顔するなよ。あの頃より、俺好みだ」

性急な指の動きで、もう繋がるつもりなのだとわかる。

くちびるを震わせるように喘ぎながら、佐和紀は目を細めた。

深々と貫いて、指では届かない場所を突いて欲しくて焦れる。

「欲しいか、佐和紀」

周平の指の背が、へそからスッと上がっていき、肌を撫でる。行きつく先は膨れた乳首だ。ぷくっとした先端をかすめ、指の間でこねられる。

「は、ぁ……っ、ぅ……んっ」

後ろに指を入れられたまま愛撫されると、ただでさえもどかしい感覚がさらに敏感になり、身体が跳ねるのを止められない。

「んっ……んっ。あ、あっ。……んっ……」

くちびるが胸に押し当たり、艶めかしい舌先に翻弄される。指がずるっと抜け、ローションをまぶした性器があてがわれた。

期待せずにいられない佐和紀の腰がゆらゆらと揺れ、周平はほどけた沼地に先端を押し込む。

「あっ、あっ……っ！」

声をあげながら手を伸ばし、周平の肩に摑まった。腰を引き寄せられ、ぐぐっと内壁が押し開かれていく。

のけぞった佐和紀は身悶えて腰をくねらせ、ぎゅっと目を閉じる。暗いまぶたの裏にチカチカと小さな星がまたたく。

周平の腰を膝で挟み、佐和紀は息を呑んだ。

どうにか我慢しようとしたが、なにを考えてみても、周平のことにしかならない。すると、欲望も募った。

「あ、あぁっ……んー、んっ……」

せりあがったものが我慢できず、ビュルッと先端から精液が飛び出す。

「うっ……く……っ」

挿入された刺激だけで達してしまった佐和紀は、はぁはぁと荒く息を繰り返す。

周平がふたりの腹の上に飛び散った精液を指で拭い取り、料理の味でもみるように舐めしゃぶる。

「好きなときにイけよ、佐和紀。何度でも気持ちよくさせてやる」

そう口にした周平は色っぽいほどにあくどくなる男だ。爛れた肉欲がよく似合う。

凜々しい顔を眺めた佐和紀は、切なさに胸がいっぱいになった。

道元との一件があっても、このホテルから移動しなかったのは、ふたりの思い出があるからだと思った。周平は覚えていて、佐和紀の知らないこと。それは佐和紀が薬を仕込まれ、記憶をなくした間のセックスだ。

「周平……っ」

両手を伸ばして首へと巻きつけると、周平の手に背中を支えられる。しがみついたままで起きあがった。あぐらを崩した周平の足の上に抱えられ、硬い先端がずぶずぶと潜り込む感覚に佐和紀は酔う。

「いいっ……お、くっ……ぅ」

身体の芯がびくびくっと揺れ、佐和紀は奥歯を噛みしめた。

周平の片手が胸に這い、佐和紀は身を開きながら、自分からも腰を使う。前には知りもしなかったテクニックで快感を貪り、周平の頬にキスを繰り返す。

「んっ……、あっ、あぁ……」

快感はじわじわと募り、両手で周平の頬を包む。顔を覗き込むと、ふたりの間にだけ存在する愛情が溢れた。

どちらがどちらを支配することもない。だけれど、心も身体もがんじがらめに相手のものだ。強要されず、強要しない。

しかし、口にしない約束がふたりにはある。

「周平……、いつもより、おっきぃ……」

「いいところにゴリゴリ当たってるだろ？」

座ったままの周平が器用に腰を回す。先端がスポットを的確に刺激した。

「んぁっ……ぁ」

周平の肩にしがみつき、入れ墨に額を押しつける。

ストロークは弱くても、深みをえぐる刺激は強い。波はゆるやかに押し寄せ、

「あぁ……」

感じ入った声を出した佐和紀は、背中をよじらせながら伸びあがる。周平の指が背中を這い、さらした喉にくちびるが伝う。

「佐和紀。……道元に、肌を見せただろう」

心に不意打ちの冷たい風が吹き込み、佐和紀は一瞬だけ身をすくめた。すぐに開き直る。

「他の男の指なんて、たいしたことない……。おまえがいい。周平……」

「俺はおまえに夢中なんだ。過去も未来も、ぜんぶおまえに任せるから、俺だけの男でいてくれ」

「初めからずっとそうだよ」

鼻先にキスすると、また正常位でベッドへ倒れ込んだ。

「あっ……あっ、んっ」

抜けかけた肉の杭が、深々と刺さる。そのまま、ガツガツと腰を打ちつけられる激しさに、息が乱され、周平の息も荒くなった。

喘ぐ端からキスに呼吸を奪われ、揉み合うようにもつれる。

「あっ。あっ……いいっ！」

奥を強く突かれ、周平の腕に爪を立てる。

「もっとズコして……。やらし、動き……して」

「下品だな、佐和紀。そんな言葉、誰に教わったんだ」

「しゅうへ……だ、ろ……あぁ、あぁっ、ん」

「ほら、たっぷり突いてやる。こういうことだろ？」

艶めかしい声が耳を犯し、耳たぶを舐めしゃぶられる。周平の腰は意地が悪いほどいやらしく動き、そのたびにくびれのはっきりした性器が内壁を掻いて前後に動いた。

「ひぁっ……あ、あぁっ！」

カリの部分が引っかかる卑猥さに身悶え、佐和紀は震えながら訴える。

「……して。周平の好きにして……」

「お仕置きなんて」

「ちがっ……ぅ。好きに、されたい……だけ……っ」

「いやらしいよ、俺は。我慢しないで突きあげて、最後まで付き合えるのか？　泣きを入れるなよ？」

「……うっ」

佐和紀の喉がひくっと鳴り、怯えた瞬間にはもう周平の目に獰猛な雄が宿る。愛情はそのままに、いつもはなだめすかしている本能がじわじわと滲み出す。

「おまえが煽ったんだ。責任を取ってくれ」

ずるっと入り口へ移動した亀頭が、息を合わせる間もなく、どんっと押し込まれた。

「はぅ……っ」

容赦のない腰つきが、ずりずりと身体の中を行ったり来たりする。ただ単純に動いているかと思えば、リズムを崩して円を描く。かと思うと、引き出された快感を味わう間もなく、激しいピストンに揺さぶられた。

「ひ、はっ……」

息が刻まれ、空気が薄くなる。それでも周平の淫らな腰は佐和紀を苛《さいな》んだ。逞しい動きは一定のペースを保ち、グチュグチュとかき混ぜられる。漏れ出る空気の音が混じっても気にせず突きあげが続き、肌のぶつかる音が響く。

「あ、あっ……ん、んーっ、んっ。はぁ……は、ぁ……っ」

「佐和紀。俺を見てみろ。ほら、しっかりして」

腰をがっつりと掴まれた佐和紀は、揺さぶられながら視線をさまよわせた。周平を見ようとする間にも、身体は快感に押し流され、何度も背中をそらしてしまう。

「んっ、んっ……はっ、ん、んっ……」

「もうヌチョヌチョに濡れてる。佐和紀、おまえの穴が、俺をくわえ込んでる音だ」

「あんっ……んっ、ぁ……ひぁ……っ」

「どうしてこんなに、いやらしい身体になったんだ」

「……する、から……っ。おま……あ、あっ。あぁっ……っ！　やだ、そこ……っ、すごっ……ひぅ、やぁっ……」

「俺がこうやって、何度もこするから？　気持ちいいのを覚えちゃったのか。お尻でイかされるのが癖になって、お×んちん入れられるのが好きになったんだよな」

「はっ、あっ……。すき……っ、んっ、ん、……入れられるの、すき……。しゅうへいの、やらしいの……ずこずこ、動いて……ッ、すき、すきっ……あ、あぁっ、あっ、あっ」

「おまえがさせてるんだよ……。こんな、バカみたいに腰を振らせて……。あぁ……」

射精をこらえた周平がブルブルと震える。その動きが佐和紀にも伝わり、

「あっ、ダメ……。い、く……。いく、いく……」

枕を摑み寄せてのけぞった。

「さわ、き……っ」

「ア、アァッ！」

スパートの激しさに絶頂を与えられ、佐和紀はもうたまらずに内側も外側もよじらせて声を振り絞る。苦しげに眉をひそめた周平の汗が肌を濡らし、快感を貪る男の低い呻きに溺れる。

「あぁっ、あぁ……っ、はっ、はぁ、はっ……」

射精しない空イキで視線も定まらなくなった佐和紀の奥で、周平が跳ね回る。出されていると思うだけで敏感になって、痙攣するように腰が引きつった。

「うぅっ……は……、ナカッ……出て……んっ、んんぅ」

周平の両手に頰を包まれ、視線が合う。凜々しく端整な顔立ちを見た佐和紀は、瞳の中の淫蕩な性質に惑わされる。

地獄から這いあがってきたくせに、そんな苦労は微塵も見せない。深く傷ついたはずだ。惚れ合ったと思った女に寝首をかかれ、ずっと答えを探してきたのだろう。

「やらしい俺の奥さん。……舌を出して」

言われるままに従うと、ぬめった周平の舌先が佐和紀の先端に触れる。やわやわとなぞられ、ぞくっと震えると、淡く吸いあげられた。

「んっ……ふ……」

艶めかしいインターバルだ。佐和紀の中に入ったままの周平は、今夜もすぐに復活の兆しを見せる。

「早い……」

「自分がどんな顔をしてるのか、自覚してくれ」

笑った周平を抱き寄せて、ちゅっとキスをする。

剝ぐことのできない入れ墨のどぎつさに隠された、周平の本当の姿を知っているのは自分だけだ。過去の恋や傷をなぞることは周平の望むところではないだろう。しかし、触れさせたことを後悔させせない。

美園と真幸の十年にわたるすれ違いが思い出され、由紀子と道元の嚙み合わない支配関係が重なっていく。

人それぞれに想いがあって、愛し合い、求め合い、ときには愚かな束縛に酔う。欲に溺れて見る夢は、自分自身の内面でしかない。

相手のすべてを丸呑みする佐和紀は、心の中に欲がなかった。恋も愛も友情も望まずに生きてきたことが、小さなひっかき傷を生む。

佐和紀は目を細め、心を閉じた。気づきたくないことに気づいてしまう。それは周平も知っている過去だが、負った傷については話したことがない。

友人を犠牲にして逃げ、もうなにも考えないと決めた。そのとき、前進することも、学ぶことも、性別を持つこともやめたいと、そう思ったのだ。しっかり考えたわけではない。そんな頭はなかった。

なにも知らなければ、現実を受け止めずに生きられると、そう感じたに過ぎない。

「やらしい顔なら、おまえのせいだ」

記憶を閉じて、周平に向かって微笑む。

真幸が過去を教えてくれたら、その数年後にあったことを受け止めなければならない。

それは本能的に知っている。

佐和紀のくちびるがわなわなと震えた。

「俺の身体をこんなにして……」

かすれた声で訴えて、入れ墨の肩に顔を押し当てる。

「そっくりそのまま返すよ」

周平の指が佐和紀の髪を梳《す》く。それからまた、男の腰は緩やかに動き始めた。

快感に溺れるように喘ぎながら、閉ざした心を強く抑え、鎖でぐるぐる巻きにしてカギをかける。ぜぃぜぃと息をつき、周平にしがみつく。

いつかは向かい合わなければならない。

こんなに幸せにならなければ、両親のことも気にならず、数年後の事件のことも思い出さずにいられた。下を向いて、立ち止まっていられたのだ。

しかし、このときを待っていたような気もする。生まれ育ちをはっきりと思い出せば、あの事件のことも、逃げ出した自分の罪も一本の線で結ばれる。

それぞれに関係がなくても、『新条佐和紀』の人生だから。

「あぁっ……」

声を震わせながら、佐和紀は指先からこぼれていきそうな、なにかに怯えた。両手いっぱいの愛が溢れているのか、それとも幸せが浜辺の砂のように落ちていくのか。

考えない、考えないと繰り返し、自分がなぜ幼いままでいたかったのかを知る。ガタガタと音を立てる心の扉を力いっぱいに押さえて、周平にいっそうの激しさを求めた。

愛する男の心の傷を暴いたのに、自分だけは隠したままで許されるだろうか。そう思った瞬間、目の奥が熱くなり、涙がじわじわと溢れ出す。周平は許す男だ。

佐和紀は泣きながら周平にすがった。許されたい思いが溢れて、自分の屈託のなさに隠された謎《なぞ》が解ける。

人の心にずかずかと踏み込んできた佐和紀が、もっとも踏み込みたいのは自分の心だ。

暴かれ、確かめられ、裁かれたい。

だけれど、真実を知ることは怖い。

いつもと違う泣き方になったのが、周平にも伝わり、腰の動きは次第に収まっていく。

あやすような指が背中を抱き、道元の一件で気を張っていたと思っている周平が優しくいたわってくる。

声は喉元まで出かかったが、言葉にはならずにもやもやと吹き溜まった。

初めて京都へ来たときの自分とはもう、なにもかもが違うのだ。恋を知らず、愛され始めの不安定さに怯えていた男の殻を、佐和紀はもうとっくに脱ぎ捨ててしまった。だから。

恋を知り、愛し合い、ついに過去と対決する日が来る。

「泣くなよ、佐和紀」

ゆっくりと引き抜かれ、佐和紀は嫌だと腰をよじる。抱き合ったままぐるっと反転して、周平の上に抱きあげられた。

「……いや、いい。好きなだけ泣いていい」

頭を胸へと押さえつけられ、佐和紀はくちびるを噛んだ。

言葉を覚えなければならないと痛烈に思い知る。伝えることを惜しんだら、傷つくのはこの男だ。佐和紀の分まで平気で傷ついてしまう。佐和紀だって同じだ。

喜びも悲しみも、同じように等分していくために、もっと強く、もっと利口にならなければ、『ふたり』を守っていくことはできない。

愛し合って傷つけ合いたくはないから。奪い合うことを、愛だと見間違えたくないから。

「あの夏よりも、ずっと、おまえが好きだよ、佐和紀」

耳を当てた胸から響く優しい声に、佐和紀は涙で濡れた目を閉じた。触れたところすべてが温かい肌に、乗り越えられないものはないと信じさせてくれる周平の大きさを感じる。

「俺も、好き。周平が好き」

暑い夏に聞いた祇園囃子が遠くよみがえり、周平の手を探って指を絡めた。

＊＊＊

赤や黄に色づいたカエデがはらはらと落ちていく。古びたつづら折りの石段を踏みしめて歩く佐和紀は健脚だ。手を取って歩き始めたのに、いつのまにか前後は入れ替わり、周平の手を引く佐和紀の足取りはいよいよ軽い。

もう一泊と提案した昨日から機嫌がよく、いつ目を向けても無邪気なほどの笑顔が返ってくる。昨日の夜は感情をたかぶらせて泣いたが、すぐにあっけらかんとして、風呂に入ったあとでもう一度散歩に出るほど元気だった。

旅先で見る妻の新鮮さが愛しさに輪をかけて、周平はずるずると速度を落とした。なにもかもが惜しくて急ぎたくない気分だ。

岡村と知世はまだ追いつかず、声も姿もない。

「そんなに急ぐなよ」

笑いながら声をかけると、佐和紀の足が止まる。ぐるりと空を見渡した。

市内から北西に進路を取り、車で四十分ほど走ると、北山杉が整然と並ぶ山道に入る。高雄山《たかおやま》の中腹にある神護寺《じんごじ》の参道はひっそりと静まり、市内よりも冷えた山の空気が清廉として心地よかった。

平日であることに加えて交通の不便さもあり、観光客とはすれ違いもしない。色づきの盛りが過ぎているのが、最大の理由だ。すっきりと澄んだ青空に、裸の枝が黒い線を描く。晩秋の風がわびしさを感じさせる。

周平の好きな、秋の景色だった。

「静かだな」

手を離して歩き出した佐和紀の歩調はやはりゆるまらず、周平はしかたなくスピードをあげてついていく。

ここへ来るときはいつもひとりだった。

京都で由紀子と会うたびに心は乱れ、妙子に慰められても傷つくような夜がしらじらと明けたあとは、自然と足が向いた。

枝を落とされてまっすぐ伸びる北山杉が整然と尖るさまを眺めると、心が凪ぎ、長い石段を踏みしめるたびごとに山の下で起こっているすべてを忘れた。

ただひとりの男として歩き、生きるとは孤独を味わうことだとうそぶいて、心だけがいつも答えを探してさまよっていた日々だ。あの頃の自分が、前を歩く佐和紀の向こうに見える気がした。

愛の意味も知らないのに、裏切られた気になって神経質に歩いている。そしてくたびれた足取りは重くなる。

こんなはずではなかったと思うこともあったし、これしかなかったと思うこともあった。いっそすべてをあきらめて、終わってしまいたいと考えるたび、なにをあきらめるつもりなのかと自嘲を繰り返して過ぎた。

あの頃の自分に本当の愛を説いても信じはしないだろう。それも、こんな無邪気で無謀な男から与えられるものだなんて、受け入れるはずもない。

石段に積もったカエデの葉を踏み、周平は佐和紀の手を摑む。指が絡んで、ぐいっと引かれる。

小声で歌っているラバウル小唄《こうた》は上機嫌で、周平の物憂さを陽気にかき消していく。繰り返し昔を思い出しても、あの頃の孤独に胸が痛むことはない。

自分の背中の幻でさえ、いまは知らない男のようだ。

あの頃はもう戻ってこない。それは幸福な決別だ。

山門で拝観料を支払って中に入る。まだずっと下にいる岡村と知世を待たず、広い参道を進んで金堂を目指した。枯れ始めてくすんだ色のカエデに両脇を覆われた石段を登る。

ところどころはまだ美しく色づき、日の光を受けて透けた葉は照るようにキラキラと光る。

佐和紀はここでも物珍しそうにあたりを見回した。このごろの佐和紀は好奇心旺盛《おうせい》で、どこでもアンテナを張っている。

あれはなに、これはなにと聞かれ、周平でも答えられないことは少なくない。なにがわからないのかがわからないという頃は過ぎたのだろう。聞けば関連したなにかを思い出し、知識が繋がっていくことに喜びを感じている。

リアルな成長を重ねていく横顔に、出会った当初の幼稚な佐和紀を探す方が難しいぐらいだ。

顔立ちはほとんど変わらない。涼やかさも、造りの繊細さも、ときおり見せるチンピラのゲスな表情も。なのに、どこか油断がならない。

何度も惚れ直してきた相手に対して、今日も恋に落ちる。

呼吸をするように「あぁ、好きだ」と思い、抱きしめようとして逃げられた。ひらひらと袖が揺れるのを見つめて、周平は捕まえることをあきらめる。笑いながら手招いて、本当に見せたかった景色へいざなう。

敷地の奥にある地蔵院前だ。視界が開けて、眼下に清滝川《きよたきがわ》に面した渓谷が見える。左右の山々は深く色づき、晩秋の日差しが季節の終わりに降り注ぐ。

素直に感嘆した佐和紀が身を乗り出した。髪が風に揺れ、周平はキャメルカラーのコートのポケットに手を入れる。横に並んで、久しぶりの絶景を見渡した。

結婚してからは初めて見る。やはり、過去の気分にはならず、ただすがすがしさだけを感じて、空にたなびく薄雲を眺めた。

「懐かしい？」

聞いてくる佐和紀は無邪気だ。しかし、その裏側で、周平の心を繊細に嗅ぎ取っている。

「忘れた。……それより、おまえと見ることができて嬉しい」

景色よりも佐和紀を見つめる。昨日の夜が思い出され、胸の奥が温かい。

「景色を見ろよ、景色を」

笑った佐和紀は、周平が前を向いた瞬間、頬にちゅっとキスして逃げる。追いかけて引き寄せ、羽織を着た背中から抱いてコートの中へ誘い入れた。流れる雲を眺め、谷を流れる川を見る。

「あのさぁ、周平」

佐和紀がぽつりと口を開く。

「オヤジがな、組を継げ、ってさ……。組長になれ、って言われた」

驚くことでもない。周平といる姿を冷静に観察した松浦は、無知なまま閉じ込めることや、無理やりカタギに戻すことが佐和紀のためではないと悟ったのだ。

責任が重いほど、佐和紀はやり抜こうとする。

いままでは手段も知恵もなかっただけで、元からそういう男だ。

「どうするんだ」

周平が聞くと、胸に背中を預けて笑う。

「知らないよ、俺は」

「それじゃ済まないだろう。好きなようにすればいい。……俺はおまえを離さないから」

強く抱きしめると、佐和紀の手が腕に添う。お互いの頬が押し当たる。

「今回のことで、いまのままじゃいられない、ってことはわかった。周平みたいにさ、自分で舵《かじ》取りをしないと、人の思惑に流されるってことも」

「不本意な結果にならないためにできることはひとつだ、佐和紀。理想を持って、それを実現する」

言い切ったあとで、周平は自嘲した。かつてはそれが、由紀子への復讐だった。実現しようとして道をそれ、結果的には由紀子の呪縛《じゅばく》から逃れることができたのだ。理想が最善の結果を生んだとも言える。

「周平、俺ね、……タモツの、帰る場所……ちゃんと、作ってやらないと。……そう思って」

口にしたら寂しくなったのだろう。佐和紀は浅く息を吐く。

「もう一度、みんなで京都に来ようって、約束したのに……。ちゃんと果たしてやればよかった」

「約束は必ずひとつ残しておけばいいんだ。心残りなんて、なくなることはない。……急がなくてもいいから、まずはしっかり心を決めることだ」

「俺にできると思う？」

ぎゅっと袖を握られ、佐和紀の髪にくちびるを押し当てる。けなげなふりをしていても、本心はもう決まっているはずだ。瞳の奥はきらきらと光り、太陽光に透けるカエデのように眩しい。

「無理だと言っても、やるんだろう。俺は支えていくだけだ」

「ずっと見てて、くれる……？」

ふたりで錦秋《きんしゅう》の渓谷を眺める。佐和紀の声は澄んでいた。

「見てるよ。おまえの、奥の、奥まで……」

コートの陰に隠し、背中から抱いた佐和紀の着物の合わせへ指を差し込む。襦袢の上から乳首を撫でると、腰が艶めかしく弾んでいやらしい。

「……周平」

「なんだ」

「気持ちいぃ……」

甘い声がとろけて、佐和紀はうつむく。いますぐどこかに連れ込んでしまいたい気持ち

になったが、

「姐さ〜ん。かわらけ投げ〜、しませんかぁ〜？」

のんきを装った知世の声が飛んでくる。岡村の差し金だろうと肩越しに睨むと、その向こうに観光客の姿が見えた。

周平と佐和紀がキスでも始めたら大変だと、ふたりなりに気を使っているのだ。

「なに、それ。やる、やる！」

盛りあがった甘いムードをすっかり忘れて、佐和紀は腕から飛び出していく。周平の腕には白檀《びゃくだん》の香りが残るだけだ。

やがて岡村と知世を伴って戻ってくる佐和紀を、秋空の下、笑顔を浮かべて待った。

あとがき

こんにちは、高月紅葉です。仁義なき嫁シリーズ第二部第十弾『花氷編』をお届けします。シリーズ通算・十六冊目。今回は、驚きのページ数です。およそ文庫本二冊分となりました。

読むときに指が疲れてしまいませんでしたか。お付き合い、ありがとうございます。

先行して配信している電子書籍は上下巻に分け、各巻にお色気シーンが数回入るような構成にしていました。それを一冊にまとめるにあたり、お色気シーンを削ろうかと考えたのですが……、まるごと読んでいただきたい気持ちが勝りました。

なので、極力、そのままで。ちょっとしたラブシーンも、甘くて可愛げのある岩下夫婦をご堪能ください。

今回のストーリーは『石垣の旅立ち』からの『大阪・京都編』。

佐和紀が少し成長を見せ、新キャラも登場。美園&真幸カップルのなれそめについては『夜明け前まで～仁義なき嫁番外～』をご一読ください。十年前の若い周平も登場しています。

石垣の離脱で世話係が入れ替えとなり、寂しさを感じる方もいらっしゃるかと思うのですが、みんなそれぞれの場所でそれぞれに成長を重ねて欲しいと私は思います。なによりも、このシリーズはまだまだ転がりますので……。あの人も、あの人も、あの人も、もっと人間として強く大きくならないと。安定までは、まだまだ遠いですね。でも、最終的には、みんなが一回りも二回りも大きくなって、ちゃんとハッピーエンドに収まります。「どうせ、丸く収まるんでしょ～」と思いつつ、ハラハラしていただけたら嬉しいです。

末尾となりましたが、この本の出版に関わってくださった皆様に心からの謝意を表します。そして、仁嫁を支えてくださる古参の皆さん、足を踏み入れたばかりのご新規さん、みかじめ料をありがとうございます。またお会いできますように。

高月紅葉

＊電子書籍「続・仁義なき嫁10　～花氷編・上～」「続・仁義なき嫁11　～花氷編・下～」に加筆修正

ラルーナ文庫

この本を読んでのご意見・ご感想・ファンレターなどお待ちしております。〒111-0036 東京都台東区松が谷1-4-6-303 株式会社シーラボ「ラルーナ文庫編集部」気付でお送りください。

仁義《じんぎ》なき嫁《よめ》　花氷編《はなごおりへん》

2021年7月7日　第1刷発行

著　　者｜高月《こうづき》 紅葉《もみじ》
装丁・DTP｜萩原 七唱
発 行 人｜曺 仁警
発 行 所｜株式会社 シーラボ
〒111-0036　東京都台東区松が谷 1-4-6-303
電話　03-5830-3474／FAX　03-5830-3574
http://lalunabunko.com
発 売 元｜株式会社 三交社（共同出版社・流通責任出版社）
〒110-0016　東京都台東区台東 4-20-9　大仙柴田ビル 2 階
電話　03-5826-4424／FAX　03-5826-4425
印刷・製本｜中央精版印刷株式会社

ISBN978-4-8155-3259-8